Diogenes Taschenbuch 24360

LUKAS HARTMANN, geboren 1944 in Bern, studierte Germanistik und Psychologie. Er war Lehrer, Journalist und Medienberater. Heute lebt er als freier Schriftsteller in Spiegel bei Bern und schreibt Bücher für Erwachsene und für Kinder. Er ist einer der bekanntesten Autoren der Schweiz und steht mit seinen Romanen regelmäßig auf der Bestsellerliste.

Lukas Hartmann

Auf beiden Seiten

ROMAN

Diogenes

Die Erstausgabe
erschien 2015 im Diogenes Verlag
Covermotiv: Illustration von
Ben McLaughlin, ›September 07 1999‹
(Ausschnitt)

Veröffentlicht als Diogenes Taschenbuch, 2016

www.diogenes.ch
80/16/44/1
ISBN 978 3 257 24360 4

Weit zurück, in dem leeren Nichts ist etwas wie Wonne und Entzücken, das gewaltig fassend, fast vernichtend in mein Wesen drang und dem nichts mehr in meinem künftigen Leben glich ... Es war ein Glanz, es war Gewühl, es war unten. Dies muss sehr früh gewesen sein, denn mir ist, als liege eine hohe weite Finsternis des Nichts um das Ding herum.

Adalbert Stifter

EINS

Marios Anfänge
Grubers Notate

Mario, ein erster Anfang, Herbst 2010

Wie genau ist meine Erinnerung, wie verschwommen? Früher Samstagmorgen, ich lag im Bett, dachte halbwach über den Artikel nach, den ich ein weiteres Mal umschreiben sollte, verlor dauernd den Faden. Ein Summen schreckte mich auf. Ich tastete nach dem Handy. Das Display zeigte den Namen, mit dem ich rechnen musste: Bettina. Wir grüßten uns, nicht unfreundlich.

»Kommst du heute mit zu Papa?«, fragte sie nach kurzem Smalltalk.

Ich hörte ihr rasches Ein- und Ausatmen, im Hintergrund Klaviermusik, Bach. Immer noch, mit Mitte fünfzig, nannte sie ihren alten Vater Papa. Ich konnte ihr diese Anrede nie abgewöhnen. Sie hob und dehnte die zweite Silbe und verwandelte sich dabei zurück in das Kind, das den Vater bewundert und fürchtet.

»Kommst du jetzt oder kommst du nicht …?«

Ihre Frage enthielt eine kleine Schärfe, den Vorwurf, dass ich sie bestimmt wieder im Stich lassen würde. Wir sind schon lange geschieden, aber nicht nur unsere beiden Kinder haben uns dazu gebracht, in Verbindung zu bleiben, sondern auch ihr Vater, der im Gymnasium mein Deutschlehrer war. Keiner hat mich stärker beeinflusst als er, von niemandem musste ich mich so entschieden distanzieren wie von ihm. Er lebte nun schon seit sieben Jahren im Altersheim, sein Gedächtnis nahm drastisch ab, er verwechselte Zeiten und Personen auf schwindelerregende Weise, und wenn man ihn zu korrigieren versuchte, bestand er darauf, recht zu haben. Immer wieder warnte er alle, die mit ihm zu tun hatten, vor der roten Gefahr. Es nützte nichts, ihm zu erklären, dass die Sowjetunion nicht mehr existiere, der Kalte Krieg längst zu Ende sei. Bettina weigerte sich, ihn als dement anzusehen. Demenz, belehrte sie mich, sei eine fortschreitende Erkrankung des Gehirns, bei ihrem Papa handle es sich lediglich um altersbedingte Gedächtnisschwäche. Sie war schon immer eine Schönfärberin, um Harmonie bemüht; alles Unangenehme verbannte sie aus ihrem Umkreis, solange es ging. Diese Fähigkeit des Wegschauens zog mich einst an.

Seit Monaten hatte ich Gruber nicht mehr besucht, aber an diesem Samstag gab ich Bettinas Drängen nach, vielleicht auch, um vor dem unfertigen Artikel, einer Porträtserie zu den Jahren 89/90, wegzulaufen.

»Also gut, ich begleite dich.«

»Ach ja?« Sie verbarg ihre Verblüffung schlecht. »Er wird sich freuen. Um zwei in der Eingangshalle?«

»Okay. Was ist mit Fabian und Julia?«

Sie zögerte, lachte nervös »Eine Art Familienausflug? Du weißt ja, am Wochenende haben die beiden immer so viel vor.«

»Ich dachte nur…« Freuen, dachte ich, wird sich Gruber kaum, wenn er mich überhaupt erkennt. Wir haben zu oft miteinander gestritten, so erbittert, als gehe es um den höchstmöglichen Einsatz, die eigene Existenz.

»Nein«, sagte Bettina, »wir gehen zu zweit hin. Du wirst es überleben.«

»Knapp«, witzelte ich. »Soll ich etwas mitbringen? Er mag doch Süßigkeiten.«

»Ich habe schon Champagner-Truffes gekauft. Er wird sagen, das sei unnötiger Luxus, und sie dann, eins nach dem andern, vor unsern Augen aufessen.«

»Und uns«, fügte ich an, »keines anbieten.«

Wir lachten ein bisschen.

Dass Gruber bei unserem Besuch sein Doppelleben aufdecken würde, ahnten wir nicht, noch weniger, dass die Pflegerin ihn zwei Wochen später auf dem Boden finden würde, mit dem Schnitt in der Kehle. Der Schock ist noch nicht abgeklungen. Jedes Mal, wenn diese Bilder in mir aufsteigen, fürchte ich, den Boden unter den Füßen zu verlieren.

Mario und sein Deutschlehrer

Das war der falsche Anfang. Ich muss zuerst erzählen, wie Dr. Armand Gruber, im April 1970, zum ersten Mal unser Klassenzimmer betrat. Ihm ging der Ruf voraus, streng zu sein, unnahbar. Er galt aber als guter Lehrer, der auch den verstocktesten Gehirnen die Grammatik beibrachte. Wir wussten zudem, dass er im Militär Hauptmann war, und das beeindruckte uns. Die Tür flog auf, mit wuchtigen Schritten, ohne uns eines Blickes zu würdigen, eilte Gruber zum Lehrerpult, holte aus seiner ledernen Aktentasche einen grauen Ordner hervor und legte ihn vor sich hin, genauer: er ließ ihn aufs Pult fallen, so dass ein dumpfer Laut zu hören war. All dies machte den Eindruck von einschüchternder Entschlossenheit. Er hatte eine gedrungene Statur und trug einen blauen Anzug, den er mit seinem Brustkasten fast zu sprengen schien, dazu eine silbergraue Krawatte; aber man konnte ihn sich ohne weiteres in der Uniform vorstellen.

Zwanzig Sechzehnjährige waren aufgestanden, um ihn zu begrüßen. Erst jetzt musterte er uns mit forschenden, beinahe abschätzigen Blicken. Dann sagte er in erstaunlich höflichem Tonfall: »Guten Tag, setzen!« Wir gehorchten, er blieb stehen und legte uns ohne weitere Umschweife dar, welchen literaturgeschichtlichen Stoff wir im nächsten

Semester behandeln würden und was er von uns erwarte. Selbstdisziplin, Aufmerksamkeit und Fleiß seien *unabdingbar* – das Wort habe ich nie mehr vergessen –, natürlich auch Formulierungsgeschick, denn wir würden regelmäßig Aufsätze schreiben, und gelegentlich werde er uns zumuten, Gedichte auswendig zu lernen, sogar längere Balladen. Sein Deutsch war geschliffen, er hatte sich die stockende helvetische Satzmelodie abgewöhnt, verwendete die stimmhaften S, die ich bloß von Schauspielern kannte. Er zählte die Pflichtlektüre auf, die wir uns anschaffen sollten, Storm, Keller, den Urfaust, leicht Verdauliches zunächst, später würden die Schwergewichte folgen, Lessing, Goethe, Schiller, auch Stifter, ja, der Österreicher Stifter, einer der großen Namen des 19. Jahrhunderts, zu Unrecht als Langweiler abgestempelt. Von Hesse rate er uns dringend ab, das sei ein sentimentaler Rattenfänger, und was in den letzten Jahrzehnten entstanden sei, das Zeitgenössische, müsse sich erst noch bewähren, bevor es zum Schulstoff werde.

Einige der Namen, die er nannte, hatte ich noch nie gehört. Ich begann aber, wie die meisten anderen, Notizen zu machen, was Gruber mit einem wohlwollenden Lächeln quittierte. Es gehe ihm, fuhr er fort, auch auf allen andern Gebieten stets um die Sprache, um ihren korrekten Gebrauch und darum, sich ihren Reichtum zunutze zu machen und von den großen Vorbildern zu lernen. Danach begann er übergangslos mit der ersten Grammatiklektion. Er dozierte, an der Tafel stehend, über starke und schwache Verben, lobte den vollen Klang der starken Vergangenheitsformen, er forderte uns auf, unregelmäßige Verben zu nennen, und ich traute mich, die Hand zu heben und auf den Bedeutungsunterschied zwischen »erschrocken« und »erschreckt« hinzuweisen. Er fragte mich nach meinem Namen, ich nannte ihn: Sturzenegger, Mario. Er war der einzige Lehrer, der uns von Anfang an siezte. Für mich war sein »Was meinen Sie dazu, Mario?« eine Art Beförderung, die das Kind in den Stand eines wissenden jungen Manns erhob.

Wir beugten uns, ohne zu murren, Grubers unbestreitbarer Autorität. Die Studentenunruhen, die im Mai 68 Frankreich aufgeschreckt hatten, waren zwar auch in Schweizer Gymnasien subkutan, in zögerlichen Ansätzen wirksam geworden, und es gab Lehrkräfte, die mit offenem oder heimlichem Widerstand rechnen mussten; aber an Grubers bezwingender Aura prallte alles ab, was auf Rebellion auch nur hindeuten mochte. Die Tagesaktualität schien für ihn keine Rolle zu spielen; einzig über das »menschenverachtende Antlitz des Kommunismus« schob er gelegentlich eine Bemerkung ein, und ich glaubte die Abneigung zu spüren, mit der er all jene strafte, die nicht *standfest* genug waren, unsere schwer errungene Freiheit gegen Chaoten und Wirrköpfe wie Cohn-Bendit und Dutschke zu verteidigen.

Ich wurde bald sein Lieblingsschüler. Für meine Klassenkameraden war ich der Streber, den sie verspotteten und doch heimlich beneideten. Heute ist mir klar, dass ich Gruber zum Ersatzvater machte, um dessen Anerkennung ich warb. Mein leiblicher Vater war orthopädischer Schuhmacher, ein wortkarger Mensch, der Tag für Tag in seiner Werkstatt saß und von seinen drei Kindern in Ruhe gelassen werden wollte. Er forderte Anstand und Fleiß von uns (letztlich nicht so anders als Gruber); ein Lob ging ihm kaum über die Lippen, und gerade deshalb bedeutete mir

Grubers Lob, auch das kargste, so viel. Wenn unter einem Aufsatz in seiner winzigen Schrift – er schrieb immer mit grüner Tinte – stand: »Gut getroffen, reicher Wortschatz!«, fühlte ich mich geadelt. Ich schwebte durch den Tag, hungerte aber schon bald nach dem nächsten Zeichen seines Beifalls. Ein »Sie haben teilweise das Thema verfehlt« raubte mir den Schlaf. Wenn Grubers Blick mich danach in der Deutschstunde streifte, versuchte ich aus seiner beherrschten Mimik zu lesen, ob ich noch in seiner Gunst stand. Ich arbeitete hart an fehlerloser Grammatik und Orthographie, an einem Stil, der sich an Grubers Maßstab einer klassischen Prosa orientierte. Keine Ellipsen, keine unvollständigen Sätze!, hämmerte er uns ein. Ich hielt mich daran wie an ein unumstößliches Gesetz, sogar jetzt noch, dreißig Jahre später, baue ich wieder, Grubers Worte im Ohr, jene komplexen Sätze, die ich mir während meiner Journalistenlaufbahn sukzessive abgewöhnen musste.

Vor allem aber las ich die literarischen Texte, die wir im Unterricht besprachen, mit größter Aufmerksamkeit, damit mir auch nicht das kleinste Detail entging. Gerade danach fragte nämlich Gruber. Was der Erzähler in *Immensee* auf seinem Waldspaziergang mit der Frau, die er unglücklich liebt, für eine Blume pflückt, wollte er wissen. Ich hatte die Antwort: eine Erika. Ich wusste nicht, wie eine Erika aussah, aber es war das Wort, das zu Grubers Frage passte. Mein Puls ging schneller, wenn ich mich meldete; und ich atmete auf, wenn Gruber zustimmend nickte. In *Immensee,* in *Romeo und Julia auf dem Dorfe* ging es um Liebesschmerz, um Entbehrungen und verbotene Leidenschaften. Aber das berührte Gruber in seinen Erläuterungen nur am

Rand, er lenkte unser Augenmerk auf die Form, auf den Wortschatz, auf die Genauigkeit der Prosa, und ich untersagte mir, mich von der Handlung mitreißen zu lassen, denn Gruber – das wiederholte er oft genug – missbilligte das *Verschlingen* eines literarischen Werks. Das sei, spottete er, Dienstmädchenart; um den Wert einer Novelle zu erfassen, brauche man Distanz, Urteilsvermögen. Und so sagte ich mir, dass die Gefühlslandschaften, die Storm und Keller beschrieben, mit meinen eigenen unglücklichen Verliebtheiten nichts zu tun hatten, sondern auf gültige Weise das Allgemein-Menschliche berührten, mit dem sich die Literatur befassen muss.

Grubers Urteil, überhaupt seine ganze Art, hatte für mich etwas Unangreifbares. Oft fragte ich mich, wie er zu seiner inneren Sicherheit gekommen war. Ich wollte wissen, woher er kam, und ich fand zu meiner Überraschung heraus, dass er seine Kindheit im gleichen Genossenschaftsquartier verbracht hatte wie ich. Es war eine Siedlung mit gelblichen Reihenhäusern und langgezogenen, durch Zäune voneinander abgetrennten Vorgärten. Dort blühten im Frühling Narzissen und Tulpen in Rabatten, es gab Birnenspaliere, Apfel- und Zwetschgenbäume. Hier und dort zog man noch Gemüse in akkurat ausgemessenen Beeten, aber von Jahr zu Jahr nahm der kurzgeschnittene Rasen überhand.

Grubers Mutter lebte noch, drei Straßen von uns entfernt, das erfuhr ich bei meinen vorsichtigen Nachforschungen. Ihr Sohn Armand, der verheiratet sei und eine Tochter habe, besuche sie nur selten, das war im Quartier bekannt. Meine eigene Mutter kam darauf, dass es einen verwandtschaftlichen Zusammenhang gab zwischen meinem Deutschlehrer und der früh verwitweten Frau. Grubers Vater, einen Lokomotivführer, hatte ein Unfall das Leben gekostet, und sie hatte ihre zwei Kinder, offenbar an der Grenze der Armut, allein durchgebracht. Sie war eine dünne Achtzigjährige mit schlohweißem, zu einem straffen Knoten gebundenem Haar und trug draußen meist eine lange Schürze. An schönen Nachmittagen arbeitete sie im Garten, und wenn ich zur richtigen Zeit an ihrem Haus vorbeiging, verlangsamte ich meine Schritte und schaute zu, wie sie die Erde harkte und das Unkraut zwischen Salatköpfen und Kressereihen jätete. Das Bücken fiel ihr schwer, ich hörte sie seufzen, sah, wie sie sich aufrichtete und die Hand ins Kreuz stemmte. Es war mir ein Rätsel, dass ein Mann wie Gruber von solch einer durchschnittlichen Person abstammte; sie hatte nichts Auffälliges an sich, sie war einfach eine alte Frau. Gab es zwischen ihr und meiner Mutter eine Ähnlichkeit? Vielleicht. Auch meine Mutter war mager und hochgewachsen, auch ihr Gesicht wirkte oft verschlossen und abweisend. In dreißig Jahren würde sie der alten Frau Gruber noch weit mehr gleichen, und das ließ trotz aller Zweifel die Vermutung zu, auch mir mit meiner vergleichbaren Herkunft könnte es gelingen, in Grubers intellektuelle Höhe aufzusteigen.

Ich versäumte nie, Frau Gruber zu grüßen; sie grüßte, leicht den Kopf hebend, ein wenig erstaunt zurück. Dass ich der Schüler ihres Sohns war, wollte ich ihr nicht sagen.

In meinen Aufsätzen entwickelte ich einen besonderen Spürsinn dafür, Grubers Vorlieben zu entsprechen. Ich schrieb mäandernde Sätze, die sich über eine halbe Seite hinzogen, ich verwendete ostentativ das Semikolon, suchte nach seltenen Adjektiven und achtete gleichzeitig darauf, sie nicht überborden zu lassen. Bei Themen wie *Freiheit und Pflicht* oder *Tradition und Fortschritt* wog ich das eine gegen das andere ab und neigte dann deutlich der konservativen Haltung zu, die Gruber vertrat. Dabei fiel es mir überhaupt nicht schwer, die Bilder der rebellierenden Jugend in Paris und Berlin auszublenden, die ich mir doch in der Zeitung mit unbehaglicher Faszination angeschaut hatte.

Georg Berger, ein Mitschüler, begann lange vor mir gegen Grubers Verbohrtheit aufzubegehren. Er stammte aus einer Arztfamilie, er ließ seine Haare bis auf die Schultern wachsen und las regelmäßig den *Spiegel.* Von ihm hörte ich zum ersten Mal den Spruch »Unter den Talaren der Muff von tausend Jahren«. Das war wie ein kleiner elektrischer Schlag, noch harmlos, aber aufregend. Er stellte kritische Fragen, auf die Gruber mit grimmiger Entschiedenheit antwortete: Nein, das Gesellschaftsmodell, das Fontane vertrete, sei keineswegs veraltet, sondern durchaus zukunftsweisend. Nein, weder Rilke noch Hofmannsthal hätten sich blind gestellt gegenüber den drohenden Katastrophen des zwanzigsten Jahrhunderts.

Berger, einen Kopf größer als ich, mit deutlich sprießendem Bart, stand mir nicht wirklich nahe, er ließ mich, trotz seiner verschwommen linken Neigungen, wohlwollend spüren, dass es zwischen uns einen gesellschaftlichen Abstand gab, und das ertrug ich schlecht. Aber er redete mit mir gerne über seine Lektüren, zeigte mir Gedichte von Brecht, den Gruber, wie ich wusste, vehement ablehnte; Kommunisten, so sagte er, benutzten die Sprache wie Hammer und Sichel, als ideologische Waffe, und das sei kläglich.

Ich strengte mich an, Brechts eingängigem Duktus zu widerstehen, und spürte zugleich, dass er wie ein verführerisches Gift in mein Sprachgefühl eindrang.

Am Anfang des dritten Gymnasialjahrs lasen wir zwei klassische Dramen in Blankversen: Goethes *Iphigenie* und Schillers *Don Carlos.* Goethe langweilte mich, ohne dass ich es mir eingestehen mochte, doch bei Schiller spürte ich einen heißen Atem, der Strom seiner Gedanken riss mich mit. Gruber bezog das berühmte »Sire, geben Sie Gedankenfreiheit« auf die geknechteten Völker des Ostblocks; ich fragte mich indessen, ob denn an unserem Gymnasium die Gedanken frei seien, wagte aber nicht, die Frage laut zu stellen. Zum ersten Mal hatte ich den Drang, selbst etwas Ähnliches zu schreiben, ein aufrührerisches Drama, und da ich Schillers Biographie kannte, wählte ich als Schauplatz die Karlsschule in Stuttgart, wo der junge Eleve sich Herzog Karl Eugen, seinem despotischen Wohltäter, widersetzt: »Durchlaucht, ich bin ein Mensch und nicht Ihr Knecht!« Und die Antwort des Herzogs: »Er ist mein Untertan. Das ist Gesetz.« Auf solche schneidenden Sätze in fünffüßigen Jamben war ich stolz.

Ich wagte es, den ersten Akt Berger zu zeigen. Wir saßen in seinem Zimmer, das auf einen weitläufigen Garten mit Swimmingpool hinausging, er hatte mich überredet, am heiterhellen Nachmittag mit ihm einen Wodka aus der Bar des Vaters zu trinken.

Berger lachte mich aus: »Was du da schreibst, ist doch völlig antiquiert. Und dazu in Blankversen? Das ist geradezu rührend. Heute haben wir es mit ganz andern Konflikten zu tun. Es geht um die politischen Systeme, um den

Kalten Krieg. Um Neokolonialismus. Hast du das noch nicht gemerkt?«

Das Aufbegehren des Individuums gegen die Tyrannei, hielt ich ihm entgegen, sei durch alle Zeiten ein zentraler Konflikt unter Menschen gewesen. Und ohnehin hätte ich einen Widerwillen gegen bloße Schlagworte.

Auf Bergers Stirn vertiefte sich die Denkerfurche, um die ich ihn beneidete. Er schüttelte den Kopf: »Du bist ebenso rückwärtsgewandt wie Gruber. Er hat ja eine Dissertation über Leibniz geschrieben, das sagt schon alles.«

Von Leibniz hatte ich bloß eine schwache Ahnung, ich tat aber, als wüsste ich mehr. Es war mir ein Rätsel, wie Berger zu dieser Information kam. Hatte er im Katalog der Landesbibliothek nachgeforscht? Dort lieh auch ich mir hin und wieder Bücher aus, aber es war mir nie eingefallen, nach dem Namen Armand Gruber zu suchen.

»Leibniz und die beste aller Welten«, sagte Berger wegwerfend und trank einen kräftigen Schluck, der mich ohne Zweifel zum Husten gebracht hätte. »Die Theorie von der universellen Harmonie. Darüber hat sich schon Voltaire lustig gemacht. Und Doktor Gruber nimmt das immer noch ernst.«

Mit seiner Bildungshuberei brachte mich Berger regelmäßig in die Defensive, obwohl ich durchschaute, wie oberflächlich sie war, ein Puzzle angelesener Namen und Begriffe, eigentlich nicht anders als bei mir; aber es gelang ihm weit besser, sich damit einen weltläufigen Anschein zu geben.

Wir stritten eine Weile miteinander, versöhnten uns wieder, und Berger bot mir zum ersten Mal einen Joint an.

Ich lehnte ab, man brauche, sagte ich, keine Drogen, um das Denken anzuregen. Doch seine Einwände hatten mich verunsichert, und ich ließ danach mein unfertiges Drama liegen.

Ein paar Wochen darauf fiel mir in der Wühlkiste eines Antiquariats ein Theaterstück des Rumänen Ionesco in die Hände. Der Name sagte mir nichts, die Inhaltsangabe irritierte mich, sie hatte so gar nichts mit den Dramenstoffen zu tun, die ich kannte. Ich kaufte das abgegriffene Taschenbuch und las es in einem Zug, die erste Hälfte gleich auf einer Parkbank im Nieselregen. Ich war von der Lektüre nicht nur verstört, sondern auch hingerissen. Was für eine abwegige Idee, dass die Einwohner einer ganzen Stadt sich allmählich in Nashörner verwandelten und niemand, außer dem Einzelgänger Behringer, das wahrhaben wollte! Und zugleich: Wie stark war dieses Bild für die Blindheit all jener, die verleugnen, wozu sie geworden sind! Wie grausam die Einsicht, dass einer wie der andere sein und zu einer herumtrampelnden Herde gehören will! Was diese Leseerfahrung in mir auslöste, behielt ich für mich. Ich ging davon aus, dass Gruber auch Ionesco ablehnte, falls er ihn überhaupt kannte, und Berger sagte ich nichts von ihm, weil ich befürchtete, dass er dieses virtuose Spiel mit dem Absurden als trivial abtun würde. Aber die Nashörner ließen mich nicht los. Nun kam mir mein Dramenentwurf fad und grau vor. Eines Abends setzte ich mich hin und fing mit etwas ganz anderem an: Der einzige Sohn in einem kleinbürgerlichen Haushalt hört nicht auf zu wachsen, er stößt, zum Schrecken der Eltern, mit dem Kopf schon bald an die Decke. Der Vater beschließt, den Sohn in der Garage einzusperren, und bringt ihn mit Gewalt dorthin. Das Monster ist nun allein, wird aber regelmäßig von der Mutter gefüttert und gewindelt. Die Eltern behaupten, ihnen sei ein Elefant zugelaufen. Die Nachbarn glauben im Geheul des Sohns tatsächlich das Trompeten eines Elefanten zu erkennen. Es kommt der Tag, da der Sohn die Garagentür einschlägt und sich den Nachbarn zeigt. Sie laufen vor ihm davon und schreien: »Ein tollwütiger Elefant! Ein Elefant!« Der Vater droht ihn zu erschießen. Doch der Sohn läuft auf allen vieren zum Zoo und verlangt, im Elefantengehege untergebracht zu werden: »Hier bin ich, hier bin ich! Ich gehöre zu euch!« Und dann stellt er fest, dass ihm tatsächlich ein Rüssel gewachsen ist.

Ich schrieb in jeder freien Minute und entdeckte, wie befreiend es war, von der gebundenen Prosa abzuweichen und den Figuren Alltagssätze in den Mund zu legen.

»Was treibst du dort oben so lange?«, fragte meine Mutter, als ich bloß noch zum Essen aus meiner Mansarde in die Wohnung herunterkam und hauptsächlich schwieg, während die Geschwister sich mit den üblichen Albernheiten unterhielten.

Ich müsse eine Semesterarbeit zu Ende bringen, sagte ich ausweichend.

»Was für eine Arbeit?«, fragte der Vater.

Und weil ich wusste, dass er sich, als passionierter Briefmarkensammler, für Geographie und fremde Länder interessierte, gab ich vor, ich würde mich dem Thema *Geschichte und Verbreitung der Baumwolle* widmen.

»Ah«, sagte er, schon wieder an anderes denkend. »Das ist ja nicht uninteressant.«

Gruber, Dr. phil., maßlos

Wir müssen wachsam sein. Wachsam bleiben. Man will uns einreden, die Gefahren hätten sich abgeschwächt. Humbug! Subversion ist zunächst unsichtbar. Es gibt Verdachtsmomente, ihnen gilt es nachzugehen. Man braucht seine Vertrauensleute, das ist das Wichtigste, man muss einander an deutlichen Zeichen erkennen können. Das haben wir gelernt in der Festung. Einzelzimmer. Videobotschaften des Generalstabschefs. Wir trugen Masken in den Gängen, damit wir nicht wussten, wer die anderen waren. So etwas lernt man bei MI5. Das sind die Professionellen. Ich war nicht drüben, habe aber die Unterlagen gründlich studiert. Schießübungen, Waffenverstecke für den Notfall. Wir müssen unsere Souveränität bewahren, um jeden Preis. C. hatte recht mit seiner Kartei der Subversiven. Das ist keineswegs Gesinnungsschnüffelei, sondern legitime Verteidigung. Ob die Bedrohung braun oder rot ist, wir haben ihr zu widerstehen.

Wir müssen uns an Vorbildern orientieren. Moralische Leitplanken brauchen die Jungen heutzutage, auch B. braucht sie, aber sie sieht es nicht ein. Man findet die gehörige Ordnung zum Glück in der Philatelie. Klare Verhältnisse, ordentliche Reihen in den Alben, vom Staub geschützt durch transparente Zwischenblätter. Man hantiert mit Pinzette und Lupe, in der Vergrößerung zeigen sich die Abweichungen von der Norm.

B. Die Kleinheit erstaunte mich. 2. November 1956, morgens um fünf, Frauenklinik. Da wog ich die Kleine – rotgesichtig war sie, flaumbedeckt der Schädel – erstmals in meinen Händen: 3450 Gramm. Solche Zahlen vergisst man nicht. Am 4. November besetzten die sowjetischen Panzer Budapest. Ich schwor mir, B. vor jeder Invasion zu beschützen, koste es, was es wolle. Ich legte sie zurück auf A.s Bauch. Ich hatte darum gekämpft, bei der Geburt dabei zu sein, war nahe an einer Ohnmacht, als A. schrie und der Arzt den Dammschnitt ansetzte. Diese Formen des Elementaren sind mir fremd. Faust stieg hinunter ins Reich der Mütter, ich tat es einmal, im Kreißsaal. Blutgeruch ertrage ich nicht. A. war für mich nie wirklich Mutter. Sie ist Pflegerin, Haushälterin, Pflanzenzüchterin (unseligerweise), Geliebte war sie nicht lange, es reichte für die Zeugung von B., weitere Kinder wollte ich nicht. GV blieb auf der Strecke, die Abstinenz machte mir keine Mühe. Nur diese Träume hin und wieder mit blocksbergähnlichen Szenen. Ich war dort, auf dem Brocken, und ich war in Oberplan, Böhmen, wo St. geboren wurde, heute Horní Planá, habe mit tausend Schritten seine Kindheitswelt durchmessen, ich war in Linz, wo St. an vielem litt und alles in sich hineinschlang, gut gepolstert gegen alle Zumutungen war er, bis er abzumagern begann, denn J. war tot, er nahm die Schuld auf sich, wie ich sie auf mich nehmen müsste, wenn B. sich etwas zufügen würde, das Töchterchen, der Herzkäfer, so nennt man sie doch, die Kleinen, wenn sie ihre ersten Wörter lallen, wenn sie auf krummen Beinchen herumschwanken und man sie immer wieder auffangen muss. B. sang Lieder nach mit reiner Stimme, da war sie vier; mit sieben setzte sie sich ans Klavier, noch keine Oktave umspannten ihre Fingerchen. Ihr fiel alles leicht, man musste sie fördern und zugleich zügeln, damit sie den Kopf nicht zu hoch trug. Es ist väterliche Pflicht, die Träume von Hochbegabung und Berühmtheit zurechtzustutzen auf realistische Dimensionen. B. verlor das Zeitgefühl am Klavier, das durfte nicht sein. Mich rührte ihr Spiel manchmal zu Tränen, Schubert, die B-Dur-Sonate, zweiter Satz, es hätte meine Autorität geschwächt, wenn sie es gesehen hätte. Und gegen meine Autorität kämpfte sie, im Bündnis mit A., ohnehin an. Ihre kühlen Blicke, die Ängstlichkeit darin, der aufglimmende Zorn. Man muss das Aufbegehren des eigenen Kinds von Anfang an durchschauen, es darf einem nicht entgleiten, sonst geht es die falschen Wege, und B. ging sie, trotz meinem Bemühen, sie ging sie mit M., der von mir abfiel, der die Literatur verriet, der sie zweimal schwängerte. M., willensschwach, Treibgut im Zeitgeist, kein Mann für B., gewiss nicht. Auch der große G. hatte einen schwachen Sohn, er endete als Nichtsnutz in Rom, manchmal fragt man sich, ob es nicht das Beste wäre, wenn Kinder früh sterben würden wie zu G.s Zeit, es würde das Leiden der Eltern vermindern. Das Herz kann einen Vater derart schmerzen, dass er fürchtet, es stehe bald still. Man behält es für sich, selbstverständlich, man wahrt die Fasson, auch als Offizier. Man weiß, dass eine einzige Atombombe das Mittelland in Schutt und Asche legen, für Jahrzehnte verseuchen würde. Hiroshima, da war ich einundzwanzig, in der Offiziersschule, Hitler geschlagen und dann dieses Entsetzen. Man trifft alle Maßnahmen, um das Überleben zu sichern. Luftschutzkeller, Bunker, Notvorrat, Geigerzähler. Man wappnet sich, man muss den Feind so früh wie möglich erkennen und ihn unschädlich machen. Wir leben in einem Scheinfrieden. Der Wohlstand verdirbt uns. Wie traurig, wie wahr.

Meinen Sätzen fehlt das Maß, die Konsistenz. Und mich erfüllt, bei aller Wehmut wegen B., eine spitzbübische Freude, dass ich hier dem Wohlabgewogenen ein Schnippchen schlage. Das alles ist geheim wie meine Mitgliedschaft bei der P-26.

Mario, vor und nach der Matura

Meinen neuen literarischen Versuch zeigte ich Berger nicht, auch nicht dem kleinen Kollbrunner, der seit kurzem meine Freundschaft suchte und mich, im Gegensatz zum Rest der Klasse, vorbehaltlos zu bewundern schien. Vor Bergers Kritik fürchtete ich mich, Kollbrunners Bewunderung war mir zu billig. Ich beschloss, mich direkt in die Höhle des Löwen zu wagen und mein Drama Gruber vorzulegen. Heute denke ich, dass diese Absicht grundiert war von der uneingestandenen Lust, ihn zu provozieren. Ich musste doch wissen, dass er meine Stoffwahl für abseitig halten würde, und doch bewahrte ich einen Funken Hoffnung, dass er in mir so etwas wie Talent, ja Genie erkennen würde.

Den Stückentwurf schrieb ich, vor allem nachts, auf der alten Schreibmaschine ins Reine, die mir der ältere Bruder überlassen hatte. Einige Typenhebel erforderten starken Druck, damit sie sich überhaupt bewegten, das a hingegen saß so locker, dass es beinahe das Papier aufriss. Immerhin gelang es mir, das Zweifingersystem zum mehrfingerigen zu erweitern, bei dem ich allerdings oft danebentippte. Ich verschmierte mir die Hände mit Tipp-Ex; die bröcklige weiße Schicht, die es auf der Haut hinterließ, konnte ich, oben in der Mansarde, wo es kein warmes Wasser gab, nur mit Mühe abwaschen.

An einem Sonntagabend im März war ich fertig, ich nummerierte die 97 Seiten von Hand, rechts unten, wie es sich gehörte, und konnte danach lange nicht einschlafen. Am nächsten Morgen, nach der Deutschstunde – die Klasse war wie üblich hinausgeeilt –, trat ich zu Gruber, der seine Ledermappe packte, und streckte ihm linkisch mein Manuskript entgegen. Ich hatte die Seiten in einen blauen Ordner geheftet, auf dessen Etikette ein rätselhafter Titel stand: »Das Elefantenkind«.

Gruber sah erst mich, dann den Ordner erstaunt an: »Mario? Was wollen Sie denn?«

»Ich möchte Ihnen das hier geben …«, brachte ich hervor und schämte mich über mein Gestotter. »Zum Lesen, meine ich … das heißt, wenn Sie überhaupt …« Ich legte den Ordner zögernd vor ihn hin. Gruber schlug ihn auf und begann darin zu blättern.

»Das ist ein Theaterstück«, konstatierte er nach einer Weile. »Sie schreiben also?«

Ich nickte befangen, mit weichen Knien.

»Sie möchten, dass ich es lese?«

Ich nickte wieder und hätte gern entschlossener gewirkt.

Gruber verzog den Mund zu einem Lächeln. »Dann werde ich es lesen. Sofern Sie ein ehrliches Urteil nicht scheuen.«

Ich schüttelte den Kopf. »Ihre Kritik ist mir wichtig, ich will daraus lernen.« Wenigstens diese Sätze – ich hatte sie eingeübt – kamen wie gestanzt aus meinem Mund.

»Nun ja.« Er lächelte jetzt deutlicher, aber mit spürbarer

Skepsis. »Büchner und Schiller waren gleich alt wie Sie, als sie ihre ersten Stücke schrieben.«

Ich errötete. »Mit ihnen will ich mich nicht vergleichen. Ich hab's jetzt einfach mal versucht.«

Nun lachte Gruber sogar, kurz und auf grimmige Weise amüsiert. Ich stand so nahe bei ihm, dass ich zum ersten Mal seinen Geruch wahrnahm, irgendwie erdig, pflanzenhaft schien er mir, nicht unangenehm, aber fremdartig.

Gruber steckte den Ordner ins Seitenfach seiner Aktentasche, allzu sorglos, wie ich fand, und ließ den Metallverschluss zuschnappen. »Ich werde es Ihnen sagen, wenn ich so weit bin. Adieu.« Damit stand er auf, wandte sich von mir ab und verließ mit raumgreifenden Schritten das Zimmer. Ich folgte ihm nach ein paar Sekunden. Der Gang draußen mit den Kleiderhaken an den Wänden war leer, das Schulgebäude verlassen. Ich kam mir vor wie ein Gestrandeter, der auf Rettung wartet.

Das Warten dauerte zwei Wochen oder länger, es schien mir eine halbe Ewigkeit. Ich war zerstreut in dieser Zeit, kaum ansprechbar. Die Mutter musterte mich besorgt, wenn ich ihre Fragen überhörte oder einsilbig antwortete. Der Vater achtete ohnehin kaum auf mich. In den Deutschstunden zwang ich mich dazu, Grubers Blick zu suchen, ich hungerte nach einem Zeichen von ihm. Er rief mich weniger auf als sonst, obwohl ich mich so häufig meldete wie immer. Ich hatte den niederschmetternden Eindruck, dass er mir auswich, dass ich in seinen Augen als Schriftsteller durchgefallen war.

Endlich kam die Erlösung. Am Ende einer Stunde schob

Gruber mir einen Zettel zu; es sollte offenbar wirken, wie wenn ich eine Zusatzaufgabe bekäme. Auf dem Zettel stand: »Wir brauchen Zeit, um Ihrer Arbeit gerecht zu werden – und dies in privatem Rahmen, da es sich um etwas Außerschulisches handelt. Kommen Sie am Mittwoch um 16 Uhr zu mir nach Hause.« Es folgte in seiner beinahe mikroskopischen, aber überaus leserlichen Schrift die Adresse und die Angabe der nächstgelegenen Tramhaltestelle.

Es war eher ein Befehl als eine Einladung. Ich gehorchte und war dabei so aufgeregt wie vor einer entscheidenden Prüfung. Das Haus in einem gesichtslosen Außenquartier fand ich nur mit Mühe. Es war ein Häuschen mit Giebeldach, noch aus der Vorkriegszeit, und duckte sich hinter einer übergroßen Rottanne. Eine Glyzinie bedeckte die halbe Vorderfront, der Verputz darunter war verwaschen und stellenweise abgeblättert. Eine Menge Töpfe, aus denen verdorrte Stengel ragten, säumten die Eingangstür; einige waren bedeckt mit Vlies, darunter keimte wohl Neues. Eine Frau mit graumeliertem Haar, die mir schon alt schien, älter als Gruber, öffnete mir die Tür: »Sie sind wohl Mario. Mein Mann erwartet Sie. Sie haben nichts zum Ablegen, wie?« Ich trug anstelle einer Jacke noch meinen dicken Winterpulli, den zog ich nicht aus, und meine Schülertasche nahm ich mit.

Im Haus roch es seltsam, irgendwie moderig, fast faulig, herb auch, und mir wurde klar, dass Grubers Kleider diesen Geruch angenommen hatten. Er musste von all den Pflanzen kommen, großen und kleinen, die in ihren massiven Kübeln den halben Flur besetzten. Erstaunlich, dass hier drin, bei dem einzigen kleinen Fenster, so viel wuchs.

Jemand spielte im oberen Stockwerk Klavier, sehr geläufig, ja virtuos. Als ob Frau Gruber die Frage, die mir auf der Zunge lag, erraten hätte, sagte sie: »Unsere Tochter Bettina. Stört es Sie?«

Ich schüttelte den Kopf und versuchte, den Kenner hervorzukehren: »Ich glaube, das ist Schumann.«

»Nein«, erwiderte sie. »Es ist Schubert, ein Impromptu.«

Bei uns zu Hause gab es keine klassische Musik. Mein Vater bevorzugte Blaskapellen, Märsche vor allem, das Trittfeste und Solide; er hatte früher in einem Blasmusikkorps Piccolo gespielt. Und die Mutter hörte sich im Radio Operettenmelodien an, aber nur, wenn Vater in der Werkstatt war. Ich hatte mir von meinem ersten Ferienjob als Aushilfe in einem Gemüseladen einen kleinen Plattenspieler und ein paar Langspielplatten gekauft, New Orleans Jazz und Beethovens *Eroica,* Schubert war nicht darunter. Meine Musikwahl war ein Protest gegen Militärmärsche und gegen die Pink-Floyd-Besessenheit meines älteren Bruders.

»Er ist im Arbeitszimmer«, sagte Frau Gruber und betonte das ›er‹ auf eine scheue und doch halb ironische Weise. Sie führte mich zu ihm, mit kleinen Seufzern, deren Grund ich nicht verstand.

Gruber kam mir entgegen, aber im ersten Moment war ich abgelenkt. So etwas wie dieses Zimmer hatte ich noch nie gesehen. Natürlich gab es da einen altväterischen schweren Schreibtisch, eine Sitzgruppe mit dunkelgoldenem Stoffüberzug und Unmengen von Büchern auf Wandgestellen. Dominiert wurde der Anblick aber von den Zimmerpflanzen, die jeden freien Fleck besetzten. Ich hatte das Gefühl, in einen Urwald geraten zu sein. Ein beängstigendes

Wuchern in diesem grünlich gefleckten und schattierten Raum; Palmenwedel, gezähnte, gefiederte und fleischige Blätter reckten sich überall hin, waren sich im Weg, verflochten sich ineinander, filterten das Tageslicht von den zwei Fenstern, auf deren Simsen zudem Kakteen jeder Größe standen. Ich kannte lediglich die profansten Pflanzengattungen, Gummibäume, Zimmerlinden, alles andere war mir fremd. Bettina erklärte mir später, in der Nacht der Maturaparty, dass Pflanzen die große Leidenschaft ihrer Mutter seien und dass ihr Vater sich seiner Frau zumindest in diesem Punkt fügen müsse, mit gelegentlichen Ausbrüchen von Unwillen, denen dann der eine oder andere Topf zum Opfer falle. Auch die übrigen Zimmer seien voller Grünzeug, die reinste Gärtnerei, man könne nichts dagegen machen.

Gruber war um ein paar Pflanzen herumgekurvt, er streckte mir die Hand entgegen, was er noch nie getan hatte. Über dem offenen Hemd trug er eine schlottrige Wollweste in verblichenem Braunrot, die so gar nicht zu meinem Bild von ihm passen wollte. Sein Griff war hart und entschieden. Er wies mir einen Ledersessel zu und nahm selbst Platz auf der Zweiercouch vis-à-vis. Zwischen uns stand ein gläserner Clubtisch, auf dem ein unordentlich zusammengeschobener Blätterstapel lag, mein Manuskript, Gruber hatte die Seiten aus dem Ordner herausgenommen. Schon die oberste war mit grünen Notizen vollgekritzelt. Frau Gruber hatte sich zurückgezogen, gleich aber erschien sie wieder mit einem Tablett, stellte vor ihren Mann schweigend eine Henkeltasse mit Milchkaffee hin und vor mich, ohne zu fragen, ein Glas mit Himbeersirup, als wäre ich noch ein zehnjähriger Junge, dazu eine Schale mit harten Haselnussstengeln vom Großverteiler, die meine Geschwister und ich *Totenbeinchen* nannten.

»Greifen Sie ruhig zu«, sagte Gruber und wies aufs Gebäck. »In Ihrem Alter ist man doch immer hungrig.« Mir wurde bewusst, dass er Dialekt mit mir sprach. Sein breites Berndeutsch mit den dunklen Vokalen wirkte schwerfällig im Vergleich zu der geschliffenen Sprache, die ihn heraushob aus der Schar der anderen Lehrer, bei denen Akzent und Sprachmelodie unüberhörbar schweizerisch klangen. Gruber, so schien mir, hatte sich mit Kleidung und Sprache in einen anderen Menschen verwandelt. Oder war dies der wahre Gruber, den er sonst vor uns allen verbarg? Ich nahm aus Höflichkeit einen Haselnussstengel und biss mit viel zu lautem Knacken die Hälfte davon ab. Der starke Geruch nach feuchter Erde und nassen Blättern, der im Zimmer vorherrschte, überlagerte den Haselnussgeschmack auf meiner Zunge; er schien mir plötzlich so penetrant, dass ich am liebsten das Fenster geöffnet hätte.

Gruber strich mit seiner bäurischen Hand über das Manuskript. »Nun«, begann er, ganz auf meine Schreibmaschinenschrift konzentriert, »da haben Sie ja einiges geleistet. Vom Arbeitspensum her, meine ich.« Überraschend schaute er auf; graugrüne Augen hatte er, mit blonden Wimpern, auch das bemerkte ich zum ersten Mal. »Um es gleich vorwegzunehmen: Sie sind zweifellos begabt, Mario. Aber«, er gab seiner Stimme einen bedauernden Ton, »Sie haben sich verrannt, ja, Sie haben sich in Thema und Aussage völlig verrannt. Ich muss dies leider in aller Deutlichkeit feststellen. So verschwenden Sie Ihr Talent.«

Ich hatte Kritik erwartet, aber nicht diese Breitseite, diese totale Zurückweisung. Etwas in mir gefror augenblicklich. Ich wollte zu einer Entgegnung ansetzen, brachte aber nur schwach hervor: »Können Sie denn vielleicht …?« Gruber gebot mir mit einer knappen Handbewegung zu schweigen und legte mir dann Punkt für Punkt dar, was alles an meinem Text falsch und misslungen war: Der Stoff erscheine ihm abstrus, es gäbe andere und schlüssigere Metaphern, um das Fremdsein eines Heranwachsenden in der Welt zu beschreiben. Er denke an den *Grünen Heinrich*, dessen Lektüre er mir angelegentlich empfehle, vom *Werther* ganz zu schweigen.

»Das sind aber keine Dramen«, versuchte ich einzuwenden.

Er hörte nicht auf mich, zwinkerte bloß, für einen Moment aus dem Konzept gebracht. Er rate mir dringend, fuhr er fort, meine Beobachtungsgabe zu schärfen, mein Formbewusstsein zu entwickeln. Die Personen seien zu flach gezeichnet, die Dialoge über weite Strecken hölzern. »Versuchen Sie es doch zunächst mit gebundener Sprache. Das zwingt Sie zu Genauigkeit, zu einer Stilisierung, die den platten Realismus meidet.« Und nun las er mir einige Passagen vor, die in der Tat aus seinem Mund läppisch klangen. Ich begann mich zu schämen, und doch meldete sich erneut mein Widerspruchsgeist.

»Ich habe einfach etwas Neues wagen wollen«, sagte ich. »Kennen Sie Ionesco? Den rumänischen Dramatiker? Er ist … er hat …«

»Kommen Sie mir nicht mit neuen Namen!«, herrschte Gruber mich an. »Ich habe nichts von ihm gelesen. Ebenso wenig von Sartre oder Dürrenmatt. Man hat weiß Gott genug damit zu tun, die Alten zu würdigen, die der Zeitgeist an den Rand verbannt.«

»Wenn alle so denken, stirbt die Literatur«, zwang ich mich zu weiterem Widerspruch. »Auch im Sturm und Drang haben die Dichter Neuland betreten, das haben Sie selber so dargestellt.«

»Aber«, fiel mir Gruber in Wort, »nie wäre es ihnen eingefallen, pubertierendes Aufbegehren gegen das Elternhaus mit Elefantenhaftigkeit gleichzusetzen. Das ist doch rundweg lächerlich.«

Ich fühlte mich ertappt. Unterstellte Gruber mir hier autobiographische Bezüge?

Erst jetzt trank er vom lau gewordenen Milchkaffee. Ich hörte leises Schlürfen und Schlucken, das Klavierspiel hatte aufgehört.

Als Gruber die Tasse absetzte, hatten sich seine Züge entspannt. »Sie sind ein Feuergeist, Mario«, sagte er, und mir schien, das sei nicht bloß tadelnd gemeint. »Man darf annehmen, dass Sie diese Phase hinter sich bringen werden. Vielleicht wird aus Ihnen wirklich ein Schriftsteller.« Er schob den Blätterstapel zu mir herüber. »Lesen Sie meine Randbemerkungen. Und grämen Sie sich nicht, wenn Sie Ihnen streng vorkommen. Nur aus einem solchen Echo können Sie lernen.« Er machte eine kleine und wirkungsvolle Pause. »Ich habe übrigens Ihr Stück kopiert und an den Dramaturgen des Stadttheaters geschickt. Er wird es prüfen und Sie mit anderen Aspekten des Stückeschreibens konfrontieren.«

Ich traute meinen Ohren nicht; das hatte ich zuletzt erwartet. »Warum denn? … Haben Sie in meiner Arbeit auch Gutes gefunden? Und …« Ich konnte nicht weitersprechen, nun stiegen die Tränen, die ich so lange zurückgehalten hatte, in meine Augen. Ich wischte sie mit dem Pulloverärmel weg.

Gruber zog wieder die Mundwinkel nach oben. »Gutes? Ich hab's ja gesagt: Das blitzt bei Ihnen dauernd auf. Man muss Sie fördern. Aber die harte Arbeit steht Ihnen erst noch bevor.«

»Danke«, sagte ich und hielt mit aller Macht ein kindliches Schniefen zurück. Ich nahm mein loses Manuskript an mich und stopfte es in meine Schultasche. Ich stand auf und fühlte dabei einen leichten Schwindel. Gruber rührte sich nicht, und da auch ich verharrte, wo ich war, glich die Szene ein paar Sekunden lang einem biedermeierlichen Diorama. Doch dann erhob er sich mit einem Ruck, so dass die Couchfedern ächzten, und trat, an diversen Töpfen vorbei, zum Schreibtisch, der übersät war von Schriftstücken aller Art, Büchern, aufgeschlitzten Briefumschlägen. Er deutete auf einen imposanten Stapel in der Mitte, ein wahres Konvolut, in dem überall farbige Zettel steckten. »Schauen Sie, Mario, das hier ist mein Kampfplatz, hier ringe ich um die richtige Form, wenn das schulische Tagewerk erledigt ist.«

Ich starrte auf den Papierberg, neben dem ich Schüleraufsätze zu erkennen glaubte.

»Was ist es denn?«, fragte ich.

Er hatte auf die Frage gewartet. »Ich schreibe seit Jahren an einer Biographie über Stifter.« Das klang beinahe wie ein Bekenntnis, das er nur schwer, aber doch mit spürbarem Stolz über die Lippen brachte.

Ich nickte und murmelte den vollständigen Namen, als wäre ich ein ergänzendes Echo: »Adalbert Stifter, ja?«

»Ich will herausarbeiten, wer er wirklich war: ein Mann, der trotz aller Widrigkeiten ein gewaltiges Werk schuf. Ein Mann, der darin die Harmonie suchte, die ihm im Leben versagt blieb. Ein Mann, dem alles Maßlose und Fratzenhafte zuwider war.« Gruber hatte sich mit dieser Aufzählung in eine Rage geredet, die mir unverständlich war. Ich kannte von Stifter nur wenig und wusste noch nicht, was Bettina mir später erzählte: Gruber hatte diese Arbeit ursprünglich als literaturwissenschaftliche Habilitation einreichen wollen, um Professor an der Universität zu werden. Aber Jahr um Jahr hatte er den Einreichungstermin verschleppt und eines Tages beschlossen, die Arbeit zu einer bahnbrechenden Biographie auszuweiten, mit der er beweisen wollte, wie ein Kunstwerk zwar von den Lebensumständen des Dichters beeinflusst wird, sich aber völlig davon löst und überzeitliche Werte widerspiegelt.

Gruber hatte ein gewichtiges Buch – eine Studie zum *Nachsommer* – vom Schreibtisch gehoben, er schlug es auf und klappte es gleich wieder zu, griff nach einem anderen und hielt mir das Umschlagbild vor Augen. Es zeigte einen behäbigen Mann mit leicht aufgedunsenem Gesicht, das dem von Gruber in unbestimmter Weise ähnelte. »Sehen Sie diese Biographie hier. Unbrauchbar! Die Behauptung, Stifter habe sich mit einem Rasiermesser selbst getötet, ist absurd. Es war ein Unfall, die Hand ist ihm ausgerutscht. So ist es in den Medizinalakten protokolliert. Alles Übrige ist Legende. Der Mann tat keiner Fliege etwas zuleide. Gewalt hat er zeit seines Lebens verabscheut. Stifter ist kein Selbstmörder.« Gruber, dicht vor mir, strich sich mit dem Zeigefinger der freien Hand ostentativ über die Kehle. »Solche Dinge passieren aus Unachtsamkeit, aus Schwäche.«

Seine bedrängende Nähe, sein lautes Atmen, die Intensität, mit der er die Wörter ausstieß, waren kaum zu ertragen; zurückweichen konnte ich aber, der Töpfe wegen, nicht. Was ihn an der These eines Selbstmords derart aufbrachte, war mir ein Rätsel. Auch Kleist hatte sich umgebracht, und diesen Selbstmord hatte Gruber als konsequente Handlung eines am Leben Verzweifelnden gedeutet.

Ich wollte etwas sagen, etwas vage Zustimmendes; da setzte das Klavierspiel wieder ein, lauter jetzt.

Gruber fuhr zusammen, er drängte sich an mir vorbei zur Tür, riss sie auf und schrie: »Hör auf, ich bin in einer Besprechung!« Das Spiel brach sogleich ab, ich hörte Schritte im oberen Stock.

»Mich stört es nicht«, sagte ich. »Wir sind doch sowieso fertig.«

»Nun ja.« Gruber musterte mich zwischen Belustigung und abflauendem Zorn. »Es ist meine Tochter.« Er schien einen Entschluss gefasst zu haben. »Bettina!«, rief er in verändertem Ton. »Komm, zeig dich, wir haben einen Gast!«

Wir standen beide im Flur und warteten am Fuß der Treppe. Oben erschien ein Mädchen in hellem Kleid und kam zu uns herunter, nicht beschwingt, eher gravitätisch, wie eine Prinzessin, schoss es mir durch den Kopf. Es war meine erste Begegnung mit Bettina, und heute denke ich, dass Gruber uns auf seine Weise zu verkuppeln versuchte. Wir gaben uns die Hand. Gruber sagte zu meiner Verlegenheit: »Mario ist einer meiner besten Schüler. Und weißt du was? Er schreibt.« Ich fühlte mich wie ein Zirkusbär, den er der Tochter vorführte. Sie war sehr scheu damals, der blonde Pagenschnitt struppig, ihr schmales Gesicht erinnerte an eine Spitzmaus. Trotz ihrer Mädchenhaftigkeit zeichneten sich ihre Brüste deutlich unter der Bluse ab.

»Das war schön ... Wie du gespielt hast«, sagte ich zu ihr.

Sie schaute mich zweifelnd an, und Gruber antwortete an ihrer Stelle: »Sie ist weit fortgeschritten. Aber wir halten es für richtig, dass sie das Kindergärtnerinnenseminar absolviert, bevor wir ans Konservatorium denken.« Er fasste Bettina aufmunternd an der Schulter, und sie sagte sehr leise: »Ich bin im ersten Jahr.« Inzwischen war von irgendwoher auch Frau Gruber wieder aufgetaucht. Es herrschte nun beinahe ein Gedränge im Flur, ich fürchtete, einen Topf umzustoßen. Zum Abschied gab ich allen die Hand. Ich bedankte mich für den Sirup, den ich gar nicht getrunken hatte. »Er ist hausgemacht«, sagte Frau Gruber an der offenen Haustür. Ich sah, dass Bettina, die knapp hinter ihr stand, verstohlen lächelte, und das nahm mich plötzlich für sie ein. Noch draußen am Gartentor empfand ich dieses Lächeln wie eine kleine, sanfte Berührung.

Aber auf dem Nachhauseweg kam die Scham, sie stieg in mir auf, verhärtete sich im Tram zu einem Glutkern von Zorn. Von Haltestelle zu Haltestelle fand ich niederträchtiger, wie Gruber mich zusammengestaucht hatte. Dazu hatte er mich noch vor seiner Tochter blamiert: »Weißt du was? Er schreibt.« Diese spöttische Gönnerhaftigkeit! Und dann sein Gejammer über das falsche Bild von Stifter. Als ob ich Stifters wegen zu ihm gekommen wäre. Ich las einige seiner Randbemerkungen auf den ersten Seiten des Stücks. Sie schürten bloß meine Wut. »Passen Sie auf! Unpräzises Adjektiv.« – »Wählen Sie ein klareres Verb.« – »Achtung, zu flapsig!« – »Umgangssprache!« Verwundert sahen andere Passagiere mir zu, wie ich mehrere Seiten zusammenknüllte und in den Abfallbehälter bei der Tür stopfte.

Zu Hause zog ich mich gleich in meine Mansarde zurück, ich wollte niemandem begegnen. Den Rest des Manuskripts warf ich auf den Boden, legte mich bäuchlings aufs ungemachte Bett und weinte hemmungslos.

Lange blieb ich liegen. Es war schon dunkel, als meine Mutter an die Tür klopfte: »Komm jetzt herunter, ich habe dir das Essen warmgestellt.«

Ich schwieg, es war ein Trost, dass sich jemand um mich kümmerte.

»Ist etwas?«, fragte sie. »Stefanie meint, es geht dir nicht gut.« Stefanie, die kleine Schwester, dieses Biest. Sie hatte sich wieder die Treppe hochgeschlichen, sie hatte an der Tür gehorcht, die erstickten Laute gehört und daraufhin die Mutter mobilisiert. Ich hatte Stefanie verboten, mich auszuspionieren, ihr die schlimmsten Strafen angedroht. Sie hielt sich nicht daran.

»Es ist nichts«, sagte ich durch die Tür. Meine Stimme klang belegt, und ich fügte hinzu: »Bin ein wenig erkältet. Ich komme gleich.«

»Gut.« Sie ging weg, meine Mutter, die Treusorgende, wie Goethe geschrieben hätte: Hedwig Sturzenegger geb. Boss, Weißnäherinnenlehre, frühe Heirat. Ihr Mann, Inhaber einer orthopädischen Werkstatt, brachte ihr die Buchhaltung bei, untersagte ihr nach der Geburt des ersten Kinds das Mitsingen im gemischten Chor. Kleinkinder hüten, gar Windeln wechseln, gehörte sich für einen Mann nicht. Die Frau hatte sich zu fügen, man musste als Mutter Opfer bringen. Ich war der Mittlere von dreien. Der Vater rieb sich heftig an Bernhard, dem Ältesten, den es nach der kaufmännischen Lehre mit Macht forttrieb. Er schimpfte mit der vierzehnjährigen Tochter wegen ihrer Wimperntusche und zu kurzer Röcke. Mich ließ er in Ruhe, seit ihm klar war, dass auch ich, wie der Bruder, um keinen Preis sein Geschäft übernehmen wollte. Ich dachte damals, dass er es gar nicht merkte, wenn ich am Tisch fehlte.

Ich ging hinunter und betrat die Wohnung. Alles wie immer: der Linoleumboden im Flur mit seinen Blasen, das Schuhgestell, der graugrüne Anstrich in der Wohnküche. Am Küchentisch saß schon niemand mehr, die Geschwister hatten sich in ihre Zimmer verzogen, der Vater brütete vermutlich in einer Werkstattecke über seiner Briefmarkensammlung, Schwerpunkt Schweiz, er suchte seit Jahren nach einer Rarität, dem sogenannten *Basler Täubchen,* zu viel kosten durfte es aber nicht.

Mutter stellte einen Teller mit im Eierteig gebackenen Scheiben alten Brots vor mich hin, *Fotzelschnitten,* dazu Zwetschgenkompott aus dem Einweckglas. Das mochte ich sonst gerne, heute hatte ich nach wenigen Bissen genug.

Mutter setzte sich zu mir und musterte mich. »Du siehst aus, als sei dir ein Geist begegnet.«

»Ach was«, murmelte ich.

»Wo warst du denn?«

»Bei einem Freund.«

Sie legte den Kopf schief und kniff den Mund auf eine

besondere Weise zusammen, die skeptische Besorgnis ausdrückte. Das machte sie noch im hohen Alter, mit ungleich runzligerem Gesicht und störenden Haaren auf dem Kinn. Vor zwei Jahren ist sie gestorben, mit achtundachtzig, da lebte sie schon lange im Altersheim, nicht im selben wie Gruber, in einem billigeren. Sie blieb im Unterschied zu ihm geistig hellwach bis zuletzt, auch wenn sie sich mühsam am Rollator bewegte. Wie die Eltern zueinander standen, was sie einander bedeuteten, fand ich nie heraus. Sie hatten sich eingerichtet in einem entbehrungsreichen Alltag, die Werkstatt meines Vaters brachte wenig ein. Dennoch reichte nach einigen Jahren das Ersparte dafür, das Haus, in dem er auch die Werkstatt hatte, zu kaufen. Darüber hinaus war es nicht selbstverständlich, drei Kindern eine gute Ausbildung zu ermöglichen. Dass meine Mutter künstlerische Talente hatte, spielte sie stets herunter, verbarg es sogar. Sie sang gerne, während der Schulzeit hatte sie für sich selbst gemalt. In einer alten Zeichnungsmappe, auf der ihr Mädchenname stand, fand ich als Halbwüchsiger ein Aquarell, ein Stillleben mit drei Zwetschgen in einem Tellerchen. Wie die Blautöne und der Glanz des Porzellans aufeinander abgestimmt waren, gefiel mir sehr. Erstaunt fragte ich Mutter, ob das Bild von ihr stamme. Sie bejahte verlegen. Aber ihr Vater, der verwitwete Forstwart, habe es nicht gerne gesehen, dass sie auf diese Weise ihre Zeit vergeude, sie musste – die Brüder hatten anderes zu tun – im Haushalt anpacken. Da kam es auch nicht in Frage, Schneiderin zu werden, wie sie es gewünscht hätte, es gab mehr als genug Arbeit für sie. Der junge, ein wenig hölzerne, aber solide Schuhmacher, der um sie warb, bot ihr eine halbwegs sichere Existenz. Eine Zeitlang besorgte sie, zwischen Vater und Ehemann pendelnd, zwei Haushalte; dann kamen die Kinder, und sie hatte, wie sie einmal gestand, kaum je eine Minute für sich. Das Aquarell schob sie mit verschleiertem Blick in die Mappe zurück, verknotete sorgsam die Verschlussbändel. »Du brauchst es Vater nicht zu zeigen«, sagte sie. Ich nickte. Zum ersten Mal begriff ich, wie viele Träume meine Mutter in sich begraben hatte. Sie war fünfzig, als das Frauenstimmrecht eingeführt wurde, und erschrak darüber, dass ihr nun ein neues Feld jenseits der häuslichen Sphäre offenstand. Ein einziges Mal ging sie wählen, im Schlepptau meines Vaters. Danach verzichtete sie darauf. Über Dinge, von denen sie nichts verstehe, sagte sie später, möge sie nicht entscheiden. Und einfach ihrem Mann alles nachplappern, das wolle sie auch nicht.

Ihr Gesicht war kantig, und wenn sie etwas von sich fernzuhalten versuchte, wirkte es wie gemeißelt. Die Züge weichten sich auf, als sie im Sterben lag, unter der runzligen Haut schien die junge Frau durchzuschimmern, an die ich mich mit Mühe erinnerte. Der Zufall hatte es gewollt, dass ich an diesem Abend der einzige Besucher in ihrem Zimmer war. Sie hatte es abgelehnt, ins Krankenhaus transportiert und an Schläuche angeschlossen zu werden; das würde ja, sagte sie kaum noch verständlich, ihr Leben bloß um ein paar Tage verlängern. Erst vor kurzem hatte sie mir anvertraut, warum ich Mario heiße. Ich hatte immer gedacht, die Eltern hätten den Namen des Klangs wegen gewählt. Es war aber eine versteckte Ehrung für Mario Lonza, den italienischen Tenor, den sie verehrt hatte wie keinen Zweiten. Sein *Santa Lucia* hatte sie sich auf einer alten Schallplatte unzählige Male angehört. Das Lied konnte sie auswendig, und als sie nun mit brüchiger Stimme die Stelle sang *»Venite all'agile barchetta mia«*, erinnerte ich mich an die Melodie. Vater mochte diese Musik nicht, den Namen hatte sie zwar durchgesetzt, aber ihm zuliebe gab sie – da war ich drei oder vier – die zerkratzte Platte weg, so wie sie auch mit Malen aufgehört hatte. Ihr Geständnis hatte mich gerührt, jetzt fiel es mir, an ihrem Bett sitzend, wieder ein. Ich hielt lange ihre vogelleichte Hand in meiner; ich sah auf ihre zarten Finger und Knöchel und spürte plötzlich an meinem Daumen ihren sachten Puls. Die Hände passten nicht zu ihrem schwer gewordenen Körper, der sich unter der Bettdecke abzeichnete, und doch war es undenkbar, dass sie andere haben sollte. Ich erinnerte mich, wie oft sie einst mit diesen Fingern den Rhythmus eines Kinderlieds auf meine Handfläche geklopft hatte. Ich musste erraten, was es war. Die Berührung kitzelte, ich lachte, aber fast immer summte ich nach kurzer Zeit die richtige Melodie. Nun fing ich mit diesem alten Spiel an, *Santa Lucia* sollte es sein, was ich ihrer Hand mitteilte, und ganz leise pfiff ich dazu. Sie lächelte, murmelte etwas, plötzlich röchelte sie, dann blieb ihr der Mund halb offen, und ich wusste: Jetzt hatte sie die Grenze überschritten, und ich hatte es versäumt, ihr zu danken. Nicht ihr Tod erschütterte mich in diesem Augenblick, sondern mein Versäumnis.

Gruber, das Schicksal schultern

B. bewegt sich immer weiter weg von mir, ihrem Erzeuger. Das ist nicht recht getan. Auch die Enkel versucht sie mir vorzuenthalten, Fabian und Julia. Dabei will ich ihnen bloß das eine oder andere Grimm'sche Märchen vorlesen, sie zu korrektem Verhalten ermahnen. Sie sind ja inzwischen erwachsen, fällt mir ein. B. ließ ihnen zu viel durchgehen, es mangelt ihr an Konsequenz. Sie hat mich nach A.s Ableben hier deponiert, man nennt es Seniorenresidenz, es ist aber ein Gefängnis. Wenn es mich in die Weite zieht, holt man mich zurück. Ich habe B. nie geschlagen, das ist gelogen. Ich habe sie an der Schulter gepackt und geschüttelt, als die Polizei sie nach ihrem Fluchtversuch zurückbrachte. Sie war fünfzehn, ich habe ihr für ein halbes Jahr verboten, am Wochenende auszugehen. Wer sein Kind nicht zu bestrafen wagt, ist feige. Das Konservatorium, gleich nach der Sekundarschule, war ihre *idée fixe*, es brauchte eine Zwischenstufe. Wäre sie in der Musik gescheitert, hätte sie nichts in der Hand gehabt. Das war ein rationaler Beschluss, man kann sich der väterlichen Verantwortung nicht entziehen. Krankenschwester oder Kindergärtnerin, sie durfte wählen, in naturwissenschaftlichen Fächern war sie eine Niete. Und sie war ja nicht unglücklich im Seminar, durchaus geeignet für den Umgang mit Fünf-

und Sechsjährigen, mit denen sie gerne sang. Ihre beste Freundin, K., gefiel mir nicht, sie war zu fahrig, zu stark geschminkt, brandmager, aber die Einmischung muss ein Vater klug dosieren, und so sagte ich nichts, wenn B. stundenlang mit der Gymnasiastin K. in ihrem Zimmer saß. Was sie wohl beredeten? Es nützte nichts, an der Wand zu lauschen, ihre Stimmen waren zu leise.

Und dann fand B. rasch eine Stelle, sie verdiente genug, aber inzwischen hatte sich ihr Wunsch, das Konservatorium zu absolvieren, verflüchtigt, sie spielte bloß noch sporadisch Klavier. Mag sein, dass sie die Grenzen ihres Talents erkannt hatte. Wer war sie denn, verglichen mit Clara Haskil und Martha Argerich? Eine Dutzendbegabung, das ist die Wahrheit, ihr Klavierlehrer hat mir das unmissverständlich gesagt, und ich bin dagegen, das eigene Kind zu verherrlichen.

Mit zwanzig, als diplomierte Kindergärtnerin, zog B. aus, sie kam bei K. unter, ihrer fragwürdigen Busenfreundin. Das Klavier ließ sie bei uns stehen. Ich verbarg meine Bestürzung, es war zu früh für diesen Trennungsschritt, und ich kam schwer darüber hinweg, dass sie sich manchmal monatelang nicht bei uns zeigte. Ich hatte den Verdacht, dass A. sie heimlich besuchte und dass B. mir die Schuld daran gab, ihren pianistischen Elan gebrochen zu haben. Auch ich hatte höher gestrebt, ich wollte nicht als Gymnasiallehrer der Pensionierung entgegenaltern, aber es gehört zu den fundamentalen Einsichten eines reifen Menschen, dass es nutzlos ist, Ruhm erzwingen zu wollen. Jeder hat sein Schicksal, man muss es schultern und bis zur eigenen Grabstätte tragen. So auch St.

A., jetzt schreibe ich es und rufe laut: ALICE! Mein guter Geist! Mein böser Geist! Sie gibt vor, mir das Leben zu erleichtern und erschwert es durch ihre exaltierte Pflanzenliebe, durch angebrannte Bratkartoffeln, durch Süßigkeiten- und Rotweinentzug wegen meines Übergewichts. Aber weshalb das Präsens? Sie liegt doch längst schon, zu Asche geworden, auf dem Friedhof, ich habe gesehen, wie der Sarg, in dem sie lag, ins Feuer glitt. Flammenwut, lodernd, den Körper verschlingend, den ich nie mehr umarmt hatte. Und B. an der Orgel, ein Bach-Präludium. War es 2002? Plötzlich ist die Tochter Mitte vierzig, man will es nicht glauben, das Gehirn bleibt rege, und doch laufen die Gedanken in Fallen, torkeln übereinander, verschwinden, als habe Merlin sie weggezaubert. Und die Tochter sorgt dafür, dass der Greis, der ihr Vater ist, ins Altersheim kommt. Inkontinenz, die Gerüche. Wie war es mit A., als sie noch lebte? Ich saß ruhig am Schreibtisch, und sie war überall, ich hörte sie murmeln, wispern, seufzen, sie brachte mich zur Weißglut (Schimpfreden, Vorhaltungen), einmal, nach meiner Pensionierung, lag sie vor mir weinend am Boden, auf dem Bauch, der Rock hochgerutscht, ich wusste nicht warum, Krampfadern am Oberschenkel, eine Flusslandschaft. B. hatte uns einen Fernseher geschenkt, wir sahen die Leute auf der Berliner Mauer jubeln, ich glaubte es nicht, ich war überzeugt, dass uns etwas vorgegaukelt wurde, es lässt sich ja alles fälschen, auch die Mondlandung. Aber gerade in der Verzweiflung fällt man übereinander her, so groß war die Kriegsgefahr nie mehr seit der Kubakrise, und sie ist es noch jetzt, auch wenn es ganz anders scheint und die Sowjetunion äußerlich auseinandergefallen ist und später die beiden Türme in New York einstürzten. Die Systeme bekriegen sich mit allen Mitteln, nach wie vor, dazu nun der Islamismus. Wer nicht genau weiß, auf welcher Seite er steht, ist naiv. Als die Sache mit der P-26 aufflog, musste ich schweigen, wir alle hatten uns zum Schweigen verpflichtet. Es war demütigend, wie die Medien uns in Grund und Boden verdammten, uns, die Aufrechten, das sage ich mit Stolz. C., der Chef – wir nannten ihn Rico – vertrat uns mit Würde. Wir hatten getan, was unsere Pflicht gewesen war.

Zu A. fällt mir wenig ein. Ich betrat das Schulsekretariat, und da saß sie, die Neue, hatte mir den Rücken zugewandt, eckig war er, auf rührende Weise gebeugt. Adretter Eindruck, Lockenfrisur, Beflissenheit, flinke Finger und stets ein Lächeln, das gewann mich für sie. Das Lächeln wurde ihr später zu anstrengend. Erst meine dritte Einladung auf einen Konditoreibesuch nahm sie an, schöne Beine, und ich stellte zu meiner Erleichterung fest, dass sie las. Die *Buddenbrooks* kannte sie, einiges von Hesse, was ich überging, sie wollte am Wochenende unbedingt ins Kino, *Don Camillo und Peppone.* Da wurde aus einem scharfen weltanschaulichen Konflikt ein Klamauk gemacht, listiger Pfarrer gegen kommunistischen Bürgermeister. Dass sie sich am Ende verständigen, schläfert uns ein, lenkt uns ab von der drohenden Vereinnahmung. Ich erklärte Alice, was mich am Film störte, sie nickte, schien meine Einwände zu verstehen, verstand sie nie wirklich. Das Dienende an ihr brachte mich in Harnisch. All diese Pflanzen, die hundert Töpfe aus Ton, Keramik, Kunststoff. Es fing harmlos an, weitete sich aus zu etwas Klebrigem, Umzingelnden, Wuchernden, es war mir klar, dass dies ein Angriff war auf meine Souveränität. Aber kann man einer Frau das Hegen und Pflegen, das Züchten von Zimmerpflanzen verbieten? Ich versuchte es, dann verschob sie einfach die Töpfe. Ich zerschlug den einen oder anderen, dann kaufte sie sich neue. Warum hatte ich in diesem Punkt die Macht über sie verloren? Darüber grübelte ich ganze Nächte lang. Wie sie ständig herumschlurfte und die Pflanzen goss. Sie nahm mir die Luft zum Atmen. Die Gemüsebeete draußen ließ A. mit Absicht verwahrlosen. Und dann Bruckner, halbe Nächte hörte sie sich auf der neuen Stereoanlage, die uns B. geschenkt hatte, Bruckner an, während ich schlaflos lag. Dieser Lärm, diese Posauneninbrunst. Das war, nachdem B. die Scheidung von M. eingereicht hatte. Frauen leiden unter Trennungen, ich nahm sie zur Kenntnis, ich dachte, ich sei M. los. Doch er tauchte wieder auf, samt den Enkeln, wollte mich in die Enge treiben. Merkwürdig ist das heute bei den Jüngeren, man trennt sich und bleibt doch irgendwie verbunden, statt einen sauberen Strich zu ziehen. Ich habe mich nie getrennt von A., ich habe uns ausgehalten. Nach ihrem Begräbnis schaffte ich alle Töpfe samt der halbverdorrten Pflanzen hinaus. Zerbrach Stengel, zerrupfte Blätter. Warf die Töpfe aus den Fenstern im ersten Stock, und das Klirren war Musik. Wie leer dann das Haus, es kehrte eine tiefe Befriedigung in mir ein, ein wenig Wehmut. Für B. der Grund, mich abführen zu lassen, den Psychiatern zum Fraß. Sedativa. Sie stellten nach drei Wochen fest, dass ich zwei und zwei immer noch zusammenzählen konnte, die Seniorenresidenz stand mir offen. Beginnende Demenz, dies die Diagnose, ich sei noch kein Pflegefall, also leicht eingeschränkte Selbständigkeit, man müsse mich im Auge behalten. Unsinn! Für mein Alter funktioniert mein Gedächtnis hervorragend, ich bin freundlich zu denen, die freundlich zu mir sind, warum denn nicht. Ich war immer ein Menschenfreund, außer wenn es um diejenigen geht, die unser Land und seine Tugenden durch Leichtfertigkeit zugrunde richten. Ein neunjähriger Geheimeinsatz, danach das Schweigen, verordnet von ganz oben. Wie hätte A. gestaunt, hätte sie es erfahren! All die Male, da ich in Uniform einrückte und ihr vorlog, es handle sich um einen normalen Wiederholungskurs. Dabei ging es in die Berge, in den Bunker, ins geheime Gelände. Das ist, hätte sie sich gesagt, kein Mann, der sich duckt und in seinen Büchern vergräbt, nein, das ist ein Bürger, der gewillt ist, sein Leben hinzugeben für unsere Freiheit. Solche Sätze, denen man heute Pathos vorwirft, schreibe ich bewusst auf dieses Blatt. Wir kannten einander nicht, wir Gleichgesinnten, das gehörte zu den Regeln, aber wir wussten, dass es uns gab. Und wir hätten für Ordnung gesorgt, wären die kommunistischen Wühler, die sich so staatstreu gaben, eingeknickt vor Moskau, oder hätten sie manipulierte Wahlen gewonnen. Man mag es Putsch nennen, doch es wäre nur darum gegangen, die echte Demokratie wieder zu installieren. Hartes Handeln ist manchmal unerlässlich, die heutige Jugend will das nicht verstehen, für sie ist jede Form von Allotria ein gerechtfertigter Protest.

Ich notiere nur, ich notiere, was mir wichtig ist. Aber meiner Sprache fehlt der Atem. Sie fließt nicht, sie ist zerhackt, sie tut weh, ich kann nichts dagegen tun.

Mario, beinahe eine Liebschaft

Berger erzählte ich nichts von der Unterredung mit Gruber. Ich hielt meine Niederlage vor allen geheim. Sogar vor mir selbst wollte ich sie vertuschen, aber das ging nicht. Einige von Grubers Sätzen hatten sich Wort für Wort in mir festgekrallt: »Sie haben sich in Thema und Aussage völlig verrannt, Mario.« Auch der Dramaturg vom Stadttheater – ich argwöhnte, dass Gruber ihn erfunden hatte – meldete sich nie. Ich ließ das Manuskript liegen. Erst heute, nach Laufmetern von journalistischer Gebrauchsware, nehme ich einen neuen literarischen Anlauf und fürchte mich, als wäre ich noch der Maturand von damals, schon im Voraus vor jeder Kritik.

Das Verhältnis zu Gruber veränderte sich. Ich hielt Distanz, begann den Sprachgestus, den er für den einzig richtigen hielt, abzulehnen, obwohl ich in meinen Texten nach wie vor so schrieb. Das lief untergründig ab; an der Oberfläche blieb ich der achtsame und manierliche Schüler, der seine Kritik höchstens in gescheite Fragen kleidete. Gruber spürte die veränderte Stimmung und war sich offenkundig im Klaren, woher sie kam. Sein Ton mir gegenüber wurde noch freundlicher, er nickte billigend zu jeder meiner Antworten, was wiederum Berger nicht entging.

»Du genießt nun wirklich eine Sonderbehandlung«, hielt

er mir bei unserem nächsten Treffen vor. »Er verhätschelt dich geradezu.«

Wieder der Blick in den weitläufigen Garten, wie ihn nur Wohlhabende haben. Ich zuckte mit den Achseln und trank einen Schluck vom Haschischtee, den Berger mir aufgedrängt hatte. »Was kann ich dafür?«

»Fordere ihn mal richtig heraus! Mit diesem sentimentalen *Bergkristall* von Stifter, den wir jetzt auch noch lesen müssen. Schlag ihm um die Ohren, dass es heute massenhaft Kinder gibt, die ein ganz anderes Leiden durchmachen als zwei Verirrte, die in einer Höhle frierend eine Winternacht verbringen. In Biafra zum Beispiel. Frag ihn, wie es ihm zumute ist, wenn er in den Zeitungen diese Hungerbäuche sieht. Und ob es nicht angemessener wäre, *Die Verdammten dieser Erde* zu lesen.«

»Tu du es doch«, entgegnete ich. Der Tee wirkte nicht; nur Kopfweh bekam ich davon und einen trockenen Mund. Mit den militanten Thesen von Frantz Fanon hatte Berger mich in letzter Zeit oft genug drangsaliert. »Außerdem ist das Sachliteratur. Da kann Gruber leicht ausweichen.«

Berger schaute mich anklagend an. »Mein Durchschnitt ist miserabel. Ich muss vorsichtig sein, das weißt du doch. Sonst lässt er mich durchfallen.«

»Und dann soll ich sozusagen deine Speerspitze sein? Vergiss es.«

»Wofür brauchst du ein Glanzresultat?«

Ich schwieg, nun wurden in meinem Sichtfeld die Konturen der Fensterrahmen zu Wellenlinien, und das lenkte mich eine Weile ab, bis mir die Antwort einfiel: »Ich will den bestmöglichen Studienplatz.«

Schon vor einiger Zeit hatte ich mich entschieden, Germanistik, Geschichte und Philosophie zu studieren, genau wie Gruber, der mich gerne nach Zürich geschickt hätte, wo der alte Emil Staiger immer noch lehrte und die ganze moderne Literatur in den riesigen Topf des Entbehrlichen oder gar Perversen warf. Vor einem halben Jahr hätte ich Grubers Rat noch befolgt, jetzt nicht mehr. Ich wollte nicht nach Zürich. Anderswo gab es inzwischen Dozenten, über die Gruber manchmal ironische Sprüche fallenließ: »Die sehen alles durch die rote Brille, selbst die Literatur.« Ich wollte wissen, was sie dachten. Und das ging gegen Gruber, mit voller Absicht. Etwas davon versuchte ich – nicht sehr zusammenhängend – Berger begreiflich zu machen. Er lachte mich aus, es war nicht das erste Mal.

»Das ist germanistische Gärtchenpflege, deines soll lediglich ein bisschen mehr verwildern. Das findest du wohl rebellisch. Eingezäunt bleibt das Gärtchen trotzdem. Soziologie solltest du wählen, mein Lieber. Komm mit mir nach Genf, dort gibt es einen jungen Professor, er scheut sich nicht, das Unrecht anzuprangern, das Afrika in Armut und Elend treibt. Er war übrigens eine Zeitlang der Chauffeur von Che Guevara, stell dir vor!«

Ich schüttelte den Kopf, sah dabei den ganzen Raum schwanken. »Afrika ist mir zu weit weg. Und die Namen deiner Helden bedeuten mir wenig. Ich bleibe hier.«

»Als genügsamer Mansardenbewohner«, frotzelte Berger und veränderte auf dem Sitzkissen die Lage seiner langen Beine, die in zerschlissenen Blue Jeans steckten. »Und in der Nacht schreibst du an deinem epochalen Drama und wartest darauf, berühmt zu werden, wie?«

Ich zwang mich zur Ruhe des scheinbar Überlegenen. Ich wusste, dass Berger mit anderen eine Gruppe gegründet hatte, die sich gegen den gängigen Unterricht auflehnte und für die Maturafeier eine Störaktion plante. Zufrieden mit dem öden Vorlesungsstil der meisten Lehrer war auch ich nicht, aber in den Geheimzirkel, über den Berger dauernd Andeutungen machte, ließ ich mich nicht hineinziehen. Ich fand es feige, erst an der Abschlussfeier zu protestieren, um das eigene Zeugnis nicht zu gefährden, mir selbst fehlte aber ebenso der Mut, mich offen zu äußern. Am allerwenigsten Gruber gegenüber.

»Und du glaubst wahrscheinlich«, sagte ich, »dass ihr mit ein paar Stinkbomben in unserer Aula die Welt verändern könnt. Vor allem die Lage in Afrika.«

»Hast du eine Ahnung. Zuerst die Aula, ja, so fängt es an. Dann die Stadt.« Berger stand auf, lockerte die verspannten Arme und Beine und schaute gönnerhaft auf mich herunter. »Es ist zwecklos, mit dir zu diskutieren. Du hast ein Brett vor dem Kopf, genau wie dein hochgeschätzter Doktor Gruber, Leibnizkenner und ansonsten Ignorant.« Er ging über den teuren Orientteppich zur Terrassentür, versetzte ihr einen Tritt, presste die Hand auf die Scheibe, starrte eine Weile hinaus.

Ich hätte ihm den Kopf abreißen mögen. Mir schien, seine Arroganz werde genährt von all den teuren Objekten ringsum, dem Teppich, den Kunstbüchern auf dem Glastisch, den Eichenmöbeln. Nie war mir vorher so deutlich gewesen, dass wir unterschiedlichen Schichten angehörten.

»Du hast gut reden«, sagte ich. »Du kannst mit Geld um dich werfen und gleichzeitig die Ausbeutung der Armen beklagen, ohne auf etwas verzichten zu müssen. Das ist doch unglaublich billig.«

»Wie wenn es darauf ankäme!« Er drehte sich brüsk zu mir, seine Hand hatte auf der Scheibe einen milchigen Abdruck hinterlassen. »Geh jetzt lieber, ich bin enttäuscht von dir.«

»Das beruht auf Gegenseitigkeit«, erwiderte ich, obwohl es gar nicht stimmte. Ich wäre mit ihm gerne einig gewesen, mit dem Einzigen, den ich hätte Freund nennen wollen, aber da stand etwas zwischen uns, etwas Verhärtetes, das sich nicht mehr aufweichen ließ. Ich ging weg, mit knappem Gruß. Jetzt würde er sich, dachte ich, eine Zigarette anzünden und unglücklich sein wie ich. Es war für viele Jahre das letzte Mal, dass wir wirklich miteinander sprachen; von da an wichen wir einander aus. Er verließ in der Klasse den Platz neben mir, suchte sich einen andern zwei Reihen weiter hinten. Der kleine Kollbrunner lief zu ihm über, keine Ahnung, was Berger ihm über mich erzählte.

Dass ich ein paar Jahre später die politischen Ansichten von Berger übernehmen, sie sogar noch verschärfen würde, hätte ich damals nicht geglaubt.

Ich bestand die Matura ohne Durchhänger, war der Zweitbeste des Jahrgangs, was meinen Vater immerhin zu einer Gratulation veranlasste, er überreichte mir sogar ein Couvert, in dem hundert Franken lagen. Die Mutter wischte sich Tränen der Rührung von der Wange. Stefanie fiel mir um den Hals, Bernhard war wütend, er hatte bei seinem kaufmännischen Lehrabschluss, zwei Jahre zuvor, weniger bekommen.

Die Maturafeier um zehn Uhr morgens verlief im gewohnten Rahmen. Man trug Anzug und Krawatte oder knielangen Rock. Es gab erbauliche Reden, klassische Musik vom Schulorchester, die besten Maturanden – auch ich – bekamen Buchgeschenke. Keine Transparente, keine Zwischenrufe. Niemand störte. Es roch nach Kölnischwasser und Aula-Muffigkeit und keineswegs nach faulen Eiern. Ich wusste nicht, ob ich Berger wegen seiner Großtuerei verachten sollte oder mich selbst, weil ich mich diesem Ritual ja auch gefügt hatte. Erst drei Jahre später drang die unruhige Welt in unser Gymnasium ein, mit Sit-ins und Protestversammlungen. In dieser Stadt vollzieht sich Geschichte immer mit bemerkenswerter Verspätung.

Wir nahmen Abschied von den Lehrern (zwischen Gruber und mir ein Händedruck, ohne Blickkontakt), ließen uns auf dem Pausenplatz klassenweise, dann einzeln mit den Eltern fotografieren. Am selben Abend fand im Luftschutzkeller des Schulhauses unsere Abschlussparty statt, mit Einwilligung des Rektorats: Alkohol und Drogen verboten, laute Musik gestattet, aber bloß bis Mitternacht. Wir durften unsere Freundinnen mitbringen. Ich war nicht der Einzige, der keine hatte, in unserer Klasse gab es bloß vier Mädchen. Und so war einer auf die Idee gekommen, eine Klasse aus dem Kindergärtnerinnenseminar einzuladen, das sich im selben Quartier befand, es gebe unter den Girls ein paar heiße Feger, hieß es, die seien schon in Hot Pants gesichtet worden. Man hatte beifällig gejohlt, eine Dreierabordnung zum Seminar hinübergeschickt, die Einladung war angenommen worden. Die Organisatoren würden harassweise Colaflaschen mitbringen, in die Sangria abgefüllt war, jemand versprach, farblosen Wodka in Mineralwasserflaschen zu beschaffen. Ich wusste noch gar nicht, ob ich gehen wollte, das voraussehbare Getöse, der Tumult, die Sauferei waren mir zuwider.

An diesem Abend, zur Essenszeit, klingelte bei uns das Wandtelefon im Flur. Stefanie war am schnellsten dran, sie rief von draußen: »Es ist für Mario.«

Ich nahm den Hörer in die Hand, den Stefanie mir am baumelnden Spiralkabel entgegenstreckte. »Dein Deutschlehrer«, flüsterte sie. Ich bohrte den Zeigefinger in die Schläfe, so leicht ließ ich mich von der Schwester nicht hereinlegen. Aber es war unverkennbar Grubers Stimme. Was wollte er von mir? Plötzlich war ich so aufgeregt, dass ich die ersten Sätze nur halb verstand. Er wiederholte sie, ein wenig lauter, sorgsam artikuliert, mit einer Spur von Ungeduld. Es ging um seine Tochter, sie gehörte zu der von uns eingeladenen Seminaristinnen-Klasse. Ein Zufall sei das, vielleicht ein glücklicher. Er bat mich, Bettina unter meine Fittiche zu nehmen, so unauffällig wie möglich, versteht sich. Sie sei noch sehr unreif, schlage manchmal ganz unvermutet über die Stränge. Er könne ihr ja nicht verbieten, sich mit Gleichaltrigen auf einer Party, wie man das neuerdings nenne, zu vergnügen, wobei der Altersunterschied zwischen ihrer Klasse und meiner doch beträchtlich sei. Er schließe nicht aus, dass es den körperlich voll Entwickelten aus meinem Jahrgang darum gehen könnte, die unerfahrenen Mädchen aufs Glatteis zu locken. In Grubers Stimme schwang Nervosität, etwas Flatterndes, das ich an ihm noch nicht kannte. In der Leitung rauschte es, ich merkte, dass man am Esstisch still geworden war und zu mir heraus horchte.

»Nun?«, fragte Gruber nach einer viel zu langen Pause. »Kann ich auf Sie zählen, Mario?«

»Ich weiß nicht…«, sagte ich. »Wie stellen Sie sich das vor?«

»Ach«, er stockte, schien einen Hustenreiz zu unterdrücken, »Sie kennen meine Tochter doch, verwickeln Sie sie in ein anspruchsvolles Gespräch, seien Sie ritterlich, tanzen Sie meinetwegen mit ihr. Sie hat ja einen Tanzkurs absolviert, und sie mag Foxtrott. Passen Sie einfach auf sie auf. Und wenn es Ihnen möglich ist, dann begleiten Sie sie nach Hause, das wäre mir wichtig.« Er zwang sich zu einem Lachen, das in meinem Ohr zu explodieren schien. »Als Gentleman vom Scheitel bis zur Sohle sozusagen. Das sind Sie doch, wie ich Sie kenne. Und sollten Sie ein Taxi benötigen, werde ich Ihnen selbstverständlich die Unkosten ersetzen.«

Ich hatte den Impuls, Grubers Ansinnen rundweg zurückzuweisen, aber ich schluckte mehrmals, sagte dann: »Also gut, ich werde es versuchen.« Gleichzeitig bekam ich einen heißen Kopf.

»Ich danke Ihnen, Mario«, hörte ich ihn, unangenehm nah. »Ich danke Ihnen sehr. Das vergesse ich Ihnen nicht.« Und nach einer neuerlichen Pause. »Ich hoffe, dass wir in Kontakt bleiben.«

Ein knapper Gruß, dann legte Gruber auf. Ich kehrte benommen an den Esstisch zurück, wo die Teller, außer meinem, inzwischen leer gegessen waren.

»Was wollte er?«, fragte Stefanie gleich. »Das musste doch etwas Wichtiges sein, oder nicht?«

»Er wollte…«, setzte ich an und überlegte hektisch. »Er hat mir gratuliert, er hat mir angeboten, ein Buch mit mir privat zu besprechen, zu dem wir nicht mehr gekommen sind …« Man sah mir an, dass ich log. Mein Vater fragte unwirsch: »Und deshalb stört er uns um diese Zeit?« Stefanie bohrte nach: »Was für ein Buch?« Und ich antwortete reflexhaft: »Der *Nachsommer* von Adalbert Stifter, achthundert Seiten.«

»Puuh«, machte Bernhard und wischte sich imaginären Schweiß von der Stirn. »Lieber du als ich.«

Den *Nachsommer*, der Gruber so wichtig war, hatte ich tatsächlich vor einiger Zeit zu lesen begonnen, ihn aber nach hundert Seiten weggelegt. Ich ertrug diese Verlangsamung von allem und jedem, diese Umständlichkeit zwischen den handelnden Personen, diese Rosenblüherei nicht länger. Ein weiterer Grund für mich, Grubers literarische Vorlieben anzuzweifeln. Aber jetzt hatte er mir seine Tochter anvertraut. Das war eine zwiespältige Auszeichnung; ich hatte einen Moment lang eine diabolische Lust, sie zu unterlaufen, und war mir zugleich im Klaren, dass ich den Verführer, der ich gern gewesen wäre, in keiner Weise zu spielen vermochte.

Um neun Uhr war ich dort, nicht zu spät, nicht zu früh, mischte mich unter die etwa sechzig Leute, die mir zunickten oder mich ignorierten. Ich trug ein weißes Nylonhemd, hauteng geschnitten, Schlaghosen, die ich mir bei der Mutter erkämpft hatte, spitze Schuhe. Der betonierte Luftschutzkeller war dekoriert mit Papierschlangen und bunten Luftballons, die an der Decke schwebten. Die Beleuchtung war schummrig, man hatte rote und grüne Birnen in die Spotleuchten geschraubt. Aus den Lautsprecherboxen dröhnte der Hardrock von Uriah Heep, zu dem einige ekstatisch tanzten, während andere, halbvolle Plastikbecher mit Sangria in der Hand, gruppenweise zusammenstanden und schrien, um sich zu verständigen. Erwachsene waren nicht zu sehen, dafür viele Mädchen, die meisten geschminkt, in kurzen Röcken und T-Shirts oder Trägerleibchen. Es roch schon jetzt penetrant nach Schweiß und schlechten Deodorants. Berger, im schwarzen Rüschenhemd, schwang eine füllige Schönheit herum, die in hohen Tönen lachte, wenn sie im Gedränge mit jemandem zusammenstieß, und presste sie bei balladesken Passagen eng an sich. Kollbrunner, mit Sonnenbrille, schlängelte sich an mir vorbei und rief mir zu: *»Lady in Black«*. Das war immerhin ein Titel, den ich auch kannte. Bettina sah ich gleich. Sie stand in der Nähe des Eingangs, hörte mit vorgeneigtem Kopf einer Freundin zu, die auf sie einredete. Sie hatte sich zurechtgemacht, hübsch frisiert, ihr geblümter Rock war indessen knielang, als beinahe Einzige trug sie eine Bluse, crèmefarben, mit langen, weiten Ärmeln, und flache, grüne Schuhe. Ich trat auf sie zu, tippte sie am Ellbogen an, sie erschrak, lächelte, als sie mich erkannte. »Papas Lieblingsschüler«, stellte sie mich der knochigen Freundin vor, die Claudia hieß, einen gewagten Ausschnitt zeigte und in ihren Stöckelschuhen kleine tänzerische Stelzschritte machte. Ich schüttelte den Kopf. »Bin ich nicht. Aber du bist eindeutig Papas Lieblingstochter.«

Sie wiegte sich ein wenig im Rhythmus der Bässe. »Klar, er hat ja gar keine andere.«

Hin und her gingen die Witzeleien, in Bettinas Augen waren lockende Funken.

»Magst du diese Musik?«, fragte ich, als der DJ des Abends, einer der Unauffälligen in der Klasse, zu den Scorpions wechselte.

»Warum nicht?«, glaubte ich zu verstehen. »Das ist doch eine Abwechslung zu Schubert.«

Sie wiegte die Hüften, kam mir näher. Ich versuchte ein paar Tanzbewegungen und fühlte mich ungelenk. Darum drängelte ich mich zum Getränkedepot, goss Sangria in zwei Plastikbecher, hinterließ ein paar Münzen in der Sammelbüchse und kehrte, indem ich die Hälfte der Flüssigkeit verschüttete, zu den beiden Mädchen zurück. Ich überreichte ihnen die Becher, sie tranken. Bettina hustete, sagte prustend: »Das ist aber nicht Cola. Hier, nimm auch.« Sie gab mir ihren Becher, unsere Finger berührten sich.

Sie flüsterte dicht an meinem Ohr. »Sei ehrlich, hat Papa dir gesagt, dass du dich um mich kümmern sollst?«

Ich schüttelte den Kopf.

»Alkohol ist doch verboten hier«, sagte sie.

Ich leerte den Becher in einem Zug. »Darum ist auch keiner drin.«

Wir lachten, ich holte Nachschub, brachte eine Handvoll Crackers mit, die wir einander in den Mund steckten. Der Gedanke, dass Gruber uns jetzt beobachten könnte, spornte mich zusätzlich an. Ich strich Bettina eine feuchte Strähne aus der Stirn, und sie ließ es zu.

Claudia ging mit einem aus der Klasse tanzen, sie war, dank der Schuhe, einen halben Kopf größer als er. Nun waren wir, Bettina und ich, zu zweit, umkreisten einander mit vorsichtigen Schritten, und plötzlich hatten wir die Arme umeinandergelegt und spürten die Hitze, die von unseren

Körpern ausging. Die Sangria wirkte rasch. Im Keller wurde es immer schwüler, das Gelächter ringsum schwoll an, man hatte ein paar Birnen ausgedreht, es wurde im Halbdunkel schon geküsst und geknutscht, das machte mich verlegen, trotz der angenehmen Betäubung im Kopf.

»Gehen wir raus«, sagte ich in ihr Ohr und drückte sie an mich, »man kann ja kaum reden hier drin.«

»Das kitzelt«, wehrte sie ab. Doch sie ließ sich in den schummrig beleuchteten Gang hinausziehen. Niemand achtete auf uns. Die Musik war nun gedämpfter, das Hämmern der Bässe aber noch immer sehr nah. Ich fand in den Kleiderhaufen, die sich an der Betonwand stapelten, meine rote Cordjacke und half Bettina in einen viel zu langen blassgelben Regenmantel, der sie um Jahre älter machte.

Die kühle Aprilnacht empfing uns mit Wind und Regenschauern. Wir blieben eine Weile unter dem Vordach der Eingangstreppe stehen, angeleuchtet von der Außenlampe.

In der plötzlichen Stille war es nicht mehr nötig, einander ins Ohr zu schreien. Wir rückten ab. Bettina bemühte sich um Konversation. Was ich denn jetzt studieren wolle, fragte sie. Ich gab Auskunft, sagte, dass ich im Spätherbst erst mal die siebzehnwöchige Rekrutenschule hinter mich bringen müsse, was mir zuwider sei, aber leider unvermeidlich.

»Aus dir wird ja wohl ein Offizier«, sagte sie. »Du in der Leutnantsuniform. Nicht schlecht.«

»Keine Ahnung, ich mag das Militär nicht besonders.« Damit überspielte ich meine vage Absicht, es tatsächlich zum Offizier zu bringen, wie es mein Vater von mir erwartete.

Nach einer Pause sagte Bettina unerwartet heftig: »Mein Vater ist ein Militärkopf. Am liebsten würde er uns dauernd herumkommandieren wie auf dem Kasernenhof.« Zum ersten Mal hörte ich einen hämischen Unterton in ihrem Lachen. »Seine Hauptmannsuniform behandelt er wie ein Heiligtum. Wenn er darauf irgendein Stäubchen entdeckt, rastet er aus.«

Von jetzt an drehte sich das Gespräch ziemlich lange um Gruber. Wir verbündeten uns gegen ihn: zwei Unterlegene und Versehrte durchleuchteten den Vater und Lehrer in seiner Abwesenheit, benannten gnadenlos seine Schwächen, fanden den Mut, über ihn zu spotten.

Er sei kontrollwütig, sagte Bettina, er messe ihre Übungszeit am Klavier auf die Minute genau, stelle sogar einen Wecker. Er inspiziere ihre Kleidung, ihre Frisur, lasse nichts zu, was seiner Auffassung von Anstand nicht genüge. Er lese pingelig genau ihre Schularbeiten nach, tadle sie wegen der kleinsten Fehler, wolle ihr schädliche Lektüre verbieten, so lese sie eben heimlich, was ihr gefalle.

Was denn?, fragte ich.

Ach, Krimis, sagte sie, Schauerromane. Ob ich Edgar Wallace kenne?

Ich verneinte.

Das sei richtiger Schund und manchmal ganz toll, und wieder brach ein kurzes stürmisches Lachen aus ihr heraus. Aber die Mutter habe es noch schwerer als sie. Gruber verlange Sauberkeit überall. Er fahre mit dem Zeigefinger über die Türkanten, und wenn er Staub entdecke, ordne er sofortiges Putzen an.

»Ihr seid doch zu zweit!«, entfuhr es mir. »Verweigert

ihm doch einfach den Gehorsam! Ich verstehe nicht, warum ihr das hinnehmt.«

»Du kannst dir das nicht vorstellen«, sagte Bettina. »Es ist schwierig, ihm zu widersprechen, er reagiert mit Wutausbrüchen, stampft plötzlich wie ein wilder Stier im Haus herum, man fürchtet sich vor ihm.«

Ich war wie erstarrt. Mit meinem Bild des stets korrekten Lehrers brachte ich was sie da beschrieb nicht zusammen. Stimmte es überhaupt? Übertrieb sie nicht? Aber ich spürte die Wahrheit in ihren Worten, und mir wurde klar, dass ich diese dunkle Seite von Gruber seit langem geahnt hatte.

Bettina redete weiter. Es folgte das Geständnis, das mich nicht mehr verwunderte, aber dennoch bestürzte. »Er hat mich schon geschlagen. Nicht nur mich, auch Mutter.« Auf einmal war sie den Tränen nahe. »Hinterher behauptet er, die Hand sei ihm ausgerutscht, es tue ihm leid. Und spielt die Sanftmut in Person.«

Ich drehte mich zu ihr um, wusste nicht, was ich sagen sollte. Sie machte einen Schritt auf mich zu, dann zwei zurück. »Warum erzähle ich dir das alles? Du darfst es niemandem verraten!«

Ich versprach es mit einem stummen Nicken.

Doch daraufhin nahm sie Gruber plötzlich in Schutz. »Er ist ja doch mein Vater. Und ich glaube, manchmal ist er kreuzunglücklich. Dabei wirkt er so stark.«

Ich staunte. Darüber, ob mein Vater glücklich sei oder nicht, hatte ich mir noch nie Gedanken gemacht. »Wie meinst du das?«

»Ich weiß es nicht. Er hatte eine schwierige Kindheit.

Vielleicht liegt es daran. Oder daran, dass er sein Lebensziel nicht erreicht hat.«

»Welches denn?«

»Professor zu werden. Dass er es nicht geworden ist, betrachtet er als Demütigung, als große Ungerechtigkeit. Jetzt schreibt er dafür an einem Buch, das nie fertig wird.«

»Über Stifter, ich weiß.«

Sie trommelte mit ihren schlanken Fingern auf ihren Unterarm. »Wenn er weg ist und vergessen hat, das Arbeitszimmer abzuschließen, lese ich manchmal darin. Stifter hatte eine Pflegetochter, weißt du das?«

»Nein, für Stifter interessiere ich mich nicht.«

»Juliane hieß sie. Sie war wild, ungebärdig, sie lehnte sich gegen Stifter auf, lief einige Male davon. Die Polizei fing sie ein. Und sie war so unglücklich, dass sie mit siebzehn ins Wasser ging, in die Donau.«

Ein starker Widerwille gegen den Dichter des Maßvollen regte sich in mir. »Aber in seinen Werken spart er das aus, wie?«

Sie ging darauf nicht ein, sagte nach einer Weile (und mir fiel auf, dass sie zum Lispeln neigte, wenn sie sehr leise sprach): »Die Ehe mit meiner Mutter ist auch nicht besonders glücklich, denke ich. Ich bin wohl das Einzige, was sie wirklich miteinander verbindet.«

Wir schwiegen. Von unten näherten sich Stimmen, Schritte, einige Partygäste traten zu uns heraus, um zu rauchen. Kollbrunner war dabei, immer noch mit seiner sinnlosen Sonnenbrille. Er boxte mich leicht in die Seite. »Na, Sturzenegger, hast du dich schon wieder abgesondert? Immerhin in guter Gesellschaft.« Er war angetrunken, summte eine Melodie, hustete nach den ersten Zügen an der Zigarette. Es begann, süßlich zu riechen.

»Komm.« Ich zog Bettina, die sich einen Augenblick lang sträubte, wieder mit mir. »Wir gehen ein Stück.«

»Much pleasure!«, rief mir Kollbrunner nach.

Mit einer Stunde Fußmarsch rechnete ich bis zu Grubers Haus am Stadtrand. Aber weil es noch früh war, machten wir einen Umweg am Fluss entlang. Es wäre eine Niederlage für mich gewesen, sie vor Mitternacht zu Hause abzuliefern.

Wir gingen durch die Nacht, der Regen hatte aufgehört. Die Nähe, die uns das Gedränge im Keller ermöglicht hatte, stellte sich nicht wieder ein. Doch wir redeten, nicht mehr über Gruber, der war vorläufig abgehakt, sondern über uns. Der nasse Asphalt glänzte im Laternenschein. Die Zweige von Bäumen, an denen wir vorbeikamen, ließen unter den Windstößen Tropfen fallen, die wir uns aus den Gesichtern strichen. Meine Haare, die ich mit Brylcreem geglättet hatte, wurden nass. Bettina hatte ihre Kapuze erst hochgezogen, dann wieder abgestreift.

Sie müsse weg von zu Hause, sagte Bettina, unbedingt, sie verkümmere sonst in dieser Enge, sie wolle die Schule unterbrechen, für ein Jahr als Au-pair-Mädchen nach Paris oder London.

»Und das Klavier?«, fragte ich.

»Ich darf ja ohnehin nicht Klavier studieren, wenn es nach dem Vater geht. Aber gut, ich suche mir einen Haushalt mit Klavier, wo ich abends oder am Wochenende üben kann.«

»Und Kindergärtnerin? Wirst du das je sein?«

»Um Geld zu verdienen fürs Konservatorium, ja. Ich mag die Kleinen, aber meine Lebensaufgabe ist das nicht.«

»Was denn?«

Sie zuckte mit den Achseln. »Pianistin werden, wenn meine Begabung dafür ausreicht. Konzerte geben.«

Ich schwieg.

»Du siehst dich doch auch als Schriftsteller, oder?«

Sie blieb stehen, wir waren über einen gewundenen Fußweg zum Fluss gekommen, zur Aare, die ruhig, mit gleichbleibendem Rauschen dahinglitt, schwarz in der Dunkelheit.

»Wovon träumst du sonst, außer vom Schreiben?«, fragte Bettina.

So eine Frage hatte mir noch nie jemand gestellt; ich dachte an Berger und war betrübt, dass ich mich mit ihm zerstritten hatte. »Nun … manchmal möchte ich etwas tun gegen ungerechte Verhältnisse … etwas Konkretes … Aber das sind Kinderträume …«

Ihr Nein klang entschieden, fast streng. »Nein, die sollst du behalten. Die sind wichtig.« Wir gingen am Ufer entlang und passten auf, dass wir im Dunkeln nicht stolperten. Nun dachte ich plötzlich nicht mehr an Berger, sondern an Stifters Pflegetochter.

Als hätte Bettina meine Gedanken erraten, blieb sie stehen und sagte, wie nebenbei: »Vor einem Jahr bin ich mal von zu Hause weggelaufen.«

»Warum denn? Was hat dich …«

»Ich hab diese dauernde Kontrolle nicht mehr ertragen.«

»Du hast aber nicht daran gedacht … ich meine, wie diese Pflegetochter von …«

Sie lachte kurz, überraschend melodiös. »Nein. Vielleicht wollte ich ihm einfach einen Schrecken einjagen.«

»Deinem Vater?«

Sie schwieg, fuhr dann fort: »Ich wollte zu einer Tante in Genf, die hatte immer Verständnis für mich. Ich hab Autostopp gemacht. Was ja hochriskant war, ich weiß. Ich kam aber nur bis Moudon. Dann war Nacht, ich habe zu Hause angerufen. Er hat mich abgeholt.« Wieder ihr Lachen, unglücklich und doch voller Genugtuung. »So aufgelöst habe ich ihn noch nie gesehen. Er hat mir zwar auf der ganzen Rückfahrt eine Standpauke gehalten, wie undankbar ich sei, aber er hat dann doch ein paar Regeln gelockert, sonst hätte er mich heute Abend nicht gehen lassen.«

»Gut«, sagte ich mit trockenem Mund und einem heftigen Zorn auf Gruber. »Dann hat sich die Sache ja gelohnt.«

»Wie man's nimmt. Ich habe immer noch große Mühe, mich durchzusetzen. Aber ich kämpfe jetzt darum, eine Weile anderswo zu leben. Paris oder London, ich hab's ja gesagt. Er will es unbedingt verhindern. Ich sei zu unreif dafür, behauptet er.« Nun hatte sich in ihre Stimme etwas Bitteres geschlichen. Sie kam einen halben Schritt näher. »Das weiß sonst nur Karina, meine beste Freundin. Du behältst es für dich, ja?«

»Klar. Versprochen.« Ich griff nach ihrer kalten Hand.

Die Sterne, die sich inzwischen zeigten, gaben zu wenig Licht, wir sahen ein, dass es unsinnig war, am Fluss weiterzugehen, und kehrten um bis dorthin, wo Straßenlaternen den Weg wiesen. Ich fror ein wenig, Bettina zitterte sogar. Da legte ich den Arm um sie, und sie ließ mich gewähren. Umschlungen kamen wir zur Hauptstraße mit der Tramlinie, die zu Bettinas Zuhause führte. Wir redeten weiter, über Vorlieben und Abneigungen, über Verwandte, über Kindheitsferien. Hin und wieder blendeten uns die Scheinwerfer entgegenkommender Autos und ließen die Tramschienen glänzen. Aus verschiedenen Richtungen schlug es, lauter und leiser, zwölf Uhr, die Glockentöne überlagerten einander. Wir bogen in das Seitensträßchen ein, das ich schon kannte, und dann standen wir vor Grubers Haus. Im Erdgeschoss waren die Fenster erleuchtet und warfen einen rötlichen Schein in den Vorgarten.

»Er arbeitet noch«, sagte Bettina. »Und wartet auf mich.«

Unsere Gesichter näherten sich zögernd. Und dann küssten wir uns zum Abschied. Es war mein erster richtiger Kuss, auch ihrer, wie sie mir viel später gestand, unbeholfen und doch tief erregend war er. Unsere Zungen wussten nicht, was sie sollten und wozu sie imstande waren, sie umspielten einander ein wenig, wichen zurück, aber die Lippen saugten sich aneinander fest, meine Erektion drängte sich an ihren Schoß, meine Hand suchte zwischen zwei Knöpfen des Regenmantels einen Einschlupf. Plötzlich hörten wir ein Geräusch vom Haus her, ein Knacken, und wie auf Kommando ließen wir einander los.

»Ich gehe jetzt«, sagte Bettina hastig. »Aber wir sehen uns doch wieder?«

»Klar«, sagte ich; mehr brachte ich nicht heraus.

Sie lief durch den Vorgarten zur Eingangstür, sie winkte mir noch einmal zu, ich sah eine Silhouette an einem der beleuchteten Fenster. Sie hatte einen Schlüssel dabei, die Tür öffnete sich, ich glaubte, Grubers Stimme zu hören.

Eine Weile noch blieb ich stehen und wartete, dass mein

Puls sich beruhigte und meine unverschämte Schwellung zurückging. Am liebsten hätte ich gerufen: »Gruber, ich habe deine Tochter geküsst. Ich habe sie geküsst!« Es war ein Triumph, es war ein Sieg über ihn. Und es war schön gewesen, Bettina zu küssen; wahrscheinlich, dachte ich, würde es möglich sein, noch weiter zu gehen. »Gruber«, rief ich innerlich, »ich werde deine Tochter verführen!«

Erst gegen ein Uhr war ich zu Hause, durchnässt vom Regen, der wieder eingesetzt hatte. Ich stieg gleich zur Mansarde hoch, ich hatte keine Lust, meiner Mutter, die ich in der Wohnung unten unweigerlich geweckt hätte, Rede und Antwort zu stehen. Meine Güte, ich war fast neunzehn, ich hatte eine Frau geküsst, es gab nichts, was ich rechtfertigen musste. So legte ich mich ins Bett, ohne vorher noch ins Bad zu gehen. Und Bettina? Sollte sie meine Freundin werden? Gruber stand mir mit seiner ganzen Massigkeit im Weg, und zugleich lockte es mich, ihn weiter herauszufordern. Würde er die Liaison begrüßen? Mich im Familienkreis aufnehmen? Wohl nur, wenn ich sein braver Jünger blieb, ihm gläubig in allem nacheiferte. Das hatte ich lange getan. Das wollte ich nicht mehr. Ich wollte einen eigenen Standpunkt, eine eigene Sprache finden, die nicht seine war.

Bettina und ich sahen uns in der Stadt bisweilen von weitem und wichen einander aus, nickten uns höchstens zu. Es war merkwürdig, dass nach dieser rasanten Annäherung weder sie noch ich Anstalten machte, uns wieder zu treffen. Von Gruber bekam ich absurderweise eine Dankeskarte mit seiner Liliput-Handschrift. *Lieber Mario,* schrieb er, *meine Tochter hat Ihre Präsenz und Betreuung sehr geschätzt. Ich danke Ihnen und wünsche Ihnen für die künftigen Jahre und vor allem für Ihr Studium das Allerbeste. Ihr Dr. phil. A. Gruber.* Das Dr. phil. hatte er zuvor nie verwendet.

Heute denke ich oft darüber nach, was uns damals von der Liebschaft abhielt, die so unmissverständlich in der Luft lag. Ich glaube, wir hatten Angst vor dem eigenen Mut, vor all den Verwicklungen, in die wir hineingeraten könnten, wir fürchteten den Schatten Grubers, der über uns liegen und unsere Zukunft verdunkeln würde.

Neun Jahre später lud mich der Produzent meiner Zeitung zu seiner Silvester-Party ein. Ich war allein, hungrig auf Frauen, denn ich hatte mich vor einer Weile von Renate, der kapriziösen Kollegin, getrennt. Ich verhedderte mich in den Papierschlangen, die Alfons in seiner protzigen Wohnung aufgehängt hatte, und prallte im Gedränge buchstäblich mit Bettina zusammen. Wir entflammten bei der ersten körperlichen Berührung füreinander. Auf Karina, die an ihrer Seite war, achtete ich kaum. Auch Johann sah ich an jenem Abend zum ersten Mal, jemand stellte ihn mir vor, er redete auf mich ein, verschwand wieder in der Menge. Zu einer Freundschaft kam es erst später, als ich ihn für ein Interview traf. Wer weiß im Nachhinein schon mit Sicherheit, wo und wann ein bestimmter Mensch sich abzuheben beginnt von der Menge der anderen, wann und warum er unverwechselbar wird?

Bettina war Kindergärtnerin geworden und geblieben. Das enttäuschte mich ein wenig. Aber wir landeten schon nach drei Stunden, für beide völlig unerwartet, bei mir zu Hause im Bett.

Gruber und der Schüler M.

Wie habe ich gelitten an M.! Auch ihn wurde ich nicht los, verflucht seien B.s Halsstarrigkeit und seine Impertinenz. Zuerst die Phase staunender Gläubigkeit beim Gymnasiasten M. Da war er formbar, er sog die Worte von meinen Lippen, er schluckte sie, er machte sie sich zu eigen. Eine Art Osmose, berauschend manchmal. Ich stieß ihm die Türen auf zur Literatur, die diesen Namen verdient. Ich wahrte im Persönlichen Distanz, aber seine Aufmerksamkeit schuf um uns beide eine Aura von Intensität, welche die restliche Klasse ausschloss. M. hatte das als Außenseiter zu büßen, wie ich später erfuhr. Jede Klasse ist ein Organismus, den man bändigen muss, aber nicht alles lässt sich kontrollieren. Jede Lektion ein Auftritt, der einem das Äußerste abverlangt. Wie man Geschwätz unterbindet, lernt man als Offizier, doch Seitenblicke, ein Augenzwinkern entziehen sich jeder Sanktion. Ich war als Lehrer nicht beliebt, ich war geachtet, und das zählte mehr, die Schüler hielten mich für gerecht. Ein Einziger durchkreuzte mein Gerechtigkeitsstreben: M. mit seinem zurückgekämmten welligen Haar, kastanienbraun, seinen dunkelblauen Augen, seiner Physiognomie, die an eine griechische Statue erinnerte. Ein junger Athlet, Diskuswerfer vielleicht, zugleich Schüler von Sokrates, ein Denker. Mir war es egal, dass mir nachgesagt wurde, er sei mein Liebling. Er war es. Ich weichte auf in seiner Gegenwart, er hatte während der ersten beiden Jahre etwas Reines, Unverdorbenes.

Das Theaterstück, das er mir unterbreitete, konnte ich nicht billigen. Ein Waten in freudianischen Sümpfen, Traumbilder, denen jede Klarheit fehlte. Meine sorgsam abgewogene Kritik führte letztlich zum uneingestandenen Bruch zwischen uns. Es war ein Fehler, ihn in A.s Urwald einzuladen. So was vernebelt den Geist. Und es war ein Fehler, ihn als Beschützer B.s anzuheuern, ich wollte ihm zeigen, dass ich ihm vertraute, ja dass ich auf einen wie ihn setzte. Ein Schiffbrüchiger, ein Gescheiterter schwimmt an Land und fängt von vorne an, das hätte er lernen können aus meinem Vertrauensbeweis. Hat es St. nicht x-fach vorgeführt in seinem beschwerlichen Leben?

B. war krank nach dieser sogenannten Party, während Tagen nicht ansprechbar, der Mutter versicherte sie, es sei nichts passiert, M. habe sich ritterlich benommen, sie, wie vorgesehen, bis zur Haustür begleitet. Es war aber zweifellos anders, so kann man mich nicht übertölpeln. Ich hatte auf B. gewartet, spähte hinaus, als ich Geräusche hörte, sah nichts. Um halb eins, zu spät, kam sie ins Haus, bleich, verändert. Sie fror, wollte nicht, dass ich meine Strickjacke um ihre Schultern legte. Ein Tadel war am Platz. Kein Grund, mich zu meiden wie einen Aussätzigen.

Wie M. nun den Weg verließ, den ich ihm vorgezeichnet hatte – schändlich. Nach der Reifeprüfung hörte ich nichts mehr von ihm. Ich informierte mich jedoch über meine Kanäle: Er studierte sechs Semester, vorher die Rekrutenschule als Füsilier, wo er als weichlich galt und zugleich als rebellisch, Korporal wollte er nicht werden, später seine unselige Waffenverweigerung. Was hatte ihn gepackt? Er bewegte sich in Diskussionszirkeln, in denen die Welt theoretisch verbessert wurde durch Gleichmacherei und pazifistische Ideen. Dann die plötzliche Hinwendung zum Journalismus. Nicht etwa das Feuilleton, was begreiflich gewesen wäre, sondern das Lokalressort: Gerichtsfälle, Fabrikschließungen, Verkehrsprobleme. Ein Fahnenflüchtiger im doppelten Sinn, die Profanisierung eines Talents. War ich schuld daran? Ich las seine Artikel mit wachsendem Befremden. Eine Form von bösartiger Gesellschaftskritik schlich sich in seine Berichte: Er nahm den Individuen die Verantwortung ab, schob sie den ungerechten Strukturen zu, die man verändern müsse, er berief sich auf Scharlatane wie Marcuse und Horkheimer. Auch M.s Aufstieg zum Reporter verfolgte ich mit Argwohn, er schrieb nun in der gehobenen Wochenpresse. Immerhin in präziser Sprache, ihr fehlte jedoch das Geheimnis, deshalb wirkte sie platt, eindimensional. Wo blieb der M., der einst zu meinen Füßen saß? Er schrieb über das Elend der Psychiatrie, über Flüchtlinge, über afrikanische Länder, die er bereiste. Er fand Gutes im Bildungssystem der DDR, sogar in der Kolchosenwirtschaft der Ukraine. Er blendete die Bluttaten der kommunistischen Terroristen in Italien und der BRD aus. Und immer galt es, die Kolonialherren, die Mächtigen, die Vermögenden – oder die, die er dafür hielt – zu diskreditieren, immer ließ er seine Überzeugung durchschimmern, dass die Verhältnisse nur zu verbessern seien, wenn revolutionäre Bewegungen sie vom Kopf auf die Füße stellten. Dabei hätte er doch aus der Geschichte wissen müssen, dass jede Revolution Unrecht auf Unrecht türmt und die neuen Machthaber kaum je besser sind als die alten.

Ich wartete beklommen auf M.s erstes Buch, das nie erschien, und mühte mich weiterhin mit St. ab, dem armen, von Missliebigkeiten umzingelten St., dessen Gefräßigkeit – sechs Forellen zur Vorspeise! – ich weit besser verstand als M.s Kniefall vor der Ideologie der Unfreiheit. Das Konkrete, das Greifbare muss man sich einverleiben, das vertreibt die unnützen Theorien.

Dann der Paukenschlag, er hallt noch heute in meinem Schädel nach. B. lebte längst nicht mehr bei uns, sie fand Genüge in ihrem Beruf als Kindergärtnerin, und dies in einem Problemquartier mit Hochhäusern und viel zu vielen Ausländern. Das Klavier, das sie vergöttert hatte, stand bei uns, nicht bei ihr. Telefonisch ließ sie uns wissen, dass sie beim Sonntagsbesuch ihren Verlobten mitbringen werde, minimaler Anstand immerhin. A. wusste mehr, wollte nichts sagen. B. kam, an ihrer Seite M., den ich kaum noch erkannte mit seinem fingerlangen Bart, der beginnenden Stirnglatze. Sie hatten sich irgendwo nach Jahren wiedergetroffen. Diesmal, teilte B. uns mit, sei der Funke übergesprungen, *et voilà,* sie wollten heiraten. B. war mündig, seit langem. Da kann man nichts machen. Was blieb mir anderes übrig, als M. das Du anzubieten? Wir vermieden daraufhin Gesprächsthemen, bei denen wir aneinandergeraten könnten. Zum ersten Mal geschah dies, als ich, wieder über meine Kanäle, von M.s Waffenverweigerung erfuhr. Ungeheuerlich! Ein wehrpflichtiger Mann, der sich vor der Pflicht drückt, im Ernstfall sein Land zu verteidigen! Ich suchte M. auf, ja, noch vor der Hochzeit, ich ging zu ihm, vier Treppen hoch, in eine Dachkammer, wo das Chaos herrschte. Ich forderte M. auf, seine Entscheidung zu überdenken, appellierte an sein Verantwortungsgefühl. Seine Argumente waren hanebüchen, reine pazifistische Ideologie, gepaart mit linkem Wunschdenken, das den Menschen zu verbessern hofft, statt ihn zu zähmen. M. ging zwei Monate ins Gefängnis, immerhin stand er zu seiner Überzeugung. An jenem Abend stritten wir in größter Heftigkeit. Und auch nach der tristen Hochzeit verbissen wir uns immer wieder ineinander – wie Straßenköter, hielt A. mir weinend vor, wenn B. und M. nach einem Besuch gegangen waren. Sie kamen allerdings immer seltener.

Diese Hochzeit: wahrhaft eine Misere. Ich bin areligiös, neige allenfalls dem Pantheismus zu (wie letztlich auch St., der seine Frömmigkeit als Maske trug). Dass B. sich, gewiss unter dem Einfluss der Mutter, eine kirchliche Trauung wünschte, brachte mich aus der Fassung. Und dass M. als Sozialist in Pomp und Gebete einwilligte, konnte ich nur so deuten, dass B. ihn um den Finger gewickelt hatte. Was, retrospektiv gesehen, nicht stimmte. Er war es ja, der sie dann betrog und verließ. Ein Schuft, der sein Versagen schönzureden versuchte! Sie hatten zur Hochzeit eine Menge Leute eingeladen, die ich nicht kannte, die halbe Journaille der Region, offene Hemden, die Haare zottelig und viel zu lang. Das passte in die ländliche Kirche, die B. ausgesucht hatte, wie die Faust aufs Auge. B. wollte ein Blickfang sein, das misslang ihr wie so vieles. Ihr Kleid mit Schleier und Rüschen, ein Graus. Trauzeugin ihre Busenfreundin K., dieses magere Ding, deren Vater Hausmeister war im abgesperrten Areal des Geheimdienstes. Immerhin eine, wenn auch lose,

Verbindung zu unserer Widerstandsorganisation. Ab und zu dachte ich während der langfädigen Zeremonie: Wenn die wüssten! Der Trauzeuge: ein sauflustiger Maler, über den M. geschrieben und mit dem er sich angefreundet hatte, ein Schmierenkomödiant. Er gab während der Trauungspredigt halblaute Kommentare von sich, die mir nicht unsympathisch waren, aber es gehörte sich nicht. Johann Ritter hieß er, ein Ritter von der traurigen Gestalt, berühmt soll er später geworden sein. Offenbar jung gestorben. Mit dem Ausdrücken ganzer Farbtuben auf der Leinwand scheffelt man heute Geld. Und trotz alledem: A. zu Tränen gerührt, was sie noch unansehnlicher machte, sie war schon damals geschrumpft wie eine Backpflaume. Immerhin verstand ich mich auf Anhieb mit M.s Vater, der mir am langen Tisch, wo das Hochzeitsmahl serviert wurde, gegenübersaß. Ein knorriger Mann, Albert. Hatte sich hochgearbeitet, eigener Kleinbetrieb, Orthopädieschuhe. Was uns gleich verband: die Philatelie, Spezialgebiet: die Schweiz, Pro Juventute. Unsere Fachsimpelei ließ die Zeit und das trockene Kalbsfilet vergessen. Ich trat danach seinem Philatelistenklub bei, wir trafen uns regelmäßig, waren uns einig, dass M. uns entglitten war und eine Richtung eingeschlagen hatte, die letztlich die Preisgabe unserer Souveränität in Kauf nahm. Da mögen die Sowjetunion und die DDR verschwunden sein, von dem, was sich Europäische Union nennt, droht ebenfalls schweres Ungemach: Das Supranationale, dieses Potpourri, diese Vermischung von allem mit jedem ist letztlich eine kommunistische Idee in neuem Gewand, da kann mir niemand das Gegenteil weismachen. Ein kleines reiches Land wie das unsere ist im Grunde ständig umzingelt von

Neidern, es würde, hätten wir nicht ein wirksames Abwehrdispositiv, überschwemmt von parasitären Glücksrittern, von Möchtegern-Profiteuren, von Verelendeten, die wir unmöglich aufnehmen können. M. wollte ihnen damals Tür und Tor öffnen – ohne selbst einen Finger für sie zu rühren.

Sein Vater Albert starb an Krebs. 1999? Ich war auf seiner Beerdigung, vermied mit M., dem Geschiedenen, tunlichst den Blickkontakt. B. spielte Orgel wie dann wieder beim Begräbnis ihrer Mutter. J., meine Enkelin, beide Male am Cello, herzergreifend, sie ist zweifellos hochbegabt (anders als B.). Die Solosonaten von Bach stoßen in ein Land vor, das auch den Areligiösen mit Ehrfurcht erfüllt. Und eine Sarabande als Vierzehnjährige so souverän zu spielen: enorm. Würde J. gerne öfter sehen. Bloß reduzierte B. den Kontakt mit ihr auf ein Minimum, behauptete, ich würde sie überfordern mit philosophischen Themen, sei unwirsch, wenn sie sich für Leibniz nicht interessiere. Blödsinn. Ich habe sie als Erwachsene behandelt, und das erfüllt B., die in ihrer Kindlichkeit verharrt, mit hysterischer Eifersucht. Verworren das alles. Man müsste das eigene Leben entwirren, aber der Knäuel wird größer, von Tag zu Tag, ein Elend.

Mario, angefochten

Ich war schon ein paar Monate mit Bettina zusammen, sie war schwanger, wir hatten aber noch keine gemeinsame Wohnung, da erfuhr mein künftiger Schwiegervater über Umwege, dass ich im Vorjahr, als dienstpflichtiger Soldat, die Waffe verweigert hatte und deshalb von einem Divisionsgericht zu zwei Monaten Gefängnis verurteilt worden war. Den Entschluss hatte ich nach einer zweimonatigen Indienreise und intensiver Beschäftigung mit Gandhi gefasst; ich war bereit, mich als Sanitätssoldat ausbilden zu lassen und weiterhin, wie in der Schweiz üblich, Dienst zu leisten – aber ohne Waffe. Ich würde, das stand für mich fest, nie mehr ein Sturmgewehr berühren, außer bei der Abgabe im Zeughaus. Das Urteil war verhältnismäßig milde, man gestand mir ethische Motive zu und teilte mich, nachdem dies zunächst abgelehnt worden war, in die Sanitätstruppen um. Zwei Monate verbrachte ich in Halbgefangenschaft, ging tagsüber in die Redaktion, abends zurück in die Zelle. Einige Kollegen bewunderten meine Konsequenz, andere belächelten mich, weil ich nicht wie sie den weit weniger beschwerlichen Weg der psychiatrischen Ausmusterung gewählt hatte.

Ich wohnte noch in einer kleinen, ziemlich heruntergekommenen Wohnung im vierten Stock eines Altstadthauses, übernachtete aber häufig bei Bettina, die seit zwei Jahren mit Karina zusammenlebte. Gruber fand für seinen Besuch den richtigen Zeitpunkt. Ich war zu Hause, als er an einem Sommerabend überraschend an meiner Tür klingelte. Ich öffnete, starrte ihn wohl an wie ein Gespenst. Er keuchte, nachdem er die verwinkelten Treppen hochgestiegen war, nur stoßweise kamen ihm die Worte über die Lippen: »Wir müssen reden, Mario. Es ist dringend. Ich habe gewusst, dass du heute allein bist.« Sein Blick flackerte, wich mir aus und suchte mich wieder. Er wollte etwas von mir, aber was?

Ich ließ ihn herein. Er trug wie stets außerhalb des Hauses einen Anzug, der mit den Jahren immer zerknitterter wirkte, aus seiner Brusttasche schaute ein schlecht gefaltetes Einstecktuch heraus. Er stolperte beinahe über einen der Bücherstapel auf dem alten Parkettboden. Ich bat ihn, auf dem einzigen Sessel Platz zu nehmen, und drehte den Schreibtischstuhl zu ihm, so dass wir uns, ich in deutlich erhöhter Position, gegenübersaßen. Ich fragte, ob er ein Glas Wasser wolle, einen Schluck Wein; er schüttelte den Kopf, immer noch außer Atem. Er ging nun gegen die sechzig, sah aber im schwindenden Licht älter aus, zerfurcht, besorgt. Schräg hinter seinem Kopf mit den grauen Haaren, die an den Schläfen struppig abstanden, hing ein Mondrian-Druck.

»Das darfst du nicht, Mario«, sagte Gruber und beugte sich vor, was ihm, tief eingesunken in den Sessel, schwerfiel. »Das ist nicht zulässig.«

Ich fragte irritiert, was er meine, an das Du hatte ich mich noch immer nicht gewöhnt.

»Den Dienst, den Dienst am Vaterland. Du hast den Dienst verweigert. Man hat es mir zugetragen.« Er sprach langsam, versuchte seine Erregung niederzukämpfen.

»Weißt du es von Bettina?« Mit ihr hatte ich über meine Haltung zu Militär und Waffengewalt natürlich gesprochen und angenommen, dass sie den aufbrausenden Vater damit verschonen würde.

Er wischte sich mit dem Ärmel über die nasse Stirn. »Nein, nein, ich habe andere Quellen.«

»Und hast du ihnen auch entnommen, dass ich weiterhin Dienst leiste, als waffenloser Sanitätssoldat?«

»Ja, das ist gut und recht. Aber ich halte – ich muss das offen sagen – deine Entscheidung für feige. Die Welt starrt vor Waffen, du legst die Hände in den Schoß und lässt dich von anderen verteidigen.« Er fingerte an seinem Einstecktuch herum, als wolle er es vor mir verbergen, sein tiefer Seufzer wurde zu einem Ächzen. »Es fällt mir schwer, jemanden mit einer solchen Geisteshaltung in meiner Familie zu wissen. Dir ist doch klar, wie sehr ich dich geschätzt habe. Ich habe mich in dir getäuscht, und das ist äußerst schmerzhaft.«

Gruber hatte mich schon mit wenigen Sätzen gegen ihn aufgebracht. »Jetzt mal halblang! Was weißt du denn über meine Motive? Interessieren sie dich überhaupt? Kannst du dir vorstellen, dass ich es mir nicht leichtgemacht habe? Ich bin gegen Gewalt, Armand, gegen jede Gewalt, vor allem auch gegen die staatlich organisierte, und ich bin zum Schluss gelangt, dass ich konsequent sein muss, um mich selbst nicht zu verleugnen.«

Ich hatte laut gesprochen; er schaute mich erst verwirrt,

dann erzürnt an. »Ein Land muss sich wehren können, wenn es nötig ist. Alles andere sind Kinderträume.«

»Du weißt doch, wer Gandhi war. Auch ein naiver Träumer? Indien hat seine Unabhängigkeit ihm zu verdanken, seinen gewaltlosen Methoden. Willst du das etwa bestreiten?«

»Und heute? Was ist aus Indien geworden? Stellst du dich blind? Religiöse Unruhen, blutige Aufstände, Stammeskämpfe. Ständig droht ein Krieg mit Pakistan.«

»Aber trotzdem ist Indien eine stabile Demokratie. Ohne Gandhi wäre es zu einem blutigen Kolonialkrieg gekommen.«

Er knöpfte fahrig seinen Sakko auf, zupfte die Krawatte zurecht. »Lassen wir die Spekulationen. Du bist in Indien gewesen, ich nicht.« Sein Ton wurde milder. »Ich war siebzehn, Mario, und fühlte mich tödlich bedroht. Mai 1940. Die Nazis überrannten Frankreich. Man dachte, sie könnten jeden Moment auch bei uns einmarschieren. Ich habe mich gefragt, ob ich bereit wäre, mein Leben für Freiheit und Unabhängigkeit einzusetzen. Ich habe innerlich ja gesagt, ich hätte mich nicht ergeben, ich war bitter entschlossen, im Kampf zu sterben, wenn es sein musste. Eine solche Situation hast du nicht erlebt.«

Der Ausschnitt Himmel im linken Fenster verblasste, aber ich hatte keine Lust, das Licht einzuschalten, und so versank Grubers Gesicht allmählich im Halbdunkel. Er fuhr fort: »Im Frühling 45 war ich Korporal, stand im Jura an der Grenze. Die deutsche Armee war in Not, überall auf dem Rückzug, auch jetzt noch konnten wir überfallen werden. Wir hörten Nacht für Nacht Kanonendonner, Bombenexplosionen, das Heulen der Flugzeuge. Deserteure kamen über die Grenze.«

»Es kamen auch Flüchtlinge, Juden«, warf ich ein. »Ihr habt sie zurückgewiesen.«

Er schien einen Augenblick verwirrt. »Nicht alle. Wir taten, was wir mussten. Und wir warteten Tag für Tag auf den deutschen Angriff. Das geht unter die Haut, Mario, das ist etwas anderes, als wenn ein Nachgeborener wie du davon liest.«

»Die Zeiten ändern sich, Armand. Deutschland wird nie mehr gegen Frankreich in den Krieg ziehen, dank der europäischen Einigung.«

»Du täuschst dich!« Gruber richtete sich im Sessel auf, fuchtelte mit dem Zeigefinger. »Das mag für Westeuropa stimmen. Aber Tausende von sowjetischen Panzern stehen bereit, um uns zu überrollen. Sowjetische Atomraketen sind auf uns gerichtet. Die fünfte Kolonne ist auch hierzulande am Werk. Wir müssen uns mit aller Energie auf den Widerstand vorbereiten. Alles andere ist sträflich naiv.«

»Und du bist ein Schwarzmaler. Das sind doch die immer gleichen Argumente zugunsten der immerwährenden Aufrüstung. Ich bin für Abrüstung, nötigenfalls für einseitige. Nur das kann die Spirale der Gewalt durchbrechen.« Ich fühlte mich, als hätte ich Staub geschluckt, und bereute, ein martialisches Verb – durchbrechen – für eine pazifistische Idee gewählt zu haben.

»Dir«, setzte ich neu an, »war es klar, wofür du dich einsetzen wolltest.«

»Musste!«, sagte er dazwischen, ließ mich aber weiterreden.

»Ja, die Schweiz war umzingelt, ging deswegen auf Kompromisse mit dem potentiellen Feind ein. Sie wurde verschont dank wirtschaftlicher Zugeständnisse, als Golddrehscheibe, als Durchgangsland für die deutschen und italienischen Warentransporte. Verständlich bis zu einem gewissen Grad. Aber dieses Vertuschen hinterher, diese Beschönigung ertrage ich nicht.«

»Unfug!«, rief Gruber. »Verschont wurden wir dank der Abwehrbereitschaft unserer Armee. Punkt. Alles Übrige sind Marginalien.«

Das Schweigen zwischen uns lud sich auf. Es verdross mich, in alle Klischees hineinzufallen, die bei einem solchen Streit zu erwarten sind.

»Ich erzähle dir auch etwas von mir«, sagte ich. »Die Schikanen in der Rekrutenschule, all diese sinnlosen Demütigungen haben mich zur Verzweiflung gebracht. Kriechen mit angelegter Gasmaske, Erstickungsängste. Strafexerzieren für alle, weil ich angeblich beim Antreten fünf Zentimeter zu weit vorne gestanden bin. Und dafür werde ich von den Kameraden hinterrücks geschlagen, getreten, nachts aus dem Bett gekippt. Es ging darum, unseren Willen zu brechen. Nur darum. Behandle dein Gewehr wie eine Geliebte, das war der Leitspruch. Das Zielen auf Mannscheiben. Das Einstechen auf Strohpuppen, danach der Befehl: Leiche abstreifen! Dazu zynisches Gelächter. Und du denkst, dass ich bereit gewesen wäre, für mein Land zu sterben? Ganz anders: Irgendwann stand ich mitten in der Nacht an einem Fenster im fünften Stock der Kaserne. Ich wollte hinunterspringen, wie andere Rekruten vor mir. Drei, vier jedes Jahr. Aber ich hatte den Mut nicht.«

Ich brach ab. Die hervorgeholten Militärerinnerungen peinigten mich auf eine Weise, die ich nicht erwartet hatte. Zugleich erschienen sie mir als unwesentlich im Vergleich mit den Schrecknissen realer Kriege. Beinahe schämte ich mich für mein Lamento.

Gruber war tiefer in seinen Sessel gesunken, geduckt saß er nun da, schon fast mit der Dämmerung verschmolzen. »Du hattest Pech«, murmelte er, an der Grenze der Verständlichkeit. »Das waren unfähige Vorgesetzte. Ich war Kompaniekommandant, ich hätte solche Übergriffe nie geduldet, das kannst du mir glauben.« Er stockte, schien nachzudenken. »Härte muss sein, aber keine unmenschliche. Du bist ein sensibler Mensch, du hast das zu schwer genommen.«

Ich versuchte mich zu bremsen, es gelang mir nicht. »Ich will keine Tötungsbereitschaft in mir heranzüchten. Ich will, auch indirekt, nichts zu tun haben mit Waffenhandel. Weißt du, was Gandhi gesagt hat, als ihn die Leute fragten, wie man auf gewaltlose Weise einen Panzervorstoß stoppen könne? Man solle sich den Panzern mit leeren Händen in den Weg stellen, nicht von der Stelle weichen, sich notfalls niederwalzen lassen. Das halte kein Panzerfahrer über längere Zeit aus. Die Gewaltlosigkeit sei die größere Kraft als der Zerstörungswille.«

»Hanebüchen!«, schnitt mir Gruber, in alter Schärfe wieder, das Wort ab. »Was für ein Irrsinn! Das geht gegen die menschliche Natur. Sich ohne die geringste Gegenwehr töten lassen! Damit macht sich der Mensch zum Schwächling, zum Jammerlappen. Das schwebt dir wirklich vor, Mario?« Nun hörte ich, zu meiner Verwirrung, sogar etwas Bittendes aus seiner Stimme heraus.

»Ich habe keine Ahnung, ob ich so handeln könnte. Ich folge bloß meinem inneren Kompass: Ich werde nie ein Gewehr auf andere richten. Diese Entscheidung ist unumstößlich.«

Ich stand auf und machte Licht. Der Schein der Stehlampe neben dem schwarzen Ledersessel hob plötzlich Grubers Kopf aus der Dunkelheit heraus, so plastisch, dass ich die Hautunreinheiten, die kleinen Warzen, die Mundwinkelfalten hätte zählen können.

»Und wenn Bettina vor deinen Augen bedroht würde?«, fragte er. Wieder dieser bittende, beinahe flehende Ton. »Was würdest du tun? Ich möchte, dass meine Tochter von dir beschützt wird, Mario. Ich möchte sie in guten Händen wissen.«

»Und dabei kommt es dir auf meine Schießbereitschaft an? Das ist doch absurd.«

Er ballte die Faust, trotzdem wirkte er schwächer als am Anfang. »Ja, weil der Mensch sich nicht verändert. Du traust ihm zu viel zu. Sei vernünftig, Mario, schließe dich der Mehrheit an. Du darfst meine Enkel nicht mit diesem Friedensbazillus infizieren.«

Der Zorn wuchs erneut in mir, ich wollte Gruber verletzen. »Das wünschst du dir? Weißt du, was ich mir von dir wünsche? Dass du deine Enkel nie schlagen wirst.«

Er zuckte zusammen, zwinkerte, griff sich verlegen an die Nase. »Warum sagst du das?«

»Weil wir über Gewalt und Gewaltlosigkeit streiten.« Ich holte tief Atem. »Und weil du deine Tochter, wie ich weiß, oft genug geschlagen hast.«

Einen Moment lang schien sein Gesicht zu zerfallen, die

feuchte Unterlippe hing herab, er schloss die Augen. Dann stand er mit einem Ruck auf und schnauzte mich an, als wäre ich noch sein Schüler: »Das ist nicht wahr!«

»Willst du mir sagen, dass deine Tochter lügt?«

Er atmete schwer, stand mit hängenden Armen vor mir. »Das eine oder andere Mal, mag sein. Ich habe es bereut. Ich bin bisweilen zu impulsiv. Sie war ja unglaublich störrisch und widersetzlich. Aber was hat das mit unserer Diskussion zu tun?«

»Es hat damit zu tun, dass ich Gewalt in jeder Form ablehne. So wie dein großes Idol Stifter.«

»Stifter?« Nun krächzte er beinahe, trat einen halben Schritt auf mich zu, besann sich, packte mit zwei Fingern seine Nase und ließ sie wieder los. »Stifter? Lass Stifter gefälligst aus dem Spiel! Er war ein sanfter Mensch, gewiss, doch das Soldatentum hat er nie abgelehnt. Mit keiner Zeile!« Er knöpfte sich fahrig den Sakko zu. »Ich gehe jetzt. Es ist hoffnungslos mit dir. Und ich dachte, ein persönliches Gespräch …« Er konnte nicht weitersprechen, in seinen Augen standen Tränen, die ich in der Erinnerung klarer wahrnehme als damals.

Es gab keinen Abschiedsgruß. Er ging trotzig an mir vorbei zur Tür, und ich war nicht bereit, mich auch bloß einen Zentimeter zu bewegen. Wir waren in unseren Rüstungen, er, der heimliche Widerstandskämpfer (was ich damals noch nicht ahnte), und ich, der Pazifist. Er ließ die Tür ins Schloss fallen, ich blieb sitzen, bis mein Puls sich beruhigte, dann versuchte ich Bettina anzurufen, obwohl sie mir gesagt hatte, dass sie an diesem Abend mit Karina ins Kino gehen würde. Ich hörte dem Freizeichen so lange zu, bis meine Ohren glühten. Es hätte mir gutgetan, meine Hand auf ihren sich rundenden Bauch zu legen. Vater zu werden beängstigte mich in der Nacht, tagsüber war ich stolz darauf.

Das ist lange her. In den Neunzigerjahren, zur Zeit der Jugoslawienkriege, kam mein Pazifismus ins Wanken. Das Massaker von Srebrenica, dem die UNO-Blauhelme den Rücken gekehrt hatten, verfolgte mich bis in meine Träume. Tausende ermordeter Bosniaken, die ausgemergelten Gesichter der Flüchtlinge hinter den Gitterzäunen, kaum noch ein Unterschied zu den Bildern aus Bergen-Belsen oder Dachau. Ich debattierte mit Freunden erbittert darüber, warum Westeuropa diesen Unmenschlichkeiten tatenlos zusah. Und als sich im Kosovo 1999 die Kriegsgreuel gegen Albaner häuften, befürwortete ich zu meiner eigenen Verblüffung die NATO-Einsätze gegen Rest-Jugoslawien, nicht mit ganzer Überzeugung zwar, aber in der schmerzhaften Einsicht, dass ein großes Übel sich manchmal nur aufhalten lässt durch ein kleineres. Ich bin seither kein Pazifist mehr – aber was ich heute bin, weiß ich nicht.

Gruber, ohne Schweigepflicht

Pensioniert bin ich seit langem, so viel ist sicher, und jetzt, ich weiß es von der Pflegerin Birgül, sind wir vorgerückt ins Jahr 2010. Ich hatte durchgehalten als Lehrkraft, war einmal in Kur gewesen nach einem Herzanfall, in Crans-Montana. Die Jugend, die mir zugeführt wurde: immer zerstreuter, kaum noch in der Lage, den Kohlhaas zu lesen, Klagen über die langen Schachtelsätze. Mit Wehmut konnte man an einen wie den jungen M. denken, der sich in solche Sätze, in ganze Textgebirge hineinkniete. Einen Sohn wie ihn hätte ich mir gewünscht, damals. Und dann die schiefe Bahn, eingeseift mit den Parolen der Achtundsechziger, die M. verspätet übernahm. Man lernt, Frechheiten der Schüler zu erdulden, man begnügt sich mit Ironie und schlechten Noten, die aber den allgemeinen Durchschnitt der städtischen Gymnasien nicht unterschreiten dürfen. Die meisten hätte ich gegen Ende meines Lehrerdaseins durchfallen lassen, o ja. Was für Ignoranten!

B.s Scheidung von M., die Kinder erst fünf- und vierjährig, vom Vater verraten. Wann war das? Eine dringende Reportagereise nach Afrika schob er vor, um abzuhauen, ob mit oder ohne Geliebte, entzieht sich meiner Kenntnis. Es war eine Flucht, nichts anderes, dabei hatte er mir dreist vorgeworfen, die Beschäftigung mit St., dem Epiker, sei

Rückzug, Realitätsverweigerung, also ebenfalls Flucht. Was weiß M., der Storyjäger, von jahrelanger Vertiefung, von sorgsamster Annäherung an ein fremdes Leben, das allmählich ein Stück vom eigenen wird? Nichts weiß er davon. Er sucht die Schlagzeile, den Oberflächenreiz, den Zuspruch eines Publikums, das nach Sensationen giert. Aber wo ist er jetzt gelandet? Bei einer Familienzeitschrift, sagt man mir, einem seichten Unterhaltungsblatt. Kann das sein? M. aus dem Zeitgeist herausgefallen, aussortiert? Oder ist es die Folge zunehmender Resignation, weil die Welt sich nicht seinen Ideen fügt?

Aber ach, hätte ich damals – immerzu dieses Damals – B. mein Mitgefühl zeigen sollen? Sie war freiwillig in ihr Unglück gerannt, sie hatte sich mit einem Hallodri eingelassen, der weder als Ehemann noch als Kampfschreiberling etwas taugte. Ich schwieg und litt, wenn ich sie – selten genug – sah. Und noch mehr litt A., muss ich mir eingestehen, A., die noch dreizehn Jahre hinter sich brachte, bis sie dem Schrumpfprozess zum Opfer fiel, der viel früher begonnen hatte, starker Haarausfall, dieses Durchschimmern der Kopfhaut, sie ließ dafür die Grünpflanzen wachsen und wuchern, es war kein Ersatz. Man hätte auch B. aufpäppeln, hegen und pflegen müssen nach der – wie sie vorgab: einvernehmlichen – Scheidung. Doch sie fing sich. Und ich gestehe ein: M. kümmerte sich um die Kinder, bezahlte pünktlich Alimente. Wir, die Großeltern, hätten gern wöchentlich zwei, drei Tage auf die Enkel aufgepasst, B. wollte es nicht, sie überließ sie uns bloß für ein paar Stunden, nie für eine Nacht. Bin ich ein Ungeheuer?, fragte ich sie eines Tages. Und sie antwortete: IN GEWISSER WEISE JA. Wie soll ein Vater danach seiner Tochter begegnen? So verwirrt, wie sie mir unterstellt, bin ich im Übrigen nicht. Aber ich muss mich anstrengen, eine zeitliche Ordnung herzustellen, mich an Namen zu erinnern. Anstrengung gehört unabdingbar zum Leben. Dass ich mich hin und wieder in den Gespinsten des Gedächtnisses verheddere, ist nur menschlich und dem hohen Alter geschuldet. In den Briefmarkenalben ist alles an seinem Platz, Pro Juventute, Viererserien 1920 bis 1960: vollständig. Darauf darf man stolz sein. Da hat das Kleine, wie beim großen St., seinen Wert. Edelweiß. Stiefmütterchen. Der Hirschkäfer. Der Eichelhäher. Schmetterlinge aller Art. Lebensecht dargestellt von Künstlerhand, doch ohne Signatur. Anonym wie die Dombaumeister im Mittelalter. Aber ohne dieses Den-Himmel-erreichen-Wollen. Exaktheit, die sich auf drei Quadratzentimetern mit stiller Schönheit vereinigt. Wobei der Eichelhäher – mein Vater steckte sich seine königsblauen Federchen ins Hutband – schrecklich krächzt, das ist wahr, aber nicht im Bild. Und dass diese Sammlerliebe ausgerechnet M.s Vater mit mir teilte: eine seltsame Fügung. Kein Sensorium dafür bei M., er verlacht uns, die alten Männer.

Es kam ein Brief, eingeschrieben, mit Amtsfrankatur, umgeleitet an meine neue Adresse in der Residenz. Man entband uns von der Schweigepflicht nach fast zwanzig Jahren, ein Regierungsbeschluss. Wir wurden geehrt mit Ansprachen und Urkunde. Ich nahm an der Feier teil, begleitet von der tüchtigen Birgül, noch durften die nächsten Angehörigen nichts wissen. Der neue Vorsteher des Verteidigungsdepartements drückte mir die Hand, ein Mann nach meinem Geschmack. War Radfahrer-Major, bevor die Radfahrer abgeschafft wurden, er stemmt sich dem Zeitgeist entgegen, hält den Wehrwillen hoch, er hat den Mut, die irregeleiteten Armeeabschaffer in die Schranken zu weisen. Orgelspiel in der Kirche, danach ein Imbiss, gemischter Aufschnitt, wir waren zu sechst, lauter anständige und angesehene Bürger, alt jetzt, wir kannten uns vorher nicht. Die Konspiration hat ein glückliches Ende gefunden. Es bleiben die Verletzungen, man denkt an all die medialen Demütigungen, die man schweigend erdulden musste. Ich werde jetzt öffentlich reden. Die Einladung der Offiziersgesellschaft, die Wind bekommen hat von meiner Kaderrolle. Ich gehe hin, wer soll mich daran hindern? B. nicht, und M. schon gar nicht. Ich sage deutsch und deutlich: Wir waren zivil gekleidet, wir trugen keine Waffen. Kleine Widerstandszellen, im Land verteilt, einsatzbereit für den Fall der Fälle. Botschaften in toten Briefkästen. Decknamen, codierte Funksprüche. Es ging um den moralischen Widerstand, um die Ermutigung der Unterdrückten, es ging um das Lächerlichmachen der Besatzungstruppen (und dann wurden wir lächerlich gemacht, zu Phantasten und ewigen kalten Kriegern gestempelt). Wir nahmen an, dass die Besatzungstruppen, mit russischen Kommissaren, aus der DDR gekommen wären und Deutsch verstanden hätten. Unsere Aktionen: Tausende Ballone mit dem Schweizerkreuz am Himmel. Transistorradios, in Trümmerhaufen versteckt, sie hätten die Nationalhymne gespielt. Das Umstellen der Wegweiser natürlich, alles ohne Blutvergießen, so lange wie möglich. Die Schießübungen nur, um im allerletzten Notfall punktuell eingreifen zu können, um die Kollaboration der Führungsschicht zu verhindern. Übungen im Calancatal, weitab von der Zivilisation. Englische Flugzeuge warfen mit Fallschirmen Material ab. Wir hatten den Auftrag, ein Materialdepot im eigenen Garten anzulegen, d. h. die Objekte tief genug zu vergraben und unkenntlich zu machen. Ich tat es so, dass A., die stets Besorgte, keinen Verdacht schöpfte. Jeder Offizier hat Geheimnisse zu hüten, das musste sie verstehen. B. war zum Glück schon außer Haus. Geübt wurde ferner der geheime Funkkontakt mit der rechtmäßigen Schweizer Regierung im irischen Exil, das individuelle Überleben in feindlichem Gelände. Der Akademiker allein im Gebirge. Kein Schlafsack, Wasser aus Bergbächen, unreife Heidelbeeren als Wegzehrung, Sich-Zurechtfinden ohne Kompass. *Pfadfinderhaft* haben die Schreiberlinge das genannt, von *Paranoia* haben sie geredet. Hättest du denn von Anfang an klein beigegeben, Mario, wärst du ein Mitläufer geworden wie die Millionen in Nazideutschland? Ich war bereit, mein Leben zu opfern für den Widerstand. Ob ich unter Folter geschwiegen hätte, weiß ich nicht, ich hoffe es, ich kannte ohnehin keine echten Namen. Mein Einsatz wurde von höchster Stelle belobigt. Das werde ich dir bald mitteilen und mir deine Bestürzung vor Augen führen.

Man hat sich in jenen Jahren geschützt vor Gefühligkeit, das hatte keinen Platz in einer Welt, in welcher der Kalte Krieg jederzeit zum heißen werden konnte. Am Sterbebett der Mutter saß ich und spürte wenig, es stiegen Bilder auf, die mit dem Vater zusammenhingen, mit dem Vater und seinem Unfall, ich begriff nie, warum ein Lokomotivführer unter einen Zug gerät. Außer er hat den Unfall herbeigeführt und einen Kollegen zum Mörder gemacht. Mit sieben durchschaut man vieles, man wird zum Tröster einer Mutter, die in der Trauer versinkt und nie mehr daraus auftaucht. Erträgt dann hautnahe Intimitäten schlecht. Keine Reue, nein, oder doch ein nagendes Bedauern, dass mir B. abhandenkam, dieses kleine Wesen einst, nie habe ich ein strahlenderes Lächeln gesehen, und die unglaubliche Reinheit ihrer Stimme, als sie die ersten Kinderlieder sang. Glücklich allein ist die Seele, die liebt, schrieb G. Das Dunkle aber ist unten, und auch wenn ich es loswerden will, auch wenn ich es wegbeschwöre, bleibt es bei mir. Mitten in der Nacht schrecke ich hoch, der Pyjama nass vor Schweiß. Wo bin ich?, schreit es in mir. Keine Antwort, das alte Zuhause verkauft und abgerissen. Hatte ich je eines? Es schmerzt der Riss, von dem schon Augustinus wusste, dass er durch den Menschen geht. Den Vortrag vor der Offiziersgesellschaft werde ich halten, es ist meine Pflicht. Auch der arme St. rieb sich auf in seinen Pflichten als Schulinspektor, nie hat seine einfältige Gattin eine seiner Erzählungen gelesen, kein Wort, und was ich über Leibniz schrieb, wollte ebenso wenig in den Kopf von A., meiner angetrauten Frau. Man hat eine Wahl, man kann die falsche treffen und muss die Folgen tragen, lebenslänglich. Bald wirst du sechsundachtzig, rechnet B. mir vor, die Last wird mir zu schwer.

Mario, die Hochzeit

Nach dem Streit mit Gruber waren weitere Begegnungen unvermeidlich, die nächste am Hochzeitstag, einen knappen Monat später, da waren Bettina und ich schon in unsere Vierzimmerwohnung eingezogen. Ich hatte Kollegen von der linken Zeitung eingeladen, sie kamen ohne Krawatte, gaben sich salopp und kumpelhaft, auch Johann war da, mit dem ich später durch Berlin zog. Eltern und Schwiegereltern dagegen formell, befremdet von meinen Gästen. Gruber, in schwarzem Anzug, mit einer Nelke im Knopfloch, hielt sich abseits, begrüßte mich kühl, vermied die üblichen Gratulationsfloskeln. Es sah aus, als wolle er seine Frau stützen, die sich eng an seiner Seite hielt; wer genau hinsah, bemerkte, dass es umgekehrt war. Er verlor an diesem Tag seine Tochter amtlich an einen Hallodri, der ins falsche Fahrwasser geraten war. Wie sehr ihn das angriff, konnte er nur dank Alice tarnen. Bettina, sehr zart in ihrem Brautkleid, aber mit Kugelbauch, hatte auf einer kirchlichen Trauung bestanden, so standen wir vor dem Pfarrer im Talar, links und rechts von uns die Trauzeugen, Johann und Karina. Einen Moment lang, beim Anstecken der Ringe, packte mich ein Schwindel, ich verfehlte Bettinas Finger, schaffte es erst nach mehreren Versuchen.

Das Essen am See, die trunkene Ausgelassenheit einiger

Kollegen, die betonte Nüchternheit meiner Eltern und Geschwister, die mich für einen von ihnen Abgefallenen hielten, daran erinnere ich mich nur fragmentarisch. Deutlich aber ist das Bild Grubers: als Brautvater neben seiner Tochter sitzend, schweigend, reglos, er verzichtete auf eine Tischrede. Mein Vater hingegen, der redliche Schuhmacher und Philatelist, folgte der Konvention, hob sein Glas auf uns, die Frischvermählten, seine Zunge konnte die Aufregung, die ihn vor einem Publikum immer erfasste, kaum bezähmen. In seinen holprigen Glückwünschen schwang aber eine Zuneigung mit, die mich rührte, ich hatte lange nicht mehr gespürt, dass ich meinen Vater – diesen schlechtrasierten Mann mit dem faltigen Gesicht und dem ebenso faltigen Anzug – wirklich mochte. Die Mütter, meine und Alice, blieben stumm mit schmalen Lippen, wobei meine bisweilen etwas vor sich hin murmelte. Ihre Aufsässigkeit hatte sich schon immer im Nebenher und Hintenherum geäußert. Verschwommene Erinnerungen an alberne Gesellschaftsspiele, an das Tanzen zu Platten, die mein Bruder Bernhard mit Leichenbittermiene auflegte, Strauß-Walzer zuerst, den Müttern zuliebe, danach gemäßigter Pop, Nena, Michael Jackson, David Bowie bunt durcheinander. Ich drehte mich mit Bettina im Kreis, spürte ihren Bauch an meinem, ich nehme an, dass ich auch mit meiner Schwester Stefanie tanzte, mit Karina, die sich sehr steif gab, sogar ein paar Foxtrott-Schritte mit meiner Mutter.

Ach, meine Geschwister, sie ziehen, verjüngt, an mir vorbei wie Figuren auf einem Karussell. Bernhard, heute Chefbuchhalter in einer Möbelfirma, verkniffenes Gesicht, drei Kinder (genau wie sein Vater), er wählt stockkonservativ, tarnt mir gegenüber seine xenophoben Ansichten, wir sprechen nie darüber. Und Stefanie, die einstige Rebellin, lebt auf dem Land, als Frau eines stämmigen Käsers, in die Breite gegangen, unfruchtbar, ein Adoptivkind aus Bolivien. Sie hat wenigstens etwas gewagt. Aber diese Distanz zwischen uns. Was verbindet uns noch außer Neujahrs- und Geburtstagsgrüßen?

Gruber tanzte nicht auf meiner Hochzeit, er schien es auch Alice untersagt zu haben. Er war ein Klotz, undurchdringlich, und doch hatte ich, als er bei mir in der Wohnung war, Tränen in seinen Augen gesehen. Spät, als die Ersten schon gingen, taute er ein wenig auf, unterhielt sich quer über den Tisch mit meinem Vater; worüber, war mir ein Rätsel. Was konnte die beiden Männer miteinander verbinden? Es waren die Briefmarken, wie ich später erfuhr. Von meinem Vater hatte ich es gewusst, doch Gruber hätte ich diese Sammelleidenschaft nicht zugetraut, auch Bettina hatte sie nie erwähnt. Er schien sie zu verbergen wie ein heimliches Laster, dennoch trafen sich die beiden später regelmäßig im Philatelistenklub. Begrenzung der Sicht auf Miniaturen, Katalogstudium, Tauschhandel, Einordnungsmühsal. Vielleicht war es diese Reduktion aufs Handhabbare, die Gruber anzog, und die Bedrohung durch so viele Feinde ringsum vergessen ließ.

Das war vor langer Zeit, ich muss endlich – in diesem Herbst 2010 – von unserem Besuch bei ihm, dem Halbdementen, erzählen. Wie viel ist mir nun dazwischengeraten, hat sich hineingedrängt in meine Absicht, von Grubers Geständnis zu berichten. »Bemühen Sie sich um mehr Klarheit!«, hätte er einst an den Rand geschrieben. Jetzt ist es Renée Burkhart, Ressortleiterin bei *Family* und meine direkte Vorgesetzte, die mich mit eingeschobenen Bemerkungen zu meinen Texten drangsaliert. Ich bin ein kleiner Fisch im Redaktionsteich, aber den Auftrag für einen Artikel zu zwanzig Jahren Mauerfall und Wiedervereinigung habe ich mir, gegen starke Konkurrenz, geschnappt. Die Idee, die ich vorschlug, fand Zustimmung, auch meine Absicht, die damaligen Skandale in der Schweiz mit den welthistorischen Ereignissen zu verzahnen. Man erwog sogar eine Serie im Wochenabstand. Ich wollte ganz unterschiedliche Menschen zu ihren Erinnerungen an die Wendejahre 89/90 befragen; sie sollten spontan erzählen, wo sie damals gestanden, was sie empfunden hatten. Ich telefonierte herum, fuhr in die Ostschweiz, nach Basel, nach Stuttgart und München, hatte schließlich vierzehn Porträtskizzen, aus denen wir eine Auswahl trafen. Einige Gesichter gehen mir nicht mehr aus dem Kopf. Da ist Charlotte aus Basel, die Russisch studiert, um mehr zu wissen, und in Moskau den Mangel kennenlernt. Carsten, der in West-Berlin Zeuge einer Erschießung an der Mauer wird. Lena, die in München zwei Ossis bei sich aufnimmt und für sie im März, weil sie es unbedingt wollen, geschmacklose Erdbeeren kauft. Claudio, der in Venedig die neuen Osttouristen auf Parkplätzen campieren sieht. Und Jean, immer wieder Jean, dessen Frau im Herbst 89 stirbt. Nichts anderes hat da Platz als seine Trauer. Lauter Geschichten, die nicht zu meiner eigenen passen, sich aber doch mit ihr kreuzen.

Und jetzt, da der Artikel vorliegt, mäkelt die Chefin an ihm herum. Die Porträts seien ihr zu selbstbezogen, zu wenig *auf den Punkt gebracht.* Nochmals neu, Deadline nächsten Dienstag. Aber nach zehn Uhr nachts schreibe ich lieber an diesem Bericht hier, bis mir die Augen zufallen. Es sind ja erst ein paar Seiten. Niemand wird das drucken wollen. Gute Absichten, mangelhaftes Durchhaltevermögen.

Beim linken *Tagblatt,* in meinen Anfängen, galt ich als zu eigenwillig, als gelegentlicher Rechtsabweichler. Bei der Wochenendbeilage hatte ich den Ruf, zu literarisch zu sein, die Facts – schon damals! – zu vernachlässigen. Nach achtjähriger Durststrecke kam ich zu *Family.* Und jetzt kämpfe ich dagegen, in die totale Harmlosigkeit verbannt zu werden. Mein Kampfgeist erlahmt allmählich, das Wohlfühlprogramm des Blatts vernebelt meinen Blick auf die tausend Ungerechtigkeiten, in denen wir uns eingerichtet haben.

Mario, ein letzter Streit

Der Besuch ist mir zuwider, der Ablauf voraussehbar. Ein Herbsttag mit starkem Wind, herumgewirbeltes Laub, ab und zu ein paar Regentropfen. Ich parkiere den Fiat unten an der Straße, die Parkplätze direkt beim Heim sind sonntags immer besetzt. Zu Fuß durch die ansteigende Pappelallee, zwei Gestalten mit Rollator schlurfen mir entgegen. Das Alters- und Pflegeheim wurde vor ein paar Jahren renoviert, es heißt seither Seniorenresidenz Tulipan, ein hochgestochener Name für dieses zweigeschossige Gebäude aus den Siebzigerjahren, dessen Hässlichkeit auch der neue Anstrich mit sonnengelben Ornamenten nicht mildert.

In der Eingangshalle dösen einige der Alten auf Sesseln oder Rollstühlen, nebeneinander aufgereiht wie zum militärischen Rapport. Mein Gruß wird nicht erwidert, es sei denn, ich überhöre das eine oder andere Gemurmel. Grünpflanzen in Kupferkübeln, Bambus, Farn, Bananenstauden; einige wachsen bis zur Decke, das weckt Erinnerungen. Das Pflegepersonal gibt sich geschäftig, Tee und Kaffee werden auf Tabletts serviert. Im Speisesaal, von der Halle abgetrennt, sitzen Insassen mit Angehörigen an Tischen, von dorther dringt der Ton von Gesprächen an mein Ohr, und das lindert den Schrecken, der mich hier jedes Mal erfasst, die bange Frage, ob dieses endlose Warten auch meine Zukunft sei. Wir werden den Speisesaal mit Armand nicht aufsuchen, denn er weigert sich, sein Zimmer zu verlassen. Er schäme sich, sagt Bettina, in klaren Momenten über seine Gebrechlichkeit, seine undeutliche Sprechweise; vielleicht meidet er auch bloß den Pflanzendschungel. Ich setze mich in einen Besuchersessel und warte auf Bettina. Sie hat Verspätung, wie üblich. Früher gab sie die Schuld daran einer Ampelpanne, der geschlossenen Bahnschranke, einem überraschenden Anruf. Inzwischen ist sie selbstbewusst genug, auf eine Entschuldigung zu verzichten.

Dann sehe ich sie, leicht verzerrt, gefleckt von Grünpflanzenspiegelungen, hinter der Glastür. Sie trägt eines der strengen Kostüme, die sie in den letzten Jahren bevorzugt, dunkelblau; ihre Fransenfrisur, inzwischen gefärbt, ist mir vertraut. Die Tür öffnet sich automatisch, Bettina hat ihren Auftritt in der Halle. Während sie früher einen solchen Raum möglichst unauffällig betreten hätte (gerade sie, die doch als Pianistin im Mittelpunkt stehen wollte), scheint sie jetzt, auf mich zusteuernd, das Klacken ihrer halbhohen Absätze auf den Fliesen zu genießen. Ich stehe auf, wir geben uns die drei rituellen Wangenküsse, einer ihrer baumelnden Ohrringe streift meine Schläfe.

»Julia lässt dich grüßen«, sagt sie als Erstes. »Sie hat vor der Generalprobe noch rasch bei mir hereingeschaut.« Das gibt mir einen Stich. Julias Besuche bei mir müssen genau vereinbart sein, und oft kommen sie dann trotzdem nicht zustande. Die häufigsten Absagegründe: Migräne, verschobene Probe, ein auswärtiges Engagement. Sie ist nun fünfundzwanzig, Single wie ich, Cellistin am ersten Pult des

Symphonieorchesters; die große Karriere, die Bettina für sie vorgesehen hat, ist ausgeblieben. Aber die Solopassagen im *Don Quixote* von Strauß spielt sie hinreißend, und wenn sie als Ersatz für einen erkrankten Star aufgeboten wird, ist sie auch Tschaikowsky oder Dvořák gewachsen. Sitze ich dann in der fünften Parkettreihe, muss ich an die Dreizehnjährige denken, die sich mit glühenden Wangen Ruhm erhoffte und die unbedingte Zuwendung der Mutter, wohl auch des Großvaters Armand.

»Gehen wir?«, fragt Bettina.

Ich verlasse, einen halben Schritt hinter ihr, die Halle und steige, umweht von ihrem Parfümhauch, die Treppe hoch in den ersten Stock, wo die teureren Zimmer liegen. In der grünen Lederhandtasche an Bettinas Arm vermute ich die 200-Gramm-Packung mit den Pralinen aus der stadtbekannten Konditorei, und plötzlich überfällt mich Lust auf Schokolade. Zimmer Nummer acht, ein ovales Namensschild: *Dr. Armand Gruber.* Bettina drückt auf die Klingel, der elektronische Dur-Dreiklang erschreckt mich auch dieses Mal. Gruber könnte den Türöffner betätigen, doch er kommt selbst zur Tür, trotz seiner Gehbeschwerden, und da steht er, abgemagert, mit eingefallenem Gesicht, nachlässig gebundener Krawatte. Begrüßungsküsse duldet er nicht. Er mustert uns, weicht nicht von der Schwelle, dann fasst er mich ins Auge, fragt nach einem Räuspern: »Passwort?«

»Nachsommer«, erwidere ich.

Er schüttelt erzürnt den Kopf, die Zeitung, die er mit der rechten Hand umklammert, zittert. »Falsch!«

Dann muss es *Witiko* oder *Hochwald* sein. Vor einiger Zeit hat er mit diesem kindischen Spiel angefangen und uns einen Zettel mitgegeben, auf dem die drei Titel mit Ausrufezeichen standen. Seither wechselt er willkürlich zwischen ihnen ab. Wenn er die Zeitung in der linken Hand hält, dürfen wir nicht eintreten. Das war eine weitere Anweisung.

Bettina kommt mir zuvor. »Witiko«, sagt sie, »auch wenn ich es nie gelesen habe.«

»Schade.« Er macht Platz, aber nur so viel, dass wir uns an ihm vorbeidrängen müssen. »Das ist ein großer Verlust.«

Woran erinnert mich sein Geruch? Er ist nicht abstoßend, aber seltsam, kampferartig, mit einer Spur von Zitrone. Wir gehen ihm voraus durch den länglichen Garderobenraum neben dem Badezimmer und der Toilette, betreten das geräumige Zimmer mit der Fensterfront, die viel Licht hereinlässt. Zum Zimmer gehört eine Küchenecke, wobei Gruber nie selbst kocht, nicht einmal einen Tee; auch nach Alices Tod weigerte er sich, kochen zu lernen. Er schlurft hinter uns her ins Zimmer. Mein Blick fällt auf das Krankenbett, ich denke jedes Mal, dass die verstellbaren Kopf- und Fußstützen flach sein werden, wenn ein Toter darin liegt. Die Sitzgruppe ist Konfektionsware, der runde Tisch, an dem man zu dritt wenigstens etwas trinken kann, ebenso. Ein einziges kleines Bücherregal erinnert an Grubers ehemalige Bibliothek. Immerhin hat er den alten Schreibtisch mitgenommen, der in diesem Raum, nahe ans Fenster gerückt, viel zu mächtig wirkt. Wie immer ist er übersät von Grubers Notizen, in die wir keinesfalls Einsicht nehmen dürfen, mehrmals schon hat er betont, sei seien geheim.

Bettina und ich setzen uns – Gruber fordert uns nie dazu auf – an den Tisch, er selbst bleibt davor stehen, stützt sich mit einer Hand ab.

»Die Lage ist ernst«, sagt er.

Wir nicken.

»Willst du auch Wasser, Papa?«, fragt Bettina. »Oder soll ich einen Kaffee machen?«

»Vielleicht«, antwortet er. »Mit der Zeit dann.« Er atmet schwer, die Stirn in Falten gelegt.

Bettina holt aus dem kleinen Kühlschrank eine Flasche Mineralwasser, füllt drei Gläser, stellt sie auf den Tisch. Während Gruber die Flasche schüttelt und daran horcht, kippt Bettina den Inhalt der Pralinenpackung in eine geblümte Keramikschale, die sie einst selbst gemacht hat. Die wollte Gruber beim Umzug unbedingt behalten. Nun setzt er sich doch, nimmt ohne Zaudern zwei Pralinen und stopft sie in den Mund.

»Du solltest die Krawatte wechseln, Papa«, sagt Bettina.

»Schon gut«, wehrt Gruber ab. Er lässt sich nicht davon abbringen, am Wochenende seinen Anzug zu tragen; niemand darf ihn in die Reinigung geben. Er wischt sich mit dem Handrücken über den Mund, auf der Haut bleibt eine braune Spur zurück.

Wie es ihm gehe, fragen Bettina und ich beinahe gleichzeitig. Sie kontrolliert mit einem Blick, ob er das Hörgerät trägt.

Er nickt wieder; in diesem verlangsamten Nicken erkenne ich ein Stück weit den einstigen Armand. Es ging häufig einer wichtigen Mitteilung, einer Sentenz, einem Zitat voraus. »Jetzt gilt es zu handeln«, sagt er. »Unverzüglich.«

»Wie es dir körperlich geht, meine ich«, sagt Bettina. »Schläfst du gut?«

Er schneidet eine Grimasse: widerwillig heruntergezogene Mundwinkel bei nochmaligem Nicken, etwas zwischen einem Nein und einem Ja. Er scheint verstanden zu haben, also ist das Hörgerät eingeschaltet.

»Ich zähle Schafe.« Er lacht gedämpft und deutet auf die Tür. »Die sollen nicht meinen, dass sie mich mit Schlafmitteln abfüllen können.«

Ich schaue ihn an und denke daran, wie oft wir erbittert miteinander gestritten haben, seit ich sein Schwiegersohn wurde. Auf dem Papier bin ich es schon lange nicht mehr. Weihnachten 89 fällt mir ein, da waren Bettina und ich schon getrennt, feierten aber trotzdem zusammen mit den Kindern, luden auch die Großeltern zum Essen ein. Gruber stand unter Hochspannung, das merkte man, vielleicht, weil er den Fall der Mauer für eine raffinierte Finte der Kommunisten hielt, oder noch wahrscheinlicher, weil beinahe zur gleichen Zeit über die Initiative zur Abschaffung der Armee abgestimmt worden war, die völlig überraschend 35 Prozent Zustimmung gefunden hatte. Das war unerhört für Gruber, ein Affront, ein Schock. Mehr als ein Drittel der Stimmbürger hatte vor der zeitgeistigen Verweichlichung kapituliert. Von mir nahm er natürlich an, dass ich ebenfalls ja gestimmt hatte. Es kam genau wie in den übelsten Familienfestklischees. Vor den ungeöffneten Geschenken beschuldigte er mich, ein miserabler Vater zu sein, ein Feigling, ein Egomane, der sich aus seiner Ehe davongestohlen habe und seine Verantwortung nicht wahrnehme, weder als Vater noch als Bürger. Ich nannte ihn einen Betonschädel, einen Ewiggestrigen, einen Familientyrannen. Wir schrien uns an, wenig fehlte, und wir hätten uns geprügelt. Mein

Vater, zuerst versteinert, versuchte zu schlichten, die Kinder schluchzten, Alice hielt ihren Mann am Vestonärmel fest, und Bettina stellte sich vor mich hin und sagte: »Geh lieber, geh jetzt!«

Wie ich in meine Dachwohnung zurückfand, weiß ich nicht mehr. Diese gegenseitige Beschimpfung zwischen mir und Gruber war schlimmer und sinnloser als der Pazifismus-Streit kurz vor der Hochzeit. Erst Jahre später kam es, von Bettina eingeleitet, zu einer zögerlichen Wiederannäherung.

»Wo ist Julia?«, fragt Gruber in herrischem Ton. »Warum ist sie nicht da?«

»Sie ist erwachsen, Papa, sie entscheidet selbst, was sie tun und lassen will.«

»Firlefanz«, murmelt er. Und lauter: »Es gibt Pflichten, es gibt eine innerfamiliäre Verantwortung.«

»Interessierst du dich denn überhaupt für Julia?«, frage ich.

Einen Augenblick lang wirkt er verwirrt. Er hebt die Stimme. »Sie müsste da sein. Die Ziehtochter von Adalbert Stifter hieß Juliane. Da ist eine Ähnlichkeit.« Er bringt dies vor, als habe er ein schlagendes Argument gefunden. »Juliane benahm sich äußerst ungezogen. Undankbar. Sie lief mehrmals davon und kam zuletzt nicht wieder.«

Ich versuche meiner Stimme einen beruhigenden Klang zu geben. »Das wissen wir, Armand. Sie kam nicht wieder. Sie war tot. Aber Julia lebt, und sie wird dich auch wieder besuchen.«

Jetzt blickt er kummervoll auf seine Handfläche, auf der ein Truffe de Champagne schmilzt. Bettina tippt ihn an, will ihn darauf hinweisen, aber er stößt sie zurück und bringt die Schokolade so hastig und ungenau zum Mund, dass nun Lippen und Kinn ganz verschmiert sind und Krumen auf die Krawatte fallen.

Wir wissen unterdessen, dass er sich von Bettina nicht säubern lässt, von mir schon gar nicht; nur eine türkische Pflegerin, die mit ihren Wangengrübchen ein wenig der jungen Alice gleicht, darf sein Gesicht berühren. Er sieht nun aus wie ein uraltes Kind. Der Eindruck verstärkt sich noch, als er, auf dem Polsterstuhl halb zusammengesunken, an den klebrigen Fingern zu lutschen beginnt. Es ist rührend und zugleich peinigend würdelos.

»Tu das nicht, Papa«, sagt Bettina ruhig, aber den Tränen nahe.

Da geht plötzlich ein Ruck durch den alten Mann, er strafft sich und scheint von einer Sekunde auf die andere um Jahre jünger. »Die Zeit ist gekommen«, sagt er. Auch die wohlartikulierte Stimme des Deutschlehrers hat er wiedergefunden. »Ich gehe an die Öffentlichkeit, man hat es mir gestattet.«

Bettina und ich tauschen beunruhigte Blicke. Was meint er? Hängt er einer seiner abstrusen Phantasien nach?

Seine Miene schwankt zwischen Stolz und Grimm. »Wir werden geehrt, wir dürfen nun reden.«

»Wir?«, werfe ich ein.

Er schlägt mit der flachen Hand auf den Tisch. »Ja, meine Kameraden und ich.« Er schnauft laut. »Zwanzig Jahre mussten wir schweigen, Hohn und Spott wurden kübelweise über uns ausgegossen. Das ist vorbei. Nun wird sich zeigen, aus welchem Holz wir geschnitzt sind.« Er wischt sich über die feuchten Augen, und an den Brauen bleiben Schokoladenkrümel kleben. »Um die Freiheit ging es uns, auch um eure, die ihr ja heute in vollen Zügen genießt.« Das ist nun ganz der alte Gruber mit seinen Seitenhieben gegen Hedonismus und Disziplinlosigkeit.

»Papa«, sagt Bettina, »ich weiß nicht, wovon du redest.«

Gruber gibt einen missbilligenden Laut von sich. »Von unserer Organisation natürlich. Wir waren bereit zum Widerstand. Jederzeit. Unter allen Umständen. Und das war bitter nötig.«

Mir geht vieles durch den Kopf. Meiner Vermutung will ich erst überhaupt nicht trauen. »Was für eine Organisation«, fragt Bettina perplex.

»Doch nicht etwa die P-26?«, dopple ich nach. Vor ein paar Tagen stand es in allen Medien: Die Mitglieder der P-26 waren nach zwanzig Jahren von ihrer Schweigepflicht entbunden worden. Man plante, ihnen aus heutiger Sicht zu danken, ohne aber ihre Identität aufzudecken.

»Ein dummer Name«, sagt Gruber. »Aber offenbar fiel Rico nichts Besseres ein.«

Also doch. Die P-26 – ein Kürzel für Projekt der 26 Kantone – war die geheime Widerstandsorganisation der Armee, die 1990 aufflog, und Rico war der Deckname des Obersten, der sie aufbaute und leitete. Der Medienwirbel war perfekt, ich hatte alles darüber gelesen, und auch darüber geschrieben. Die P-26 hatte den Auftrag, den Widerstand gegen eine kommunistische Invasion vorzubereiten, die in paranoiden Offizierskreisen als nahezu sicher galt. Mir kam das läppisch vor und zugleich brandgefährlich, denn diese Leute wären bereit gewesen, gegen eine schweizerische *Marionettenregierung* zu putschen, und als kommunistische Marionetten hätten sie auch legal gewählte sozialdemokratische Politiker betrachtet. Wofür denn sonst hatten die Mitglieder der P-26 geheime Waffenlager angelegt und Schießübungen absolviert? Ich erinnere mich jetzt, mit Gruber über die P-26 und ihre Ziele gestritten zu haben, ich erinnere mich an seine Erbitterung über das Unverständnis der breiten Öffentlichkeit. Er verteidigte die Geheimarmee ebenso vehement wie die Bespitzelung von Hunderttausenden unbescholtenen Bürgern, die ein Jahr zuvor, unter dem Stichwort Fichenskandal, ähnlich große Schlagzeilen geliefert hatte. Das ist alles lange her, halb vergessen, und nun taucht es gespenstisch wieder auf.

»Heißt das, du warst Mitglied und nicht bloß Sympathisant?« Ich versuche mir meine Fassungslosigkeit nicht anmerken zu lassen.

Gruber nickt feierlich, lächelt sogar. »Ich wurde angeworben von einem Offizierskameraden. Man hielt mich für verlässlich. Es war meine Pflicht mitzumachen. Rico hat mich zum Regionalleiter ernannt. Ich habe ihn nie persönlich getroffen. Wir kannten einander nur unter unseren Decknamen. Eine Organisation mit weitgehend autonomen Zellen, versteht ihr?«

Bettina sagt gar nichts mehr, sie sitzt da wie erstarrt.

»Und du hast«, fahre ich mit Mühe fort, »die ganze Zeit ein Doppelleben geführt. Mich angelogen, als ich dich vor zwanzig Jahren danach fragte. Erinnerst du dich?«

Er leckt sich Schokolade von den Lippen. »Das musste so sein. Das gehörte zu den Regeln.«

Bettina stützt die Ellbogen auf den Tisch, und ich bin

nicht sicher, ob das eine kämpferische Position ist oder ob sie Halt sucht. »Auch Mutter hat nichts davon gewusst?«

Gruber schüttelt den Kopf, und die Genugtuung, die aus seinen Worten klingt, ist mir widerwärtig. »Nichts. Sie dachte, ich fahre in meiner Uniform zu normalen Militärübungen.« Ein kleines gutturales Lachen jetzt, das ich von ihm noch nie gehört habe. »Auch der Bundesrat hat nichts gewusst. Nur der Generalstabschef war im Bild.« Er lacht lauter, fast exaltiert. »Der neue Chef des Militärdepartements hatte bei seinem Amtsantritt keine Ahnung, dass auch sein Pressesprecher dabei war. Geheim ist eben geheim.«

Bettina lehnt sich weit nach vorn. »Und jetzt?«

Gruber zwinkert. »Ein Kamerad hat mich gebeten, vor der Offiziersgesellschaft über die damaligen Aktivitäten zu berichten. Ein Vortrag. Ich habe zugesagt. Die nächste Generation soll wissen, worum es uns ging.«

»Du hast zugesagt?«

»Allerdings. Du wirst mich nicht daran hindern, diesen Auftrag zu erfüllen.«

»Und ob ich das werde! Du bist dazu überhaupt nicht in der Lage. Ist dir das denn nicht klar? In deinem Zustand? Du kannst weder selbständig reisen noch einen zusammenhängenden Vortrag halten. Du machst dich lächerlich. Und ich will auch nicht, dass du dich öffentlich als Held darstellst. Das ist doch kompletter Schwachsinn.«

Obwohl ich ihre Meinung teile, strecke ich die Hand aus und berühre sanft ihre Schulter. Sie schüttelt sie ab.

In Grubers Blick kehrt sekundenlang die Verwirrung zurück. Doch dann fängt er sich auf, und es gelingt ihm, diese ohnehin schon erstaunlich lange Phase der Klarheit noch weiter auszudehnen. »Was fällt dir ein? Du willst mir Befehle erteilen? Ausgerechnet du?« Er stemmt sich mit überraschender Gewandtheit in die Höhe, baut sich vor der Tochter auf, und sie sinkt in sich zusammen, presst die Lippen aufeinander, senkt den Blick. Ich erhebe mich ebenfalls, um mit Gruber auf Augenhöhe zu sein.

»Armand, sie hat recht, das stehst du nicht durch. Sei vernünftig!«

Er hat das Veston ganz geöffnet, seine Brust hebt und senkt sich in viel zu raschem Rhythmus. »Was wollt ihr denn? Wollt ihr mich, Herrgott noch mal, bevormunden?« Er schwankt leicht, als habe er zu viel getrunken, hält sich wieder am Tisch fest. »Ich gehe gleich jetzt, ihr zwingt mich dazu. Ich nehme ein Taxi.«

»Lass das besser sein, Armand«, mahne ich.

»Du hältst jetzt das Maul!« Er versucht, das Veston wieder zuzuknöpfen, stopft die bekleckerte Krawatte darunter. Er dreht sich um, will mit Trippelschritten zur Tür.

»Tu doch was!«, fährt Bettina mich an. Und zum Vater: »Du hast ja gar kein Geld bei dir. Wohin willst du denn?«

Ich folge dem verstummten Gruber, ich habe keine Ahnung, was ich tun soll. Bettina zieht an der Alarmschnur, die über dem Bett hängt. Knapp bevor er die Tür erreicht, umklammere ich ihn von hinten. »Armand, du schadest dir nur selbst.« So nah war ich ihm noch nie, ich spüre seine schwindende Kraft, seine Gebrechlichkeit. Er ergibt sich nach kurzem Widerstand meinem Griff, lehnt sich sogar rückwärts an mich, so dass ich fast umfalle. Er murmelt ein einziges Wort: »Voilà.« Da kommt schon die türkische Pflegerin herein, eine zarte und energische Person mit schwarzen Locken, beinahe trifft die Türkante Grubers Stirn. Sie hilft mir, ihn zum Bett zu bugsieren, ihn hinzulegen, seine Beine in eine bequeme Position zu bringen. Er fügt sich, die Härte ist aus seinem Ausdruck verschwunden, er sagt leise: »Ich weiß, es braucht mehr Demut.« Dann schaut er zu mir hoch: »Hast du die Welt begriffen, Mario? Hast du begriffen, was sie im Innersten zusammenhält?«

»Nein, wer hat das schon?«

»Vielleicht Stifter«, murmelt er. »Nein, auch der nicht.«

Die Pflegerin wischt ihm den Mund, die Hände mit einem feuchten Tuch sauber. »Es kommt alles gut, Herr Doktor«, sagt sie tröstend, sie hat einen starken Akzent. Ich stehe daneben, tatenlos und beschämt. Bettina weint auf ihrem Stuhl, den Kopf zwischen den Armen vergraben. Gruber hebt den seinen mit Anstrengung.

»Das Getriebe der Welt, Mario, es ist undurchschaubar. Du hast mich schwer enttäuscht. Du bist in die Irre gegangen.« Er stutzt. »Oder etwa nicht? Sag mir, warum bist du nicht Schriftsteller geworden?« Beinahe liebevoll spricht er jetzt, dazwischen das erstickte Schluchzen von Bettina.

Du bist mir im Weg gestanden, möchte ich antworten und weiß genau, dass dies nur halb stimmt.

»Es wäre wichtig«, fährt er fort, »zusammen Äpfel zu pflücken, Mario. Meine Mutter hat die Schnitze in Schweinefett gebraten, zusammen mit altem Brot. Reichlich Zucker darübergestreut. Das war die Arme-Leute-Küche.«

»Ja, Herr Doktor, so ist es.« Die Pflegerin schüttelt sein Kissen auf, damit er weicher liegt, zieht ihm sorgsam die Schuhe aus.

»Die Gedanken brummen durch mein Gehirn«, sagt er zu ihr. »Hummelflug. Kopfweh. Ich möchte das Mittelchen, eine halbe Tablette.«

Oft hat er uns gegenüber betont, er nehme keine Tabletten, keine einzige. Auch dies eine Lüge. Oder Selbstbetrug. Die Pflegerin bringt ihm ein Glas Wasser, in dem die Tablette bereits aufgelöst ist, flößt es ihm ein. Er verschluckt sich, hustet heftig. Dann richtet er sich halb auf und schaut mich an. »Mein Leben lang bin ich meiner Linie treu geblieben. Mein Leben lang. Und was ist mit dir? Was ist mit dir, Mario?« Er sinkt schwer atmend zurück auf die Matratze. Die Pflegerin legt ihm beschwichtigend die Hand auf die Stirn.

»Lass ihn doch, hör auf«, ruft Bettina von hinten dazwischen, und ich weiß nicht, ob sie mich oder den Vater meint. Seine Frage hat mich getroffen, ich weiß nur zu gut, dass ich vieles und viele verraten habe in meinem Zickzackleben. Aber eine scharfe Antwort fällt mir nicht ein. Grubers Anblick, wie er nun wieder ausgestreckt daliegt, im Anzug, aber mit bestrumpften Füßen, schwemmt eine Traurigkeit in mir hoch, die mich stumm macht.

»Er braucht Ruhe jetzt«, sagt die Pflegerin. »Er ist ein so netter Herr.«

»Kaffee«, murmelt Gruber, und ich sehe, dass er die Zehen bewegt. »Ein Tässchen Kaffee.«

Die Diminutive, die er plötzlich gebraucht, rühren mich; ich hätte nie gedacht, dass Diminutive und Socken mich derart entwaffnen könnten.

Bettina ist auf einmal dicht hinter mir. »Gehen wir, es hat keinen Sinn, länger zu bleiben.«

Ich nicke. Wir stehen nun zu dritt vor dem Krankenbett, wie Trauernde bereits.

»Schauen Sie gut nach ihm«, sagt Bettina zur Pflegerin. »Lassen Sie nicht zu, dass er sich allein vom Haus entfernt. Er ist gefährdet. Und rufen Sie notfalls den Arzt.«

»Ich schaue gut.« Die Pflegerin tritt zwei Schritte zurück, um uns vorbeizulassen. »Im Notfall gebe ich Spritze. Der Ausgang ist überwacht.«

Bettina beugt sich zum Vater nieder, drückt einen Kuss auf seine stoppelige Wange. »Lass es dir gutgehen, Papa. Aber sei brav.«

»Du bleibst da, Birgül«, murmelt Gruber mit geschlossenen Augen.

»Das ist mein Name, Birgül«, sagt die Pflegerin errötend.

»Ich danke Ihnen, Birgül.« Bettina reicht ihr die Hand.

Dann gehen wir hinaus. In der Halle nehmen wir die Parade der Verstummten, der Vergreisten ab, draußen gehen wir schweigend und in deutlichem Abstand voneinander durch die Pappelallee. Der Wind weht, es raschelt unter unseren Schuhen. Wieder leichter Sprühregen. Unten, an der Straße, steht mein staubiges Auto, in das die Tropfen seltsame Muster gezeichnet haben.

»Ich fahre dich heim«, sage ich zu Bettina und höre, wie falsch, wie linkisch das klingt.

Sie schüttelt den Kopf. »Ich nehme den Bus.«

»Wie du willst.« An ihre Zurückweisungen habe ich mich längst gewöhnt.

Sie schüttelt noch immer den Kopf, aber jetzt auf dringlichere Weise. »Einfach unglaublich. Dass er das alles vor uns verstecken konnte!« Sie schaut mich anklagend an, ihre Augen sind groß wie in unseren guten Zeiten, als wir uns begehrten. »Seine Geheimnisse waren ihm wichtiger als Mutter und ich. Diese ganze Welt von Verschwörung und Misstrauen!«

»Jetzt verstehe ich wenigstens das Theater mit den Passwörtern und vereinbarten Zeichen«, sage ich. »Das hat ihn offenbar eingeholt.«

»Gar nichts verstehst du! Manchmal denke ich, er hat uns ausgelöscht. Wir waren da für seine Zwecke und sonst gar nicht. Das ist doch furchtbar. Hat er sich je in mich eingefühlt?«

Ich lasse den Autoschlüssel am Ring um meinen Finger kreisen. »Wir können ihn nicht mehr ändern.«

»Nein. Aber ich weiß nicht, ob ich ihm verzeihen kann. Er ist doch mein Vater. Ein Vater, der ein Fremder war. Und hast du bemerkt, dass er Alice kein einziges Mal erwähnt hat?«

»Dafür Julia.«

»Sozusagen mein Duplikat, oder nicht? Noch heute will er uns kontrollieren. Dazu dieser ewige Stifter! Den habe ich schon als Kind gehasst. Auch er natürlich weit wichtiger als wir.« Sie starrt mich an, streicht die nassen Fransen aus der Stirn. »Weißt du, wie ich das finde? Zum Kotzen!«

»Wir sollten ...«, setze ich an.

»Tschüss! Ich geh noch zu Karina.« Sie stakst davon, sie lässt mich allein. Vielleicht hat sie die Schuhe, in denen sie so unsicher geht, bloß für mich angezogen. Dass die Freundschaft mit Karina, dem Unruheherd in Bettinas Leben, so lange gehalten hat, verstehe ich auch nicht. Überhaupt denke ich manchmal, dass ich, anstatt reifer und wissender zu werden, immer weniger verstehe.

Ich setze mich ins Auto, lege eine CD ein, die hüllenlos auf dem Nebensitz liegt. Das Cellokonzert von Haydn in C-Dur, eine private Aufnahme mit Julia als Solistin, die sie mir geschenkt hat. Ihre Hände waren noch sehr klein, als sie den Bogen führen lernte, tapsig beinahe. Nach der Trennung verbrachte ich jedes zweite Wochenende bei den Kindern (Bettina verschwand dann immer irgendwohin) und hörte Julia beim Üben zu. Wenn sie stockte, eine Passage wiederholte, blickte sie rasch auf und lächelte mich unsicher an, sie suchte Bestätigung, und ich lächelte aufmunternd zurück. Voller Stolz dachte ich: Mein Kind ist begabt, und zugleich durchschnitt mich der Schmerz, dass wir den Alltag nicht mehr miteinander teilten und dass ich schuld daran war.

Zweiter Satz, ich drehe auf höchste Lautstärke. Die Orchestereinleitung – es ist ein Laienorchester – füllt die Kunststoffzelle aus, die Scheiben vibrieren, draußen gleitet lautlos der Verkehr vorbei, zwei gelbe Lieferwagen eines Partyservices hintereinander, als würde ich doppelt sehen. Das Cello setzt ein mit langgezogenen singenden Tönen, aber ich höre es nicht wirklich, ich bin damit beschäftigt, das Chaos in mir zu bändigen, die dissonanten Stimmen, die anklagenden, die wehleidigen, zurückzudrängen. Die Gedanken schweifen zu Gruber. Was hat er mir eigentlich angetan?, frage ich mich. Was für eine Last hat er mir aufgebürdet? Und warum bin ich jetzt derart bestürzt über seine verworrene Beichte? Ich habe ihn über Jahre attackiert, ich sah ihn auf der falschen Seite, bei den Ewiggestrigen, den kaltherzigen Ideologen des Kalten Kriegs. Doch er ging für seine Überzeugungen Risiken ein, nahm letztlich, hätte sich sein *Worst-Case*-Szenario bewahrheitet, den Tod in Kauf. Ich sage mir, wie gefährlich es ist, die demokratische Kontrolle zu unterlaufen, in die Illegalität abzutauchen. Aber was Gruber getan hat, imponiert mir, wider Willen. Wofür bin ich selbst denn wirklich eingestanden? Was habe ich gewagt in meinem gutgepolsterten Leben? Mein Kampf gegen Ungerechtigkeiten war stets rhetorisch. Ich habe in zahllosen Artikeln die gleichgültigen Wohlstandsbürger angegriffen, zu denen ich selbst gehöre, ich habe mit der Zeit meine Werte verblassen, nein: ausbluten lassen, ich habe mich eingerichtet in einem träge dahinfließenden Alltag, während andere hungern, zu Tausenden umkommen, habe letztlich eingestimmt in den gewaltigen Chor der Bequemen, die scheinheilig fragen: Was kann ein Einzelner schon tun? Und so schreibe ich jetzt, als zweifach Wegrationalisierter, fürs liebe Geld Artikel über Schlösser, Weinbau, Wanderwege, Kinderspielplätze. Manchmal sogar etwas politisch Angehauchtes wie diesen Jubiläumsartikel über die Wendejahre 89/90. Und stelle fest: Das Harmlose und Erbauliche wird von weit mehr Leuten gelesen als meine damaligen Reportagen aus dem Tschad und aus Indien, sie bringen mir mehr Zustimmung und Zuspruch ein als alle meine Versuche, die Leser aufzurütteln, ans schlechte Gewissen zu appellieren. Aber mein Gott, was ist falsch daran, für eine populäre Familienzeitschrift zu schreiben? Nichts. Außer dass ich mich, wie jetzt gerade, vor der Einsicht hüten muss, mir selbst abhandengekommen zu sein.

Auf andere Weise als Gruber, und doch sind wir uns ähnlicher, als wir meinen. Warum? Weil einer den Schatten des anderen gelebt hat? Immer noch lebt? Gerade diese Frage verstört mich am meisten.

Ein Passant klopft an die Scheibe, tippt mit dem Zeigefinger an die Schläfe. Ich drücke auf den Ausschaltknopf: das Cello verstummt.

Dieser Samstag schleicht dahin. Um mich abzulenken, bastle ich an den Porträts für *Family* herum. Die Chefin wird nicht zufrieden sein. Ich bin es auch nicht. Das sind Gebrauchstexte. Um mein Elefanten-Drama, damals, habe ich gerungen; ich habe in dieses spätpubertäre Werk alles hineingegeben, was in mir war, so viel, wie seither nie mehr.

Das vierte Porträt also. Mit Mirjam, der gläubigen Schweizer Linken, die in ihrem rosa bemalten VW-Käfer die nächtliche DDR durchquert, in der kaum Lichter brennen. Die Kommune in Berlin. Wie sie sich dazu zwingt, die DDR zu idealisieren, vor dem Fernseher weint, als sie untergeht. Oder Hannes L., Journalist wie ich, im Jahre 89 auf Weltreise, in Tasmanien erfährt er zufällig vom Mauerfall, will es nicht glauben. Genau wie ich, als ich am 9. November aus Afrika zurückkehrte. Und Jean, der die Wirklichkeit sieht: dass wir sterben werden wie seine Frau, dass daneben alles andere verblasst. Jean mit seinen wachen Augen, die sich von einer Sekunde auf die andre verdunkeln können. Genau dieses Porträt findet Renée Burkhard völlig unpassend, es war zu erwarten.

Und ich, wo passe ich noch hinein? Momentan Single, Mitte fünfzig, allein in meinem Altstadtstudio. Vor Bettina bin ich davongelaufen. Karina war eine kurze Zeit meine Geliebte, Bettina hat es nie erfahren. Karina, die Hagere, die Süchtige, deren Finger sich beim Orgasmus in meinen Rücken gruben. Vorbei. Zwei Jahre war ich nach der Scheidung mit Gabriela zusammen. Sieben Jahre mit Wanda. Vorbei. Und darum versuche ich jetzt, Fabian zu erreichen, meinen erwachsenen Sohn. Wir könnten uns doch auf ein Bier treffen. Oder eine *pizza quattro stagioni*, ich lade dich ein, Geplauder unter Männern, mit halboffenen Durchgängen zum ganz Privaten. Er meldet sich nicht, nur das Band mit der humorigen Ansage läuft, die er seit Jahren unverändert lässt. Immerhin seine Stimme. Ich schicke eine SMS, auf die er morgen oder übermorgen antworten wird. Oder gar nicht. Keine Verwendung für den Vater, er braucht die Gruppe, den Fußballklub. Und Julia? Sie übt, morgen Konzert, da darf ich sie nicht stören. Meine Geschwister, Stefanie und Bernhard? Die Entfernung zwischen uns lässt sich nicht verringern. Aber ich könnte – nun ist später Nachmittag, der Herbsthimmel hat sich aufgehellt – Berger anrufen, mit dem ich mich seit kurzem wieder sporadisch treffe. Wir sind uns zufällig auf der Straße begegnet, haben uns im letzten Moment erkannt, auf die Schulter geklopft, sogar umarmt. Er ist, nach abgebrochenem Soziologie-Studium, in die Unternehmensberatung hineingeraten, er wohnt am Genfersee, besitzt ein eigenes Haus, ein Segelboot. Ich könnte ihn besuchen, wir würden uns betrinken, er ist geschieden wie ich. Nein, Berger nicht, weder heute noch morgen. Johann wäre der Einzige, der mir, dem ich nahekäme. Aber er ist tot, er hat sich, mit Krebs im Endstadium, letztes Jahr umgebracht, begleitete Sterbehilfe.

Ein Uhr morgens, draußen die Unruhe der Altstadt, hallende Stimmen, Miauen, Gelächter, Glockenschläge. Die Zunge würde jetzt lallen, aber die Finger tanzen über die Tasten des Notebooks. Nicht über Haut. Kunststoff ist die Materie für Einsame.

Gruber, ein Rumoren

Beseitigungsphantasien in schlaflosen Nachtstunden. Sie kommen von unten, auch sie. Man darf ihnen nicht nachhängen. Der stumme Zorn auf die Gleichgültigen, die Genusssüchtigen, die Abgestumpften, die Halbblinden, die nicht sehen wollen, was geschieht. Ins Exil mit ihnen! In Dantes Inferno! Wie schlimm, dass ich, wenn der Zorn aufsteigt, asthmatisch keuche, die Hand aufs Herz pressen muss. Mein Herz, mein Herz! Das ist Schubert, Waldhorn, Viola, ein Wahlverwandter wie St., dieses langsame Fließen von Sprache und Musik, fremd bin ich eingezogen, fremd zieh ich wieder aus. Menschenansammlungen ertrage ich schon lange nicht mehr, ich meide den Speisesaal, hasse mich, wenn ich zusehen muss, wie stark meine Hände zittern, hasse mich noch mehr, wenn ich höre, dass mir die Wörter, die ich sagen will, durcheinandergeraten. Zusammenhanglos, das ist das Wort. Elf Kilo habe ich abgenommen im letzten Jahr, sagt die Pflegerin Birgül, der Bauch hängt in Falten. Mein Gesicht im Spiegel: ein Gnom, der Hals von Stoppeln überwachsen, schlechte Rasur. Das Ich, das ich war, verschwindet. Etwas wird geöffnet, etwas fließt heraus. Als ich einmal um die Hausecke lief, stolperte ich und fiel mit der Stirn aufs Scharreisen, erwachte aus der Ohnmacht erst im Spital, wo ich genäht wurde, neben mir der Vater. Es ist meine klarste Erinnerung an ihn, ein ernstes Gesicht. Du hast schrecklich geblutet, sagte er, der Vorplatz voller Blut, und ich war beinahe stolz darauf, obwohl die Stirnwunde grässlich schmerzte. Die Vorstellung: das Leben fließt aus einem hinaus, Marat in der Badewanne. Überhaupt der Fluss, habe ich nicht geträumt, die grüne Aare habe sich rot verfärbt? Ich geriet keineswegs in Panik, da wurde allerlei herbeigeschwemmt, Baumstämme, tote Tiere und Wasserleichen, ich schaute einfach zu. Jahrzehnte ist es her, dass ich selbst in der Aare geschwommen bin, mich im Sommer weit hinuntertreiben ließ bis zum letzten Ausstieg vor der Schwelle, wo das Wasser tost und schäumt. Man hört die Steine aneinanderstoßen, wenn man, die Ohren eingetaucht, auf dem Rücken liegt. Man ahnt, wie es wäre, schwerelos zu sein, unbeschwert. Ich war es nie. Und J., die ungebärdige Ziehtochter, ging in die Donau, man fand sie erst vier Wochen später, am Ufer liegend. St. wollte sie nicht identifizieren, was verweste und verfaulte, stieß ihn ab, obwohl er sich selbst in der Theorie als Teil des großen Kreislaufes sah. Klarsichtig bin ich noch, ab und zu. Einigen Passagen in meiner Biographie über St. war ich nicht gewachsen. Auch nicht seinem Ende. Aber es ist da, es bleibt, es rumort, es ruft, es drängt von unten. Woher denn sonst. Und wohin damit.

ZWEI

Karinas Chronik
Marios neuer Anfang

Karina, die Feier der Verschonten

1. September 89, fünfzig Jahre Mobilmachung der Schweizer Armee, die Glocken läuten, man gedenkt des Kriegsausbruchs als Festivität, denn die Schweiz hat sich ja gerettet aus eigener Kraft. Eine pompöse Feier auf dem Rütli, das Fernsehen berichtet, und Ka könnte sich übergeben bei diesen Bildern. Hunderte von hohen Offizieren in Feldgrau und Gold, die Arme streng angewinkelt, die Hände durchgestreckt am steifen Hut, keine Bewegung beim Abspielen der Landeshymne. Aufreizend langsam schwenkt die Kamera über die Reihen. Diese rechtschaffenen, tiefernsten Mienen, nein, nicht bloß Rechtschaffenheit, auch Rechthaberei. Der Redner ruft in die Mikrophone: UNSER VERSCHONTSEIN NEUNUNDDREISSIG BIS FÜNFUNDVIERZIG IST EINE FRUCHT UNSERES ZUSAMMENHALTES, UNSERES EINHELLIGEN ZUSAMMENSTEHENS. Die Kamerafahrt geht weiter zu den hinteren Rängen, wo die Veteranen stehen, alte Männer, einfache Soldaten damals, Gefreite, Wachtmeister, aneinandergedrängt, applaudierend. Hören sich an, wie wichtig sie waren fürs Vaterland, damals. Diese gläubigen, stolzen Gesichter rühren Ka. Ihr Vater, Jahrgang 1925, hatte den Aktivdienst, eine Art unblutige militärische Kulthandlung, gerade verpasst. Er absolvierte die Rekrutenschule, als der große Krieg zu Ende ging, er wurde Korporal, als in

Deutschland die Ersten aus der Gefangenschaft heimkehrten, Verstörte, Versehrte, Schweigsame mit Hungeraugen, die ihre Erfahrungen an der Front für sich behielten. Davon haben sie keine Ahnung, all die Selbstgerechten auf der Rütliwiese, das Verschontsein ist ihre große Leistung. Es rührt Ka und widert sie an. Wehe denen, die diese Gewissheit ritzen, Volksfeinde sind sie, die jungen Chaoten, die Missgeleiteten, die mit ihrer Volksinitiative die Armee abschaffen wollen. Sie werden gewaltig abblitzen, sagt ein Offizier, der interviewt wird, zehn Prozent werden sie bekommen, höchstens. Das ist ja die Kraft unserer Demokratie, sagt ein Würdenträger mit Pathos, dass auch solche absurden Anliegen bei uns zur Abstimmung kommen, weiter ostwärts wären die Initianten längst im Gefängnis, im Gulag, und zwar für Jahre.

Ka stellt den Fernseher ab und wieder an, in diesen Bildern kommt etwas zum Vorschein, was sie von ihrem Vater kennt. Es ist schwierig, angesichts dieser Phalanx der Redlichen nicht noch radikaler zu werden. Ka ist keine Meinhof, zu feige dafür, und setzt jetzt die letzte Schwundstufe ihrer Hoffnung auf die von drüben, in Leipzig und anderswo, sie wollen Versteinerungen aufbrechen, sie halten einen anderen Sozialismus, einen menschlichen, für möglich. Auch das rührt sie, dieser Aufmarsch der Hoffnungsvollen, und es rühren sie die Tausenden, die über Ungarn in den Westen flüchten. Sie *wollen* etwas, Freiheit, Reisepässe, größere Wohnungen, bessere Kühlschränke. Und Ka selbst weiß nicht, was sie eigentlich will. Einen verbesserten Sozialismus ohne Gulag und Kolchosen? Nein. Einen verbesserten Kapitalismus ohne Börsengewinne und Ausbeutung? Nein. Oder doch. Einen treusorgenden Mann und drei hübsche Kinder? Vielleicht.

Ach, Ka ist eine Heulsuse, keiner da, der ihr die Tränen abwischt. Und kurz vorher war sie noch übermannt vom Zorn, ja, über-mannt. Der Filzstift will nicht weiterschreiben. Später wieder, nimmt Ka sich vor, mit einem neuen, schwarz statt rot. Die alten Tagebücher sind ohnehin unauffindbar, Ka hat sie gut versteckt, auch vor sich selbst.

Mario in Berlin, Johanns Bilder

Vielleicht müsste ich doch mit Berlin (Ost) beginnen, im November 88, mit Johann und mir. Es regnete fast ununterbrochen, es roch nach Braunkohle und aus Eckkneipen nach Sättigungsbeilagen. Überall Pfützen in Schlaglöchern, allgemeine Tristesse. Und doch sind die Tage in Berlin eine Glühzone in meinem Leben, eine Zeit, in die, merkbar und unmerklich, die Veränderungen eindrangen, die großen und die kleinen. Ich wurde umgepflügt, die Welt ringsum auch. Von Bettina war ich seit vier Monaten getrennt, ich arbeitete noch für die Wochenendbeilage, ich hatte den Auftrag, über eine Koproduktion der Schweiz und der DDR in den DEFA-Studios zu schreiben. Der Roman eines Schweizer Autors wurde verfilmt, es ging um Henri Dunant, den Gründer des Roten Kreuzes.

Ich kannte Johann Ritter schon lange, wir waren uns zum ersten Mal ausgerechnet auf der Silvesterparty begegnet, wo ich Bettina, an der Seite Karinas, wiedertraf. Er hatte, ungewöhnlich damals, die langen fettigen Haare zum Pferdeschwanz zusammengebunden, er trug demonstrativ eine ärmellose Lederweste mit Farbflecken, offenbarte mir sogleich in einem eindrücklichen Redeschwall seine Kunstanschauung. Ich war fasziniert, aber nach einer Viertelstunde hatte ich genug und wandte mich Bettina zu, mit den bekannten Folgen.

Ritter vergaß ich nicht. Als sein Renommee zu wachsen begann, besuchte ich ihn im Atelier, schrieb etwas Lobendes über seinen Blick auf Verfall und menschengemachte Zerstörung. Wir wurden Freunde. Auf undurchschaubare Weise bekam er, der Schweizer, ein halbjähriges Stipendium in Ostberlin, eine Atelierwohnung inklusive, Mitarbeit erwünscht als Bühnenbildner im Deutschen Theater, bei der DEFA, ein Kulturaustauschprojekt mit der maroden DDR. Dass ein Jahr später der Anfang vom Ende kommen würde, wünschten sich viele, aber niemand hätte es vorausgesagt. Johann machte mich auf die Koproduktion aufmerksam. Diese seltsame Vermischung der Crews, der Mentalitäten, der Arbeitsweisen, das sei doch ein Thema, rief er ins Telefon (endlich wieder einmal eine Verbindung, die länger als fünf Minuten hielt), darüber müsse ich schreiben. Die DDR, fuhr er in seinem üblichen Staccato fort, sei doch letztlich ein unglaublich ordentliches Land, wie die Schweiz, aber ohne Geld.

Das heiße, versetzte ich, dass die Schweiz in seinen Augen die DDR mit genug Geld sei.

»Getroffen!« Er lachte so laut, dass ich den Hörer vom Ohr weghielt. »Kontrolle und Sauberkeit. Aber wenn du kommst, dann lass dich von den DEFA-Funktionären ja nicht im Intercontinental unterbringen, jedes Zimmer dort ist verwanzt.« Er veränderte seine Stimme, ging in die Basslage. »So ist es doch, meine Herren. Das werden Sie nicht bestreiten.« Gelächter, er nahm den gewohnten Ton wieder an. »Komm zu mir, Mario, und bleib, so lange du willst, das ist interessanter. Meine Gastmatratze ist für dich reserviert.«

Ich sagte zu, ich ergatterte den Auftrag vom Chef der Sonntagsbeilage, der meinte, ich solle die Risse im System beobachten, nicht die in der Mauer, die werde leider Gottes noch lange stehen bleiben.

Ich war im Sommer 1982 zum ersten Mal als Westtourist drüben gewesen, man hatte mich bei der Grenzkontrolle in eine Kabine gebeten, mich gefilzt, den *Tagesspiegel* konfisziert, den ich noch im Rucksack hatte. Danach (oder davor?) das Anstehen in ordentlicher Kolonne, der Zwangsumtausch von West- in Ostmark, das Erstaunen in der Friedrichstraße, dass es das gab: Häuserreihen ohne Werbung, Grau in Grau die heruntergekommenen Fassaden, das dauernde Rasseln und Quietschen der S-Bahn hinter mir. Dafür unter dem Brückenbogen eine Buchhandlung mit dem Gesamtwerk von Marx und Lenin auf den obersten Regalen und auf Augenhöhe billige, aber schön gemachte Klassikerausgaben, Märchen aus den sozialistischen Schwesterrepubliken, einiges von Loest, Strittmatter, nichts von Christa Wolf. Immerhin ein Kontrast zur Konsumfeindlichkeit da draußen. Mit dem, was ich für 25 Ostmark bekam, konnte ich den Rucksack füllen; der Intershop mit Spirituosen interessierte mich nicht. Und nun der neuerliche Besuch, ein Jahrzehnt später. Mir schien, kaum etwas habe sich verändert, nur die Menschenmenge sei größer geworden. Der Weg vom U-Bahn-Schacht durch ein grell beleuchtetes Labyrinth von Treppen und Gängen, Gemurmel bloß, keine lauten Stimmen. Mein Pass mit dem Arbeitsvisum, das die Botschaft in Bern bewilligt hatte, wurde minutiös geprüft, widerwillig zurückgegeben, mein Aufenthalt mit dem richtigen Stempel autorisiert. Diese tief in die Stirn gezogenen Vopo-Mützen. Der kaltschnäuzige Ton und doch die Verunsicherung in den ausweichenden Blicken. Nach dem endlos scheinenden Kontrollparcours die Einreisehalle mit all den Wartenden. Freudenrufe, Kinder, die an Verwandten hochsprangen, Papiertüten mit Geschenken durchwühlten. Und mittendrin Johann mit breitem Lachen, kariertes Hemd, Lederjacke, halbhohe Stiefel, er kam auf mich zu, wir umarmten uns, und wie jedes Mal fühlte ich mich beinahe erdrückt von seinen kräftigen Armen. Er bestand darauf, mir die Reisetasche abzunehmen, er roch wie gewohnt nach Terpentin, Zigaretten, Rotwein, aber auch nach etwas Muffigem, das mir neu war. Wir tranken schlechten Kaffee an einem Imbissstand, Johann aß eine Bockwurst mit Senf dazu, ich wollte keine.

»Du bist in die Breite gegangen«, sagte ich mit einem Blick auf den beachtlichen Wanst, der sich unter seinem Hemd wölbte.

Er lachte. »Genetisches Schicksal. Und ungesunde Kost. Zu viel Schweinefleisch mit Kartoffeln macht fett.« Er fragte, ob wir seine Wohnung irgendwo am Prenzlauerberg zu Fuß erreichen wollten. »In einer knappen Stunde sind wir dort. Bewegung ist ja auch gut für meinen Luxuskörper.« Er lachte dröhnender. »Und du siehst gleich etwas vom himmeltraurigen Zustand der Stadt. Ich bin fast immer zu Fuß unterwegs. Da staunst du, was?«

Ich zögerte, aber er schwang meine Reisetasche am Tragriemen über die Schulter und setzte sich in Bewegung, nordwärts, zur Spree hin. Er achtete kaum auf den Verkehr, der dichter war, als ich gedacht hatte, Trabis, Wartburgs, Dieselgestank, dazwischen der eine oder andere Wagen aus dem Westen.

Johann deutete zum anderen Ufer hinüber. »Dort hat er Hof gehalten, der Guru. Und seine Frauen besprungen.«

»Wer?«

»Brecht. Schiffbauerdamm.«

Schon jenseits der Spree wirkte alles ärmlicher, baufällig, es waren noch Kriegsschäden zu sehen. Oder ließ man eingestürzte Bauten einfach so stehen? Im fleckigen Grau der Fassaden war hier und dort eine Spur von Rot oder Gelb zu ahnen. Wir wichen den Löchern im Asphalt aus. Bei der kleinsten Unachtsamkeit geriet ich ins Stolpern, ließ Pfützen aufspritzen.

»Bettler gibt es nicht im Sozialismus«, sagte Johann, mir immer einen halben Schritt voraus. »Aber schau dir die Fenster an.«

Sie waren schmutzig, verkrustet, blind; hier und dort reflektierten sie eine Spur des ebenso grauen Himmels.

»Augen«, sagte Johann. »Bettelnde Augen. Siehst du das auch?«

»Und worum betteln sie?«

»Um Westwaren. Um Westmark. Um Westautos.«

Ich bin nicht mehr sicher, ob es wirklich so war, manchmal legen sich die Vorurteile wie halbtransparente Folien über die verblassende Erinnerung. Kamen uns tatsächlich gebeugte Frauen mit Kopftuch und schweren Taschen entgegen, Radfahrer mit hochbeladenem Gepäckträger? Stimmt es, dass uns alle paar Minuten eine Straßenbahn überholte? Oder war das an einem anderen Tag, auf einer anderen Strecke? Ich habe vergessen, wo Johann wohnte, ich denke, in der Nähe der Schönhauser Allee. Wir bogen irgendwann von der Friedrichstraße ab. Lauter Häuser nun, die dem Einsturz nahe schienen, eine alte Pflasterung mit fehlenden Steinen, Autos holperten im Schritttempo an uns vorüber.

»Die meisten Dächer hier sind undicht«, sagte Johann, »ich war mal bei jemandem in diesem Haus, ganz oben, Leute vom Deutschen Theater. Bei mir tröpfelt es übrigens auch herein. Halb so schlimm.« Er atmete nun schwer, ließ sich die Tasche abnehmen. Der Regen wurde stärker. Diese Stadtwanderungen, sagte er, seien inspirierend, er bilde seine Eindrücke im Atelier nach, pastoser Farbauftrag, Malerei in Schichten, das werde er mir zeigen. »Du siehst, dass du in ein fremdes Land geraten bist, nicht wahr?«

»Es gleicht aber der Schweiz, hast du gesagt.«

»Ist das nicht auch ein fremdes Land für dich?«

Das kommt vor, dachte ich und schwieg.

Aus vielen Kaminen quoll dunkler Rauch, senkte sich, strich bodennah dahin, der Braunkohlegeruch war durchdringend.

Er wohne neuerdings halbwegs mit einer Freundin zusammen, erzählte Johann. Birgit, Dramaturgin, er habe sie vor vier Wochen am Theater kennengelernt und sie nun als Regieassistentin in die Filmproduktion eingeschleust. Er habe für Dunant ein Lazarett entworfen, eine gute handwerkliche Übung sei das, so verdiene er sich das Stipendium ab. Übergangslos fügte er hinzu: »Birgit will weg aus der DDR. Wir müssen heiraten, dann schaffen wir es.«

»Das wird schwierig sein.«

»Klar. Aber du kennst mich ja: Ich lasse nie locker.«

Vor der Häuserzeile, wo Johann wohnte, wurzelten Birken in ummauerten Erdvierecken; einige Blätter hingen noch an den Zweigen, dass sie hier nicht eingegangen waren, wunderte mich. Das Leichte, das Luftige an Birken liebe ich, die silbrig gescheckten Stämme. Sie passten nicht in diese Straße, nicht in diesen maroden Stadtteil, und darum tat mir der Anblick gut.

Vier Treppen hoch ging es, stellenweise fehlte das Geländer, bei einer Stufe mahnte Johann zur Vorsicht, dort gähnte ein Loch. Er bewohnte eine große Doppelmansarde unter dem Dach, die man, nach einem Wanddurchbruch, lieblos zu einer Atelierwohnung umgebaut hatte. Zur Linken der vollgestellte Arbeitsplatz mit Leinwänden, über denen Tücher hingen, rechts der Wohnteil mit Matratzen auf dem Riemenboden, einem offenen Wandschrank, einer Küchenecke, einem Ölofen mit schwarzem Abzugsrohr, es gab sogar einen alten Kühlschrank, der ab und zu rumpelte wie eine Waschmaschine. Dazu ein Holztisch, ein paar Wiener Stühle. Zwischen die Dachsparren waren Isoliermatten genagelt, und man hatte drei quadratische Fenster eingepasst. Zeitungen, Bücher überall, mehrere volle Aschenbecher. Toilette und Bad – man könne es bei gutem Willen so nennen – seien eine Treppe tiefer, erklärte Johann, wir hätten sie für uns allein, das untere Stockwerk werde nicht mehr bewohnt. Das alles machte den Eindruck eines chaotischen Provisoriums, aber es sah nicht viel anders aus als Johanns Bleibe in Bern. Die Geruchsmischung war atemberaubend, das Terpentin dominierte, knapp vor dem abgestandenen Rauch.

Er zeigte auf eine Matratze, auf der ein paar Frauenkleider lagen. »Du schläfst hier. Du bekommst ein frisches Leintuch.«

»Und deine Birgit?«

»Sie hat eine eigene Wohnung, nicht weit von hier. Sogar einen Trabi, stell dir vor, andere müssen zwei Jahre darauf warten.«

»Dann ist sie aber privilegiert.«

»Tja, die richtigen Verbindungen, darauf kommt es an. Wo denn nicht?«

Kaum hatte ich die Reisetasche abgestellt, wollte Johann mir unbedingt seine neusten Bilder zeigen. Er lotste mich in die andere Raumhälfte, wo neben dem Tisch mit den Malutensilien und einem altmodischen Telefon gut ein Dutzend verhüllte Leinwände standen. Er zog das Tuch – es war ein altes vergilbtes Bettlaken – vom vordersten Bild, nicht schwungvoll, wie ich erwartet hatte, sondern mit Vorsicht, denn an einigen Stellen klebte der Stoff an der Farbe.

»Ich muss sie zudecken, sobald ich nicht arbeite«, sagte er beinahe kleinlaut. »Sonst lassen sie mich nicht in Ruhe. Und schreien danach, übermalt zu werden.«

Die Leinwand maß etwa zwei auf anderthalb Meter. Was ich sah, war eine Fläche voller Farbtupfen, Farbflecken, Farbstriemen, Farbhöcker, ineinanderfließend, nebeneinandergesetzt. Es überwogen die Grautöne zwischen Anthrazit und Perlgrau, mit Beimischungen von schmutzigem Gelb, Braun, Rosa, dazwischen Einsprengsel von grellem Rot und kleine aufgekratzte Leerstellen, wo die weiße Leinwand durchschimmerte oder sogar aufgeschnitten und durchlöchert war. Teilweise hatte Johann die Farbe wohl direkt aus der Tube gedrückt, und die pastosen Stellen ergaben eine irritierende Dreidimensionalität. Die Malweise erinnerte mich an Pollock und war doch ganz anders. Bei näherem Hinschauen glaubte ich Muster zu erkennen, so etwas wie einander kreuzende Straßen oder Wege, und trotz der eingearbeiteten bunten Farbpunkte ging von dem Bild eine tiefe Melancholie aus, mehr noch: eine Verlorenheit, die mich bestürzte.

»Das ist…«, setzte ich an.

»Das ist für mich Ostberlin«, sagte Johann. »Du kannst dir nicht vorstellen, durch wie viele Straßen ich inzwischen gegangen bin. Ich male und lasse geschehen, was passiert. Die Bilder in meinem Kopf amalgamieren zu diesem hier. Verstehst du?«

Ich sah nun auch anderes auf der Leinwand, Schattenzonen, einen etwas dunkleren Streifen, der sich durch den Farbenwirrwarr zog, die Mauer vielleicht.

»Eindrücklich«, sagte ich, mir fiel nichts anderes ein.

»Kannst du etwas damit anfangen?«

Ich schaute ihn an. Aus seinem Blick las ich die kindliche Bitte um Zustimmung. Man musste sich begeistern für ihn, sonst reagierte er mit Zorn oder Niedergeschlagenheit.

»Es kommt mir vor«, sagte ich, »wie die Ablagerungen unendlich vieler enttäuschter Hoffnungen. Wie farbgewordene Alpträume.«

Seine Miene hellte sich auf. »Das ist nicht schlecht. Das ist sogar gut.« Er tänzelte von einem Bein aufs andere wie oft, wenn er etwas auf den Punkt bringen wollte. »Man watet hier buchstäblich durch begrabene Hoffnungen. Und man fragt sich, wer oder was sie wecken kann.«

»Gorbatschow?«

»Nicht ein Einzelner. Da müssen kollektive Energien freigesetzt werden, von denen noch niemand etwas ahnt.«

»Wie denn?«

»Keine Ahnung. Sie pochen unterirdisch, sie zucken wie ein riesiges Herz, ein sterbendes vielleicht.« Er stutzte. »Das könnte ich malen. Dieses Herz als unförmiger Muskel. Oder ein gehäuteter Körper, in dem es träumt, darüber die Last des löchrigen Asphalts.«

»Ziemlich grausig. Moderner Bosch.«

»Ach, das sind bloß Ideen. Ich darf meine jetzige Bahn nicht verlassen. Sonst wird man im Westen nie ein Markenprodukt.« Er lachte, griff sich an den Kopf, zupfte am Pferdeschwanz. »Willst du noch ein paar Bilder sehen?«

Ich bejahte. Er machte eine selbstironische Vorstellung daraus, zog die Tücher weg wie ein Zauberer und verbeugte sich vor mir, schob die Leinwände, eine nach der anderen, in mein Blickfeld. Die Bilder glichen sich, überall die Straßenzüge von weit oben, ein Flug über die Stadt wie bei Wim Wenders, überall dieses ausschweifende Grau, bleiern meist, aufgerauht, denn irgendwie, sagte er, sollten, als überbauter Untergrund, noch die Zerstörungen des Zweiten Weltkriegs spürbar sein. Malerei in Schichten, so wie sich in seiner Vorstellung die Phasen der Geschichte übereinandertürmten, Ge-Schichte, eine Schichttorte, das wäre eine andere Idee. Er achtete kaum auf meine kurzen Einwürfe, sein unbändiges Assoziieren trieb ihn weiter. Er zwinkerte ständig, er hatte sich eine Zigarette angezündet, blies achtlos den Rauch zu mir hin. Auf einem Bild hatte er in die linke Hälfte Münzen gedrückt, Westmark, in die rechte Körperteile und Kleidungsstücke, aus Zeitungsfotos gerissen und aufgeklebt, Augen, Hände, Fäuste, Krawatten.

»Der zerschnipselte Honecker.« Er drehte die Collage gleich um. »Das taugt nichts. Zu offensichtlich.«

Das Erste gefalle mir am besten, sagte ich.

Er stimmte mir zu, verhängte die anderen wieder, die Zigarette im Mundwinkel. »Ich muss noch weiterkommen. Harte Arbeit, verstehst du?«

Ich verstand, bisweilen blieb einem nichts anderes übrig, als Johann einfach zuzuhören; die Diskussionen fanden dann später statt, nach dem zweiten oder dritten Glas Rotwein.

»Kannst du etwas davon verkaufen?«, fragte ich.

Er drückte die Zigarette im nächstgelegenen Aschenbecher aus, rieb sich mit Daumen und Zeigefinger das unrasierte Kinn. »Habe schon einen Galeristen im Westen, Nähe Ku'damm. Ziemlich renommiert, der nimmt zwar vierzig Prozent, aber was soll's.«

An diesem ersten Abend fehlte es ihm nicht an Geld. Er hatte schwarz gewechselt, das heißt in einem verschwiegenen Hauseingang DM gegen Ostmark umgetauscht, zu einem Kurs von eins zu acht statt der vorgeschriebenen Parität. Das stand unter strengster Strafe, es war ihm egal (oder zumindest tat er so). »Glaubst du, man würde mich deswegen in Bautzen einlochen?«

»Für zwei Wochen oder drei auf jeden Fall«, sagte ich.

»Ein Erfahrungsgewinn. Das müsstest du als Journalist zu schätzen wissen. Und danach würde ich, nach hochgeheimen Verhandlungen, von der Schweiz freigekauft. Einen bedeutenden Kulturschaffenden lässt man nicht einfach im Gefängnis vermodern.« Er knisterte provozierend mit dem Bündel von Scheinen, das er aus der Gesäßtasche gezogen hatte. »Ich lade dich ein. Ins Nobelhotel. Und Birgit kommt auch, da lernst du sie kennen. Sie holt uns ab. Du machst dich natürlich mitschuldig, wenn du die Einladung annimmst. Willst du?«

Ich zuckte mit den Achseln. »Mein Name ist Hase, ich weiß von nichts.« Meine alberne Nonchalance war gespielt, ich spürte ein Unbehagen, hätte es aber Johann gegenüber nie zugegeben.

Er lachte schallend. »Okay. Der Schweizer blickt der drohenden Repression furchtlos ins Auge. Aber wir müssen uns verkleiden.« Er schob im Schrank vollgehängte Bügel hin und her, warf zwei Anzüge und zwei Krawatten auf die Matratzen.

»Woher hast du die?«, fragte ich verblüfft.

»Aus dem Kostümfundus der DEFA. Leihweise natürlich.«

Wir zogen uns um. Der Anzug, den Johann mir gab, war mir zu eng, seiner passte besser. Die Kleider waren abgetragen, zweifellos für Statisten bestimmt. »Ich hatte dich schlanker in Erinnerung«, entschuldigte er sich und schlug mir auf die Schulter. Ich weigerte mich erst, mir auch noch die rotgepunktete Krawatte umzubinden, doch Johann bestand darauf. Im abbruchreifen Bad im unteren Stock gab es einen Spiegel, dort konnte ich den Knoten verbessern und über den eigenen Anblick staunen, wie vorher schon über den von Johann, der einem Film aus den Dreißigerjahren entstiegen schien.

Es dauerte eine Weile, bis Birgit kam. Johann schenkte mir am Tisch ein Glas Rotwein ein, bulgarischen, der mich an meine Studienzeiten erinnerte, als wir uns mit dem billigsten Fusel begnügt hatten. Das Läuten der Türglocke riss uns aus einer Diskussion über Warhol, der für Johann ein Scharlatan war, ebenso wie der Selbstdarsteller Beuys mit seinem ewigen Hut. Dass er den Hut einer Kriegsverletzung wegen trage, sei Legende, behauptete er, ein Marketingtrick.

»Wenigstens etwas, das hier funktioniert«, sagte er ins wiederholte Schrillen hinein. »Gehen wir.«

Er nahm einen englischen Herrenschirm mit, ein Riesending für zwei, das in einer Schrankecke stand. Ebenfalls DEFA, dachte ich. Unten wartete Birgit im Schutz des Vordachs, sie hatte ihren himmelblauen Trabi schräg zwischen zwei Birken geparkt. Eine schöne junge Frau mit breitem, stark geschminktem Mund und Lockenkopf. Sie trug ein enges schwarzes Kostüm, darüber einen teuer aussehenden, dezent gemusterten Schal. Sie begrüßte mich ohne Umstände mit zwei Wangenküssen, erklärte lachend, dass sie einiges über mich wisse, aber längst nicht alles, und schon saßen wir zu dritt – ich hinten, den Schirm über den Knien – im Auto, und Birgit fuhr in rasantem Tempo quer durch die Stadt, erzählte dabei fröhlich, es sei auf dem Set ein schrecklicher Tag gewesen, der berühmte französische Schauspieler, der den Dunant spiele, sei launisch, streite dauernd mit dem Regisseur, sie wisse nie, woran sie sich halten solle. Sie hatte eine warme Altstimme und eine hektische Redeweise; beinahe war ich neidisch auf Johann, dass er sich diese Frau geangelt hatte. Stau gab es keinen unterwegs, aber doch Fahrzeugkolonnen, mit denen ich nicht gerechnet hätte. Es war schon fast dunkel, die Lichter milderten den Eindruck von Verfall und Verwahrlosung, der am Tag vorherrschte. Wir hielten irgendwo an, wo alles plötzlich schöner war, weiträumiger. Ich erinnere mich nicht, wo wir aßen, jedenfalls in einem Interhotel (war es das Grand Hotel Berlin?), in dem man mit Ostmark statt mit Devisen bezahlen konnte. Ein wenig verlegen und widerwillig nahm ich teil an Johanns Inszenierung. Obwohl es kaum noch regnete, spannte er den Schirm auf, unter dem auch Birgit Schutz fand, zu dritt betraten wir die Hotelhalle, deren verschossener Prunk kulissenhaft wirkte. Wir wurden im halbvollen Speisesaal (einem von mehreren) zu einem Tisch geleitet. An der stoffbespannten Wand, nahe bei uns, rahmten Ölporträts von Ulbricht und Honecker eines von Lenin ein. Die Miene des mürrischen Obers hellte sich auf, als Johann das Teuerste von der Speisekarte bestellte und sich so jovial gab, dass der Ober auf ein großzügiges Trinkgeld hoffen durfte. Er zündete eine Kerze an, empfahl uns einen halbtrockenen Wein von der Saale, der gar nicht so schlecht war, wie ich erwartet hatte. Ich glaube, wir bekamen Fleischspieße auf riesigen Tellern mit Bratkartoffeln und Krautsalat, zum Dessert einen Schwedeneisbecher, Birgit liebte dieses Gemisch aus Apfelmus, Vanilleeis und Eierlikör. Wir stießen immer wieder an, ließen die Gläser klingen. »Auf ein gutes Leben hier und anderswo!«, rief Johann so vernehmlich, dass die Gäste an den Nebentischen – sie waren gediegen gekleidet wie wir – zu uns starrten. Ich fragte Birgit, woher sie komme, was sie bisher gemacht habe. Es stellte sich heraus, dass sie die Tochter eines hohen Funktionärs im Innenministerium war. Die Privilegien, die damit verbunden seien, lehne sie im Grunde ab, sagte sie mit Emphase. Trotzdem sei es natürlich sehr bequem, dass sie nach dem Studium der Theaterwissenschaft gewisse Wartelisten umgehen könne; auf die übliche Weise wäre sie nicht zu einer Zweizimmerwohnung gekommen und schon gar nicht zu einem Auto.

»Auch nicht zu deinen Jobs«, ergänzte Johann. »Da warten Dutzende drauf.«

Sie versuchte, eine zerknirschte Miene zu machen. Er schlug ihr so kräftig auf die Schulter, dass sie einen abwehrenden Laut von sich gab, sein Handgelenk packte und leicht hineinbiss. Er übertrieb seine Schmerzensäußerung und zog erneut missbilligende Blicke auf sich. »Du bist ein Glückskind, liebste Birgit, aber sonst hätte ich dich gar nicht kennengelernt, und das wäre schrecklich.« Sie streichelte die Stelle, die sie malträtiert hatte, dann küssten sie sich stürmisch und ließen erst voneinander ab, als ein Herr am Nebentisch aufstand, zu uns trat und in korrektem, aber eisigem Ton um Anstand ersuchte, wir befänden uns hier seines Wissens nicht in einem privaten Raum.

»Schon gut, schon gut«, fertigte ihn Johann ab. »Wir sind wieder ganz brav, so lustfeindlich und prüde, wie es sich gehört.« Er war schon halb betrunken, doch der Gast mit dem Offiziersgehabe ließ sich nicht auf einen Streit ein und kehrte mit steifem Rücken an seinen Platz zurück.

»Diese Verlogenheit«, murmelte Johann, und Birgit wischte ihm mit einem Serviettenzipfel die Lippenstiftspuren von den Mundwinkeln.

Sie wolle weg aus der DDR, sagte Birgit auf einmal, mit

gedämpfter Stimme, und warf den Kopf zurück, sie wolle unbedingt weg, aber dabei werde sie der Vater nicht unterstützen, das sei ihr klar.

Johann grinste. »Da werde ich eben Prinz Eisenherz spielen. Deshalb bin ich doch Birgits Auserkorener.«

»Quatsch!« Sie stieß ihn, halb aufgebracht, halb liebevoll, mit dem Ellbogen in die Seite.

Johann hatte eine schwere Zunge, die zweite Flasche war schon fast geleert. »Stell dir vor, sie will den Schweizer Bürger heiraten. Aus purlauterer Liebe!«

»Und das stimmt!« Birgit tat gekränkt, spitzte dann aber die Lippen zu einem Fernkuss und gurrte: *»Ja ljublju tebja.«*

Johann nickte feierlich. »Russisch kann sie auch. Ist das nicht toll?«

»Dir geht's doch gut hier«, sagte ich. »Vergleichsweise, meine ich. Warum willst du weg?«

»Alle in meinem Alter, die ich kenne, wollen weg. Und die meisten anderen auch. Man kann sich Nischen schaffen hier, und meine sind groß, so paradox das klingt. Aber diese Enge, versteht du, die Enge in den Köpfen, die geographische. Ich will mal Frankreich sehen, Italien. Und natürlich die USA. Genau, das Land des Erzfeindes.« Sie nahm einen kräftigen Schluck Wein. »Dieses dauernde Freundschaftsgerede, sobald es um die sozialistischen Bruderländer geht. Soll ich deswegen Vietnamesen mögen? Kasachstaner? All die moralischen und politischen Vorschriften, die Überwachung auf Schritt und Tritt. Man kriegt ja richtig Atemnot.« Sie hatte nun doch lauter zu reden begonnen, sie merkte es und erschrak, ich sah die Tränen in ihren Augen. »Ich will«, jetzt flüsterte sie beinahe, »nicht als Zierfisch in diesem Riesenaquarium leben, vom Staat gefüttert, falls ich mich richtig verhalte.«

Ich wagte einen Einwand. »Drüben gerätst du dafür ins Haifischbecken, Darwinismus hoch zwei. Fressen und gefressen werden. Das nennt sich Kapitalismus.«

»Ist mir egal.« Sie schlug mit der flachen Hand auf den Tisch, bremste im letzten Augenblick aber den Schlag ab, so dass man kaum etwas hörte. »Ich wehre mich schon. Und bei uns gibt es die Haie auch, sie tarnen sich bloß als Menschenfreunde und Volkserzieher. Das spielt mein lieber Vater perfekt.« Sie unterdrückte ein Schluchzen. Johann, der bei ihren Worten ernst genickt hatte, legte den Arm um sie, und sie lehnte sich kleinmädchenhaft an seine Schulter.

Wir schwiegen. Johann zahlte bald und wollte kein Wechselgeld auf die zwei Hunderterscheine, die er dem Ober zuschob. Wir wurden, zu meiner Verlegenheit, mit einem Bückling verabschiedet, Großzügigkeit schien die alte Klassengesellschaft wiederzubeleben. Am nächstgelegenen Tisch streckte ein Gast – absichtlich oder nicht – seinen Fuß so weit unter dem Tisch hervor, dass Johann darüber stolperte und beinahe hinfiel. Irgendwo wurde gelacht. Jemand sagte vernehmlich: »Du solltest dir die Haare waschen, du Ekeltüte.«

»Spießer!«, knurrte Johann. »Rennt euch doch die Köpfe an eurer Mauer ein!«

Ob sie fahren könne, fragte er Birgit, als wir im Auto saßen.

»Jetzt erst recht!«

»Und wenn sie dich erwischen?«

Auch ich wusste, dass in der DDR absolutes Alkoholverbot am Steuer galt.

»Dann zahl ich eben dafür.« Sie ließ den Motor an, drückte so entschieden aufs Gas, dass der Trabi einen Sprung vorwärts machte. Die Rückfahrt war noch abenteuerlicher als die Hinfahrt, mit Ausweich- und Bremsmanövern alle paar hundert Meter, Hupereien, Flüchen und Beschwörungen, entweder von Birgit oder Johann, der aber zwischendurch auch laut auflachte, was mich ergrimmte. Ich duckte mich hinter den Vordersitz und betete, dass es keinen Unfall geben würde.

Wie durch ein Wunder kamen wir heil bei Johanns Birken an.

»Ich fahr noch mit zu Birgit«, sagte er und ließ mich aussteigen. Er gab mir den Hausschlüssel, und zu meinem Erstaunen stieg auch Birgit aus und verabschiedete sich mit einer raschen Umarmung von mir. »Bist ein feiner Kerl«, sagte sie mir ins Ohr, ich roch ihren Alkoholatem und ihr Parfüm, keines aus dem Osten, dachte ich.

Ich verbrachte die Nacht allein im Dachgeschoss, glaubte zwischendurch Stimmen zu hören, Tierlaute, ein Trippeln und Huschen von kleinen Füßen. Heftiges Knarren riss mich einige Male aus dem Schlaf, dann lag ich mit klopfendem Herzen da und brauchte lange, bis ich wieder wusste, wo ich war. Am Morgen wollte ich mir Frühstück machen, fand aber nichts Essbares außer einer harten Brotrinde und einem beinahe leeren Glas mit Marmelade. Ich hatte auch keine Geschäfte, keine Gaststätte in der Nähe gesehen. Wenigstens gelang es mir, in einem verkalkten Topf auf dem alten Gasherd Wasser zu kochen. Mit einem Teebeutel, der nach nichts mehr roch, bereitete ich mir ein undefinierbares Getränk zu. Ich fror, der Ofen war kalt. Ziellos blätterte ich in einem Buch, das neben den Streichholzschachteln auf dem Küchenregal gelegen hatte, Derrida, *Die Schrift und die Differenz.* Ich wartete und ärgerte mich. Johann dozierte gelegentlich über *les nouveaux philosophes,* obwohl er, wie man bald merkte, von deren ambitiösen Gedankengebäuden ebenso wenig verstand wie ich. Seit ich ihn kannte, umgab er sich gerne mit Abhandlungen aller Art, die gerade in Mode waren. Es lag ihm fern, sie geistig zu durchdringen; er griff allenfalls Schlagworte auf wie *Strukturalismus* und *Dekonstruktion,* er nannte Derridas Begriff von der Falte, *le pli,* eine epochale Entdeckung, wollte eine Zeitlang nur noch Falten malen, da sich doch laut Derrida alles in Falten entwickle und umfaltet sei, ließ aber dieses Bebilderungsprojekt bald wieder fallen. Es gehe darum, verteidigte er sich mir gegenüber, innere Landschaften aus dem Bildungsschutt unserer Zeit zu erschaffen, er stimmte dazu sein mächtiges Lachen an, und ich wusste nicht, wie ernst es ihm damit war.

Er kam gegen halb zehn, übermüdet, aber frohgemut, das Poltern seiner Schritte kündigte ihn von weitem an, er hatte eine Tüte mit Brötchen dabei. »Von gestern zwar«, sagte er, »aber Vollkorn und kernig.« Ich nahm an, dass Birgit sie ihm mitgegeben hatte. Auch eine kleine Dose mit Pulverkaffee zauberte er aus den weiten Taschen seiner Jacke, ein wenig Margarine in Einwickelpapier. »Zimmerservice«, sagte er mit Stolz. »Was tut man nicht alles für seine Gäste.« Und in verändertem Ton: »Entschuldige, ich hatte gestern keine Zeit mehr zum Einkaufen. Verpflege mich im Moment in der DEFA-Kantine. Scheußlich, aber nahrhaft. Birgit lässt dich grüßen, sie ist eine verdiente Werktätige und malocht schon im Stollen, will sagen: im Studio.«

Ach, ich konnte ihm nur in Abwesenheit böse sein. Sobald ich dieser Mischung aus Gutmütigkeit, aus Blabla und echtem Kunstwillen ausgesetzt war, wurde ich weich, seit Jahren schon. Wir tranken Kaffee ohne Milch, kauten an den Brötchen, strichen den Rest Marmelade darauf, die Margarine erwies sich als ungenießbar, sie schmeckte nach Hering.

Karina, fichiert

Traue niemandem, sagt der Hausmeister, der mein Vater ist und den ich, ganz für mich, Vau nenne, einfach Vau, artikellos.

Traue ich mir selbst? Zumindest traut sich Ka jetzt doch wieder ins Ich hinein. Ich, Karina, rekapituliere: Vor zehn Wochen die Mobilmachungsfeier, die die permanente Kriegsgefahr heraufbeschwor. Vor zwei Wochen der Jubel, als die Grenze in Berlin zwischen der DDR und der BRD durchlässig wurde. Man verkündete das Ende des Unrechtsstaates DDR, den Vau verabscheut, man prangerte die Stasi an. Und jetzt dieser parlamentarische Bericht, der uns betrifft, uns in diesem kleinen, stets verschonten Land, und uns im noch weit kleineren Geviert innerhalb des Drahtzauns, in dem Vau arbeitet. Von 900 000 Fichen ist die Rede, von einer gigantischen Karteikartensammlung; die Bundespolizei hat sie über verdächtige Schweizer und Ausländer angelegt, und zwar mit Hilfe eines Heers von Informanten. Ich wusste seit langem, dass es in den klimatisierten Kellern des Hauptgebäudes viel Lagerplatz gibt. Ich war nie dort, das war geheim, STRENG GEHEIM, aber Vau machte seine Rundgänge mit dem Hund, er leuchtete mit der Taschenlampe über Schubladenkästen, machte Andeutungen. Dort drin – oder hat man sie schon weggeschafft? –

lagern sie, die Denunziationen, Lügenmeldungen, Spitzelberichte. Man hat es nicht für möglich gehalten. Hysterische Empörung im Blätterwald, zugleich der Nachklang der Euphorie über die einstürzende Mauer. Eine emotionale Schleuderfahrt.

Ich stelle mir vor, was auf meiner Fiche steht (es gibt sie bestimmt):

KOLLER, KATHARINA (AUCH KARINA), *geb. 17. 2. 1956, Tochter des Koller, Gottfried, Hausmeister im Gebäude des Nachrichtendienstes (Pentagon genannt), und der Koller-Hählen, Marianne, Hausfrau, ehemalige Floristin.*

Schwierige Pubertät, bei erster Maturaprüfung durchgefallen, Jurastudium mehrmals unterbrochen, mit Mühe abgeschlossen (1986). Bekannter Hang zu Außenseitern aus der alternativen Szene, vermutlich mit terroristischem Untergrund in Berührung gekommen (nicht nachweisbar).

Unstete Lebensführung, schwer heilbare Anorexie nach Auskunft von Dr. med. W.

Vertritt als Anwältin abgewiesene Asylanten; unbekannte Einkommensquellen (vermutlich über linkslastige Hilfswerke).

Gesichtet bei zahlreichen Demonstrationen. Gegen AKW, *gegen* NATO-*Doppelbeschluss, gegen Polizeistaat. Sporadisch in psychiatrischer Behandlung seit 1978. Offensichtlich gewaltbereit.*

Und wenn ich diesen Bericht – geschrieben auf einer alten Schreibmaschine – lesen, mein ganzes Sündenregister durchgehen würde, dann wüsste ich: Man muss mich, Koller Katharina, dringend überwachen, man muss mich vor mir selbst und meinen Ansichten schützen.

Wem traue ich noch? Vielleicht Bettina, der Klugen und Vernünftigen, über mich hat sie mit Sicherheit nie Auskunft gegeben. Unsere Freundschaft hat in der Sekundarschule begonnen und alle meine Verstörungen überdauert, doch sie würde zerbrechen, gäbe ich sämtliche Geheimnisse preis. Mario, ihrem geschiedenen Mann, diesem Opportunisten, traue ich nicht, auch nicht Vau. Sie könnten, unter Druck, Informanten geworden sein. Die kurze Affäre mit Mario bereue ich trotzdem nicht, wir waren beide auf verzweifelte Weise ausgehungert.

Mario, tutti fratelli

Ich erinnere mich nicht mehr, wie Johann und ich das erste Mal nach Babelsberg kamen. Mit Straßen- und U-Bahn? Oder bestellte ich ein Taxi auf Spesen? Drei oder vier Tage lang begleitete ich Johann in die Studios. Es war für mich zunächst alles neu, ein großes Durcheinander. Irgendein hohes Tier der DEFA empfing mich, in der Aufnahmehalle wimmelte es von Leuten, ich wurde vorgestellt, begrüßt, die Gesichter zogen vorbei, tauchten wieder auf, Schauspieler, der Kameramann, die Kostümbildnerin, der Requisiteur, ein Gemisch aus Deutsch und Schweizer Dialekt. Der Star aus Frankreich fehlte noch, er komme ständig zu spät, hörte ich. Birgit wieselte herum, erfüllte Aufträge des bärtigen Schweizer Regisseurs. Johann zeigte mir die Kulissen, in denen gedreht wurde. Sie stellten das Innere einer Kirche dar, in welcher der Geschäftsmann Dunant ein Lazarett eingerichtet hatte, nahe bei Solferino, wo er zum Zeugen der Schlacht zwischen Österreichern und Italienern geworden war: Bettgestelle mit dünnen Matratzen, durch transparente Vorhänge voneinander getrennt, Körbe mit Mullbinden, Desinfektionsmitteln. Realistisch, eigentlich in keiner Weise Johanns Stil entsprechend, nur zwei Wörter, TUTTI FRATELLI!, mit riesigen roten Buchstaben auf eine Mauerkulisse gepinselt, verrieten seine Handschrift. Er war unzufrieden, bemängelte dies und das, besprach sich mit dem Regisseur und dem Kameramann, die Betten wurden leicht verrückt, das Scheinwerferlicht anders gerichtet, gedämpft. Die Statisten, die Verwundete und Sterbende spielten, kamen herein, in unterschiedlichen Uniformen, mit rotgefleckten Verbänden, Kopfwunden, legten sich auf die Betten. Die Maskenbildner hatten ganze Arbeit geleistet. Ein paar Krankenpflegerinnen, teils in Tracht, teils nicht, ältere und ganz junge, gingen tröstend herum, sie waren, laut Drehbuch, Freiwillige, stammten aus der ländlichen Umgebung. Der Regisseur forderte mehr Unordnung, und Birgit knüllte Bettdecken zusammen, warf sie auf den Boden, andere halfen ihr, jemand kippte einen Eimer Dreckwasser aus, mit Rote-Beete-Saft vermischt. Jetzt wollte der Regisseur Gemurmel, Seufzen, Stöhnen von den Statisten, italienische, französische und deutsche Ausrufe, aber nicht übertrieben, nicht zu theatralisch. Die Kamera surrte, es gab eine erste Totale, dann ein paar weitere Einstellungen. Gerade die große Künstlichkeit, flüsterte mir Johann zu, erzeuge den Eindruck von wirklichem Leben. Endlich kam der Star, der Dunant spielte, bleich geschminkt, tief ergriffen und fehl am Platz in seinem Zweireiher, den er sich, bei den ersten Handreichungen, gleich blutig machte. Einen einzigen Satz sagte er, in seinem französisch gefärbten Deutsch, zu einer der Schwestern: »Das ist doch besser, als sie auf dem Feld sterben zu lassen.« Dann trugen ländlich gekleidete Männer weitere Verwundete herein, es gab kaum noch Platz für sie, man legte sie auf den Boden, einer wurde angewiesen, laut zu schreien, und war dann doch zu laut. Dunant flüchtete, kam wieder. Die Szene wurde fünfmal wiederholt, vor allem wegen des einen Satzes, den er fragender, zugleich verzweifelter sprechen sollte. Ich machte mir, ganz am Rand stehend, erste Notizen, schrieb, dass die Kooperation Schweiz–DDR funktoniere und diese Geschichte wahrhaft ein völkerverbindender Stoff sei.

In der Mittagspause saß man in der unübersichtlichen Kantine an langen Tischen, Deutsche und Schweizer in getrennten Gruppen, mit Ausnahme des Regisseurs, der sich mit dem Chefdramaturgen P. und Birgit unterhielt. Ich gab mir einen Ruck und setzte mich zu ihnen, was P. zu irritieren schien. Es ging um weitere Szenen im Lazarett, um die Haltung Dunants, vor allem darum, wie er die Verbindung von Fassungslosigkeit und Tatkraft interpretieren sollte. Der Hauptdarsteller hatte sich zurückgezogen, der Regisseur ließ ihn holen. Er schlurfte unwillig herbei, sah nun von nahem älter aus als in der Kulissen-Kirche, ein hochgewachsener, schmalbrüstiger Mann, ohne Perücke mit Glatze und grauweißen Schläfenlocken, seltsam sportlich in seiner Trainingsjacke. Er schob das Essen, das ihm serviert wurde – Buletten mit Rotkohl – angewidert weg, trank bloß ein Glas Wasser. Man hatte ihn für diese Rolle gewonnen, weil er international bekannt war und dem Film mehr Zuschauer bringen würde; mit seiner Lustlosigkeit, dem passiven Widerstand gar hatte niemand gerechnet. Der Regisseur erklärte ihm seine Absichten, der Star hörte zu, sagte kein Wort, nickte verdrossen. Er werde abends, erzählte mir Johann später, in einer Stasi-Karosse nach Westberlin gefahren, wo er bei einem Italiener zu essen pflege, die DDR-Kost ertrage er nicht. Ich fragte ihn, ob ich ihn interviewen dürfe, er verneinte. »Morgen vielleicht«, sagte er, kaum verständlich im Stimmengewirr, stand auf und verschwand wieder.

Der Chefdramaturg hingegen erklärte sich bereit für ein Interview; politische Fragen zum Zustand der DDR indessen schloss er aus. P. trug einen ockerfarbenen Rollkragenpullover, er hatte ein wachsames Gesicht, schrägstehende Augen, wischte sich beinahe nach jedem Bissen den Mund mit der Papierserviette ab. Wir gingen – für zehn Minuten, nicht länger!, sagte er – hinüber in sein winziges Büro, dessen Wände mit Filmplakaten tapeziert waren. Er drückte sich in freundlichen Floskeln aus, rühmte die Koproduktion, in der es wesentlich um humanitäre Werte gehe, lobte die Großzügigkeit und Fortschrittlichkeit des Kulturministeriums, das solche Projekte fördere. Als ich dann doch nach seiner Meinung zum Zustand der DDR fragte, lachte er mich verschmitzt an: »Na, Sie haben ja von Berufs wegen die Pflicht, hartnäckig zu sein.« Er wurde ernst: Was er mir jetzt anvertraue, müsse unter uns bleiben, kein Wort davon dürfe an die Öffentlichkeit dringen, weder im Westen noch im Osten, er habe einfach das Bedürfnis, einmal Klartext zu sprechen. Er schaute mich mit schräggeneigtem Kopf an. Ich gelobte Verschwiegenheit, legte demonstrativ meinen Bleistift weg. Die Wahrheit sei, sagte P., dass die DDR dringend Reformen brauche, die verkalkte Politelite müsse durch jüngere Kräfte ersetzt werden. Reiseerleichterungen, eine freie Presse seien notwendig, da sonst in der Bevölkerung ein Überdruck entstehe, der zur Explosion führen könne. Ich verbarg mein Erstaunen über diese unerwartete Scharfsicht. Ob andere auch so dächten?, fragte ich.

»Viele«, antwortete er, »aber es gibt ein Klima des Misstrauens, die Spitzel sind überall, Kritik wird nur im Flüsterton ausgetauscht.«

»Wird sich denn nicht schon bald etwas bewegen?«

»Da bin ich pessimistisch. Ich setze auf die Subversionskraft der Kunst. *Tutti fratelli,* das ist ein Motto, das sich festsetzt.« Seine Augen wurden feucht. »Was ich Ihnen hier gesagt habe, bleibt unter uns. Versprochen?«

Ich nickte. Er blickte auf die Uhr, es war Zeit, in die Aufnahmehalle zurückzugehen. Er werde nur noch eine kurze Weile auf dem Set bleiben, sagte P., er müsse an lästigen Sitzungen teilnehmen, er verabschiede sich schon jetzt. Sein Händedruck war fest, vertrauensbildend, hätte er vielleicht gesagt, sein Blick offen und nicht mehr im Geringsten reserviert.

Es herrschte eine merkwürdig angespannte, geradezu aufgedrehte Atmosphäre bei den Mittagessen in der Kantine, an denen ich noch zwei- oder dreimal teilnahm. Das Essen selbst blieb gleichbleibend an der Grenze der Genießbarkeit, zähes Fleisch, Bratensauce als Pampe, Krautsalat mit zu viel saurem Essig und dann das, was auf der Speisekarte *Sättigungsbeilage* hieß, ein zermanschter Mischmasch aus Kartoffeln, Sellerie, Rüben, Kohl. Die DDR-Crew musterte mich mit abschätzenden Blicken. Die Schweizer – vor allem der Regisseur – erzählten von den bürokratischen Schikanen, denen sie trotz aller vorgängigen Bewilligungen ausgesetzt seien. Konflikte aber gebe es eigentlich nur, wenn Materialien, die im Westen selbstverständlich seien, ein ganz bestimmter Reflektor, ein wirklich gutes Mikrophon, fehlten. P. nickte mir jovial zu, wenn wir uns sahen, er hatte, das fiel mir jetzt auf, etwas von einem witternden Tier an sich, schien kaum je zur Ruhe zu kommen.

Später wurde ich vom Kameramann im Flüsterton vor P. gewarnt, er sei ein Mann mit zwei Gesichtern, ein Stasispitzel, ein hochrangiger und besonders abgefeimter; was er weitermelde, gehe direkt ans Politbüro. Und umgekehrt riet mir am nächsten Tag die Maskenbildnerin, ihr Mund nahe an meinem Ohr, es wäre besser, vertrauliche Gespräche mit dem Kameramann zu meiden, er sei, wie alle wüssten, ein Informant der Stasi.

Als ich gleichentags in einem übervollen Kellerlokal Birgit davon erzählte, fragte sie mit kokettem Augenaufschlag, ob ich noch nicht gemerkt hätte, dass sie der – von ihrem Vater in die DEFA eingeschleuste – Oberspitzel sei, Filmleute müsse man besonders scharf überwachen, die seien samt und sonders ungefestigt und dem Sozialismus nur treu, wenn es ihrer Karriere diene. Johann, der neben ihr saß, brach in ein nicht enden wollendes Gelächter aus und legte ihr mit dem Ruf »Geheim, geheim!« die Hand über den Mund. Birgit aber schob sie weg und rechnete mir vor, man gehe von fast hunderttausend hauptamtlichen Mitarbeitern der Stasi aus, von den inoffiziellen, den IM, ganz zu schweigen; das habe ihr mal der Vater gesagt, der es ja wissen müsse, es sei zugleich eine verschlüsselte Drohung gewesen, nämlich, dass sie keinen Schritt machen könne, ohne dass er weitergemeldet werde und auch ihm selbst zur Kenntnis komme. Sie wollte, gegen den Stimmenlärm ankämpfend, weiterreden, stutzte plötzlich, deutete auf den Nebentisch, wo ein unauffälliger Mann uns nicht aus den

Augen ließ. Sie verstummte, auch Johann beherrschte sich, wir schwiegen eine Zeitlang, zahlten bald und waren froh, dass uns der Mann nicht folgte.

»Man wird paranoid hier«, sagte Johann, nachdem wir hundert Schritte gegangen waren. »Mit Recht oder auch grundlos. Und das ist doch interessant. Wie gehen Leute miteinander um, die sich rund um die Uhr belauscht fühlen?«

»Interessant?« Birgit, die sich bei Johann eingehakt hatte, ließ ihn los und blieb stehen. »Das ist eine dekadente Haltung. Du geilst dich auf an unserer Angst!« Sie wandte sich von ihm ab und lief mit großen Schritten weiter. Johann, der wieder zu viel getrunken hatte, versuchte sie einzuholen. »Birgit, nicht böse sein. Ich bin Künstler, ich interessiere mich für alles, was den Menschen ausmacht. Das musst du doch verstehen.«

Sie versöhnten sich rasch, schon ein paar Minuten später, zu rasch für meinen Geschmack.

Der Einzige, der sich mir konsequent entzog, war der Hauptdarsteller, der berühmte Franzose, der Dunant verkörperte. Er möge alle hier, sagte er mir bei einem meiner Annäherungsversuche in scharfgeschliffenem Französisch, das könne ich gerne schreiben, er möge die DDR, ein Land, in dem niemand hungern müsse, er möge Monsieur Honecker, der ein richtiger Landesvater sei. Sein Zynismus ließ mir den Atem stocken, aber ich kam nicht dagegen an, schon wieder hatte er sich abgewandt und mich stehenlassen. Mit dem Regisseur verstand er sich kaum noch, er wollte seine Rolle bis ins Detail selbst bestimmen, überhaupt jede Szene dominieren. Man fürchtete sich vor seinen Wutausbrüchen. Einmal schmetterte er eine teure Jupiterlampe auf den Boden und lief davon; zwei Stunden später tauchte er wieder auf, erfrischt wie nach einem langen Bad. Erst nachträglich erfuhr ich von Birgit, was ihn so launisch machte. Er brauchte seine tägliche Dosis Kokain, und wenn es ihm ausging, mussten alle um ihn herum dafür büßen. Die abendlichen Ausflüge nach Westberlin galten nicht nur der italienischen Pasta und dem Barbaresco, sondern auch dem Drogennachschub, den sein Agent vor Ort für ihn organisierte. Die Stasileute, die ihn begleiteten, wussten Bescheid, sie deckten den Drogenschmuggel und eskortierten den Süchtigen in den Osten zurück, wo er nach DDR-Recht eine harte Bestrafung hätte gewärtigen müssen. Das war sozusagen ein Staatsgeheimnis, doch Birgit, die ihre Augen und Ohren überall hatte, zögerte nicht, es mir zu erzählen. Absurd. Der Glanz, den der internationale Star einer DDR-Filmproduktion verlieh, durfte um keinen Preis gefährdet werden.

An einem drehfreien Tag begleitete ich Johann auf einem seiner Gänge durch die Stadt. Es war gespenstisch, die bleiernen Wolken hingen tief herunter, es nieselte wie an den Tagen zuvor. Schon nach wenigen Minuten hatte ich keine Ahnung mehr, wo wir waren. Wir gingen unter dem großen schwankenden Herrenschirm, den einmal ein Windstoß Johann beinahe aus der Hand riss. »Man will mich entwurzeln«, rief er und machte einen Sprung, als könne er wegfliegen. Sonst sprachen wir kaum miteinander. Die Häuser, ob hoch oder niedrig, glichen sich. Die Straßen, ob breit oder schmal, glänzten vor Nässe, schwarze Spalten und Risse darin wurden zu undurchschaubaren Mustern. Vorgärten ab und zu mit lückenhaften Zäunen, selten ein kahler Baum. Geparkte Autos mit Roststellen am Straßenrand. Stillstehende Kräne, volle Schuttmulden. Wir waren nun weit außerhalb des Zentrums. Rollenden Verkehr gab es nicht mehr, Menschen waren kaum zu sehen. Wie ein fast mit Händen zu greifendes Fluidum umgab mich ein Gefühl von trostloser Einsamkeit. Ich kam mir in einen Alptraum versetzt vor, noch heute bin ich nicht sicher, ob ich mir das Ganze nachträglich eingebildet habe. Aus der halbgeöffneten Tür einer Eckkneipe, an der wir vorbeikamen, roch es nach Gemüsesuppe – Soljanka, sagte Johann – und abgestandenem Zigarettenrauch. Es war Mittag, wir traten ein. Das Mobiliar war lädiert, zusammengewürfelt, an der Wand Honecker, wer sonst. Ein Fernseher mit flimmerndem Standbild. Der Wirt, der lange auf sich warten ließ, setzte uns missmutig einen Teller Suppe vor, sie schmeckte nach Essig und Zwiebeln. Am dunklen Brot, das es dazu gab, konnte man sich die Zähne ausbeißen, das Bier vom Hahn war immerhin trinkbar. Wir blieben die einzigen Gäste.

Der Wirt mochte Mitte vierzig sein, er hatte ein vernarbtes Gesicht und hinkte. Heute sei ein schlechter Tag, sagte er in schleppendem Deutsch, mit östlichem Akzent, sonst kämen um diese Zeit ein paar Bauarbeiter zum Essen.

Wo denn gebaut werde?, fragte ich.

Der Wirt zuckte mit den Achseln. »In der Nähe, irgendwo.«

Wir seien aus der Schweiz, sagte ich, wir würden gerne etwas über das Alltagsleben in der DDR erfahren.

»So so«, machte der Wirt. »Aus der Schweiz. Manche haben Glück, manche nicht.« Es klang sarkastisch.

Ob er denn in dieser Lage und mit so wenig Kundschaft existieren könne?

»Übers Wochenende kommen manchmal welche von der Partei«, entgegnete er nach einigem Überlegen. »Die feiern hier. Ich besorge Delikatessen für sie, Lachs, Kaviar. Das hält uns über Wasser.« Nun war er beinahe gesprächig geworden. Früher, ja früher, da sei es besser gelaufen. Zu viele weg jetzt, die beiden Töchter im Westen, die Frau abgehauen.

Ich lud ihn zu einem Bier ein, er trank es aus, ohne das Glas abzusetzen, vergaß, sich den Schaum von den Lippen zu wischen.

Ob er nicht auch in den Westen wolle, fragte ich. Johann trat mir unter dem Tisch warnend auf den Fuß.

»Keine Chance. Ich bleibe hier.« Das Gesicht des Wirts wurde feindselig. »Gehen Sie jetzt, ich hab zu tun.«

Johann bezahlte den lächerlich geringen Betrag mit einem Schein, der Wirt, immer erboster jetzt, schob ihm das Kleingeld über den Tisch so energisch zu, dass die Münzen auf den Boden fielen. Wir bückten uns nicht danach, gingen mit einem knappen Gruß ins Freie.

»Typisch, der Mann«, sagte Johann. »Wäre die Mauer weg, ginge er schon morgen über die Grenze. Zu Hunderttausenden gingen sie.«

»Aber es gibt so etwas wie Verwurzelung. Das Wort hast du vorhin selber verwendet.«

»Sag doch gleich Heimatliebe. Und ich halte dagegen: Freiheitsdurst.«

»Das ist genauso pathetisch.«

»Ich meine auch die Freiheit, nutzloses Zeug zu kaufen. Sich Biermann-Lieder anzuhören. Grass zu lesen. Oder meinetwegen Marquis de Sade.«

Wir waren schon nach ein paar Metern stehengeblieben, mitten in einer Regenpfütze. Da hörte ich Schritte, der Wirt war uns gefolgt und übergab uns wortlos den vergessenen Schirm. Unseren Dank überhörte er und verschwand, nachdem er die Pfütze hatte aufspritzen lassen, ebenso wortlos wieder in der Kneipe.

In Johanns Gedächtnis war der Stadtplan gespeichert. Wir kehrten um, kamen auf anderen Wegen an der Charité vorbei, sahen von weitem den Berliner Dom. Zu meiner Beruhigung gab es jetzt wieder Menschen, Autos, Schaufenster. Aber es wirkte eine Weile so, als hätte eine ordnende Hand sie wie Fremdkörper in eines von Johanns Bildern hineingestellt.

Mehr als fünf Stunden waren wir unterwegs gewesen. In der Wohnung aßen wir Knäckebrot mit Mettwurst, weil Johann nichts anderes mehr dahatte. Nach Wein war mir nicht, Bier war ausgegangen. Darum tranken wir, wie kleine Kinder, Himbeersirup, selbstgemachten, den hatte Birgit von der Datscha ihres Vaters mitgebracht.

»Nun«, fragte Johann, »was hältst du von Berlin, Hauptstadt der DDR?«

Ich ließ den viel zu süßen Sirup im Gaumen kreisen wie einen Spitzenwein. »Du hast recht. Wenn sich die Eindrücke verdichten, beginnt das alles so auszusehen, wie du es malst. Irgendwie erstarrt, unveränderbar, Schichten von Grau.«

Johann schüttelte den Kopf. »Unveränderbar ist nichts. Die Grundierung ist bunt, chaotisch. Das drängt nach oben.«

»In zwei, drei Generationen vielleicht. Wenn sich die Systeme angenähert haben.«

»Schneller«, sagte Johann. »Leg dein Ohr auf den Boden wie ein Indianer. Dann hörst du es brodeln.«

Ich mimte einen Kundschafter, hielt beide Hände hinter die Ohren. »Belauscht wird hier vieles, aber doch vor allem, um Veränderungen zu verhindern.«

»Wer weiß.« Johann lehnte sich zurück, begann mit dem Stuhl zu schaukeln.

Dass er und Birgit unbedingt heiraten wollten, fand ich übereilt, aber auf andere Weise kam für Birgit eine Ausreise nicht in Frage. Es galt, zahlreiche bürokratische Hindernisse zu überwinden und den DDR-Behörden – zum Teil mit Bestechungsgeldern – Ausnahmebewilligungen abzuringen. Nun setzte sich plötzlich auch Birgits Vater aus rätselhaften Gründen für die Tochter ein, der Schweizer Vertreter in Westberlin ließ seine Beziehungen spielen, der Filmregisseur, ganz auf Birgits Seite, drohte damit, wegen des Kokainschmuggels, von dem er Wind bekommen hatte, einen Skandal vom Zaun zu reißen. Drei Wochen nach meiner Abreise aus Berlin waren die beiden standesamtlich verheiratet. Der Regisseur erwirkte in Bern Birgits beschleunigte Einbürgerung. Nach vier Wochen hatte sie, wie durch ein Wunder, als Frau Ritter den Schweizer Pass und konnte jenen der DDR – vorläufig, wie es hieß – behalten; es war ihr nun möglich, die Grenze zum Westen jederzeit mit kleinem

Aufwand zu passieren. Ein geradezu ungeheuerliches Privileg für eine DDR-Bürgerin, die nicht zum Reisekader der SED-Nomenklatura gehörte.

Was ich in diesen Passagen ausgeblendet habe, ist mein schlechtes Gewissen Fabian und Julia gegenüber, meine Sehnsucht nach ihnen, nachts vor allem, auf der Berliner Matratze. Das gehört auch zu mir, zu jener Zeit, ich weiß nicht, ob ich den Mut habe, darauf zurückzukommen.

Meine Reportage über die Filmproduktion wurde nicht gedruckt. Ich bekam lediglich ein Ausfallhonorar.

»Dem Text«, sagte der Chefredaktor, »fehlt der Biss, er ist viel zu impressionistisch, bleibt im Vagen. Die Aussagen der Porträtierten bestehen aus Sprechblasen. Du hast zu wenig nachgebohrt, keine privaten Situationen geschaffen, in denen die Wahrheit zum Vorschein kommt. Nicht einmal den Hauptdarsteller hast du zum Reden gebracht. Deine ironischen Anspielungen zum Misstrauensklima versteht man nicht. Und weißt du was? Die Passagen mit den Beschreibungen des Stadtbilds sind quälend langweilig. Schade um die Spesen.«

Ich wehrte mich: »Man muss doch zeigen, wie sehr bei solchen Kooperationen alles in Watte gepackt ist. Wenn ich kritische Äußerungen auch nur anonym aufnehme, muss das die ganze ostdeutsche Crew ausbaden. Aber ich will keine Verhöre und keine Entlassungen provozieren.«

Der Chefredaktor kratzte sich mit einem Bleistift an der Schläfe; für seine Bleistiftspiele war er berüchtigt. »Du willst die Leisetreter, die Opportunisten schonen, wie? Da schlägt also das sozialistische Herz tapfer weiter in dir.«

»Ich war nie Sozialist«, begehrte ich auf. »Und ich habe nicht das Bedürfnis, diese Leute in die Pfanne zu hauen. Wenn schon, eher die Schweizer Produzenten, die ja bloß die Kooperation wollen, weil das ihr Budget entlastet.«

Der Chefredaktor drückte den Bleistift so heftig aufs Pult, dass die Spitze abbrach. »Na und? Ist doch nur vernünftig. Die Infrastruktur von Babelsberg nimmt man gerne in Anspruch. Dort wurde schließlich *Der Blaue Engel* gedreht. Das hättest du auch erwähnen können. Eine Prise Filmgeschichte.«

Er schlug mir vor, das Ganze unter diesem Aspekt neu zu schreiben und zusätzlich in den Westen geflüchtete Schauspieler über ihre DEFA-Erfahrungen zu befragen. Ich lehnte ab. Was P. gesagt hatte und wie andere über ihn urteilten, verschwieg ich. Auch die Kokaingeschichte behielt ich für mich, sie wäre der Aufhänger gewesen, um die Widersprüche des DDR-Systems auszuleuchten. Aber möglicherweise hätte sie Birgit geschadet. Und das zeigte mir, dass ich kein investigativer Journalist mehr war, der um einer vermeintlichen Wahrheit willen seine Skrupel beiseiteschiebt. Ich war nicht so weit von links nach rechts gewandert wie der Chefredaktor, aber immerhin verbürgerlicht genug, um meine Versprechen zu halten (die privaten nicht, das war zu schwierig).

Diese Ablehnung war, was meine weitere Mitarbeit bei der Wochenendbeilage betraf, der Anfang vom Ende. Meine Stoffideen fanden auf der Chefetage und an Redaktionskonferenzen immer weniger Resonanz. Ich wollte in Schrebergärten die unterschiedliche nationale Herkunft der Pächter thematisieren. Ich schlug vor, die »fremden Dienste«

von Schweizer Söldnern einst zu vergleichen mit den fremden Diensten von internationalen Managern heute. Ich bot an, auf die Südseeinsel Nauru zu fliegen und ihren durch den Raubbau von Guano verursachten ökologischen Niedergang zu beschreiben. Ich hätte gerne das Porträt eines ehemaligen Linksradikalen geschrieben, der Buddhist geworden war. Alles abgelehnt. Zu wenig relevant, zu wenig abgestimmt auf das Unterhaltungsbedürfnis der Wochenendleserschaft. So wurde ich vom festen, im Impressum erwähnten Mitarbeiter, der ich seit acht Jahren war, zum freien zurückgestuft, mit weniger Rechten – eigentlich mit gar keinen mehr – und von Fall zu Fall auszuhandelnden Honoraren. Einen großen Auftrag konnte ich noch angeln: eine Reportage über Schweizer Hilfsprojekte in Afrika südlich der Sahara, wohlwollend-kritisch, mit dem Fokus auf bewegende Einzelschicksale und natürlich auf die Erfolge unserer Hilfe, so etwas sorgte für gute Wochenendlaune. Die Reise fand 1989, in der zweiten Oktoberhälfte, statt. Als ich am 9. November zurückkam, standen nachts die Ostberliner jubelnd auf der Mauer. Ich hatte den Kopf voller afrikanischer Elendsbilder und konnte es kaum glauben. Ebenso wenig wie Dr. Armand Gruber, der die Nachricht vom Fall der Mauer noch monatelang für eine Lüge hielt.

Karina, Geheimdienstgelände

Ich heiße Karina, sagte ich damals dem Herrn Oberst. Er nannte mich zuerst, wie meine Eltern, Katharina, aber ich hatte ein paar Buchstaben weggestrichen, ich wollte Karina sein, zwei Mal K, KaKa, wie Kakaphonie oder Kakanien, die untergegangene Donaumonarchie, von der Oberst A. fasziniert war, er dozierte gerne über den Mord in Sarajewo und seine Folgen. Ich schaute zu ihm auf, ich war Gymnasiastin, er hatte dunkle verzehrende Augen. Vau mochte ihn nicht, aber ich erlag jedes Mal, wenn er auftauchte, seiner Faszination. Ich glaubte wohl, er sei einer, der mich retten könne.

Vau war ein leutseliger Mann, Elektriker im Parlamentsgebäude, bevor er Hausmeister beim Nachrichtendienst wurde, in diesem seltsamen kreuzförmigen Bau, nicht weit von der Kaserne und dem Fußballstadion, mitten im Ödland, so fremd und in schauderhaftem Ockerbraun, als hätten ihn Marsbewohner errichtet. Oder eine Schar Riesenvögel hätte alles vollgekackt. Wir zogen in ein Nebengebäude, vierter Stock, innerhalb der Sperrzone, die von einem NATO-Zaun umgeben war. Dass es einer war, durfte niemand wissen. Schwer zu überwinden, der Zaun, sagte Vau bedeutungsschwer. Ich dachte immer, der Stacheldraht sei elektrisch geladen. Die Wohnung war für uns nicht frei erreichbar, wir hatten uns bei der Loge, die vierundzwanzig Stunden besetzt war, anzumelden, unter Vorweisung der Identitätskarte und der mehrfach abgestempelten Zugangsberechtigung. Das galt für meinen Bruder und mich auch noch beim hundertsten Mal. Reine Schikane, ein billiges Vergnügen für die Aufpasser in der Loge, die mich natürlich kannten, aber dann bedächtig von Kopf bis Fuß musterten, ehe sie mich durchließen. Besuche in unserer Dienstwohnung mussten angekündigt werden, die Besucher hatten sich auszuweisen, ihre Autos mussten sie außerhalb des Zauns stehen lassen. Auch Vau bekam keinen Parkplatz innerhalb, sie waren den hochrangigen Mitarbeitern vorbehalten. Das müsse so sein, beschied mir Vau, man könne keine Ausnahme machen, und auch die Kontrolleure würden kontrolliert. Ich war achtzehn, mein Bruder neunzehn. Das Gymnasium hatte ich mir erstritten, der Bruder wollte Automechaniker werden, nichts anderes, und wurde dann doch Chauffeur im Militärdepartement.

Es war ein seltsames Leben in diesem Geviert. Auch wenn wir an schönen Wochenenden auf der Dachterrasse saßen, fühlten wir uns beobachtet. Die Kameras waren überall, die Satellitenschüsseln auch. Vau legte sich einen Schäferhund zu, der kaum noch von seiner Seite wich, einen vierzig Kilo schweren Rüden. Er knurrte mich an, wenn ich ihm zu nahe kam, der Bruder packte ihn lachend am Halsband und ließ ihn aufjaulen. Das Misstrauen, das hier herrschte, war mit Händen zu greifen, es schlug allen, die von außen kamen, entgegen, blieb wie ein klebriges Fluidum an ihnen haften – auch an uns, der Hausmeisterfamilie. In den drei Jahren, die ich im Pentagon verbrachte, lernte ich kaum jemanden näher kennen. Ich hatte den Eindruck, dass die Männer, die hier aus und ein gingen, einander glichen: korrekt, aber bieder gekleidet, dezente Krawatten, lauter Aktentaschen vom selben Typ, keine Auffälligkeit. Und die paar in Offiziersuniform: ebenso genormt, rosige Wangen von der Morgenrasur, zu starker Aftershave-Duft. Man grüßte sich, ein Lächeln hin und wieder, flüchtig, verkniffen, selten herzlich. Die Namen sollten wir, die Kinder des Hausmeisters, nach Möglichkeit nicht wissen. Alles war geheim, die höchste Geheimhaltungsstufe galt für all das, was im Untergrund, in den verbunkerten Kellergeschossen geschah.

Vau war dafür verantwortlich, dass es nicht zu *Unregelmäßigkeiten* kam. Er veränderte sich in kurzer Zeit. Nach Besprechungen mit Vorgesetzten erlebte ich ihn einsilbig, verdüstert. Einmal war er totenbleich, die Mutter verriet mir danach, man habe ihm vorgeworfen, er sei zu lax auf seinen Kontrollgängen, eine Tür sei nicht abgesperrt gewesen. Es wurde beinahe unmöglich, sich mit ihm außerhalb der Wohnung zu unterhalten. Manchmal schaute er sich um, als werde er beschattet. Laut der Mutter war er überzeugt, dass unser Telefon abgehört werde, es knistere und knacke bei jedem Anruf. Mir gegenüber äußerte er seine Befürchtungen nie, er versuchte, einem Bild von Pflichterfüllung und Korrektheit zu genügen, das mich, je nach eigener Laune, gegen ihn aufbrachte oder mitleidig stimmte. Ja, ich wurde überaus launisch in dieser geheimdienstlichen Atmosphäre, es verschlug mir den Appetit, dann wieder verschlang ich auf einen Sitz eine halbe Schwarzwälder Torte. Meine Schulleistungen ließen nach, jetzt wo Bettina, meine beste Freundin, nicht mehr neben mir saß und mir half. Der Papa, der versteinerte Dr. phil., hatte ihr verwehrt, am Konservatorium zu studieren, und sie war fügsamer als ich, geschmeidiger, jedenfalls keine Kämpferin, sie ist es noch heute nicht. Aber die unnachahmliche Diskretion, mit der sie mir ihre Spickzettel zuschob. In Französisch war sie Klassenbeste, meine Qual mit dem *subjonctif* verstand sie nicht, in Rhetorik und Spottlust hingegen schlug ich sie um Längen, doch das war kein Schulfach. Oh, ich hätte Herrn Dr. Gruber das Gesicht zerkratzen können, als es um die entscheidende Weichenstellung ging. Das Töchterchen als Kindergärtnerin, das schien ihm angemessen. Er nahm mir die Vernunft an meiner Seite, die Trösterin, die Warnerin. Ohne sie wuchsen die Gefährdungen ringsum. Und ihre Mutter unterstützte sie nicht. Meine ist auch eine blasse Figur. Aber Frau Alice Gruber versteckte sich einfach in ihrem Pflanzendickicht. Es fiel ihr nicht ein, sich für ihre Tochter einzusetzen. Oder sie hatte zu große Angst vor dem Mann mit seiner versteckten Gewaltneigung.

Mario, Nebel über dem Bodensee

Für den Dunant-Film waren im Mai 89 Außenaufnahmen im appenzellischen Heiden vorgesehen, in der sanften Hügellandschaft mit Blick auf den Bodensee, wo Dunant, völlig verarmt, seine letzten Lebensjahre verbrachte. Zwei Szenen sollten im Freien gedreht werden: Dunants Begegnung mit der Pazifistin Bertha von Suttner und der Moment, als ihm ein Vertrauter aus dem Dorf die Nachricht überbringt, dass er, der Gründer des Roten Kreuzes, den Friedensnobelpreis erhalten hat. Es gab ein langes Hin und Her, bis dem Chefdramaturgen P. und einem Teil der DDR-Crew die Reise in die Schweiz gestattet wurde; nur politisch absolut zuverlässige, auf Herz und Nieren überprüfte Mitarbeiter kamen dafür in Frage – oder solche, die bei einer etwaigen Fluchtabsicht mit der zurückgebliebenen Familie unter Druck gesetzt werden konnten. Der Kameramann wurde ausgewechselt (unter dem Vorwand, er sei erkrankt), ebenso die Maskenbildnerin. Sie fuhren, zu acht, in einem Kleinbus samt einem Anhänger mit dem Material, quer durch Deutschland, der Chauffeur war zugleich ihr Bewacher, als würden sie, allen voran der Chefdramaturg, einander nicht schon gegenseitig überwachen. Außerdem waren während der Fahrt durch die BRD die Fenster des Autos verhängt, angeblich wegen der starken Sonneneinstrahlung, die der Chauffeur nicht ertrug. Erst ab Lindau wurde die freie Sicht gewährt. Eine kindische Maßnahme; im Westfernsehen hatten die Reisenden oft genug gesehen, dass in der BRD das Leben anders war als zu Hause und nach Wohlstand roch.

In Heiden logierte die ganze Crew im Hotel, wo der Regisseur sie erwartete. Am nächsten Morgen stieß der Dunant-Darsteller dazu, standesgemäß per Helikopter; auch Birgit traf in Heiden ein, zusammen mit Johann, der hier keine klare Funktion mehr hatte, aber einfach dabei sein wollte. Er plante, die Hochzeit am Rand der Dreharbeiten nachzufeiern. Ich war mit eingeladen und fuhr am dritten Drehtag auf eigene Kosten nach Heiden, obwohl ich den Artikel längst abgeschlossen hatte und mit allerlei Ausflüchten erklären musste, weshalb er noch nicht gedruckt worden war.

Mit den DEFA-Leuten, die ich kannte, gab es ein freundliches Wiedersehen; der Chefdramaturg P. wagte sogar eine angedeutete Umarmung. Birgit hatte, so schien mir, in kurzer Zeit viel von ihrer Frische verloren, ihre Wangen waren voller, aber sie wirkte müde, nicht bei der Sache. Johann redete beim gemeinsamen Abendessen fast ununterbrochen, als treibe er sich selber an, und vergewisserte sich der Gegenwart seiner Ehefrau, indem er den Arm um sie legte, ihren Rücken kraulte, sie unvermutet auf die Wange küsste, ohne aber seinen Wortstrom zu unterbrechen. Birgit ließ es sich lächelnd gefallen und sagte selbst kaum etwas. Mitten in der Tischgesellschaft saß hoheitsvoll der Hauptdarsteller, er hatte sich, weil die Kost hier deutlich besser war als in Babelsberg, unters Fußvolk gemischt, sprach aber nur halblaut mit dem Regisseur an seiner Seite. Ich stellte fest, dass er auch in dieser privaten Situation Make-up aufgetragen hatte. Die Atmosphäre am Tisch war noch angespannter als in der DEFA-Kantine, das Gelächter explosiv. Man scherzte und beobachtete sich gegenseitig.

P. rühmte das Ländliche hier, das unglaubliche Grün der Weiden. Jemand muhte ironisch dazu, wieder ein dahinrollendes und sogleich verebbendes Gelächter.

»Wie reich ist eigentlich dieses Land?«, fragte beim Dessert, Vanilleeis mit unreifen Erdbeeren, der neue Kameramann, der ostentativ sein Parteiabzeichen trug.

»Und woher kommt der Reichtum?«, fragte der Regisseur zurück. »Das willst du doch wissen, oder nicht?«

»Es gab keine Kriegszerstörungen«, kam ihm Birgit zu Hilfe. »Das ist ja wohl die wichtigste Grundlage.«

»Es gab und gibt die Banken«, sagte der Kameramann. »Ein Bollwerk an moralfreier Zuverlässigkeit, oder nicht?«

Er war gut geschult: Hoffentlich, dachte ich, verstand er das filmische Handwerk ebenso gut wie die gezielte Provokation.

»Ich bin«, erwiderte der Regisseur, »wenn du das überhaupt wissen willst, kategorisch gegen die Annahme von Fluchtgeldern und gegen das Bankgeheimnis, das leider viel zu viele Dreckgeschäfte deckt. Aber die Mehrheit in diesem Land, die frei entscheiden kann, ist nicht auf meiner Seite. Was mich auf die Frage bringt, was wohl mit deiner Partei bei freien Wahlen geschehen würde.«

»Halt, halt!«, gebot P. »Kein Streit jetzt.«

Der Kameramann senkte den Kopf und schwieg.

Nur Johann meldete sich zu Wort: »Gehirnwäschen

gibt's auf beiden Seiten, schätze ich. Mit Parteislogans oder mit Werbesprüchen.« Und völlig unerwartet fügte er hinzu: »Morgen Abend kleines Hochzeitsmahl, draußen im Obstgarten. Ihr seid eingeladen. Das Ziel: allgemeine Verbrüderung.« Dieses Mal küsste er Birgit auf den Mund.

Applaus, man trank den beiden zu. Mir war unwohl.

Der nächste Tag begann wolkenlos, der Himmel war von vollkommenem Blau. Ich schaute aus dem Zimmerfenster hinunter zum Bodensee, über dem ein leichter Nebel hing. In der Nähe blühten Apfelbäume, sie schimmerten im Frühlicht. Die Vögel sangen so melodienselig, dass einem das Herz schmolz. Im kleinen Hotelpark saß ein Einzelner an einem runden Tischchen. Es war P., reglos, zusammengesunken auf seinem Stuhl, ich erkannte ihn an den strähnigen grauen Haaren, die ihm über den Kragen hingen. Er glich einem Trauernden, einem, aus dem der ganze Lebenswille gewichen ist. Als ob er meinen Blick gespürt hätte, wandte er sich um und schaute zu mir herauf. Ich hob die Hand zum Gruß, er straffte sich kurz, nickte mir zu, sank in die alte Stellung zurück. Ich hätte gerne gewusst, was in ihm vorging. Er sei geschieden, hatte ich gehört, er sei vor Jahren wegen einer Kritik an gewissen Zensurmethoden in Ungnade gefallen und habe sich wieder rehabilitieren können. Er war mir nicht unsympathisch, über allen seinen Äußerungen lag aber eine Art transparenter Lack, unter dem das Lebendige und Spontane erstickte. Es musste anstrengend sein, die Rolle, die er spielte, durchzuhalten.

Nach dem Frühstück schaute ich beim Drehen zu. Bis die Kamera bereitgestellt und justiert war, bis zwei Schirme für die Lichtführung bei hellem Tageslicht richtig standen, dauerte es eine Weile. Es herrschte eine ruhige Arbeitsatmosphäre, gegliedert von kurzen Anweisungen des Regisseurs, der, des starken Taus wegen, Gummistiefel trug. Er besprach sich mit Dunant und seinem Vertrauten, dem Dorflehrer, den ein bekannter Schweizer Schauspieler verkörperte. Sie trugen die schweren Kleider der Epoche, während wir Heutigen, leichter gekleidet, ein wenig froren. Ich hatte aus der Distanz den Eindruck, dass der Franzose zuerst aufmuckte, dann verdrossen schwieg. Dunant war auf einem Spaziergang, der Lehrer holte ihn ein, zeigte ihm eine Depesche. Dunant wollte die Nachricht vom Nobelpreis nicht glauben, der Lehrer redete freudestrahlend auf ihn ein. Endlich ging ein Lächeln auch über Dunants Gesicht, und dieses Lächeln brachte das Gesicht, ja den ganzen Mann zum Leuchten. Dann überkam ihn eine Schwäche, er stützte sich an einen Apfelbaum, der Lehrer musste ihn halten, damit er nicht fiel. P., der Dramaturg, wollte einen Satz unbedingt verändert haben, den Dunant in seinem gebrochenen Deutsch sprach, der Regisseur war nicht einverstanden. Zwischen den beiden gab es eine Spannung, die ich nicht begriff. Das Brautpaar war nirgends zu sehen, das verstieß gegen Birgits Präsenzpflicht, doch der Regisseur ließ sie nicht holen. Die Szene wurde einige Male wiederholt, ohne dass Dunants Aussprache sich verbesserte.

Schon gegen sieben, als die Sonne am Sinken war, wurden wir an die Klapptische gebeten, die das Hotelpersonal nach Johanns Anweisung im Hotelpark aufgestellt und festlich, mit weißer Decke und Kerzen, gedeckt hatte. An einer Schnur zwischen zwei Bäumen hingen rote Lampions mit Schweizer Kreuz. Zwei Musikanten in Appenzeller Tracht erwarteten uns, der eine spielte Geige, der andere Hackbrett. Die ganze Filmcrew war da, etwa fünfzehn Leute. Man hatte fürs Brautpaar Geld gesammelt, wobei die DDR-Seite kaum etwas entbehren konnte; es hatte aber ausgereicht, um beim Dorfbäcker einen Lebkuchen mit Kaminfeger-Zuckerguss, Biber genannt, zu bestellen. Die Vorspeise, marinierte Bachforelle, wurde serviert, Weißwein vom Bodensee eingeschenkt. Eine Serviertochter zündete die Kerzen an. Das Brautpaar ließ sich immer noch nicht blicken, wir begannen ratlos zu essen. Endlich kamen sie. Es war eine Inszenierung – eine Performance, würde man heute sagen – nach Johanns Geschmack. Er in dunkler, ländlicher Kleidung, einem Dreiteiler, seine abenteuerliche Frisur hatte er unter einem Halbzylinder versteckt, Birgit in einem Hochzeitskleid mit weitgebauschtem Rock und zu engem Oberteil, ihre Haare waren hochgesteckt, das Gesicht verschleiert. Offensichtlich hatten sie sich aus dem Fundus der mitgebrachten DEFA-Kostüme bedient. Sie schritten feierlich, mit ernsten Mienen und Arm in Arm, durchs taufeuchte Gras auf uns zu. Wir applaudierten. Die Musikanten spielten nicht den Hochzeitsmarsch, sondern nach den ersten Takten der DDR-Hymne die schweizerische, und Johann sang dazu sehr laut und falsch: »Trittst im Abendrot daher, seh' ich dich im Strahlenmeer, dich, du Hocherhabene, Herrliche.« Dazu hob er den Schleier von Birgits Gesicht und küsste sie, ziemlich lasziv. Dann ging die schwerfällige Hymne in eine Polka über, die von Takt zu Takt wilder wurde. Johann packte Birgit an der Hüfte und tanzte mit ihr um die Tische herum. Erneut großer Applaus, Gelächter, Schweizer und Deutsche prosteten dem Brautpaar zu. Sie ließen sich außer Atem auf zwei freigehaltenen Stühlen nieder, nahmen Gratulationen entgegen. Es war gerade noch hell genug, um die Gesichtszüge zu erkennen. Birgit sah abgespannt aus, obwohl sie sehr rasch, ja überdreht redete, und Johanns Jovialität wirkte auf mich forciert. Ich hatte den Verdacht, dass die zwei sich vor ihrem Auftritt gestritten hatten.

»Wir sind nun seit ein paar Wochen ganz offiziell Mann und Frau«, sagte Johann mit Nachdruck, eine Zigarette in der Hand. »Und das ist gut so. Die DDR und die Schweiz haben sich vereinigt. Und meine Birgit, schätze ich, ist schon halb schwanger.«

Eine Lachsalve von den Tischen, unangenehm in meinen Ohren; Birgit senkte den Blick. P. überreichte ihnen den Lebkuchen mit rosaroter Masche, hielt eine kleine nichtssagende Rede, während Johann das Geschenk mit übertriebener Freudenmimik in die Höhe stemmte. Nach Lammbraten und Kartoffelstock meldete sich der Regisseur zu Wort, indem er mit der Gabel an sein Glas schlug. Wie sehr er sich freue, dass sich nun alles zum Guten gewendet habe, sagte er. Der Film als Kunstform zeige nicht nur die verschlungenen Wege der Liebe, er bringe auch ganz real Liebende zusammen, und dann müsse eben die Bürokratie erwärmt und aufgeweicht werden, bis sie einem Paar wie Johann und Birgit die Türen öffne, statt sie zu versperren. Und er rief in die Nacht hinaus: »Wir haben es geschafft!«

Lauter Applaus, leises Befremden über seinen Enthusiasmus. Unerwartet wollte auch Birgit etwas sagen und erhob sich. Sie hatte nach zwei, drei Gläsern Wein keinen festen Stand mehr, hielt sich an der Tischkante fest.

»Johanns Mutter«, begann sie, »kann nicht hier sein, sie ist zu gebrechlich für eine mehrstündige Reise.« Sie stockte, fixierte P., setzte neu an. »Meine Freunde hätten hier sein wollen. Aber sie dürfen nicht reisen. Meine Eltern könnten hier sein, sie dürfen ja reisen. Aber sie wollten nicht kommen, trotz meiner Einladung.« Sie hob ihr Glas. »Ich wünsche ihnen alles Gute, denn sie sind meine Eltern, und ohne sie wäre ich nicht da, wo ich jetzt bin.«

Sie versuchte zu lachen, war aber eher den Tränen nahe. Johann fasste sie an der Schulter und nötigte sie, sich wieder zu setzen. Betretenheit auf der DDR-Seite, Schweigen auch an den zwei Schweizer Tischen. Der Regisseur versuchte die Situation zu retten, er stimmte, ebenfalls das Glas erhebend, ein Kinderlied an: »Viel Glück und viel Segen auf all deinen Wegen!« Halbherzig fielen die anderen ein, die Musikanten nahmen zögernd die Melodie auf. Danach rief man nach mehr Wein; nun war ein *Pinot noir* aus Graubünden an der Reihe, die Gespräche überlagerten einander, wurden immer lauter. Inzwischen brannten die Kerzen mit windbewegten Flammen, die Lampions leuchteten und zeichneten rötliche Kreise auf Tische, Menschen und Gras. Irgendwann stieß auch Dunant zur Gesellschaft, eine Erscheinung, die sich geisterhaft aus dem Dunkeln löste und stumm auf den Stuhl setzte, den man für ihn hinstellte. Er wollte weder trinken noch essen.

Zum Dessert gab es rote Grütze, hergestellt nach Birgits Rezept aus tiefgekühlten Beeren. Mir schien, wir sänken in die Nacht hinein. Es wurde kühl, man begann zu frieren, und doch wollte niemand als Erster das Fest, das keines war, für beendet erklären. Das Personal brachte Militärwolldecken, die wir uns um die Schultern legten, und nun sah die Gesellschaft aus wie in einem improvisierten Flüchtlingscamp. Dunant verschwand, ohne dass er ein Wort gesagt hatte, man hörte eine Tür gehen. Einige an den Tischen betranken sich systematisch, aber obwohl die Zungen sich lösten, mied man politische Themen. Der Kameramann, ausgerechnet er, wollte einen Honecker-Witz erzählen; nach den ersten Sätzen unterbrach ihn P. mit einem Zuruf, wandte sich dann entschuldigend an den Regisseur: »So plump geht das nicht im Ausland.« Es gab also unter den DDR-Deutschen eine klare Hierarchie. Später, nach der Wende, als ich P. noch einmal traf, sagte er mir, keiner habe damals gewusst, wer wen aushorche und was an wen weitergemeldet werde. Von dritter Seite erfuhr ich dann, dass P. der hochrangigste Stasi-Mitarbeiter in der DEFA gewesen sei. Was aus ihm geworden ist, weiß ich nicht. Der Kameramann wurde nach der sogenannten Abwicklung der Studios entlassen, er fand immerhin einen Job als Witze- und Anekdotenerzähler, der die zahlreichen Touristen durchs Filmgelände von Babelsberg führt.

Johann und Birgit waren die Nächsten, die sich zurückzogen; kaum jemand achtete darauf. Auch die Musikanten blieben nicht länger. Aber Schweizer und Deutsche waren zueinandergerückt. Lieder, welche die eine oder andere Seite anstimmte, gerieten an die Grenze des Grölens. P. interessierte sich angelegentlich für die Maskenbildnerin, er hatte seinen Stuhl neben sie gestellt und, auf sie einredend, den Arm um sie gelegt. Man war zum Kirsch übergegangen; eine Flasche gehe aufs Produktionsbudget, verkündete der Regisseur.

Als es von der Kirche her Mitternacht schlug, hatte ich genug und ging zurück auf mein Zimmer. Von dort schaute ich nochmals hinaus in den Park. Lichtpunkte, Schattenfiguren, die Lampions wie schon fast erloschene Glutbälle. Alles undeutlich, ein Nachtfilm ohne Handlung. Irgendwo im Haus lagen Johann und Birgit, vielleicht hatten sie sich geliebt, und nun wandte Birgit ihrem Mann den nackten Rücken zu und dachte an Berlin.

Wie ging es weiter mit den beiden? Ungut. Sie lebten in Bern, in beengten Verhältnissen, Johann, der damals genug verdiente, weigerte sich, in eine größere Wohnung zu ziehen, Birgit wurde nicht warm mit der Schweizer Mentalität. Ich sah sie, im Sommer 89, noch zwei-, dreimal, sie bemühte sich um Herzlichkeit, aber man merkte ihr die Anstrengung an. Um ihren vollen Mund herum entdeckte ich feine Falten, die mir vorher entgangen waren. »Weißt du«, sagte sie, »man wird hier so unbarmherzig müde, selbst in hellen Sommernächten.«

Im November, als die Mauer fiel, kam ich aus Afrika zurück, überwältigt von meinen Eindrücken und dann von den Ereignissen, die niemand vorausgesehen hatte. Erst viel später rief ich Johann an, um zu fragen, wie es ihm und Birgit gehe.

»Sie ist weg«, sagte er nach einer Pause, und beinahe glaubte ich, ein Schluchzen aus seiner Stimme zu hören. Aber doch nicht Johann, dachte ich; so kindlich hatte ich ihn nicht einmal im ärgsten Suff erlebt. »Sie ist wieder in Berlin.«

»Wann kommt sie zurück? Oder gehst du zu ihr?« Ich ahnte, was er sagen würde.

»Sie kommt nicht wieder. Wir haben uns getrennt. Sie will die Scheidung. Alles ist anders geworden.« Und nach einer Pause, in der er verdächtige Geräusche von sich gab: »Sie ist am Deutschen Theater untergekommen. Bei ihrem uralten Guru, dem Mann mit der Hornbrille, der früher schon mal ihr Lover war.«

Ich suchte nach Worten. »Schwer für dich.«

»Schwer? Das ist nur der Vorname. Ich leide wie ein Hund.« Nun weinte er wirklich, ganz unverhohlen. »Ich war für sie ein Türöffner, nicht viel anderes. Ein Passbeschaffer. Jetzt braucht sie mich nicht mehr.« Er sog lautstark Luft ein und schrie mir ins Ohr: »Diese verdammte Schlampe!«

Was sollte ich darauf sagen? Ich versprach, mich bald mit ihm zu treffen, und tat es nicht. Ich fürchtete mich vor seinen zornigen Anklagen, vor seinem alkohol- und haschseligen Elend, in das er mich hineinziehen würde. Ich wollte seinen Trauerschweiß im Zigarettenrauchnebel nicht riechen, ich wollte mir seine Beschimpfungen nicht anhören. Und neugierig darauf, wie er seinen bodenlosen Kummer in Kunst verwandeln würde, war ich auch nicht mehr. Es gab nie einen offenen Krach zwischen uns, weder in Berlin noch später, aber eine Entfremdung, die an diesem Abend in Heiden – nein, doch schon früher – begann. In Männerfreundschaften darf man sich näherkommen, aber Trost ist man einander nicht schuldig.

Die Berlinbilder hatten Johann Ritter unter Sammlern zu einem gefragten Maler gemacht. Als er seinen Stil wechselte, nahm das Interesse an ihm aber rapide ab. Von den Einkünften, die ihm die Straßenansichten einbrachten, konnte er zwei, drei Jahre leben; danach war er wieder auf Stipendien und Zuschüsse von Stiftungen angewiesen. Man könnte sagen: er verarmte, was wohl, trotz seines gelegentlichen Hangs zum Protzen, eher seinem Selbstbild entsprach. Ich sah – vermutlich 92 – ein paar seiner neuen Bilder in einer Galerie, aufgeschlitzte, schwarz bemalte Leinwände, graue Frauenköpfe, denen das Messer an den Hals gesetzt war. Bei keinem ein roter Verkaufspunkt. Das war mir alles zu explizit, zu durchschaubar, und Johann war ohnehin weitergezogen, lebte in Wien, dann ein paar Jahre in Marrakesch. Er kam, stark abgemagert, erst zurück, als er wusste, dass er sterben würde. Lungenkrebs, Metastasen überall. Er mietete sich mit dem letzten Geld, das er hatte, eine Suite in einem der städtischen Luxushotels. Die Hoteldirektion wusste nichts von seinem Zustand, sonst hätte sie ihn abgewiesen. Drei Tage lag er im Doppelbett, mit Blick auf die Alpen, und empfing, einen nach dem anderen, ausgewählte Freunde, um sich zu verabschieden. Ich erkannte ihn kaum noch, als ich die Suite betrat. Sein Gesicht war eingefallen, es wirkte durchscheinend, die Haut wie aus dünnem Papier. Er reichte mir die Hand, ließ sie gleich wieder auf die Bettdecke fallen, bot mir vom Rotwein an, der auf dem Nachttisch stand. Ich lehnte ab, begnügte mich mit Wasser.

»Manchmal ist alles so schnell vorbei«, sagte er mit einer Stimme, die höher klang, als ich sie im Ohr hatte, und versuchte zu lächeln.

Wie es ihm gehe, fragte ich mit der Beschämung desjenigen, der weiß, dass er überleben wird.

»Man kann mich nicht retten«, sagte er.

Ich fragte nach Birgit: ob sie auch komme, ob er noch Kontakt mit ihr habe.

Ein Staunen ging über sein Gesicht. »Birgit?« Er sprach den Namen aus wie ein schwieriges Fremdwort.

»Sie ist doch in Berlin, oder nicht?«

Er lächelte wieder, fasste sich mit der Hand an den Hals, der plötzlich zu schmerzen schien. »Wir waren nicht begabt fürs Zusammenleben. Man bedauert manches hinterher.«

Ich blieb vor ihm stehen, das Schweigen zwischen uns lähmte meine Zunge. Er deutete auf das Fenster, hinter dem, bei klarster Sicht, die Alpenkette im Abendlicht lag, leuchtender Firn, zwischen den Gipfeln wenige Wolken, wie geflügelte Wesen. »Schau«, sagte er. »Das dort hätte ich malen sollen.«

Ich verließ ihn nach einer halben Stunde, es fiel mir nichts anderes ein, als ihm, tränenblind, alles Gute zu wünschen. Über seine Absicht wusste ich Bescheid, er hatte mich schon am Telefon damit konfrontiert.

Am Abend des dritten Tages schluckte er den Todescocktail, den ihm ein befreundeter Arzt verschafft hatte. Seine steinalte Mutter soll er zu sich gerufen haben, Komplizin bei Geburt und Tod, sie hielt ihm die Hand, während er wegdämmerte. Von ihr hatte er nie erzählt, sie starb ein paar Monate nach ihm. Zu Johanns Beerdigung ging ich nicht, ich hätte die Grabreden nicht ausgehalten.

Karina, mutmaßliche Sicherheitsüberprüfung

Oberst A., der Chef des Geheimdienstes, war anders als die anderen. Dass es einer wie er, ein Abenteurer, ein Charmeur, auf diesen Posten geschafft hatte, blieb mir ein Rätsel. Ich erinnere mich an unsere erste Begegnung, als wäre es gestern gewesen. Ein kühler Frühlingsmorgen, ich verließ gerade die Loge, um mein Fahrrad aufzuschließen, da kam er herein, ohne Uniform, im Rollkragenpullover, aber mit kariertem Veston. Ein gepflegter Schnurrbart, grünblaue Augen hinter der Hornbrille, ein Blick, der einen gleichsam umfassen konnte, forschend und doch mit Wärme. Dazu die erloschene Pfeife in der rechten Hand.

Er stutzte, als er mich sah, fragte in freundlichem Ton: »Wer sind Sie?«

»Sie ist die Tochter des Hausmeisters«, antwortete an meiner Stelle der Pförtner.

A. zog die Augenbrauen hoch. »Koller also. Und der Vorname?« Er sprach auf eine gepflegte Weise Dialekt, das fiel mir sogleich auf.

»Ich heiße Karina«, sagte ich nach einem Verlegenheitsräuspern.

»Schülerin?«

»Gymnasium Kirchenfeld. Sekunda.« Etwas an seiner Art gebot mir, mich kurz zu fassen.

Er lächelte. »Studienwunsch?«

»Vielleicht Jura.«

»Gut so.« Er reichte mir überraschend die Hand, stellte sich vor. Eine Spur zu lange hielt er meine Hand in seiner. Dann machte er mir Platz, deutete sogar eine Verbeugung an, ich wusste nicht, ob sie ernst oder ironisch gemeint war. Aus der Nähe roch er anders als aus zwei Schritten Distanz, ein wenig schärfer. Später wurde mir klar, dass es die Geruchsspur von Pferden war, ich stelle ihn mir in Wachträumen noch heute als englischen Herrenreiter vor. Wie benommen ging ich in den Aprilmorgen hinaus. Er beschäftigte mich in Gedanken vom ersten Moment an. Es nützte nichts, mir zu sagen, er sei fast dreißig Jahre älter als ich. Gerade dass er voller Geheimnisse war, zog mich an.

Wir sahen uns nun ab und zu, vielleicht alle zwei Wochen. Zuerst immer zur selben Zeit, am selben Ort, in der Pförtnerloge, man hätte meinen können, er richte sein Erscheinen nach meinem Stundenplan. Wir grüßten uns, blieben eine Weile stehen und tauschten ein paar belanglose Sätze aus. Ich war befangen, er benahm sich wie ein aufmerksamer Onkel.

Ob es mir etwas ausmache, hier zu wohnen, fragte er.

Es sei speziell, sagte ich (oder etwas Ähnliches).

Ob ich nach der Matura ausziehen werde?

Das sei mein Plan, aber eine eigene Wohnung müsse man finanzieren können. Darum würde ich als Erstes einen Nebenjob suchen. Bei Coop an der Kasse oder so.

Kein Zwischenjahr?, fragte er, und sein Blick wurde noch intensiver. Das war beim dritten oder vierten Kurzgespräch, das der Pförtner gewiss mithörte, obwohl ich mit Absicht so leise redete, dass sich A. zu mir vorbeugen musste.

Ein Hilfseinsatz in Afrika, sagte er, das werfe einen brutal in eine andere Realität hinein.

Daran hätte ich bisher nie gedacht, gestand ich.

Er lachte, es war ein ansteckendes, sinnliches Lachen.

»Ich war in Biafra«, sagte er, »als Rotkreuz-Delegierter. Ich habe Babys gewickelt, Tote begraben, Wurzeln gegessen. Es war eine Lehre fürs Leben.«

Das hatte ich ihm nicht zugetraut, damit beeindruckte er mich noch mehr. Man warf ihm aber auch vor, er sei – das erfuhr ich erst viel später – in undurchsichtige Geschäfte verwickelt gewesen, in Waffenhandel zum Beispiel. Mit seinem Interesse an mir ließ er mich anfänglich alle Vorsicht vergessen. Dennoch sagte ich der Familie nichts von diesen Begegnungen, es sprach sich merkwürdigerweise auch nicht herum. Ich war auf seltsame Weise verliebt in A., in die Tiefe – oder was war es? –, die ich bei ihm ahnte, in die Melancholie hinter seinem Lächeln, die ich nicht verstand. Er stromerte als Vagabund durch meine Träume, einmal tanzte ich mit ihm, er hob mich hoch, schwenkte mich herum, ich nahm ihm die Brille ab und warf sie in die Nacht, obwohl sie schwer war wie Blei.

Dann kam der Nachmittag (im späten Mai?), als er mir draußen über den Weg lief. Die Schule war aus, ich hatte mich von meinen Freundinnen verabschiedet, radelte nach Hause. In einer engen Straße, die ich immer als Abkürzung nahm, stand er plötzlich da, die Pfeife in der Hand, wieder in seinem karierten Veston. Ich war gezwungen, abzubremsen und vom Rad zu steigen.

»Was für ein schöner Zufall!«, sagte er. »Da treffe ich Sie doch mal in anderer Umgebung. Wissen Sie was? Ich hätte Lust, mit Ihnen einen Kaffee zu trinken.«

Ich war perplex, wusste nicht, wie ich reagieren sollte. Er griff nach meinem Lenker, schob das Fahrrad in die Gegenrichtung. In der Nähe gab es einen Tea-Room, dorthin wollte er, und ich folgte ihm, erneut benommen von seiner Forschheit und doch voller Neugier.

Der Tea-Room war beinahe leer. Wir setzten uns in eine Ecke, er bestellte ein Bier, ich eine kalte Ovomaltine, was ihn zu einem Lächeln veranlasste. Ich schloss nun nicht mehr aus, dass ich ihm gefiel, er hatte mir sogar, als wir den Tea-Room betraten, ein Kompliment gemacht: »Das Kleid steht Ihnen wunderbar, Katharina.«

»Karina«, verbesserte ich ihn.

Er schien es zu überhören. »Nur zu mager sind Sie, ich lade Sie auf ein Stück Kuchen ein.« Ich errötete und lehnte ab. Wir sprachen über dies und das. Er näherte sich auf kleinen Umwegen unserem Familienalltag, wollte wissen, ob mein Vater genügend Freizeit habe, ein Hobby pflege, sich mit Freunden treffe. Seine Anteilnahme an meinem kleinen Leben und dem meiner Familie wirkte echt, sie machte mich arglos, ich gab willig Auskunft. Aber weil ich über meinen Vater – zu meiner Beschämung – wenig wusste, schweifte er bald ab, erzählte, beinahe amüsiert, dass er als junger Mann eine Zeitlang der Irrlehre des Kommunismus angehangen habe. Der Weckruf sei der Überfall der Sowjets auf Ungarn gewesen, die Zerschlagung des Aufstands, dieser beispiellose Verrat am Freiheitswillen eines Volkes.

»Man muss wissen«, sagte er eindringlich und musterte

mich scharf aus seinen dunklen Augen, »auf welcher Seite man steht. Es gibt Momente im Leben und in der Geschichte, da ist es verhängnisvoll, Kompromisse einzugehen.«

Beinahe gläubig hörte ich ihm zu, einmal berührte sein Knie unter dem Tisch kurz meines, einmal legte er seine Hand mit den tabakgegerbten Fingerspitzen auf meinen Unterarm und zog sie gleich wieder zurück. Sympathiesignale, dachte ich, mehr nicht, und hoffte doch, es sei mehr. Ich fragte nach seinen Erfahrungen in Afrika. Er holte weit aus, man müsse der Tatsache ins Auge blicken, dass die Sowjets mit allen Mitteln versuchten, Afrika südlich der Sahara zu infiltrieren. Natürlich habe für ihn als Rotkreuz-Delegierten die humanitäre Hilfe zuoberst gestanden, gleichzeitig habe er Augen und Ohren offen gehalten, um herauszufinden, wer auf welcher Seite stehe. Die Sowjets hätten Nigeria gegen das abtrünnige christliche Biafra mit schweren Waffen unterstützt. Himmeltraurig. Er habe, auch als Privatperson, auf allen Ebenen den Schwächeren geholfen. Dabei zwinkerte er mir zu, er schien zu suggerieren, dass er in diesem Konflikt, von dem ich kaum etwas wusste, eine bedeutende Rolle gespielt habe. Die Welt hinter den Kulissen der Politik, die er malte, war düster und undurchschaubar; er aber, Oberst A., wusste, wo sein Platz war, es machte den Anschein, als wolle er mir helfen, den meinen zu finden. Dann lenkte er das Gespräch zurück auf meine Familie, ich erzählte freimütig von den Konflikten mit meinem Bruder, von den unerwarteten Wutausbrüchen meines Vaters.

»Er steht unter Druck«, sagte A. und senkte die Stimme, »er trägt eine große Verantwortung. Er darf, was seine Aufsichtspflichten betrifft, keinen Menschen ins Vertrauen ziehen, nicht einmal die eigene Familie, und das ist schwierig, sehr schwierig.«

Ich nickte beklommen, so hatte ich das noch nie gesehen.

Er nickte zurück. »Sie können Ihren Vater entlasten, wenn Sie zumindest Anteil an seiner Freizeit nehmen.«

»Ich glaube«, sagte ich, »er ist seit kurzem Mitglied im Hundezüchter-Verein.«

»Gut, dann begleiten Sie ihn doch gelegentlich. Er ist bestimmt stolz auf Sie, stellt Sie gerne den Vereinskollegen vor.«

Das brachte mich erneut zum Erröten. Ich wollte eigentlich sagen, dass Hunde mich nicht interessierten, ließ es aber bleiben.

Das Gespräch ging noch eine Weile hin und her, es streifte meine und seine literarischen Vorlieben. Er mochte Stendhal, von dem ich nichts kannte, ich las damals Borchert, Nachkriegsprosa, die mich tief beeindruckte. Das schien er zu billigen, der Mensch, so sagte er, müsse immer wieder wissen, zu welchen Zerstörungen und zu welchem Irrglauben er fähig sei, genau dies ermutige uns doch zum Widerstand. Doch plötzlich schaute er auf die Uhr. »Tut mir leid, Karina, ich muss gehen.« Er legte ohne Umstände einen Geldschein, den er aus der Vestontasche zog, auf den Tisch. »Bezahlen Sie bitte für uns. Wir müssen unsere Unterhaltung einmal fortsetzen. Es tut gut, mit einer jungen, intelligenten Frau wie Ihnen in Kontakt zu sein.« Abrupt erhob er sich und verließ das Lokal mit einem knappen Abschiedsgruß. Verwirrt blieb ich zurück. Was sollte ich mit dem Wechselgeld? Ich beschloss, ihm die paar Münzen bei nächster Gelegenheit zurückzugeben. Es war eine Art Verwunschenheit in mir, ich wollte ihm um jeden Preis genügen, ich wollte ihm über Vau, dessen Vorgesetzter er doch war, genauere Auskunft geben können. Vielleicht ließ er dann seine Hand länger auf meinem Arm ruhen, und allein diese Vorstellung beschleunigte meinen Atem.

Ich nehme an, dass A. meinen Vater verdächtigte, Geheimnisse auszuplaudern, und deshalb auf raffinierte Weise eine Sicherheitsüberprüfung durchführte. Das wurde mir erst viel später klar, zu einer Zeit, als sich meine Schwärmerei längst in Abneigung verwandelt hatte. An diesem Abend war ich stolz darauf, dass ich offenbar einen einflussreichen Mann zu fesseln vermochte. Ich hatte, überraschend für die Mutter, Appetit, aß einen Teller mit Kartoffelsalat samt Würstchen. Der Brechreiz, mit dem ich hinterher rechnen musste, war mir egal. A., so dachte ich, erwartete sicher Härte gegen sich selbst, Selbstdisziplin, ich war bereit, mich ihm zuliebe zu überwinden.

Ich hörte beim Abendessen genauer darauf, was Vau sagte. Nichts von Belang, fand ich, er ärgerte sich auf seine brummige Art über einen Sanitärinstallateur, der irgendwo einen Wasserhahn schlampig geflickt hatte, er schnödete über den einen Pförtner, den dicken, mit dem er auf Kriegsfuß stand. An mich richtete er kaum das Wort. Den Bruder, der fürs Wochenende einen Hunderter Vorschuss wollte, wies er schroff zurecht: Er solle mit dem Lehrlingslohn sparsamer umgehen, dann brauche er niemanden anzupumpen. *Courant normal* in einer unauffälligen Familie; nichts deutete darauf hin, dass wir hier in einer geheimen Sonderzone saßen.

Später, nach zwölf, schlich ich mich auf die Dachterrasse, schaute von der Brüstung aus hinunter aufs umzäunte Gelände. Ich wusste, dass Vau um diese Zeit mit dem Hund seinen Kontrollgang machte, zuerst am beleuchteten Zaun entlang, dann kreuz und quer durch die anderen Bereiche. Wäre Janko hier oben gewesen, hätte er mich angeknurrt, wir mochten uns nicht. Eine klare Sternennacht, mondlos, es war kühl. Von irgendwoher kam Blütenduft, den ich nicht einordnen konnte, innerhalb des Zauns gab es weder Blumen noch Bäume. Ich hörte Schritte, ein Hecheln, das gleich von einem vorüberfahrenden Auto übertönt wurde. Da unten im Dunkeln bewegte sich ein Licht, Vaus Taschenlampe beschrieb den Weg, den er nahm, nie den gleichen, seine Route durfte nicht voraussehbar sein, so viel zumindest hatte er uns widerwillig über seine Arbeit verraten. Eine Kurve, eine zweite, das Licht schwankte, dann verschwand es im Ostflügel des Hauptgebäudes, und ich wusste, dass Vau jetzt eine Treppe hinunterstieg, dass er im Kellergeschoss einen Code eintippte und dann nachschaute, ob alles so war, wie es sein sollte. Ich wusste nicht, was genau er überprüfte. Heute weiß ich es, sechzehn Jahre später: die Fichen, die in ihren Karteikästen lagerten (immer noch lagern?), alphabetisch geordnet. Wusste es Vau schon damals? Diese unglaubliche Menge an zumeist nutzlosen Angaben über zumeist Unbescholtene, die von irgendjemandem verdächtigt wurden, der Heimat zu schaden, mit dem kommunistischen Feind zu paktieren, verführbar, bestechbar, erpressbar zu sein. Hätte ich es damals gewusst, hätte ich wohl den Kartoffelsalat über die Brüstung gekotzt, ich hätte Vau, als er nach einer Viertelstunde wieder ins Freie tappte, angeschrien, warum er bei dieser paranoiden Bespitzelung mitspiele. A. hat ihn bestimmt nur so weit instruiert, wie er es für nötig hielt, und der Hausmeister hat seine Pflicht erfüllt, Jahr für Jahr. Jetzt, ein paar Monate vor seiner Pensionierung, fliegt das Ganze auf, und er wird kein Wort dazu sagen, wird bloß so was brummen wie: »Was hätte ich denn tun sollen?« Er beendete den Kontrollgang an diesem Abend mit einem Räuspern, mit einem gemurmelten Befehl an Janko, es war für mich das Zeichen, mich zurückzuziehen und mich im Bett schlafend zu stellen.

»Was ist eigentlich dort unten?«, fragte ich einmal. »Was tust du dort?«

Er gab verärgert zurück: »Das geht dich nichts an!«

Und der Bruder, der auch nichts Genaues wusste, fügte hinzu: »Das ist nichts für kleine Mädchen.«

Noch drei-, viermal beobachtete ich Vau heimlich. Einmal näherte sich seinem Licht ein zweites, es bestand aber keine Gefahr, denn Janko schwieg. Das Gemurmel, das zu mir heraufdrang, klang harmlos, sogar ein kleines Lachen glaubte ich zu hören, es musste ein Mitarbeiter sein, der in der Nacht zu tun hatte, vielleicht war es A. selbst, der Vaus Aufmerksamkeit testen wollte. Wobei in diesem Fall Janko hätte anschlagen müssen – oder eben doch nicht, weil er A.s Geruch kannte.

Eine Zeitlang dachte (hoffte) ich, dass ich A. wieder nach der Schule treffen würde. Ich war nun doch ziemlich sicher, dass er dem Zufall nachgeholfen und auf mich gewartet hatte. Aber so simpel ging er nicht vor. Er schickte mir, etwa drei Wochen nach der Begegnung im Tea-Room, eine

Karte in einem verschlossenen Umschlag, sie zeigte eine der uralten Moscheen von Timbuktu, und auf der Rückseite stand, mit den Schwellstrichen eines teuren Füllfederhalters: »Liebe Katharina (oder Karina, wenn Ihnen das lieber ist), ich möchte Ihnen einige Adressen geben, die Ihnen für Ihr Zwischenjahr nützlich sein könnten (Afrika!), und würde gerne das eine oder andere dazu erläutern.« Er gab als Treffpunkt nicht den Tea-Room an, sondern die Bar eines Altstadthotels, auch die Zeit hatte er festgesetzt: 17 Uhr. Herzlichst, stand da als Gruß. Darunter, die Kartenbreite schwungvoll ausnützend, Vor- und Nachname, ohne militärischen Grad. Es klang unverdächtig. Die Post war nicht an meine Adresse gegangen, sondern ans Schulsekretariat, und die Schulsekretärin hatte mir, als sie mir die Karte in einer Pause gab, verschwörerisch zugezwinkert. Ich war fast neunzehn, über einen Bewunderer, der mir ein *billet doux* schickte, brauchten meine Eltern nichts zu erfahren.

Ich gebe zu: Ich machte mich schön fürs Rendezvous, mit Wimperntusche und Lippenstift, mit dem roten Sommerkleid. Er saß schon da auf einem hohen Hocker, ein Glas vor sich, in dem Eisstücke schmolzen. Er legte die rauchende Pfeife auf den Tresen, er begrüßte mich mit Wärme, aber keineswegs überschwenglich, und vermied den Händedruck. Wir waren allein im schummrigen Raum, vielleicht hatte er den Barkeeper dazu gebracht, andere Gäste fernzuhalten. Diesmal trug er – es war Juni und sommerlich warm – ein weißes Poloshirt, ich sah seine gebräunten Arme mit den blonden Haaren, die bis zum Handrücken wuchsen. Er gab mir ein Blatt, auf das er, in Druckbuchstaben, ein paar Adressen geschrieben hatte, solche von Krankenhäusern in Harare und Maputo, wo Praktikantinnen gesucht würden. Fast ohne Einleitung erklärte er mir die Vor- und Nachteile des einen oder anderen Ortes, hielt mir vor Augen, dass ich auch bei Putzarbeiten sehr viel über die afrikanische Kultur lernen würde. Ob ich tatsächlich gewillt war, ein solches Praktikum zu machen, schien ihn nicht zu interessieren. Während er redete und ich, auf dem Hocker neben ihm, einen Cappuccino trank, ruhte sein Blick ununterbrochen auf mir, forschend, argwöhnisch gar. Er schloss die Augen nur kurz, wenn er, den Kopf leicht zurückgeneigt, den Rauch an die Decke blies. Dann brachte er die Rede auf meine Familie, die ich ja, bei so einer längeren Abwesenheit, vermissen würde; auch er, A., sei früh von zu Hause weggegangen und habe es nie bereut. Ich bastelte eine unverbindliche Antwort zusammen, er fragte, ob ich inzwischen Freunde meines Vaters kennengelernt hätte, bei den Hundezüchtern etwa. Ich verneinte, erzählte aber, dass ich von der Dachterrasse aus beobachtet hätte, wie er nachts kürzlich mit jemandem zusammengetroffen sei. »Vielleicht waren Sie es, habe ich mir gedacht.«

Das brachte ihn aus der Fassung, er rutschte auf dem Hocker eine Handbreit zurück, dann wieder näher zu mir. »Mit anderen Worten: Sie spionieren Ihrem Vater hinterher?«

»Das wollen Sie doch, oder nicht?«, erwiderte ich, mit einer Mischung aus Frechheit und Rückzugsbereitschaft. »Aber ich glaube nicht, dass ich Ihnen etwas Wesentliches mitteilen kann. Mein Vater ist äußerst schweigsam.« Ich wollte A. nicht verärgern, ich wollte ihm imponieren, ich wollte kein begriffsstutziges, aber nützliches Mädchen sein, sondern eine ausgewachsene Spionin, schlug nun meine Beine übereinander, die, wie ich wusste, nicht übel aussahen, wenn der Rock weit genug zurückglitt.

Er lachte überraschend laut, es klang erzwungen. »Sie sind mir eine.« Nun lag wieder einen Moment lang seine Hand auf meiner, und ich zog sie zurück. Er zögerte, zündete die erloschene Pfeife an, fuhr dann fort: »Verstehen Sie bitte, wir müssen absolut sicher sein, was die Verlässlichkeit der Mitarbeiter in unserem Dienst betrifft. Ein falsches Wort zur falschen Person könnte fatale Folgen haben. Es gibt überall Horcher, und es gibt leider Gottes Idealisten, denen vom ideologischen Gegner Sand in die Augen gestreut wird. Idealisten glauben, es gehe im Marxismus um Gerechtigkeit und Frieden, aber den Potentaten jenseits des Eisernen Vorhangs geht es um Macht und Unterdrückung.«

»Was sagen Sie denn zu Dissidenten wie Sacharow?«

»Eine winzige Minderheit. Sie haben keinen Einfluss bei den Herrschenden. Und sie landen früher oder später in einem Straflager, trotz aller Kampagnen im Westen. Traurig, aber wahr.« Er schüttelte besorgt den Kopf. »Lassen Sie sich nicht missbrauchen, Karina. Nie! Es wäre schade um eine so intelligente Person wie Sie!« Wieder seine Hand auf meiner, diesmal ließ ich sie ihm eine Weile, und er massierte sie mit leichtem Fingerdruck.

Von wem ich missbraucht werden könnte, war mir nicht klar, aber seine Finger und das, was sie taten, mochte ich.

Er setzte das Gespräch pro forma noch eine Viertelstunde fort. Ich hatte keine Ahnung, ob er mich jetzt, wo ich ihn offenbar durchschaut hatte, weiterhin zu treffen wünschte. Er sah vielleicht keinen Grund mehr dafür, er hatte ja erfahren, was sich mir entlocken ließ. Wir verabschiedeten uns betont nüchtern voneinander. Schon auf dem Heimweg knüllte ich seinen Zettel mit den afrikanischen Adressen zusammen und warf ihn weg. Aber ich konnte ihn nicht vergessen. Ich kam nicht los von diesem Bild eines überlegenen, in sich gefestigten Mannes mit den Manieren eines Gentlemans und der Gefährlichkeit eines Spions. Ich dachte oft an ihn, spielte sogar mit dem Gedanken, ihn zu ködern, mit einem Brief, mit Andeutungen, dass ich mehr zu verraten hatte, als er annehmen mochte, zum Beispiel, dass mein Vater sich regelmäßig mit jemandem von der sowjetischen Botschaft traf, einem gutgetarnten Attaché. Zugleich schalt ich mich selbst dafür, so kindischen Nonsens zu erfinden, nur damit A.s Hand mich vielleicht wieder berührte.

Er meldete sich nicht mehr, er verschwand aus meinem Blickfeld, wahrscheinlich mied er mich ganz bewusst. Wenn Vau ihn bei Tisch beiläufig erwähnte, stockte mir der Atem. Aber es ging immer bloß um administrative Abläufe, um kleinliche Vorschriften der direkten Vorgesetzten, die Vau sauer aufstießen. Von Oberst A., den er praktisch nie sah, erhoffte er sich Abhilfe, persönlichen Beistand. Ob er ihn je bekam, weiß ich nicht. Geradezu physisch indessen spürte ich, dass das gegenseitige Misstrauen innerhalb des umzäunten Gevierts zunahm. Ich versuchte mich dagegen zu verschließen, über alles Ungereimte hinwegzusehen, ich musste es ja aushalten, hier zu Hause zu sein.

Ich kann bloß noch vermuten, wer ich damals war, als ich A. zu meinem heimlichen Helden machte. Ich erzählte, unter dem Siegel der Verschwiegenheit, Bettina von meiner infantilen Schwärmerei. Sie lachte mich immerhin nicht aus (oder nur ein bisschen). Was für ein undurchdringliches Gesicht, sagte sie, als ich ihr ein Bild von A. zeigte, das ich aus der Zeitung geschnitten hatte. Ihr eigener Vater, der Dr. phil., hüte gewiss auch Geheimnisse, denke sie manchmal, und wir Töchter möchten sie enthüllen und damit den Vätern näherkommen. Sie sei sicher, dass A. für mich ein Vaterersatz sei, er lohne die Annäherungsmühe mehr als der Hausmeister Koller. Ich protestierte, warf ihr vor, die Psychoanalyse zu versimpeln. Dann lachten wir beide und waren froh, befreundet zu sein. Und betrübt, dass unsere Ausbildung nicht auf gemeinsamen Wegen verlief.

Ich bestand die Matura, beschloss, die Rechte zu studieren, Anwältin zu werden. Dass ich es geworden bin, ist ein kleines Wunder. Ich zog drei Wochen nach der Maturafeier von zu Hause aus, fand ein Zimmer in einer chaotischen Wohngemeinschaft, die nur dem Zweck diente, für billige Einzelmieten zu sorgen. Es ging mir nicht gut. Ich ernährte mich schlecht, verlor wieder an Gewicht, kein Wunder bei all den vergammelten Esswaren im WG-Kühlschrank. Das Studium langweilte mich, es war mir zu abstrakt, es hatte nichts mit mir zu tun. Ich blieb den Vorlesungen fern, lernte Alex kennen, mit dem ich nachts herumzog. Bei den Eltern ließ ich mich selten blicken, was die Mutter betrübte, Vau hingegen gar nicht aufzufallen schien. In mir war viel Misstrauen, es hatte sich in mich hineingefressen. Ich war überzeugt davon, dass der Geheimdienst die WG verwanzt hatte, war froh, bei Alex Unterschlupf zu finden, in einer Bruchbude ohne Warmwasser und Dusche. Abstieg in Raten, sage ich heute. Ich fand heraus, dass Alex ein Kleindealer war, ich verzieh ihm, profitierte eine Weile von seinen Einkünften, von billigem Cannabis. Ich konnte nicht sein ohne ihn und ohne den Stoff. Ich brach das Studium ab, wir trampten nach Griechenland, blieben monatelang an den Stränden. Wir stritten uns manchmal wie Tiere, kratzten und bissen einander. Ich lief weg von ihm, er war mein böser Geist geworden, abgemagert bis auf die Knochen wie ich, er spürte mich auf, wir versöhnten uns, er konnte, je nach Stimmung, unglaublich zärtlich sein. Dann ging alles wieder von vorne los. Harte Drogen nahm ich nie, sie hätten mich ganz zerstört. Irgendwann waren wir wieder in der Schweiz. Ein Kunde, der sich betrogen fühlte, denunzierte Alex, er kam in U-Haft, danach für sechs Monate ins Gefängnis. Ich war untröstlich und zugleich befreit. Bettina nahm mich bei sich auf, sie war Kindergärtnerin geworden, hatte ein festes Einkommen. Dreiundzwanzig waren wir beide, sie überließ mir ein Zimmer in ihrer Wohnung, gab mir ein Darlehen, da Vau sich weigerte, mich weiterhin zu unterstützen. Ich jobbte samstags in einem Kleiderladen, nahm unter Bettinas Einfluss das Studium wieder auf. Als Alex freikam, hatte ich Angst, mich erneut zu verlieren. Es fiel ihm nicht schwer, mich zu finden. Bettina wies ihm mehrmals die Tür, rief sogar die Polizei, als er sich gewaltsam Zutritt verschaffen wollte. Ich zeigte ihn an, er bekam ein Rayonverbot, an das er sich nicht hielt. Seinem Gejammer, wenn er mich auf der Straße ansprach, drohte ich jedes Mal zu erliegen. Ich ging nur noch in Begleitung durch die Stadt. Dann verschwand er eines Tages, tauchte nicht mehr auf. Ich hatte einen Zusammenbruch, glaubte, dass er mir überall auf den

Fersen sei oder dass der andere A., der Oberst, mich beschatten ließ. Ich landete für ein paar Wochen in der psychiatrischen Klinik, geschlossene Abteilung, schluckte Neuroleptika, Antidepressiva. Heute hätte ich die Kraft, Alex auf Distanz zu halten, aber jetzt ist es nicht mehr nötig. Vermutlich kam er irgendwo im nahen oder fernen Osten ums Leben, es gibt keine Gewissheit. Bettina war ich unendlich dankbar für ihren Beistand. Als sie ihrerseits in eine Depression geriet, konnte ich ihr etwas von meiner Schuld zurückerstatten. Sie, die einsichtige Bettina, stellte sich damals ganz unerwartet und grundlegend in Frage, bereute es, dem Klavier nicht treu geblieben zu sein. Ich erlebte Wutausbrüche gegen ihren Vater, die ich ihr nicht zugetraut hätte, stundenlanges Weinen. Ich blieb in diesen Phasen der Uni fern, kochte für sie, was ich sonst kaum tat, sogar gebrannte Crème machte ich, ihr Lieblingsdessert. Wir schauten uns am Abend zusammen idiotische Fernsehshows an, auch dies eine Rebellion gegen Dr. Grubers Prinzipien. Das gemeinsame Gelächter begleitete sie zurück in einen erträglichen Alltag. Ich versuchte sie davon zu überzeugen, dass sie doch auch jetzt noch Klavier studieren könne, sie werde ja vielleicht ein Stipendium bekommen. Es sei zu spät dafür, sagte sie, aber ich konnte sie davon überzeugen, versuchsweise ein Klavier zu mieten. Darauf zu spielen, ohne Ehrgeiz, einfach so, half ihr aus der Niedergeschlagenheit hinaus. Abends hörte ich ihr manchmal zu, ich wollte, dass sie Chopin spielte, nichts Brillantes, lieber die Nocturnes, und es kam vor, dass sie sich im Spiel verlor und erst aufhörte, wenn irgendwann mahnend an die Wand geklopft wurde.

Dann geriet, völlig überraschend für mich, Oberst A. in

die Schlagzeilen, ich sah sein Bild in der Zeitung, fünf Jahre nach unserer letzten Begegnung. Nicht zu glauben. Er wurde von allen Seiten hart angegriffen, er habe sich, hieß es, als Chef des Nachrichtendienstes dilettantisch verhalten. A. hatte einen Spion zu Armeemanövern nach Österreich entsandt, in ein befreundetes Land also, mit dem Auftrag, abzuklären, ob die österreichischen Truppen einem Vorstoß des Warschauer Pakts überhaupt standhalten könnten. Der Spion wurde beim Fotografieren ertappt, erwies sich, gegen alle Vorschriften, als überaus redselig, verriet ohne weiteres, wer sein Führungsoffizier war: Oberst A. Das schlug bei uns höhere Wellen als im Ausland. A. schicke miserabel ausgebildete Geheimdienstler in der Welt herum, wurde kritisiert, er sei zwar voller Ideen, aber unfähig, seine Leute richtig zu führen. Der zuständige Bundesrat verbannte A. in die Frühpensionierung. Er selbst schwieg zu allen Vorwürfen, zog sich, wie man lesen konnte, auf seinen Landsitz zurück, widmete sich den Pferden.

Es fiel mir schwer, nicht ständig an ihn zu denken. Ich lieh mir Bettinas Moped aus, ohne zu sagen, warum. Ich hatte die Route auf der Karte vorher genau studiert, fuhr aufs Land, in die Nähe von A.s Anwesen, zu seiner Pferdeweide, versteckte das Moped hinter Bäumen, wartete auf sein Erscheinen. Es war ein Sommerabend, diese Zeit schien mir am günstigsten. A. zeigte sich nicht, ich hörte aber klassische Musik aus den offenen Fenstern, Stimmen. Die Pferde grasten friedlich hinter dem Zaun, ein Fohlen getraute sich in meine Nähe, ich streckte den Arm über den Zaun und streichelte es zwischen den Ohren. Als es dämmerte, ging das Licht im Haus an, ich sah eine Silhouette, die sich hin und her bewegte, eine zweite. Ob A. verheiratet oder liiert war, wusste ich nicht. Ich bekam ihn an diesem Abend nicht vor Augen.

Bettinas Moped benutzte ich noch einige Male. Wenn sie geahnt hätte wofür, hätte sie mich von diesen Fahrten abzuhalten versucht. War es Neugier, die mich dorthin trieb? Wollte ich etwas gutmachen oder eine Kränkung heimzahlen? Irgendwann sah ich A. wirklich, er betrat allein die Weide, im Reitdress, mit Hut, er führte ein Pferd weg, um es zu satteln, ritt dann in die entgegensetzte Richtung davon. Ich wartete an einer Stelle, wo er auf dem Weg zurück in den Stall vorbeikommen musste, und fürchtete die ganze Zeit, von irgendjemandem ertappt und ausgefragt zu werden. Dann ritt er tatsächlich herbei, es war schon fast dunkel. Ich trat ihm in den Weg. Das Pferd scheute, A. bändigte es mit Leichtigkeit. Er schaute konsterniert zu mir herunter, fasste sich aber rasch.

»Karina, Sie?«, sagte er mit seinem einschmeichelnden Bariton. »Was für ein schöner Zufall hat sie hierher verschlagen?« Er ließ sich keinerlei Erstaunen anmerken, als sei es ganz selbstverständlich, dass ich hier auftauchte.

Es war nach wie vor schwierig, ihm standzuhalten, aber ich legte genügend Selbstbewusstsein in meine Stimme, das hatte ich inzwischen gelernt. »Guten Abend, ich wollte mich bloß erkundigen, wie es Ihnen geht.«

Sein Lachen hatte eine Brüchigkeit, die mir neu war. »Ach so, haben Sie Mitleid mit mir? Ich komme schon zurecht, mir bleiben genug Aufgaben.« Er schwang sich vom Pferd, trat, es am Zügel haltend, zu mir, so dass ich einen Schritt zurückwich. »Hier geht es ja wohl um eine alte

Rechnung. Sie denken, ich habe Sie missbraucht, und jetzt wollen Sie mich im Elend sehen, ja? Mich, den gefallenen Meisterspion, durch den Dreck gezogen von sämtlichen Medien.«

Ich schüttelte den Kopf. »Sie waren freundlich zu mir. Sie haben Ihre Pflicht erfüllt. Ich hätte bloß gerne die Wahrheit gewusst.«

»Die haben Sie ja selbst herausgefunden. Eine findige junge Frau.« Seine nächsten Worte hatten eine kleine Schärfe. »Man hört, Sie hätten Schweres durchgemacht.«

Ich erschrak. War sein Einfluss immer noch so groß, dass er sich über mich informieren konnte? Waren tatsächlich Geheimdienstleute auf mich angesetzt gewesen?

»Es geht mir wieder gut«, sagte ich. »Meistens jedenfalls.«

»Sie studieren, ich weiß. Zum Glück. Aus Afrika ist also nichts geworden.«

Nun war es schon fast dunkel, seine Augen schienen in schwarzen Höhlen verschwunden, und nur das Gesichtsoval hob sich vom Hintergrund ab. Die Grillen hatten zu zirpen begonnen, ein Konzert, das ich schon lange nicht mehr gehört hatte.

»Ich würde Sie gerne zu einem Glas Wein einladen«, sagte A. »Aber das wäre wohl nicht sehr klug.«

»Nein, es wäre nicht klug«, wiederholte ich, drehte mich um und ging davon, dorthin, wo mein Moped stand.

»Grüßen Sie Ihren Vater von mir!«, rief er mir nach. »Er ist ein braver Mann, ein wachsamer Patriot. Schön, dass Sie ihn geschützt haben.« Er nahm also doch an, dass ich ihm das eine oder andere verschwiegen hatte, und das erfüllte mich nachträglich mit einem läppischen Stolz. Noch etwas rief er, etwas Abschließendes: »Bleiben Sie wachsam, Karina. Es lohnt sich.«

Als ich das Moped startete, merkte ich, dass ich weinte. Ich vergaß, das Licht einzuschalten, die ersten Meter fuhr ich im Dunkeln, rammte beinahe einen Randstein, betätigte dann mit zitternden Fingern den Dynamohebel und staunte über den Scheinwerferkegel vor mir. Es war, als hätte ich eine große Liebe hinter mir gelassen, schlimmer noch als die zu Alex, eine ungelebte nämlich und eine unmögliche, und das schien mir so widersinnig wie der Gedanke, dass ich dazu verdammt war, nur Männer mit dem Anfangsbuchstaben A zu lieben, darüber lachte ich unter Tränen.

Karina, eine Affäre

Bettina erzählte ich dann trotzdem von meinem Besuch beim Landedelmann A. Sie ermahnte mich streng, diese Liebe – oder was immer es war – zu begraben. Sie hatte tausendmal recht. Ihre Lieben waren geordneter als meine. Beat, den sie immer mittwochs und am Wochenende traf, war Buchhändler, durchgeistigt und nervös. Wenn sie sich im Nebenzimmer liebten, kitzelte er sie unter den Armen und an der Hüfte, wie sie mir gestand, und sie stöhnte unter stoßweisem Lachen: »Hör auf, hör auf!« Solchen Überschwang hätte ich Bettina gar nicht zugetraut. Beat zog eines Tages sang- und klanglos nach München, für Bettina, sexuell gesehen, der Anfang eines längeren Interregnums. Das war bei mir nie der Fall.

Mario wollte ich Bettina nicht abspenstig machen. Damals, auf dieser Silvesterparty, wo wir uns begegneten, ging er gegen die dreißig, er wirkte jugendlich aufgekratzt, ein linker Journalist wie viele andere, stolz auf seine unbefleckte Gesinnung. Ich machte mein erstes Praktikum in einer ziemlich bürgerlichen Anwaltskanzlei, flog wenig später durch die Prüfungen. Alex war weg, ich hatte in den zwei Jahren bei Bettina an Gewicht zugelegt, sah besser und gesünder aus als auch schon. Eine Kollegin von Bettina, aus dem gleichen Kindergarten, hatte sie – mit Begleitung – eingeladen. Ihr Partner war Produzent bei der Tageszeitung, wo Mario arbeitete, und hatte ihn überredet zu kommen, auch als Single, das mache nichts. Gedränge in der großen Jugendstilwohnung, Papierschlangen, Luftballons und sinnigerweise, neben Supertramp und Michael Jackson, sehr laut Nenas *99 Luftballons.* Ein Buffet mit Lachsspießchen, Schinkenbrötchen, Prosecco, das Übliche. Bettina hatte selbstgebackenen Marmorkuchen mitgebracht, ich nichts, und ich war zunächst, wie immer bei solchen Gelegenheiten, auf der Hut. Ich kannte niemanden, hielt mich verkrampft an Bettinas Seite, die inzwischen smalltalktauglicher war als ich. Dann sah ich den großgewachsenen Mann, das Sektglas in der Hand, auf uns zusteuern, Kinnbart, auffällig buschige Augenbrauen, er sprach Bettina an, sie tat erst, als kenne sie ihn nicht, ich merkte aber, dass er ihr nicht fremd war, er sagte: »Erinnerst du dich? Vieles bleibt gleich, auch wenn die Zeit vergeht, die Luftballons zum Beispiel. Das gab es auch in diesem Bunker, nicht wahr?« Er hatte ein Feuerzeug bei sich, knipste es an, hielt das Flämmchen blitzschnell an einen Ballon, es knallte. Für zwei, drei Schrecksekunden verstummte das Stimmengewirr, nur die Musik lief weiter, dann großes Gelächter, doch Bettina blieb ernst: »Warum hast du das …«

»Ich wollte dich beeindrucken«, fiel er ihr ins Wort. »Damals habe ich es nicht geschafft. Oder nicht wirklich.«

Jetzt lächelte sie doch, sie stellte mich vor, wir drückten uns die Hand. Ich wusste nun, wie er hieß: Mario, er war in Bettinas Lebensbeichte mehrfach vorgekommen als Lieblingsschüler ihres verknöcherten Vaters, sie hatte mir die Geschichte von der Maturafeier und der unbeholfenen Küsserei erzählt und wie sie darauf gewartet hatte, dass er sich wieder melde. »Aber sonst hast du es ja geschafft«, sagte Bettina. »Ich meine beruflich.« Ich wusste, dass sie Marios Karriere verfolgt hatte, er war inzwischen Reporter einer Wochenendbeilage, weitherum bekannt für hartnäckige Recherchen, einer, der gerne den Mächtigen auf die Finger klopfte, mir deshalb nicht unsympathisch.

Mario stieß mit Bettina an.

»Merkwürdig, dass wir uns seither nie begegnet sind.«

»Dafür jetzt.«

Sie schauten sich an, und mir war klar: Da begann etwas Neues. Sie redeten über dies und das, aufgeladenes Geplänkel, das irgendwann, ich glaubte es zu spüren, im Bett enden würde. Sie bezogen mich höflichkeitshalber alle paar Minuten ein. Er erkundigte sich nach ihrem Vater, sie wurde einsilbig, lenkte ab, doch der smarte Reporter blieb dran, und sie sagte verschmitzt: Der Vater bedaure es, dass sein ehemaliger Glanzschüler vom rechten Weg abgewichen sei, sich als Lohnschreiber im linken Sumpf tummle. Er warte auf seine Pensionierung, schreibe an einer Stifter-Biographie, die garantiert nie fertig werde, vervollständige daneben seine Briefmarkensammlung, frühe Schweiz, Viererblöcke. Bettina verfügte, wenn sie wollte, über eine spitze Zunge. Ich hatte keine Chance, mich ins Gespräch zu bringen, meine Geschichte einer aus der Bahn Geworfenen loszuwerden – einmal Psychiatrie und zurück –, die sich nun zurückkämpft ins beschauliche Leben der Normalos.

»Und du?«, fragte Romeo Julia mit hungrigen Blicken; sie trug ein enges Kleid aus Jersey, kein Dekolleté, aber die Nippel zeichneten sich deutlich ab.

Nun sagte sie kokett: »Ach, ich versuche seit Jahren, Fünfjährige aus mehreren Nationen zu bändigen.«

Er gab sich Mühe, sie zu loben: »Keine Kleinigkeit. Harte Arbeit. Und das Klavier?«

»Das ist vorbei. Wenn ich Glenn Gould spielen höre, weiß ich, dass es der falsche Weg gewesen wäre.«

Er beugte sich tief zu ihr. »Da bin ich nicht so sicher.« Nun fanden sie wohl heraus, dass sie einander riechen konnten. Bettina, ganz klassisch, trug Chanel N° 5, manchmal etwas zu viel, dann hing der Duft stundenlang in unserer Wohnung.

Mitternacht, die Gastgeber kündigten es überlaut an. Man verstummte, die Fenster wurden geöffnet, die Musik ausgemacht, und während kalte Luft hereinströmte, schlug es von mehreren Kirchen zwölf. Jubel, auch von draußen, wo Leute standen, und momentelang lagen sich drinnen Unbekannte in den Armen. Glückwünsche, das Klingen der Gläser. Auch Bettina und Mario umarmten und küssten sich, ohne dass es im Trubel übermäßig auffiel, obwohl es ein echter, ein filmreifer Kuss war, mit Züngeln und Speichelaustausch. Er fingerte schon nah an ihren Brüsten herum, und ihre Hand lag auf seinem Hintern. Sie gingen dann, ließen mich stehen; Bettina warf mir noch einen entschuldigenden Blick zu.

Um ein Uhr lag ich im Bett, um fünf kam sie nach Hause. Leise wie ein Mäuschen wollte sie sein, tappte aber herum wie ein Waschbär auf Futtersuche. Langes Duschen. Ich sagte nichts. Wie hätte ich da noch schlafen können? Gemeinsames Frühstück um halb zwölf, Neujahrstag, schon wieder dröhnendes Glockengeläut, draußen leichter

Schneefall. Frischer Zopf, von mir besorgt, mit Butter und Honig.

»Dich hat ja wohl der Blitz getroffen«, sagte ich.

Sie war verlegen, zugleich stolz, murmelte, ja, das sei eine seltsame Geschichte, so schnell jetzt alles nach so langer Zeit, zum Glück seien sie beide ja frei, könnten sich deshalb voll »aufeinander einlassen«.

Nein, ich war weit davon entfernt, Bettina zu hassen, ich hasse aber diesen vollmundigen Psychojargon, den auch sie sich angeeignet hat. Ich bemühte mich um ein freundschaftliches Lachen: »Frei? Was heißt denn frei?« Was von ihr kam, wusste ich zum Voraus: Ich bleibe ich, er bleibt er. Wunderbar, vor allem, wenn man sich bereits verknäuelt hat. Am Ende unseres Neujahrsfrühstücks – sie wollte noch ihre Eltern besuchen, ich nicht – sagte sie strahlend: »Ich glaube, es wird nun alles anders.«

Da hatte sie recht. Bettina wurde schwanger, sie bestand auf der Heirat, gegen die ihr Vater, der Doktor phil., vergeblich Sturm lief. Mario, der Agnostiker, der Mann mit dem Don-Juan-Gen, fügte sich ihren Wünschen, machte auch mit bei der kirchlichen Trauung. Ich war zur Hochzeitsfeier eingeladen, entschuldigte mich erst unter einem Vorwand, ging dann doch hin. Wie es war, will ich gar nicht mehr wissen. Bettina, bereits mit Kugelbauch, hatte da ihre Wohnung, die auch meine gewesen war, schon gekündigt, das Paar zog in eine Vierzimmerwohnung am Stadtrand, Blick ins Grüne, Spielplatz in der Nähe. Drei Wochen nach der Heirat kam Fabian zur Welt, Kaiserschnitt, ein Runzelbübchen, aber ich war ja bloß neidisch, eingebunkert in der panisch gemieteten Dachwohnung, in der ich jetzt noch hause. Bettina gab ihren Job auf, sie werde, kündigte sie an, bald wieder arbeiten, Teilzeit natürlich, Mario müsse auf jeden Fall sein Pensum reduzieren. Doch das ging leider nicht, Mario wurde nämlich zu hundert Prozent außer Haus gebraucht, da ließ sich nichts machen, sonst hätte er seinen Job verloren. Übers Wochenende, wenn er nicht gerade auf Reportage war, wechselte er dem Sohn hin und wieder die Windeln, gab ihm die Flasche. Was für ein aufopfernder Erzeuger! Julia wurde anderthalb Jahre später geboren, dieses Mal mit Dammriss, Lokalanästhesie. Bettina war folglich Doppel-Mutter, Einfach-Hausfrau, immer seltener Geliebte, wir waren wieder häufiger zusammen, sie schüttete mir ihr Herz aus: Mario lasse sie im Stich, sei genervt vom Kindergeschrei, begleite sie kaum mehr zu Konzerten, halte sie nicht mehr für attraktiv. Sie vermute, dass er sie betrüge, sie sprächen über Trennung, und nur nach heftigem Streit schliefen sie überhaupt noch miteinander. Das war alles furchtbar klischeehaft und erwartbar. Ich, als Immer-noch-Freundin, riet Bettina, sich so zu organisieren, dass sie mindestens zwei Halbtage arbeiten könne, bot an, selbst an einem praktikumsfreien Morgen den Hütedienst zu übernehmen. Den anderen Halbtag übernahm ihre Mutter, Bettina brachte die zwei Kinder im Auto zu ihr. Marios Eltern fühlten sich zu alt für Kinderbetreuung, sein Vater, der Schuhmacher, litt stark an Gelenkrheuma. Sie waren ja schon nach dem Verkauf der orthopädischen Werkstatt in eine betreute Alterswohnung gezogen. Ich als Nanny war anfangs eher eine Lachnummer, ich stellte mich linkisch an, machte die Milch für die Flasche zu heiß (mörderisches Geschrei), war beleidigt, wenn Fabian meine Bemühungen, ihn mit Faxen zu unterhalten, ignorierte, wenn er den Turm aus Klötzen, den ich für ihn baute, ein ums andere Mal umstieß. Oder wenn die Kleine mich mit heftigem Strampeln am Säubern hinderte und Fabian danebenstand und quengelte. Einfach unbehelligt da zu sein und ein Fachbuch durchzuarbeiten, wie ich es mir vorgestellt hatte, lag nicht drin; immerzu musste ich eingreifen, trösten, ja genau, bemuttern. Und ich wollte doch lediglich eine gute Freundin sein und keineswegs ein Muttertier. Die Zeit, bis Bettina nach Hause kam, konnte sich ins schier Endlose dehnen. Aber ich biss die Zähne zusammen, hielt durch, und siehe da: Nach zwei, drei Wochen gewöhnten wir uns aneinander, die Knirpse und ich, sie quietschen zwischendurch vor Vergnügen, Fabian sprach mir Wörter nach, deutete auf die Bilderbuchseite, die ich ihm zeigte, und sagte: Efant, Efant! Und da ging mir plötzlich das Herz auf, so weit, dass mir der Gedanke, selber Kinder zu haben, erstmals nicht abwegig erschien. Aber mit wem, bitte sehr?

Bis Mitte 87 hielten Bettina und ich an diesem Arrangement fest, sie bezahlte mich nicht, schenkte mir aber Gutscheine für dieses und jenes. Sie sprach nun davon, eine halbe Stelle anzunehmen und für zwei Tage einen erschwinglichen Hort zu suchen, was auch mich entlasten würde. Das war nun beinahe schon eine in Watte verpackte Kündigung, und ich war zu meinem eigenen Erstaunen gekränkt. Der halbe Tag mit den Kindern gab mir das Gefühl, nützlich zu sein und gemocht zu werden, Fabian rannte mir inzwischen bei der Begrüßung entgegen, ich musste ihn hochheben und herumschwenken, und Julia wollte unbedingt meine Tasche ins Wohnzimmer schleppen. Und das war schön. Aber gut, *that's life,* dachte ich, man muss von allem Abschied nehmen können, sonst versinkt man im Trauersumpf.

Eines Abends, schon spät, klingelte es bei mir, Mario stand vor der Tür und wollte unbedingt mit mir reden. Ich bot ihm einen Grappa an. Er war sichtlich aufgewühlt, auf der Wange hatte er einen Kratzer, ununterbrochen rieb er sein Handgelenk. Der rote Kaschmirpullover stand ihm gut.

»Streit?«, fragte ich.

Er nickte mit steifem Hals, brachte mit Mühe heraus: »Jetzt ist es klar, wir trennen uns.«

»Und weshalb kommst du zu mir?«

»Du kennst sie doch ... Vielleicht kannst du ja ...«

»Das heißt, sie will nicht mehr.«

Er nickte wieder, wie ein ertappter Junge, sackte tiefer in seinen Sessel. »Sie verlangt zu viel von mir.«

»Und du zu wenig von ihr, schätze ich. Da kann ich nicht Vermittlerin sein. Ich mag auch nicht.«

»Im Journalismus muss man präsent sein, verfügbar, rund um die Uhr. Das versteht sie nicht.«

»Quatsch. Du willst einfach nicht.«

Der Blick, mit dem er mich beschwor, ihm zuzustimmen, begann zu flackern. Ein Flackermann, ein Flattermann. »Doch. Ich kann aber nicht einen bestimmten Wochentag für die Kinder festsetzen, wenn der Chef das nicht will.«

Ich hielt seinem Blick stand, bis er auswich. »Da ist aber noch was anderes, oder?«

Er schenkte sich Grappa ein, verschüttete mindestens ein halbes Glas, das er mit dem Ärmel aufwischte, er stand auf, begann hin und her zu gehen, stolperte über die Sachen am Boden, schob sie mit der Schuhspitze unwillig weg. »Es gibt da eine Kollegin, eine sehr fähige … und mit ihr verbindet mich vieles. Seelenverwandtschaft, würde ich sagen.«

Ich richtete mich in meinem Sessel auf, ich hatte Lust, ihn anzuschreien, beherrschte mich aber. »Mit andern Worten: Du hast sie gevögelt, deine Seelenverwandte.«

Er stand nun am Fenster, schob den Vorhang zur Seite, schaute hinaus ins Dunkle. »Bettina hat es herausgefunden. Wie es eben so geht. Und ich habe mich entschuldigt. Aber sie sagt, das bringt das Fass zum Überlaufen.«

Das Lampenlicht modellierte seinen Rücken, ich glaubte, seine Schultern zucken zu sehen.

»Mit andern Worten«, nun wurde ich doch laut, »sie gibt dir den Schuh. Und weißt du was? Sie hat recht.«

Er fuhr herum, starrte mich an. Er war verwundet und doch unter Tränen schon voller Zorn. »Ich liebe meine Kinder, ich vergöttere sie, sie bedeuten mir unglaublich viel. Und sie will sie mir wegnehmen. Das ist unerträglich …«

Ehe ich mich versah, war ich aufgesprungen, stand dicht vor ihm. »Weißt du, was du bist? Ein Macho! Ein Drückeberger! Ein gottverdammtes Schwein!« Von Schimpfwort zu Schimpfwort stieg meine Stimme in eine höhere Lage. Es war hysterisch, ich weiß, und vielleicht wollte ich ja genau das, was folgte. Trotzdem traf die Ohrfeige mich überraschend, er hatte ohne Vorwarnung ausgeholt, er schrie, während meine Wange schon brannte: »Halt dein ungewaschenes Maul!« Ich schlug reflexhaft zurück (wenn die Erinnerung nicht trügt), meine Faust erwischte seinen Mund, er stöhnte auf. Und dann riss er mich an sich, ließ mich nicht los, obwohl ich mich heftig wehrte, ich schloss die Augen, er küsste mich, ich schmeckte Blut, seines, und ich erwiderte den Kuss, mit Heftigkeit, und wir fielen übereinander her, er oben, ich unten und umgekehrt, ich kann es nicht anders sagen, es war wie in einem Porno mit Sado-Maso-Schlagseite. Irgendwann lagen unsere Kleider um uns herum und wir, im Licht der Deckenlampe, auf meinem alten staubigen Berberteppich, erschöpft und verwirrt nach dem Orgasmus. Unser Keuchen beruhigte sich, es roch nach Sperma und Schweiß, seine Hand lag auf meiner Brust, und er sagte, erstaunlich zaghaft: »Tut mir leid. Was ist da bloß in uns gefahren?«

Ich griff an meine brennende Wange. »Schon in Ordnung. Ich habe mitgemacht.«

»Du nimmst doch die Pille, oder?«

»Nein, aber ich hatte eben meine Tage.«

Er versuchte ein kleines unglückliches Lachen. »Es lag ja wohl schon lange in der Luft.«

»Ich glaube nicht. Bettina ist meine Freundin. So was tut man nicht.«

»Du hast es getan.« Er leckte seinen Mundwinkel, er blutete nicht mehr, aber das Blut war ihm bis aufs Kinn geflossen.

Ich entzog mich der kosenden Berührung seiner Hand und setzte mich auf. »Es bleibt bei diesem einen Mal. Ein Unfall, ein Aussetzer, verstehst du? Und Bettina sagst du kein Wort davon. Nie!«

Er stimmte mit einem undeutlichen Laut zu.

Ich verschwand für eine Weile im Bad, duschte, starrte im Spiegel auf den roten Striemen, der sich quer über meine anschwellende Wange zog. Ich schlüpfte in meinen abgetragenen Kimono mit den weiten Ärmeln, deren Säume von Marmelade und Kaffeeschaum verkrustet waren.

Mario stand verloren mitten im Zimmer, er hatte seine Unterhose angezogen, schwarz, mit roten Streifen; er war schlanker und besser gebaut, als ich gedacht hatte, Gänsehaut an den Oberschenkeln.

»Nimm dir ein Handtuch aus dem Schrank«, sagte ich.

Ich hörte es im Bad plätschern, rauschen, er hustete, spuckte, Klopapier wurde abgerissen, all diese Laute störten mich und machten mir bewusst, was geschehen war: Mario hatte – zum wievielten Mal wohl? – seine Frau betrogen, und ich hatte meine Freundin verraten. Nachdem wir uns angezogen hatten, ging er ohne lange Umstände. Das Blut am Kinn hatte er sich abgewischt. Keine Berührung mehr zwischen uns, nur noch einmal die Versicherung, dass er schweigen würde.

Es blieb nicht bei diesem einen Mal, ich hätte es mir denken können. Noch drei- oder viermal tauchte er auf. Er wohnte jetzt vorübergehend in einer billigen Einzimmerbleibe, plötzlich war es ihm möglich, sich so zu organisieren, dass er mehr Zeit für die Kinder hatte. Er war voller Verlangen, trostbedürftig dazu, ich hatte die Kraft nicht, ihn abzuweisen. Obwohl ich es anfangs nicht wollte, landeten wir jedes Mal im Bett, gesitteter nun, so wie es sich gehört zwischen Mann und Frau, und meine Lust war lau, von Reuestichen begleitet.

Zwischendurch traf ich Bettina, die mir ihre Version der Trennung erzählte, auch dass sie Mario gerichtlich zwingen werde, ordentliche Alimente zu bezahlen und die Kinder regelmäßig zu betreuen. Sie war verletzt, und das trieb sie zu einer Forschheit, die mir an ihr neu war. Ich bedauerte sie, versprach, sie zu unterstützen, gab ihr die Adresse einer guten Scheidungsanwältin, und am nächsten Tag lag Mario eine Stunde bei mir, schluchzte nach dem Koitus erbärmlich an meiner Schulter, wie ein kleiner, mutterloser Junge. So konnte das nicht weitergehen, undenkbar, dass aus diesen Quickies eine feste Beziehung würde. Ich gab ihm den Laufpass, zu dieser Zeit, am Tiefpunkt, hatte er etwas Hündisch-Flehendes in seinem Ausdruck, und das stieß mich ab, ich kannte es nur zu gut von mir selbst.

Mario und Bettina zu versöhnen war nicht meine Aufgabe, ich hätte als Anwältin ohnehin auf unheilbare Zerrüttung plädiert. Bettina blieb in ihrer Wohnung. Ich bin im Moment Single aus Überzeugung. Meinen Hütevormittag habe ich beibehalten, ich begleite seit diesem Sommer Fabian jeden Morgen in den Kindergarten, Bettina wollte ihn nicht in der eigenen Klasse. Die Kita für Julia hat vollumfänglich Mario zu bezahlen, so will es das Scheidungsurteil vom letzten Jahr, er hat es nicht angefochten, übernimmt die Kinder jedes zweite Wochenende, außer es treibt ihn fort, wie neulich auf Reportagereise nach Afrika.

Ich verliere mich in diesen Episoden, so wird das eigene Leben zum merkwürdigen Mosaik. Wie froh bin ich eigentlich, dass ich meine Krisen überlebt habe? Wie froh, dass ich in einer halblinken Anwaltskanzlei die Dossiers abarbeite, die sonst niemand will? MC, Kurde, seit drei Jahren in der Schweiz, zwei Mal abgewiesen, Berufungsverfahren aussichtslos. KT, Tamilin, anerkannter Flüchtling, verwitwet, Mann erschossen, ersucht um Familiennachzug.

QW, aus Nigeria, Dealer, zu drei Monaten Haft verurteilt, behauptet, in Lagos gefoltert worden zu sein. Endloser Schriftverkehr mit Behörden, Ausweisungsentscheide noch und noch. Vielen Fluchtgeschichten misstraue ich ja selbst. Was da an mir vorbeizieht, Leid, Lügen, Leidenschaften, ein greller Spiegel meiner selbst.

Karina, Abschiede

Nach meinem Auszug aus dem Berner Pentagon ließ ich mich bei den Eltern nur noch selten blicken. Die Eingangskontrolle war streng, ja pedantisch, man hatte Fingerabdrücke von uns allen genommen, uns frontal und lateral fotografiert. Die Geheimdienstleute vertrauten niemandem. Bisweilen war mein Bruder Jakob auch dabei, wenn ich zum Abendessen kam, er war nun Chauffeur im Militärdepartement, fuhr einen Mercedes mit getönten Scheiben, stand Offizieren im Generalsrang auf Abruf zur Verfügung. Er sei Geheimnisträger, sagte er mit plumpem Stolz, er bekomme auf langen Fahrten, in Manövernächten vieles mit. Wir saßen zu viert am Esstisch, und es kam mir vor, als habe sich das Rad der Zeit lautlos zurückgedreht, als sei ich wieder gefangen in diesem Raum wie ein Fisch in einem Aquarium, der regelmäßig gefüttert wird. Wir tauschten, wie in meiner Pubertät, Belanglosigkeiten aus, das Wesentliche wurde verschwiegen. Bei politischen Fragen gerieten mein Bruder und ich uns sogleich in die Haare, mieden deshalb alles, was Armee und Sicherheit betraf. Die Mutter spann die Fäden, die uns verbinden sollten, ich fühlte mich bloß eingewickelt: die Tante hier, die Tante dort, die Geranien auf der Terrasse, Weihnachten musste geplant werden, aber nicht zu Hause, man durfte ja »bei uns« keine größere Gesellschaft bewirten. Vau mischte sich mit unzusammenhängenden Einwürfen ein: Wie dumm sich der neue Vorgesetzte benehme und dass man nicht einmal das Auto für den Fensterreinigungsdienst drinnen parkieren lasse, dafür aber eine Delegation des japanischen Geheimdienstes herumgeführt habe. Und überhaupt: man poche auf Verschwiegenheit, weiche sie aber überall auf. Dem widersprach der Bruder, man müsse sich nach wie vor strikt an die Regeln halten, wer etwas Vertrauliches durchsickern lasse, werde bestraft, allenfalls rausgeschmissen, mit gekürzter Rente oder gar keiner. Einmal erkundigte ich mich nach A., dem abgehalfterten Chef, ob Vau wisse, was er jetzt treibe, es war ein gutes Jahr nach meiner Pilgerfahrt zu seinem Landsitz. Vau schaute von Blumenkohl und Rindsbraten auf, so offen hatte er mich schon lange nicht mehr gemustert. Ganz abgehalftert sei der nicht, sagte Vau, er gehe in der Sperrzone immer noch ein und aus, selten zwar und ohne Uniform, die habe er ohnehin fast nie getragen, aber plötzlich sei er da, grüße, wie wenn nichts geschehen wäre, verschwinde dann im Souterrain, niemand halte ihn auf, er sei wohl noch mit ein paar Spezialaufgaben betraut. Vau schnaufte, wischte sich mit der Serviette über den Mund. Ob dies an höchster Stelle bekannt sei, frage er sich manchmal. Und ob draußen denn niemand diesen Angeber durchschaue? Er senkte die Stimme, wie über sich selbst erschrocken: Das hätte er vermutlich nicht sagen dürfen, wir sollten es für uns behalten. Wir nickten, wir hatten kein Interesse daran, unsere Familie in einen Skandal zu ziehen. Meine Gedanken überschlugen sich, ich spürte den Puls am Hals wie immer, wenn ich aufgeregt war. A. war plötzlich wieder gegenwärtig, undurchschaubar und anziehend wie eh und je, und ich hatte doch geglaubt, er sei mir weit entrückt, meine Verliebtheit längst verdorrt.

Ich weiß nichts mehr von der weiteren, zähen Unterhaltung am Tisch, ich lag später schlaflos in meinem Bett, fiebrig und böse auf mich, A. hatte alles Übrige weggedrängt. Warum wurde ich diesen Herrenreiter nicht los? Mit Alex hatte ich es geschafft, aber der andere A. lauerte in den dunklen Zonen meines Ichs.

Ein unheimlicher Zufall führte dazu, dass ich ihm ein letztes Mal ausgerechnet an Vaus Geburtstag begegnete. Ich wollte dem Vater gratulieren, er wurde vierundsechzig. Man hatte ihm aus unerfindlichen Gründen den Hund verboten, es hing vielleicht mit dem neugewählten Departementschef zusammen. Vau, schon kurz vor der Pensionierung, hatte sich vergeblich dagegen gewehrt, dann darauf bestanden, Janko selbst einzuschläfern, er war mit ihm in den nahen Steinbruch gegangen und hatte ihn dort mit der Armeepistole erschossen. Seither sei er irgendwie gebrochen, hatte Mutter aufgelöst am Telefon erzählt. Ich betrat die Loge, und da stand A. vor mir am verglasten Pult, er gestikulierte, redete ungewohnt laut. Ich erkannte ihn, obwohl er mir den Rücken zuwandte, beim ersten Wort und erstarrte.

»Sie lassen mich jetzt ein«, hörte ich ihn sagen. »Ich bin zutrittsberechtigt, das wissen Sie genau.«

Der Pförtner war neu, ein dicklicher junger Mann, der indessen wusste, was er zu tun hatte. Seit kurzem gab es eine Tür mit elektronischer Sicherung, die er für A. hätte öffnen müssen, und das tat er nicht.

»Ich habe die klare Anweisung, Ihnen keinen Zutritt mehr zu gewähren, Herr Oberst«, sagte er bemerkenswert ruhig.

»Von wem?«, fuhr A. ihn an. »Wer erlaubt sich diesen Scherz?«

»Das ist vertraulich«, erwiderte der Pförtner.

»Muss ich Sie zwingen?« In A.s Stimme war nun ein Zittern, das er, ich spürte es, vergeblich zu unterdrücken versuchte.

»Ich möchte nur ungern die Polizei wegen Hausfriedensbruchs rufen«, sagte der Pförtner. »Sie können die Angelegenheit bereinigen, mit wem Sie wollen. Aber nicht hier drinnen.«

»Gut.« A. drehte sich abrupt um und stolperte beinahe in mich hinein. Auch er erkannte mich sogleich. Sein Gesicht war leicht gealtert und weniger gebräunt als sonst, er errötete augenblicklich, vor Zorn oder vor Scham. Es muss unerträglich für ihn gewesen sein, dass ich Zeugin seiner Demütigung wurde.

»Karina«, sagte er mit Mühe und rang sichtlich um weitere Worte. »Das ist alles ein grobes Missverständnis ... Lächerlich geradezu ...«

Er trug einen Trenchcoat, er zog den Gurt fester, versuchte zu lächeln. Ich sagte kein Wort und ließ ihn vorbei. Ich sah zu, wie er ins Freie trat, dann zeigte ich dem Pförtner meinen Ausweis, zwang die Finger zur Kugelschreiber-Unterschrift auf der Besucherliste. Er drückte auf den Knopf, die Tür öffnete sich summend, ich ging hinein in die verbotene Zone, ging zum Nebengebäude mit der Hausmeisterwohnung und stieg die Treppen hinauf, um meinem

Vater im vierten Stock zu gratulieren und ihm die Flasche Williams zu schenken, die ich, schön verpackt, in meiner Handtasche hatte. Etwas Besseres war mir nicht eingefallen, seinem einzigen Hobby, der Hundedressur, konnte er nicht mehr nachgehen. Abends schlief er vor dem Fernseher ein, ließ sich, wie seit fünfzehn Jahren, um Viertel nach zwölf wecken und absolvierte seinen Kontrollgang, ohne Hund jetzt, aber bewaffnet. Dafür hielt er dann am nächsten Tag Mittagsschlaf, danach machte er sich an die Reparatur- und Inspektionsarbeiten, das Ausfüllen von Formularen, mit denen er täglich das normgerechte Funktionieren aller elektrischen Anlagen auf dem Gelände bestätigen musste. Er hatte früher auf kindliche Weise Handorgel gespielt, sie verstaubte schon lange in einem Wandschrank. Er sah zerrüttet, besorgt aus, als ich seine Wangen küsste, die grauen Haare an den Schläfen, die ihm noch geblieben waren, standen struppig ab. In einem halben Jahr würden die Eltern ihre Dienstwohnung verlassen müssen. Eine gleichwertige, die sich von der Rente bezahlen ließ, hatten sie nicht gefunden, sie mussten sich, nahe bei der benachbarten Kaserne, mit drei kleinen Zimmern in einem Altbau begnügen. Das Viertel, an das sie sich trotz allem gewöhnt hatten, wollten sie nicht verlassen. Er stellte, mit gemurmeltem Dank, die eingepackte Schnapsflasche aufs Buffet, vermutlich würde die Mutter sie später wegräumen. Ihr kamen jedes Mal die Tränen, wenn sie mich begrüßte. Auch sie sah, mit dem faltig gewordenen Hals, älter aus, als sie war. Aber vielleicht lag es daran, dass ich mich immer noch als Neunzehnjährige fühlte, die erwachsen werden wollte und gleichzeitig wünschte, die Welt ringsum würde sich nie verändern. Ich überwand mich zu erzählen, dass ich eben beobachtet hatte, wie A. vom Pförtner der Zutritt verweigert worden war; ob Vau sich einen Reim darauf machen könne?

Wir saßen wieder am Esstisch mit dem Wachstuch, das nach Spülmittel roch, der Bruder war auch da, der aufgedunsene Geheimnisträger.

»Kaltgestellt, so nennt man das«, sagte er an Vaus Stelle, und als der endlich eine Antwort brummte, verstand ich mit Mühe: »Das kommt von ganz oben, vom neuen Chef.« Er meinte den kürzlich gewählten Bundesrat aus dem Luzernischen, dessen größte Leistung darin bestand, redlich und energisch zu wirken.

»Und recht hat er«, mischte sich Jakob wieder ein. »Er räumt mit den Altlasten auf. Jetzt muss eine neue Garde an die Säcke, eine jüngere.«

Vau senkte den Kopf, er konnte es mit der polternden Rhetorik seines Sohns nicht aufnehmen. Fast unverständlich sagte er: »Bei uns« – damit meinte er das ganze umzäunte Gelände – »hat die Untersuchungskommission vom Parlament alles durchsucht. Wegen dieser Anklage gegen die Vorgängerin des Neuen. Verletzung des Amtsgeheimnisses und so weiter. Kistenweise Dokumente haben die abtransportiert. Aber ich habe ja mit dem ganzen Laden bald nichts mehr zu tun.«

Meine Mutter tätschelte seine knotige Hand, die hilflos neben dem Kuchenteller lag. Das rührte mich, ich staunte und war drauf und dran, Jakob anzufahren, es hätte aber nur einen weiteren nutzlosen Streit zwischen uns entfacht. Immerhin habe ich geschafft, was er, zwischen Hohn und Anklage, lange für ausgeschlossen hielt: Ich bin patentierte

Anwältin, wenn auch eine schlecht bezahlte. Und er ist Leiter des Fahrdienstes im Eidgenössischen Militärdepartement, ein Radfahrer eigentlich, der nach unten tritt, nach oben buckelt. Genau das warf ich ihm einmal an den Kopf, er hätte mich um ein Haar verprügelt.

Es war ein trauriges Essen, das letzte an diesem Tisch (für die neue Wohnung war er zu groß), nicht einmal die Zuger Kirschtorte hob Vaus Stimmung. Meine Gedanken drifteten zu A.s Niederlage, sie hatte mich tief befriedigt, aber merkwürdigerweise überwog allmählich das Mitleid mit ihm. Wieder besetzte er meine dunklen Träume. Er tut es, Monate später, immer noch. Und ich bin sicher, dass er in die Geschichte mit den Fichen verstrickt ist, vielleicht sogar der Organisator und Auftraggeber, der Datensammler ist, der unheimliche Herr von all dem, was fleißige Spitzel über Hunderttausende von Landsleuten und Ausländern zusammengetragen, beobachtet, notiert, verfälscht, erfunden haben im Zeichen der Sicherheit und des künftigen Widerstands.

Auch Vau, da bin ich sicher, hat mehr gewusst, als er preisgab, und alles, was er wahrnahm und im Grunde missbilligte, in sich hineingefressen. Ein Eingeweihter war er nicht, aber ein getreuer Knecht, der einiges ahnte und nichts wirklich wissen wollte. In Pension gegangen ist er ausgerechnet in diesem November 89. Die Verbitterung wird nicht mehr von ihm weichen. Er musste doch, er konnte nicht anders. Ach, mein Vau, so oft brandet ihm meine wilde Zuneigung entgegen, denn in ihm lebt und glost etwas Verzweifeltes, und das ist auf mich übergegangen wie anderes auch, ich möchte ihn trösten, uns beide möchte ich trösten. Und besuche ihn trotzdem so selten wie möglich, noch seltener als in der Sperrzone, denn die Biederkeit der neuen Wohnung ertrage ich kaum. Jetzt zeigt es sich unverhüllt, das Trostlose der Billigregale, der Kugellampen, des durchgesessenen Sofas. Die Faszination des Konspirativen ist verflogen, es ist bloß noch innen drin, in mir, als eingemauerte Erinnerung. Und um mich herum, jetzt, in meinen eigenen Räumen: die willentliche Unordnung, das Kreuz und Quer von Zeitungen, Strümpfen, Kaffeetassen, zerknüllten Papiertaschentüchern. Es macht mich nicht glücklich. Aber es ist von mir, es ist meins, ganz meins.

Mario, die Kinder

Zurück in die erste Zeit mit den Kindern. Es war das Kostbarste, was ich je hatte, ich habe es verschleudert wie einen zufälligen Spielgewinn. Die Angst, sie zu verlieren, trieb mich von ihnen weg. So ein kleines Geschöpf kann einem, in seiner Schutzbedürftigkeit, in seinem Trotz, bestürzend nahe sein. Die Ärmchen, die sich um mich legten, nicht loslassen wollten, das heitere Betteln, abends: Noch eine Geschichte, Papa! Noch eine! Ich ging mit ihnen durch den Herbstwald, Fabian an der einen, Julia, die noch kaum gehen konnte, an der anderen Hand. Stolperschrittchen rechts, energisches Ziehen links. Man sieht die Welt mit neuen Augen. Ein Vogel, der von Tanne zu Tanne flattert: was für ein Ereignis! Ein Wurm auf dem Waldweg: großes Staunen! Die Angst plötzlich vor starken Windstößen, vor einem Strunk, der aussieht wie ein Gnom. Die Freude, reife Himbeeren zu entdecken, sie zu kosten, über die verschmierten Münder zu lachen. Die Tränen bei einem Sturz. Der Papa tröstet, ermutigt, weist zurecht, wenn ein Gezänk anfängt: Will auch, will auch! Er nimmt Julia auf die Schultern und gibt übertriebene Wehlaute von sich, als sie sich an seinen Haaren festhält, er lehrt sie, ihn zu umhalsen, packt ihre kleinen Füße, damit sie sicher oben bleibt, beschwichtigt Fabian, der auch hinaufwill, schwingt ihn dafür später an den Händen herum, bis er kreischt vor Angst und Lust. Will auch, will auch! Eine Zweighütte bauen, ein Stückchen Schokolade für die Zwerge hineinlegen. In Kleinkinderohren flüstern, dass sie erst nachts kommen. Die Rast dann auf der Wolldecke, nach den geteilten Brötchen, dem Holundersirup. Julia schläft in Seitenlage, die Beine angezogen, schnarcht leise. Fabian schmiegt sich an mich, murmelt etwas, das ich nicht verstehe, aber es klingt satt und zufrieden. Sie sind so unfertig, die beiden, so lebensoffen, und hier, das flirrende Blattgewirr hoch über mir, fühle ich die Kraft, sie gegen jede Gefahr zu beschützen, sie zu beschirmen vor Unrecht und Verfolgung. Und vergesse für eine zeitlose halbe Stunde die Schreinächte, vergesse die Anstrengung, die es mich kostet, den chaotischen Tagesablauf, all die Unvorhersehbarkeiten zu ertragen. Und dann, als Julia wieder wach ist und sich räkelt, breite ich die Decke über uns drei, wir blinzeln unter ihr hervor, ich mahne zum Stillschweigen, denn wir wollen Vögel beobachten, und wirklich dauert es nicht lange, bis zwei Eichelhäher nahe bei uns landen, sie hüpfen näher, sie wippen und rucken mit den Köpfen, picken Brosamen auf. Die Kinder wagen kaum zu atmen. Ich könnte die Hand ausstrecken und die blauen Federchen berühren. Sie fliegen weg, andere Vögel zeigen sich, die ich nicht kenne, Meisen vielleicht, und plötzlich zwei Pirole, golden strahlend im Nachmittagslicht. Die Andacht, das Gebanntsein der Kinder, erst ein kleines Husten von Fabian verscheucht sie, und wir kriechen unter der Decke hervor, erzählen uns flüsternd, was wir gesehen haben: zwei Märchenvögel, und ich weiß, dass ich diesen Moment nie vergessen werde.

Julias Schreinächte, sie lasten noch immer im Gedächtnis, angeschwemmtes schwarzes Elend. Schwierigkeiten mit der Verdauung, sagte der Kinderarzt, wir müssten Geduld haben, nach ein paar Wochen würden die Krämpfe verschwinden. Die Zäpfchen nützten nichts, den Schnuller spuckte Julia aus. Ich war hilflos in einem Maß, wie ich es mir nicht hatte vorstellen können. Das Kind, so klein noch, bäumte sich auf, bog sich nach hinten, das Gesichtchen war verzerrt, rot angelaufen, aus dem weit aufgerissenen Mund kamen diese erschreckenden Laute, die sich Nacht für Nacht in mich hineinsengten, mich als Versager brandmarkten, ein schrilles Schreien, ein Schreien in mehreren, immer heftigeren Anläufen, es ging in winselndes Klagen über, steigerte sich wieder ins Schrille, und dazwischen das Atemholen, eine Art Japsen wie vor dem Ersticken. Bretthart der Bauch, versteift die Glieder. Da halfen keine Berührungen, kein Massieren, kein Herumtragen, kein Summen ins Ohr. Alles, was wir versuchten, schien Julias Leiden bloß zu verstärken. Ich nahm sie ins Tragetuch, ging mit ihr draußen spazieren, um ein Uhr nachts oder später, redete beruhigend auf sie ein, nein, auf ES, auf das Wesen, das mir noch so fremd war, und spürte in mir den Ärger, den Zorn darüber, dass mein väterlicher Einsatz nicht honoriert wurde, schluckte solche Gefühle schuldbewusst herunter, konnte sie trotzdem nicht verbannen. Wie erlösend war es, wenn das Wesen leiser wurde, der Körper sich entspannte, wie schlimm, wenn es nach wenigen Minuten in eine neue Kolik hineingeriet, das Geschrei wurde zur Folter. Einmal gingen die Nerven auf einem solchen Nachtmarsch mit mir durch, am Waldrand, keine Häuser in der Nähe, ich schrie das brüllende

Wesen an meiner Brust an, ich nahm es aus dem Tuch, begann es zu schütteln, heftig und immer heftiger, wollte diesen verstörenden Trotz gegen mich aus dem Wesen herausschütteln, wollte, dass es endlich schwieg, nur ganz kurz einfach mal schwieg. Ich konnte mich zum Glück rechtzeitig stoppen, ich war an die Grenze einer Untat gelangt, schon fast über sie hinaus, ich hörte in Julias Geschrei eine Panik, die mich wieder zu mir selbst brachte. Auf dem Rückweg schlief sie – ein erlösender Moment – an meiner Brust ein, und mir war wieder klar, dass das warme Wesen, dessen Herzschlag ich zu spüren glaubte, mir anvertraut war, jetzt gerade.

Wochenlang ging ich übernächtigt zur Arbeit. Bettina forderte mehr Mithilfe, auch sie war am Rand der Erschöpfung. Es kam ja noch der anderthalbjährige Fabian hinzu, der nach uns verlangte, getröstet, gefüttert, gewickelt werden wollte. Wir stritten erbittert darüber, wer nachts dran war, weck mich nicht, doch, ich kann nicht mehr, ich auch nicht, schau du nach Fabian, nein, du. Es gab Nächte, da ließ ich Bettina im Stich, landete in irgendeiner Bar, soff mich in einen Halbrausch, glaubte dann zu Hause den fehlenden Schlaf finden zu können und fand ihn nicht. Wir lernten, dass Julia am ruhigsten war, wenn Bettina oder ich mit ihr eine Zeitlang im Auto herumfuhren. Das Kind lag hinten im Korb, ohne Sicherung, aber anders ging es nicht. Die Federung, die unregelmäßigen dumpfen Geräusche mochten ans embryonale Stadium erinnern, jedenfalls schlief Julia manchmal wirklich ein, schlief tiefer als im Bettchen zu Hause. Bisweilen packten wir auch Fabian mit ein, dann kurvten wir zu viert durch die Nacht, irgendwohin, dazu ein Mozart-Klavierkonzert, das hatte in manchen Momenten sogar eine eigene Schönheit, es war, als gehörten wir unentrinnbar zusammen und die Nacht umhülle uns schützend. Doch das hielt nur kurz an. Dieses Leben zerrüttet meine Kreativität, sagte ich mir, und hatte zunehmend Fluchtgedanken. Zwischen Bettina und mir wuchs der Abstand, obwohl das zweite Kind, Julia, uns hätte zusammenkitten sollen. Und dann bin ich, als sie noch nicht zweijährig war, weggegangen. Ich hatte Gabriela kennengelernt, sie war sterilisiert, unabhängig, überhaupt nicht anstrengend, die ideale Zuflucht für den überforderten Mann. Das war das eine, das andere war: Ich wollte vorankommen im Beruf, gelobt, gefürchtet werden, beneidet von Kollegen, zitiert von anderen Blättern. Mario Sturzenegger, der brillante Schreiber, der Kämpfer für alle, die keine Stimme haben. Das bedeutete vollen Einsatz, Überstunden, null Absenzen beim Wochenenddienst. Die begrenzte Zeit, die ich mir mit Gabriela gönnte, die halben Stunden über Mittag, waren Rausch- und Beruhigungsmittel in einem. Als Bettina dahinterkam, war sie tief gekränkt. Ich sollte ihr schriftlich zusichern, verlangte sie, dass ich die Beziehung unverzüglich abbrechen würde. Das ließ mein Stolz nicht zu.

Ich zog in eine billige Winzigwohnung, versuchte, mich nicht zu bemitleiden. Für Gabriela war ich, als Beinahe-Single, nicht mehr interessant, ihr drohte von meiner Seite eine Anhänglichkeit, die ihr Angst machte. Wir hatten uns zu nichts verpflichtet, der Bruch kam trotzdem überraschend, ich litt und verachtete mich deswegen. Die kurze Affäre mit Karina war sozusagen eine Notfallübung, ich wusste von Anfang an, dass ich ihren Hunger nicht stillen konnte. Zur gleichen Zeit nahmen die Schwierigkeiten bei der Zeitung zu, ich musste alle verbliebenen Kräfte einsetzen, um meinen Job zu behalten. Der Schlaf mied mich, ich betreute jedes zweite Wochenende die Kinder, Freitag- bis Sonntagabend, in der vertrauten Wohnung. Bettina traf dann Freundinnen, möglicherweise einen Liebhaber. Wir gingen sachlich miteinander um, den Kindern zuliebe, hinter freundlichen Worten lauerten die Vorwürfe. Hatte mich nicht auch Bettina, log ich mir vor, lange genug vernachlässigt, den Druck, unter dem ich stand, ignoriert?

Der Abschied von den Kindern am Sonntagabend, nach einem gemeinsamen Essen wie früher (Spaghetti meist, nur mit Butter und Parmesan). Julia wollte mitkommen, hielt sich weinend an meinen Hosenbeinen fest, Fabian wandte sich mit versteinertem Gesicht von mir ab. Zu Hause – aber das war meine kümmerliche Bleibe ja gar nicht – wartete der Artikel, der schon am nächsten Morgen beim Produzenten und in der Druckerei sein musste. Einige Male dachte ich ans Ende, an mein Ende, an die Wohltat, nichts mehr entscheiden, mich an nichts erinnern, nach nichts sehnen zu müssen. Das große Vergessen, ja, so stellt man es sich vor, ein Aufgehen in einem schmerzfreien Raum, eine Art Tauchgang ins Nichts. Doch auch damals war mir klar, dass ich nicht der Typ bin, der sich vor einen Zug wirft und einen ihm unbekannten Lokomotivführer zum Mörder macht. Ich wollte auch keine Tabletten schlucken, nicht von einer Brücke springen. War zu feige dafür oder doch dem Leben so zugewandt, dass ich den Zipfel davon, den ich noch gepackt hielt, nicht loslassen wollte. Das Schlimmste war in tiefer Nacht die Vorstellung, dass ich den Kindern ganz abhandenkäme, dass ihnen nichts mehr von mir bliebe als verblassende Erinnerungen. Gaben sie mir die Wichtigkeit, die mich am Leben hielt? Karina, die sonst über alles Psychoblabla spottet, hatte mir dringend zu einer Psychotherapie geraten. »Du musst dich öffnen« – auch dieser Satz verfolgte mich nächtelang. Ich war so weit, dass ich die Nummer wählte, die mir Karina gegeben hatte. Als aber eine heisere Frauenstimme antwortete, legte ich grußlos auf.

Ich war ein Getriebener, hin zu den Kindern, weg von ihnen. Ich flüchtete wieder, diesmal nach Berlin zu Johann, davon habe ich erzählt. Die DEFA-Geschichte lenkte mich ab. Abends Telefongespräche mit Fabian, dem Dreieinhalbjährigen, für den ich, manchmal unter Tränen, lustige Geschichten erfand, dazwischen das empörte Krähen Julias, die Fabian den Hörer zu entreißen versuchte: Will auch! Will auch! Und erneut wird mir bewusst, dass ich diese Episoden in meinem Berlinbericht ausgeklammert habe. Nichts, was man erzählt, ist je vollständig. Alles bleibt Fragment, erschwindelt, ein Seiltanz von Bild zu Bild.

Warum, fragte ich mich und stellte die Frage nie laut, warum brachte ich es nicht zustande, zu Bettina zurückzukehren, neu anzufangen? Die einzige Antwort, die mir einfiel, war: Weil ich es nicht kann. Weil es nicht geht.

Darum schlug ich die Reportagereise nach Afrika vor. Flucht, Verstörung, ein Neubeginn, der doch keiner war. Danach die einstürzende Mauer. Aber diese Metapher lässt sich nicht für alles verwenden.

Mario, eine andere Welt

Drei Wochen im Tschad, sagte ich mir, Distanz gewinnen. Einsehen, dass es Wichtigeres gibt, als einer unter Tausenden von geschiedenen Vätern zu sein, der seine Kinder vermisst. Eine Reportage über die Verdienste der Schweizer Entwicklungshilfe sollte es werden, in Auftrag gegeben vom moderat linken Chef, der fand, man müsse den ewigen Mäklern auf der rechten Seite konkrete Erfolge entgegenhalten. Ich war schon mehrmals südlich der Sahara gewesen, in Namibia, in Mosambik, in Südafrika. Ich hatte diese Reisen zunächst als Schock erlebt, als große Verwirrung, danach als eine Art nostalgische Heimkehr in die Anspruchslosigkeit meiner Kindheit. Dieses Mal war es anders. N'djamena war ein überdimensioniertes Dorf mit Dauergedränge, einzelnen Prachtbauten, Missionsgebäuden, Minaretten. Das kannte ich schon von anderen sogenannten Hauptstädten, aber nicht, dass ein schweizerischer Hilfswerk-Koordinator in einer Villa lebte, einer vergitterten Festung mit bewaffneten Leibwächtern und einem halben Dutzend Bediensteten wie in einem Patrizierhaushalt des 18. Jahrhunderts. Ich schlief dort in einem riesigen Gästezimmer, das Rattern des privaten Generators im Ohr. Anderswo wäre es zu gefährlich, erklärte mir der Koordinator, Gilbert, ein freundlicher rundlicher Mann mit randloser

Brille und Markenjeans, Ökonom aus der Schule Jean Zieglers. Er fuhr einen teuren Geländewagen mit Sicherheitsglas wie seine Kollegen aus Schweden, Holland und Frankreich; dauernd kreuzten sie einander im Straßengewirr, viel zu groß und viel zu schnell für den chaotischen Verkehr, der mein Gehör betäubte, mich mit Abgaswolken einnebelte. Es gehe nicht anders, als so abgeschottet zu leben, sagte Gilbert leicht verlegen und doch ohne übermäßige Scham, einerseits aus Sicherheitsgründen, andrerseits, weil die Behörden, mit denen man zu verhandeln habe, einen sonst nicht akzeptieren würden, und sich mit ihnen gutzustellen nehme einen großen Teil der Arbeitszeit in Anspruch. Es brauche Bewilligungen, Stempelpapiere, Ausweise, Gebühren für alles und jedes. Natürlich handle es sich da größtenteils um Bestechungsgelder, aber sie nicht zu zahlen würde alle Projekte blockieren.

Eine Reise aufs Land war für mich geplant, in die Nähe des Tschadsees, zu neu errichteten Schulhäusern, Krankenstationen. Ich musste mich für die nötigen Dokumente mehrfach fotografieren lassen, wurde von Polizisten und Wachmännern herumgeschickt, drei volle Tage dauerte es, bis die Reise beginnen konnte. Obwohl Gilbert dringend davon abriet, trieb es mich hinaus in die Stadt, ein Journalist darf sich vor der Wirklichkeit nicht verstecken. Ziegenherden auf den Straßen, die teilweise Bachbetten glichen, Autos, die schon beinahe Wracks waren und doch noch fuhren, Frauen im Tschador, die mir auswichen, Männer, die herumstolzierten, den Weißen anstarrten, die kleinen Marktstände mit staubigen Früchten, lauwarmem Bier, Fahrradteilen: alles schon gesehen, und doch war es hier anders, eine Feindseligkeit lag in der Luft, die mich bedrückte und allmählich beängstigte. An der östlichen Grenze herrschte Bürgerkrieg, es hieß, eine von verschiedenen Rebellenarmeen rücke täglich näher. War es deswegen? Die Dämmerung überraschte mich, die Nacht kam so rasch, als werde mir ein Kapuzenmantel übergeworfen. Plötzlich war es stockdunkel, eine Straßenbeleuchtung fehlte, auch die Fenster blieben blind und schwarz, hier und dort ein Feuerchen, der Schein von Taschenlampen, der gleich wieder erlosch. Ich tappte herum, wusste nicht, wo ich war, stieß an Mauern, an Menschen in Bewegung, die sich ohne weiteres zurechtzufinden schienen. Ich roch nur noch: gebratenes Fleisch, Schweiß, Fäulnis, Dung, Kerosin. Ich hörte: einen Chor von Stimmen, Kinderweinen, Schimpfen, Rufe, Motorengeknatter. Aber das Sehen war mir abhandengekommen, und in mir wuchs eine Panik, wie ich sie noch nie gefühlt hatte. Ich begann, schneller zu gehen, zu laufen, stolperte, streckte die Hände aus, um Hindernisse ertasten zu können. Der Schweiß drang aus allen Poren. Es wurde weich unter meinen Schuhen, schlammig. Ich sah ein, dass ich den Rückweg ohne Hilfe nicht finden würde, ich gab leise Laute von mir wie ein verängstigtes Tier. Und dann, schlagartig, eine blendende Helligkeit, jemand leuchtete mir ins Gesicht, ich taumelte zurück und wusste in lähmender Furcht: Jetzt werde ich ausgeraubt, niedergestochen. Aber der bärtige Mann mit der Taschenlampe, den ich im Lichtkreis erkannte, redete begütigend auf mich ein, und nachdem mein Herzschlag wieder seinen Takt gefunden hatte, hörte ich auch, dass er französisch sprach. Ich erklärte ihm, ich wolle zurück, ich nannte den Namen des Hilfswerks, Meridian, er nahm meine Hand, die ich ihm zaudernd überließ, führte mich, ohne Licht, aus den Altstadtgassen hinaus ins offenere Gelände, über dem nun schon die Sterne standen. Bald hatten wir die Villa erreicht. Meinen überströmenden Dank wehrte der Begleiter ab, er war alt, hatte aber den geschmeidigen Gang eines viel Jüngeren, und nahm die paar Dollar, die ich ihm geben wollte, zu meiner Beschämung nicht an. Er wurde sogar zornig, weil er sich als Bettler behandelt fühlte: *»Je ne suis pas un mendiant, Monsieur, je suis un citoyen.«*

Gilbert erzählte ich nichts von meinem fahrlässigen Verhalten. Ich war immerhin heil davongekommen. Oder war dieser Gang durchs Dunkle gar nicht so gefährlich gewesen, wie ich gemeint hatte? Warum ging der weiße Mann gleich reflexhaft davon aus, dass ihm lichtscheue Afrikaner an den Kragen wollten?

Ich schlief schlecht diese Nacht. Der Muezzin weckte mich bei Tagesanbruch, wie fremd war mir doch die Pflicht zu beten. Die Reise in die Halbwüste begann nach dem Frühstück. Ein anderer Geländewagen, frisch gewaschen, mit wenig Beulen nur, stand mir zur Verfügung. Amadou, Administrator beim Hilfswerk, ein schlaksiger Mann mittleren Alters, war mein Fahrer und Dolmetscher. Er sprach fließend Französisch, wirkte gebildet. Diese Weite, die sich schon nach wenigen Kilometern auftat. Savanne, verkrüppelte Bäume, Menschen, zu Fuß unterwegs am Rand der schlechten, kaum erkennbaren Piste. Sie waren beladen mit Säcken, Körben, wurden verhüllt von der Staubwolke, die wir erzeugten. Woher kamen sie? Wohin gingen sie? Kleine Siedlungen mit kegelförmigen Lehmhütten, Ziehbrunnen, von Frauen mit Krügen umlagert. Rote Plastikbecken wie Boten einer anderen Zivilisation. Hier und dort Männer beim Hacken in halbverdorrten Hirsefeldern. Dürre seit langem, kaum ein Tropfen Regen. Wie kann man hier leben?, fragte ich mich. Die einzigen Fahrzeuge, die wir kreuzten, waren Camions der SATOM, der französischen Straßenbaufirma, die hier und dort ein paar Kilometer Straße teerte, Teilstücke, die für den üblichen Verkehr gesperrt waren und schon im folgenden Jahr wegen der Hitze aufgeplatzt und unbenutzbar sein würden. Eine lukrative Sisyphusarbeit für die Firma, wie Amadou sarkastisch bemerkte. Wir mieden die Mittagshitze, rasteten im spärlichen Schatten eines beinahe laublosen Baobabs. Amadou hatte lauwarmes Wasser dabei, harte Baguette, einen ungenießbaren Aufstrich. Und den größten Luxus für den Weißen: Toilettenpapier, mit einer Rolle verschwand ich hinter einem kleinen Sandhügel. Nach Stunden erreichten wir ein Dorf am Chari, dem Fluss, der bloß noch ein Rinnsal war. Dort stand ein vom Hilfswerk bezahltes Schulhaus, ein Backsteinbau mit Wellblechdach, glühend heiß im Innern. Aber es war niemand da außer dem Lehrer, der sagte, die Schule falle aus, bis wieder Kreide vorhanden sei. Er zeigte uns die große Schiefertafel, die an der Schulhauswand lehnte. Ohne Kreide könne er nicht unterrichten, die Schulbücher seien viel zu teuer, unerschwinglich für die Eltern. Im ganzen Land gebe es keine leistungsfähige Druckerei, fügte Amadou hinzu, die einzige Tageszeitung werde auf Wachsmatrizen hergestellt, in einer Auflage von 180 Exemplaren. Aber man tue, was möglich sei, sagte der Lehrer, der Präsident des Elternkomitees sei heute nach Kamerun abgereist, wo er vermutlich eine Schachtel Kreide auftreiben könne. In drei, vier Tagen sei er zurück. In einem anderen Schulhaus waren tatsächlich Schüler anwesend, fünfzig oder sechzig. Ich machte einige Fotos von ihnen. Sie wirkten verängstigt, schwiegen auf meine Fragen. Nur als ich mich erkundigte, was sie einmal werden wollten, befahl ihnen der Lehrer, der sich *Directeur* nannte, sich zu äußern, und die halbwüchsigen Jungen antworteten, einer nach dem anderen: Soldat. In der Pause belehrte uns der Direktor, er verlange Disziplin, wer sich nicht daran halte, müsse tanzen. Er lachte, als er meine verblüffte Miene sah. Ja, er züchtige die Übeltäter mit der Peitsche, schlage aber nur auf die Waden, das bringe sie zum Hüpfen. Am Anfang der nächsten Lektion verteilte ich die mitgebrachten Geschenke, Kugelschreiber und Notizhefte, erntete dafür gemurmelten Dank.

Wir fanden Unterkunft in einem primitiven Gästehaus, in dessen bewässerter Umgebung es ein wenig grüner war, wir bekamen in einer Schenke ein paar zähe Hühnerschenkel, sonst nichts. Amadou erzählte bei Kerzenlicht, in dem die Mücken verbrannten, er wolle vorankommen, er wolle genügend Geld, um eine zweite Frau zu heiraten und eine gebrauchte *motocyclette* zu kaufen, er wünsche sich mindestens acht Kinder. Von Geburtenkontrolle halte er nichts, Kinder seien der einzige Reichtum, auch für Männer wie ihn, die auf dem *collège* waren. Ich schlug nach den Mücken, Moskitonetze gab es hier nicht. Seine Töchter, sagte Amadou, schicke er auf eine islamische Schule, wo man den Tschador trage und der Kontakt mit dem anderen Geschlecht verboten sei, die größte Schande wäre es, wenn sie mit vierzehn, fünfzehn geschwängert würden. Die Jungen hingegen sollten westlich erzogen werden, das sei später gut für die Karriere. Wir diskutierten, ich wurde heftig, er blieb gelassen. Gleichberechtigung, hielt er mir entgegen, sei eine westliche Idee, die der Natur der Frauen widerspreche. Danach zog er sich zurück, um auf der kleinen Matte, die er mitführte, zu beten. Und auf einer dünnen Matte, durch die der unebene Boden drückte, schlief ich später auch und war am nächsten Tag wie gerädert.

Erneut eine lange Fahrt. Es war unbarmherzig heiß, über vierzig Grad. Siedlungen tauchten auf wie amorphe Fremdkörper in der eintönigen Landschaft. Wir besuchten ein Waisenhaus, das vom Hilfswerk unterstützt wurde. Der Hof des Gebäudes, durch einen Zaun von der Umgebung abgesperrt, quoll über von Kindern, sie waren anderthalb- bis etwa vierjährig, trugen verwaschene Höschen, sie wimmelten durcheinander, purzelten über den sandigen Boden, hielten sich an den Händen, stießen einander um. Klagelaute kamen von ihnen, Lachen, Geplapper, gesummte, gesungene Töne. Mitten unter ihnen standen die Betreuerinnen, die ein paar der Kleinsten trugen, und wiesen die Kinder an, den Fremden zu grüßen, und so umdrängten sie mich, schauten verlangend zu mir auf, viele mit kranken, verklebten Augen, anderen lief dicker Rotz aus der Nase. Sie berührten mich, kleine, schmutzige Hände strichen über meine Hose, und weil ich keine Geschenke dabeihatte, wollten sie hochgehoben und herumgeschwungen werden, und ich spürte, wie leicht sie waren, wie biegsam. Das Jauchzen in meinen Ohren, das Betteln der andern, die auch drankommen wollten, ich putzte Nasen, Münder mit meinen Papiertaschentüchern, drehte einen winzigen nackten Jungen, der mich anpisste, von mir weg, erreichte endlich, von einer Betreuerin am Arm genommen, den Eingang des Gebäudes, sank in der Halle auf einen löchrigen Sessel, der mir hingeschoben wurde, hatte plötzlich ein Glas Wasser in der Hand, aus dem ich gierig und ohne Vorsicht trank. Es roch penetrant nach Lysol, der Geruch verschlug mir den Atem. Die Kinder blieben draußen, jemand sang mit ihnen Lieder, und die zwei jungen Frauen, die neben mir auf dem Boden kauerten, beteuerten, sie täten ihr Möglichstes, aber es gebe zu wenig Personal, täglich würden weitere Kinder wegen des Bürgerkriegs im Osten hierhergebracht, hundertzwanzig seien es jetzt insgesamt, ihnen fehle ohnehin das Geld, und darum sei die Ernährung einseitig. Salben brauchten sie, ein paar Dutzend Tuben, um morgens all die von Hautkrankheiten geplagten Kinder einzucremen, so vieles fehle. Sie verstanden nicht, dass ich Journalist war, trotz meines Fotoapparats, den ich gar nicht eingesetzt hatte. Und so versprach ich ihnen, was sie wollten, ganze Packungen mit Medikamenten, Vitamintabletten, T-Shirts, Spielzeug, ein Transistorradio. Ich sagte, ich würde persönlich dafür sorgen, dass sich die Lage hier verbessere, und die Frauen, die buntgemusterte Boubous trugen, nickten mir strahlend zu. Ich durfte mich als Retter und Wohltäter fühlen, bloß Amadou, der sich ebenfalls in die Halle gekämpft hatte, schaute mich tadelnd an. Die Betreuerinnen zeigten mir das Haus, das erstaunlich sauber war, die Schlafsäle mit den Bastmatten, die Toiletten, die Küche voller Fliegen. In großen Töpfen auf einem altertümlichen Herd kochte ein

Hirsebrei mit etwas Okraschoten und Sesamöl, das würden die Kinder Tag für Tag essen, es seien Spenden der Bevölkerung und der Hilfswerke, manchmal kämen Tomaten von weit her. Einige Kinder lagen apathisch und fiebernd auf ihren Schlafplätzen. Viel zu häufig sterbe eines, sagte mit einem bedauernden Lächeln die älteste Betreuerin, die offenkundig die Leiterin war, das lasse sich nicht vermeiden, die Matten würden nachher stets desinfiziert. Warum die Kinder denn, fragte ich, nicht von Großeltern oder Verwandten aufgenommen würden, wie es doch üblich sei in Afrika. Ich bekam die Antwort, es seien nur verwaiste Kinder hier, die sonst keine Chance hätten, sie stammten aus Familien, wo auch die Großeltern und Tanten gestorben seien und niemand übrig sei, der für sie sorgen könne, es gebe ja auch eine immer größere Zahl an Fällen von Aids. *C'est le Sida, vous savez, Monsieur.* Das alles brach über mich herein wie ein Platzregen. Wie sollten wir hier helfen?

Wir gingen ins Freie. Da waren immer noch die Kinder, nur widerwillig ließen sie Amadou, der vor sich hin schimpfte, und mich durch. Ein Bübchen stellte sich mir in den Weg, lachte mich an, wollte hochgehoben werden. »Du noch, dann niemand mehr«, sagte ich und packte ihn an den dünnen Armen, hob ihn hoch auf Augenhöhe, er strampelte, versuchte sich an mich zu drücken, ich umfasste ihn. Die Wärme, die Zutraulichkeit, der Zärtlichkeitshunger dieses Körpers überwältigten mich, plötzlich dachte ich an Fabian, und die Tränen schossen mir in die Augen.

»Es ist alles so schwierig«, brachte ich hervor.

»Sie hungern wenigstens nicht«, sagte Amadou, »das ist schon viel.«

»Es ist zu wenig«, erwiderte ich und weiß heute, wie schnell ich das wieder vergaß. Immerhin schickte ich nach meiner Rückkehr eine große Schachtel mit Hautcreme an die Adresse des Waisenhauses. Ich habe keine Ahnung, ob das Paket je angekommen ist. Keine Großtat, nur ein kleiner Ablassversuch.

Mario, Bestürzung und Rückkehr

Die letzte Station der Reise mit Amadou: eine Kreisstadt (was man im Tschad so Stadt nennt), zugleich Militärgarnison. Knapp außerhalb davon besichtigten wir ein landwirtschaftliches Projekt, wo Brunnen gegraben wurden. Das Hilfswerk hatte Pumpen geliefert, sie funktionierten nicht. Die Männer im Burnus, die uns umstanden, entschuldigten sich mit breitem Lächeln: Der Strom fehle, man warte auf einen neuen Generator. Und je heftiger Amadou auf sie einredete, umso generöser lächelten sie, bis ich den Eindruck hatte, wir seien die Bittsteller, nicht sie. Die Stadt war voller Soldaten in Khakiuniform, mit umgehängten Gewehren. Die Rebellen seien auf dem Vormarsch, hörte ich, es gebe Gefechte ganz in der Nähe, und in der Tat glaubte ich, von weit her Gewehr- und Granatfeuer zu vernehmen. Wir aßen irgendwo gebratenes Huhn, ein Luxus hier. Die Nacht verbrachten wir in einem kleinen Hotel, offenbar gebaut für hohe Offiziere auf Besuch. Betonwände, kleine Fenster mit Moskitogittern, die kaum frische Luft hereinließen. Es war so heiß in unserem Zimmer, dass mein Blut zu kochen schien, ich dachte, ich würde diese Tortur nicht überleben. Ich wollte im Freien schlafen, auf einer Dachterrasse, doch Amadou hinderte mich daran. Das sei fahrlässig, hielt er mir vor, ich könnte überfallen werden, nur schon meine Kleider seien Verlockung genug. Ich schlief dann doch ein, wischte mir mit dem schmutzigen Laken bei jedem Aufwachen den Schweiß von der Brust. Am frühen Morgen hörte ich Frauenstimmen, ein lauter werdendes Weinen und Klagen, das sich zu Geschrei, zu beinahe unmenschlichem Geheul steigerte. Es war schon hell, ein wenig kühler jetzt. Ich wollte wissen, was los war, verließ, ohne den schnarchenden Amadou zu wecken, das Hotel, folgte den Stimmen und kam zum Marktplatz, dann zu einem Militärgebäude, vor dessen verschlossenem Gittertor sich ein paar Dutzend größtenteils verschleierte Frauen zusammendrängten, die mit erhobenen Händen im Chor klagten und schrien. Ein Offizier stand hinter dem geschlossenen Gittertor, er las von einem Zettel mit lauter Stimme etwas ab, worauf das Geschrei anschwoll, einzelne Frauen zusammenbrachen, von anderen umsorgt und getröstet wurden. In das Wehklagen mischten sich Drohungen, wie mir schien, Beschimpfungen, Fäuste wurden geschüttelt, Steine flogen gegen das Gitter. Ein Wachsoldat schoss in die Luft, und für eine Weile waren die Frauen beinahe stumm, bis der Offizier, der kurz verschwunden war, wieder erschien und abgehackt weiterredete.

Amadou war mir inzwischen gefolgt. Es seien Namen, die hier verlesen würden, sagte er mir ins Ohr, die Namen der Soldaten, die gestern gefallen seien. Die Leichen würden dann auf den Friedhof gebracht und gleich beigesetzt. Verletzte kämen ins Bezirkskrankenhaus und müssten von den Angehörigen versorgt werden. Hier fänden sich am Morgen immer die Frauen der Garnisonssoldaten zusammen, die in der Nacht ausgerückt seien.

Die Liste mit den Toten war lang, die Erschütterung, das Geschrei der Hinterbliebenen entsetzlich. Eine Frau zerkratzte sich ihr Gesicht, eine andere warf sich hin und her wie in einem epileptischen Anfall. Auch Kinder hatten sich inzwischen herbeigeschlichen, stimmten mit schrillen Stimmen in das Trauergeheul ein. Niemand beachtete mich, alle konzentrierten sich auf die verlesenen Namen, ich kam mir als Voyeur vor, und doch erfassten diese Wellen von Schmerz und Zorn auch mich, drohten mich, den Fremden, fortzutragen in ein Nichts, in dem ich verschwinden würde, denn zu nichts war ich fähig, zu keiner Hilfe, zu keinem Trost. Ich schlich mich weg, so tief beschämt wie noch kaum je in meinem Leben, die Beschämung hing an mir wie Schleim, wie Rotz aus den Kindernasen, sie ließ sich nicht abschütteln, nicht wegwischen. Wer war ich denn? Was maßte ich mir an, aus dieser Szene eine Reportage für Wohlstandsbürger beim Sonntagsfrühstück fabrizieren zu wollen? Fremdes Elend einzufangen, unter dem Vorwand, das Mitleid, den Helferwillen der Reichen hervorzurufen? Plötzlich war ich erleichtert, den Fotoapparat im Hotel vergessen zu haben. Was war denn mein Auftrag? Über Erfolge der Schweizer Entwicklungshilfe wohlwollend – und doch nicht unkritisch – zu berichten. Das einfache Leben, das mit einfachen Maßnahmen verbessert werden kann. Dankbare Gesichter. Das Know-how der Weißen. Ein wenig Dürre, das schon, hatte der Chefredaktor mir mitgegeben, magere Rinder, aber keine toten. Alles mit Maß. »Der Schrecken ist für die Skandalblätter, Sturzenegger, wir sind seriös.« Also bitte keine Zitate von Jean Ziegler und Konsorten. Abbau der Einfuhrzölle zugunsten afrikanischer Produkte, das geht nicht, wir müssen unsere eigene Landwirtschaft schützen. »Unser Blatt, Sturzenegger, ist nicht politisch ausgerichtet. Wir meiden die Extreme. Wir plädieren fürs Humanitäre. Alles klar?«

Der Abschied von Amadou, zurück in N'Djamena, war kühl, die Verständnisbarrieren auf beiden Seiten hatten wir nicht durchbrochen. Wir waren trotz aller gegenseitiger Freundlichkeit Außerirdische füreinander, gefangen in unseren Wertesystemen. Am Zoll im Flughafen wurde ich gefilzt, zwei Beamte durchwühlten den ganzen Kofferinhalt, halb hämisch, halb in kindlicher Neugier. Sie beschlagnahmten aus unerfindlichen Gründen eingeschweißte Batterien, meinen Rasierapparat und nach langen Diskussionen das Teleobjektiv zur Kamera. Gilbert, der mich begleitet hatte, flüsterte mir zu, ich solle in den Pass diskret ein paar Dollarscheine legen, dann lasse sich alles regeln. Ich weigerte mich, verzichtete lieber auf mein Eigentum. Grimmig ließ man mich durch die Schranken gehen, einer versetzte meinem Koffer einen Fußtritt.

Am 9. November, um neun Uhr abends, kam ich in Zürich an. Den Flug hatte ich in einer Art Gefühlsstarre verbracht, Bilder der vergangenen Tage suchten mich heim, die Waisen hängten sich an mich. Zeitweise empfand ich mich als einen, der vor den Unzumutbarkeiten Afrikas flüchtet, Asyl sucht in vertrautem Gelände. Ich hatte vergessen, wie klinisch sauber der Flughafen Kloten war, staubfrei die Vitrinenscheiben, hinter denen der Duty-Free-Luxus glänzte. Man fliegt acht Stunden und wird in ein anderes Universum katapultiert, der rote Pass mit dem Schweizer Kreuz ein

Passepartout für all das, was es im Tschad nicht gab. Die Schlagzeilen im Aushang der Zeitungskioske nahm ich nicht wahr, mein Interesse an europäischer Politik hatte sich nahezu verflüchtigt.

Im Zug lehnte ich mich zurück, kämpfte gegen meine Verwirrung, ich döste, erwachte, als der Schaffner an meine Schulter tippte, wusste nicht gleich, wo ich war, meinte, Rauch von Holzfeuern zu riechen, den Schweiß vieler Menschen. Am Bahnhof nahm ich ein Taxi zu meiner Wohnung, der Fahrer sagte, in Berlin passiere Ungewöhnliches. Ich hörte nur halb hin, änderte das Fahrtziel. Ich wollte Bettina sehen, mich nach den Kindern erkundigen, die Sehnsucht nach ihnen war in den letzten Stunden schmerzhaft gewachsen. Bettina öffnete mir im Morgenmantel die Tür, es war halb zwölf, sie war irritiert, ließ mich aber herein. Im Hintergrund lief der Fernseher: Jubeln, erregte Stimmen.

»Die Kinder …«, sagte ich.

Sie schüttelte den Kopf. »Die schlafen doch schon lange.«

»Ich möchte sie bloß sehen«, sagte ich und stellte den Koffer ab.

»Komm zuerst mal und schau. Nicht zu glauben.« Sie zog mich ins Wohnzimmer, vor den Fernseher, ich stolperte über einen Lego-Kran und sah, im Scheinwerferlicht, jubelnde, tanzende, hüpfende Leute auf einer von Graffiti übermalten Mauer, und auch davor.

Sekundenlang hatte ich keine Ahnung, wo das war und was es bedeutete.

»Die Mauer, Berlin«, sagte Bettina und stieß mich kumpelhaft in die Seite. »Die Mauer ist offen. Sieh doch.«

Ich konnte es nicht glauben. Vor wenigen Monaten war

ich dort gewesen, hatte gedacht und überall gehört, die Mauer werde noch fünfzig Jahre stehen. Die Wanderungen mit Johann durch die verlassenen Straßen, die Spitzelatmosphäre in der DEFA-Kantine, das Grundgefühl der großen Resignation: Vieles fiel mir wieder ein, aber nur klumpenartig kehrte es ins Gedächtnis zurück, zusammengekleisterte Erinnerungen. Von den Montagsdemos in Leipzig hatte ich gehört; von der Massenflucht über die ungarische und die tschechische Grenze, ja. Aber sonst? Was war in meinen drei afrikanischen Wochen geschehen? Wohin war ich jetzt geraten?

Mir schwindelte, ich musste mich setzen, ließ den Bildschirm aber nicht aus den Augen. Berlin im Freudentaumel, alle Schlagbäume an der Grenze offen, West und Ost vereint, Trabis mit winkenden Insassen, die langsam durch die Menschenmenge fuhren. Verbrüderungen, ekstatische Gesichter, alte Frauen, die ihr Glück ins Mikrophon schrien, der sich überschlagende Kommentar eines Reporters. Eben erst noch der Eindruck von Stillstand auf den Wanderungen mit Johann, die Trübsal, die sich ins zerfallende Gemäuer gefressen hatte, und nun diese überwältigende Kehrtwende, die nächtliche Explosion von Verzückung, die tränenüberströmten Gesichter, und immer wieder angestimmt, zwischen Triumph und Gegröle: das Deutschlandlied.

Ich fragte Bettina, was geschehen sei, sie wusste es nur der Spur nach: Ein Staatssekretär habe am Abend geäußert, es gebe keine Reisebeschränkungen mehr, und dann seien die Grenzposten überrannt worden, die Menge vor den Schlagbäumen nicht mehr aufzuhalten gewesen. Ich hatte auch nicht mitgekriegt, dass Honecker am Tag nach meiner Abreise zurückgetreten, Egon Krenz sein Nachfolger geworden war. Man dreht für drei Wochen seiner Welt den Rücken zu, und bei der Wiederkehr steht sie kopf, Undenkbares ist geschehen, mir schien plötzlich, ich sei viel länger unterwegs gewesen, ein Jahr, ein halbes Leben, und was ich erfahren, was mich aufgewühlt hatte, wurde nun durch die Wucht dieser Fernsehbilder schlagartig geschrumpft und weggedrängt.

Bettina schob den zweiten Sessel neben meinen, sie holte eine Flasche Cognac, goss zwei Gläser voll, das vertraute Gluckern beim Einschenken. Wir stießen miteinander auf all das an, was jetzt neu wurde, was Aufbruch verhieß, das Gefühl, dass man jetzt ganz von vorne beginnen konnte, war allgegenwärtig in dieser Nacht, es erfasste uns mit Haut und Haar.

Ich konnte den Blick nicht abwenden vom flimmernden Bildschirm, auf dem die Dunkelheit zum künstlichen Tag wurde. Das Brandenburger Tor, gleißend beleuchtet, hin und zurück strömten die Leute durch die Tore und über den riesigen Platz, den ich immer nur leer gesehen hatte, bewacht von DDR-Soldaten. Einzelne wurden herangezoomt, sie lagen sich in den Armen, ließen einander nicht mehr los, der Bürgermeister Momper, mit seinem roten Schal: »Wir Deutschen sind heute das glücklichste Volk auf der Welt.« Bettina und ich waren beide zu Tränen gerührt, ich tastete nach ihrer Hand, sie ließ sie mir.

Hinter uns plötzlich die verschlafene Stimme von Fabian: »Warum ist das hier so laut?« Er war aus dem Bett geklettert, stand in seinem Pyjama da, den großen Teddybären hatte er am Ohr gefasst und auf dem Boden mitgeschleift. Fabian, mein kleiner Sohn. Als er mich erkannte, ging ein breites Lächeln über sein Gesicht. »Papa!« Er ließ den Teddy los, kletterte zu mir auf den Schoß, und ich hielt ihn fest, Berlin im Ohr, strich ihm übers Haar, das nach Kindershampoo roch, nach künstlichem Himbeerduft.

»Hast du mir was mitgebracht?«, fragte er.

»Morgen dann«, sagte ich. In meinem Koffer war ein gefüttertes Lederkästchen, vorgesehen für seine kleinen Schätze, die Knöpfe, die er sammelte, die Münzen aus fremden Ländern, die Fußballerbildchen. »Du musst bis morgen warten.«

»Aber bist du morgen da?«

»Das weiß ich noch nicht«, sagte ich.

Er nickte, er war ein geduldiges Kind, er schmiegte sich an meine Brust und schlief gleich wieder ein.

Bis zwei Uhr morgens bannte uns der Fernseher in unseren Sesseln fest. Ab und zu räkelte sich Fabian in meinen Armen, seufzte, ich wischte seine verschwitzte Stirn trocken, tauschte mit Bettina kurze Sätze aus; sie fragte nicht nach Afrika, und ich wäre auch nicht in der Lage gewesen, meine Erlebnisse, angesichts dieser übermächtigen virtuellen Gegenwart, in Worte zu fassen.

Irgendwann sagte Bettina: »Du kannst hierbleiben, wenn du magst.« Es ging ihr ganz selbstverständlich über die Lippen, und ich nickte dankbar, dachte eher an eine Zusatzmatratze als ans Doppelbett. Ich trug Fabian hinüber ins Kinderzimmer, legte ihn sorgsam in sein Bett, deckte ihn zu und hörte Bettinas Atem dicht hinter mir. Das Licht fiel vom Gang her ins Zimmer, beleuchtete schwach auch Julia, die im andern Bett auf dem Rücken schlief, mit halboffenem

Mund, den Arm um den Kopf gelegt, als wolle sie sich selbst beschützen. Dieses zarte Gesicht. »So schläft sie immer«, flüsterte Bettina. Die Präsenz der Kinder blendete nun ihrerseits alles Übrige aus, sie waren da, man konnte sich der Illusion hingeben, die auseinandergebrochene Familie habe wieder zusammengefunden.

Ich legte mich zu Bettina ins Doppelbett, auf die rechte Seite wie früher, sie trug ein Nachthemd, ich meinen Slip. Es war dunkel auf tröstliche Weise, denn durch die Ritzen der Rollos drang ein Lichtschimmer. Wir lagen nahe beieinander, unsere Hände fanden sich, verflochten sich ineinander. Ich hatte den Drang zu weinen und konnte es nicht. Ich streichelte Bettinas Hüfte, spürte mit Erstaunen ein Begehren, von dem ich gedacht hatte, es sei erloschen. Die Erinnerung an die verzauberte Silvesternacht stieg in mir auf, damals, vor sechs Jahren. Unsere Wiederbegegnung, mit Karina als Zeugin. Wie wir uns, in schweigendem Einverständnis, davonmachten, wie wir, taumelig vor Verlangen, in meiner damaligen Wohnung ankamen, wie wir uns liebten. Danach war alles anders, so wie es jetzt auch wieder schien, ausgerechnet in der Nacht des Mauerfalls. Bettina war schwanger geworden, und, das hätte ich nie im Leben gedacht, ich freute mich einfach, ertrug Grubers Missfallen, die Kopfwehmiene seiner Frau, wir zogen, drei Wochen vor Fabians Geburt, zusammen, die Geburt selbst: ein grandioser Akt, Schmerz und überschäumende Freude, Panik und Innigkeit, dieses runzlige und schleimverschmierte Geschöpf in Bettinas Armen, in meinen. Es machte mich fassungslos. Das Glück des Anfangs, man glaubt sich unantastbar, sucht die Wiederholung im zweiten Kind. Die

Entfremdung kam langsam, Julias Schreinächte trugen das Ihre dazu bei, ein Gegengift war nicht zu finden, oder ich gab die Suche zu schnell auf. Und nun lag Bettinas Hand auf meiner Brust, ihr Kopf auf meinem Unterarm, als hätten wir den Abstand zwischen uns anstrengungslos überbrückt. Doch weiter gingen wir nicht, wir blieben so liegen und schliefen irgendwann ein. Was kam, was drängte sich nicht alles flirrend zusammen in dieser Nacht, an Vergangenheit und Gegenwart? Nur das Künftige blieb ein dunkler Spiegel. Ich schlief schlecht, erschrak, wenn ich Bettinas warmen Körper neben meinem ertastete. Bilder aus dem Tschad bedrängten mich, als wagten sie sich erst jetzt, im Halbschlaf, wieder hervor. Was bedeuteten sie? Was wollten sie mir sagen? Wer war ich, angesichts der klagenden Witwen im Tschad, der Waisenkinder, die ich hochhob? Wer war ich in dieser Nacht, in der – weitab von mir – das Unmögliche möglich wurde?

Die Kinder staunten am Morgen, dass ich da war, sie schlüpften zu uns, wie früher, ins schlafwarme Bett. Wir frühstückten zusammen am Esstisch, ich strich Marmeladenbrote, Julia verschüttete ihren Kakao. Wir lachten. Fabian wollte sein Geschenk, er bekam das Kästchen, Julia ein silbernes Halskettchen, das ich ihr gleich anlegen musste. Und für Bettina hatte ich auf dem Markt von N'Djamena ein seidenes Kopftuch in warmen Rottönen gekauft, das sich als Schal verwenden ließ. Sie bedankte sich mit einem Wangenkuss. Es kam mir vor wie Schlittschuhlaufen auf unsicherem Eis, man ahnt die Risse und will sie übersehen. Ich ging schon bald mit meinem schweren Koffer, den die

Kinder zuvor durchwühlt hatten. Die eigene Wohnung war mir fremd.

Ich schrieb meine Reportage, obwohl ich krank wurde, an heftigen Magenbeschwerden litt. Sie wurde vom Ressortchef drastisch gekürzt und über Wochen hinausgeschoben. Meine Amateurfotos galten als unbrauchbar und wurden ersetzt durch rührende Elendsbilder von Agenturen. Ob sie aus dem Tschad stammten, war unwichtig, Hauptsache Afrika. Kurz vor Weihnachten, am Vortag der Flucht und Hinrichtung Ceausescus, ging der Text in Druck. Er stand im hintersten Teil der Beilage, eingezwängt zwischen ganzseitigen Autoreklamen, und fand kaum Beachtung; es gab Wichtigeres. Und waren denn die Umwälzungen jener Tage nicht in der Tat wichtiger als ein kleiner Waisenjunge, der mich so schmerzhaft an den eigenen Sohn erinnert hatte?

Und Julia? Wenn ich sie heute, 2010, spielen höre, schmerzt es mich jedes Mal. Aber die Wärme ihres Tons – ich habe die Hälfte meiner Ersparnisse beigesteuert für ihr italienisches Cello – umfängt mich dann wie ein Sommertag gegen Abend, wenn noch viel zu erwarten ist, und man weiß: die Nacht wird kommen, die Wärme ist grundiert von ihr und doch tröstlich.

Karina, eine Million

26. November 1989. Ka geht wieder in die dritte Person, sie braucht Distanz. Es wird schon fast absurd. Wohin führt das noch? Eine Million Stimmbürger wollen die Armee, »unsere« Armee abschaffen, jeder dritte. Wieder Offiziersgesichter in den Abendnachrichten, Korpskommandanten, Divisionäre, ihre Fassungslosigkeit können sie kaum noch verbergen. Der Militärminister, aus der Schockstarre erwachend: Man müsse dies als Zeichen des Unwillens, vor allem der Jungen, ernst nehmen, Reformbedarf usw., aber das Resultat sei nicht ernstlich gegen die Armee gerichtet, sie genieße nach wie vor einen Goodwill wie kaum in einem anderen Land, davon sei er überzeugt. Und er nickt zu allen Journalistenfragen, die ihn eigentlich zum Kopfschütteln veranlassen müssten, ein gekränkter, ungläubiger Junge mit hängender Unterlippe: Warum tut ihr mir das an? Die Kommentatoren rätseln, deuten, schieben Gorbatschow fünf Prozent der Zustimmung zu, dem Fall der Mauer vor zwei Wochen weitere fünf, dann bleiben bloß noch fünfundzwanzig Prozent, die Ja gesagt haben, das ist nicht mehr so schlimm.

Und Ka geht unwillkürlich durch den Kopf: Was wohl A., in seinem Exil, dazu denkt? Eine Million Bürger, die gewillt sind, ihr Vaterland zu entblößen! Eine Million, die dieses Land nackt, ohne jeden militärischen Schutz, den Zudringlichkeiten einer machtgierigen Welt aussetzen würden! Er schaut, stellt sie sich vor, melancholisch ins Torffeuer, vor dem er sitzt. Man ist daran, sein Lebenswerk zu zerstören, den unbedingten Verteidigungswillen zu schwächen. Noch gibt es eine Mehrheit, die weiß, worum es geht. Sie schwindet. Und Ka, die den A.s doch glauben müsste, gehört zu der jungen Generation, die Bequemlichkeit über alles stellt, sich übertölpeln lässt von Friedensparolen, die wahren Gefahren nicht sieht. Wie bitter für ihn!

Ich konnte es nicht lassen, Mario anzurufen. Nein, ich wollte ihn nicht treffen, obwohl er nun offiziell geschieden ist. Bloß ein wenig plaudern, die Überraschung gemeinsam auskosten, ich, die Pazifistin aus kriegerischem Haus, er, der Armeegegner und Waffenverweigerer. Aber er ist bedächtiger geworden, müder. Ich fragte ihn, ob er sich freue über die Million Gleichgesinnter.

»Noch lieber wären mir zwei Millionen gewesen«, erwiderte er in aufgeregtem Staccato. »Aber schon so ist es sensationell! Wer hätte das gedacht?«

»Feierst du?«

Ein kurzes Schweigen. »Für mich, ja. Mit Grappa. Deine Marke. Ich bin ein Einzelgänger, das weißt du doch. Die Kinder hätte ich jetzt gerne bei mir. Aber es ist nicht mein Wochenende.«

Der Grappa brachte mich kurz aus der Fassung. »Ich glaube, der Fichenskandal hat doch einige Patrioten aufgeweckt. Die fragen sich nun, ob wir wirklich eine Armee brauchen, die ein überwachtes Volk bewacht.«

Er atmete hörbar durch. »Und manchen dämmert es, dass der Kalte Krieg nun wirklich zu Ende geht. Du weißt vielleicht von Bettina, dass ich gerade am 9. aus dem Tschad zurückgekommen bin. Dort die Wüste, hier die Menschen auf der Mauer. Das war wie der Sprung in eine völlig veränderte Welt. Surreal, kaum zu fassen.«

»Du schreibst eine Reportage?«

»Über Wassermangel und Stammeskämpfe. Über französische Investitionen. Und die fragwürdigen Wohltaten der Schweizer Entwicklungshilfe. Ob der Chef sie abdrucken will, ist offen. Sie ist ihm zu kritisch und gleichzeitig zu unkritisch, verstehst du? Jetzt wollen alle etwas über Berlin.«

»Dann fahr doch nach Berlin.«

Er prustete ins Telefon. »Da war ich erst neulich. Und dachte, dass die Mauer noch fünfzig Jahre stehen wird.«

Seine Ironie war aufgesetzt, ich spürte, dass er gelobt und getröstet werden wollte. Und wie macht man das? Indem man die Bedeutung eines Mannes erhöht. »Denkst du eigentlich, du bist auch fichiert worden?«

»Bestimmt«, sagte er. »Stell dir vor: all meine staatskritischen Artikel. Aber das musst du besser wissen als ich, du hättest ja nachschauen können.«

»Keine Chance, das war im Allerheiligsten, nur die wirklich Eingeweihten kamen da rein.«

»Und dein Vater?«

»Der hat es nachts bewacht. Aber es ist verrückt. Diese Zahl! 900 000! Paranoia im Quadrat! Weißt du, was mein Vater dazu sagen wird? Gar nichts. In den ganzen Jahren unter diesen Psychopathen ist er immer mehr verstummt.«

Wieder sein Atem an meinem Ohr, er war mir vertrauter als die Stimme, die manchmal brüchig klang, jetzt wieder sonor. »Das musste ja mal ans Licht kommen. Absurd, schlimmer als in der DDR. Aber vielleicht gibt es jetzt auch bei uns einen kollektiven Aufbruch …«

»Aufbruch? Wie meinst du das?«

»Dass der Stillstand ausgehebelt wird, wir uns in Richtung UNO bewegen, Richtung Europa. Dass sich die Ewiggestrigen in ihre Löcher zurückziehen.«

»So schnell passiert das nicht, lieber Mario. Wir klammern uns an dem fest, was Sicherheit verspricht.«

»Nein, Karina, Ich glaube, es wird nun alles anders.«

»Alles?«

Er lachte verhalten. »Hör auf mit deinen pedantischen Fragen. Lass mich ein einziges Mal ganz und gar Utopist sein. Die Geschichte hat uns jetzt einen Neuanfang ermöglicht, den müssen wir nutzen.«

Für solche Sätze hätte ich ihn lieben können, gerade weil sie so falsch und pathetisch sind. »Ach was, du bist und bleibst ein Träumer.«

Er gab einen Laut von sich, der beinahe ein Knurren war. »Gut, du hast ja recht. Mensch, lass jede Hoffnung fahren. Alles, was jetzt so verheißungsvoll aussieht, wird in Wirren und neuen Konflikten enden. Das ist ja eigentlich die Lehre der letzten Jahrhunderte. Aber trotzdem …«

»Lassen wir's«, sagte ich. »Was machen die Kinder? Du hattest sie doch letztes Wochenende bei dir.«

»Ja, wie war das?« Er zählte auf: »Regenwetter. Tierpark. Aquarium, bunte Fische. Und vor dem Schlafen zum hundertsten Mal: *Die wilden Kerle.* Mit echtem Gebrüll. Und eine Neuigkeit: Julia will Cello spielen lernen, so klein, wie sie ist. Das hat ihr Bettina in den Kopf gesetzt. Bestimmt nicht der Großvater. Der will die Kinder zu dressierten Pudeln machen. Und mit fünfzehn sollen sie gefälligst den *Nachsommer* lesen.«

»Du bist ungerecht.«

»Ich weiß.«

Wir sprachen noch eine Weile weiter, ohne Tiefgang, einfach, weil wir nicht aufhängen wollten. Dann taten wir es doch, nach einem knappen Abschiedsgruß, und waren beide allein.

Karina, Sommerliebe

Ein Jahr später, Sommer 90. Soll ich das alles aufschreiben? Mit Bleistift in ein kariertes Heft zu kritzeln, das hat etwas Schülerhaftes, die Graphitmine, die leicht dahingleitet, macht meine Schrift klein, nein, winzig, fast geniere ich mich deswegen. Und was treibt mich zum Schreiben? Nicht der Zorn auf unberührbare Männer, der ist verraucht. Oder er sitzt wie eine geschrumpfte Kröte irgendwo in einer meiner Schreckenskammern. Ist es die Julihitze? Dass ich Erwin mag? Den Namen nicht, aber den Mann. Ausgerechnet ein Richter (nicht beim Strafgericht, sondern beim kantonalen Verwaltungsgericht), ich werde noch seriös. Elf Jahre älter als ich, das musste mir passieren, man trifft sich in den Gängen des Obergerichts, man trinkt einen schlechten Kaffee in der Kantine, der Rest ergibt sich von selbst, sozusagen. Was mir an ihm besonders gefällt: die hohen Backenknochen, er sieht ein wenig asiatisch aus. Die lichten Stellen in seinem rötlichen Haar stören mich nicht. Und er ist immerhin bei der SP, unterstützt den pragmatischen Flügel, einen wie ihn hätte ich vor kurzem noch ausgebuht. Er hat mir gestern anvertraut, dass er eine neue Familie gründen möchte, ja, *gründen,* mit Gründungsurkunde vermutlich. Mein Gott, ich bin vierunddreißig, er hat ein Kind aus seiner geschiedenen Erst-Ehe, Klaus, vierzehn, testosterongesteuert, voll in der Pubertät, er lehnt mich vehement ab, alle Zutaten zu einem Sonntagabenddrama am TV. Erwin, das Kontrastprogramm zu allen vorherigen Lovern, hält mich tatsächlich für heiratsfähig, und was ich vorher nie tat: bevor er zu Besuch kommt, putze ich und räume auf, damit ja keine benutzten Taschentücher herumliegen, sogar die Bettwäsche wechsle ich. Dass so viel Hausfraulichkeit in mir steckt, hätte ich nie gedacht, Erwin, der brave Erwin, der aber doch mit Skrupeln der Armeeabschaffungs-Initiative zugestimmt hat, bringt diesen Zug offensichtlich zum Vorschein. Ich habe Nein gesagt, schon als Mädchen, sagte ich, sei mir klar gewesen, dass ich nie heiraten würde, NIE! – und hatte, als er mich aus seinen blaugrünen Bergsee-Augen gekränkt anschaute, schon meine Zweifel, ob dieses eherne Prinzip immer noch gilt.

Dieser heiße Juli. Wir lagen an der Sense auf unseren Badetüchern, auf einem Grasstreifen zwischen Kieselbetten und Rinnsalen, die vom Hauptarm abzweigen. Dahinter Schilf, Bärenklau, eine Felswand, der hier und dort, auf erdbedeckten Simsen, ein verkrüppeltes Tännchen entsprießt. Sonnenbeschienene Felsen auch auf der anderen Seite des Flüsschens, ein steil aufsteigender Wald. Dunkel, so dunkel. Man hat die vielfältigen Geräusche des Wassers im Ohr, Murmeln, Glucksen, emsiges Dahinplätschern. Dazu Grillenzirpen, das Gurren von Tauben, Kinderrufe und -gelächter von weit her. Man geht ins Wasser, wenn die Sonne zu stark brennt, weicht den großen Steinen aus, man schreckt erst vor der Kühle zurück, empfindet sie dann, wenn das Wasser bis zu den Knien, bis zur Hüfte steigt, als umso wohltuender. Man findet, vorsichtig vorantappend, die

Stelle, wo man sogar ein paar Züge schwimmen kann, gegen die Strömung, um die Schwimmdauer zu verlängern. Dann das kurze Schlottern, bis das Wasser abgeperlt ist, die Rückkehr mit Stelzschritten und schmerzenden Sohlen zu den Tüchern, die Flucht in den Schatten, wenn die Hitze zunimmt, der Geruch nach Sonnencreme. Man trinkt Wasser, man hat dunkles Brot dabei, Pfirsiche, vielleicht brät man eine Wurst am Feuer, lässt es Abend werden, schaut zu, wie die Sonnenflächen felsaufwärts wandern und verschwinden, wie es sachte dämmert, bis man dann doch aufbrechen muss, den Pfad nimmt zur Brücke hinauf und zur Bahnstation und später in die Nacht hineinfährt.

Es war der schönste Ort meiner Kindheit. Ich drängte die Eltern stets dazu, an heißen Ferientagen dorthin zu fahren. Ich war lieber dort, am kleinen Fluss, als am Thunersee, wohin es den Vater zog; sein Lohn reichte ja nicht aus für Urlaub an der Adria. Oft siegte ich gegen den Bruder, der mit seinen Freunden auf den Fußballplatz wollte und dann übellaunig mitkommen musste. Ich fühlte mich nirgends so frei wie an diesem Fluss, trotz der Felswände ringsum. Vau spielte an einer ebenen Stelle Federball mit uns, in den Turnschuhen, die er sonst nie trug, er lachte, schimpfte über misslungene Schläge – als ob der Flussgott ihn verzaubert hätte und er ein anderer geworden wäre. Die Mutter, die sonst so viel nörgelte, hatte, wenn sie ins Wasser schaute, ein versonnenes Lächeln. Einen Sonntag lang gab es meine Alltagsnöte und -pflichten nicht mehr, sie hatten sich aufgelöst, in Vogelgezwitscher, ins Rauschen des Schilfs verwandelt, sogar ins Sirren der Bremsen, die ich verscheuchte.

Was kann man wiederholen im Leben? Was nicht? Ich wollte Erwin diesen Ort unbedingt zeigen, er kannte ihn nicht oder tat so, um mir die Freude nicht zu nehmen, wir stiegen durch den Wald hinunter in meine Vergangenheit. Wir lagen nebeneinander, Erwin und ich, gestern war es, unsere Hüften berührten sich, sonnenwarme Haut, über die seine und meine Fingerkuppen streiften, ein kleiner Schweißfilm auf der Brust, seine Hand an meinem Oberschenkel, nicht fordernd, nur sanft, wir hätten uns geliebt, wären wir allein gewesen, und dann plötzlich dieses Statement, der Wunsch nach einer Familie, mein harsches Nein nach den Schrecksekunden, und es war, als würde sich der Himmel, der nur leicht bewölkt war, verdüstern.

»Überleg's dir«, sagte er. »Ich meine es ernst.«

In der letzten Nacht haben mich ein paar Dämonen heimgesucht, ihre Namen fingen mit A an. Die Frage schwirrte herum wie ein Pfeil, der mich treffen wollte: Wozu bin ich fähig, wozu nicht? Und gleich der Trennungsdrang, wenn mir einer zu nahe kommt. Würde er versuchen, mich abhängig von sich zu machen, er, der freundliche, der überaus tolerante Erwin? Nein, ich bin gegen Heirat und Mutterschaft. Kein auszehrender Alltag. Keine Streitigkeiten wegen dreckigem Geschirr, wegen zu vollem oder zu leerem Kühlschrank, wegen der Musiklautstärke, dem Fernsehprogramm. Und dann die durchwachten Nächte mit einem Schreihals nebenan. Geh du! Nein, geh du! Davon hat mir Bettina genug erzählt, mit aller Drastik. »Das geht vorbei«, sagt sie heute, die Alleinerziehende.

Entlastender Einschub: Julia, erst fünf, spielt nun wirklich die ersten Töne auf einem Viertel-Cello, das gibt es nämlich. Fuchs, du hast die Gans gestohlen, sie hat es mir vorgespielt, fast rein. Rührend.

Lieber Erwin, du könntest auch Massimo heißen. Oder Nicolas. Oder Tom. Vielleicht sage ich doch ja, so sentimental und romantisch bin ich zuinnerst. Und wüsste von Anfang an, in was für ein Desaster ich hineinliefe, sehenden Auges. Am Ende steckst du mir noch einen Verlobungsring an den Finger. Zumindest hast du durch deine bürgerliche Aura die Verlotterten und Verkrachten, die Halbgeheilten und Rückfälligen vertrieben, die unentwegt meine Nähe suchen, und meinen unentgeltlichen Rechtsbeistand.

Das Obige nachgelesen, gestaunt über mich. Es ist mir gelungen, das ganze Ringsum auszublenden. Dass die DDR von der BRD einverleibt wird. Dass der Monolith im Osten zu zerfallen beginnt. Dass Rüstungsabkommen unterzeichnet werden, von denen wir vor einem Jahr nicht zu träumen wagten. Aber ich war mir selber die Hauptperson, wie auch anders. Ich wähle die Vergangenheitsform, obwohl es noch nicht lange her ist. Wie ging es weiter? Ich habe zu Erwin Nein gesagt, mehrmals. Dann Ja, einmal. Und wieder Nein, zaghaft erst, dann bitter entschlossen. Und geweint habe ich an seiner Schulter und gestammelt, dass ich mir's nicht zutraue, dass seine erste Ehe ja auch gescheitert sei. Die Wochen vergingen. Ich habe Erwin mit zu meinen staunenden Eltern genommen, das Staunen war gegenseitig. Beklommenheit am Küchentisch, bei belegten Brötchen. Vau brachte kaum ein Wort über die Lippen, vor Richtern – Erwins Beruf blieb ihnen nicht lange verborgen – hat er größten Respekt, mehr noch als vor hohen Offizieren. Mutter erzählte haarklein, wie sie die belegten Brötchen zubereitet habe und dass ich zeitweise ein schwieriges Kind gewesen sei, wozu Vau gravitätisch nickte. Zum Glück war Jakob nicht dabei, er hat aus Gründen, die er für sich behält, seinen Job beim Militärdepartement verloren. Ich vermute Fahren in angetrunkenem Zustand, er bezieht Arbeitslosengeld, lässt sich nicht mehr sehen. Ich wünschte mir, dass Erwin nach dem Besuch meine Eltern lobte. Er tat es bloß halbherzig, und das warf ich ihm vor: »So kleinkariert sie sind – es sind meine Eltern, verstehst du?« Wir stritten uns auch darüber, wie hart oder wie verständnisvoll er seinem punkigen Sohn gegenüber sein sollte. Ich plädierte für Härte, wenn er für Milde war, und umgekehrt. Ja, es lief doch alles auf ein Desaster hinaus, bloß dass die Leidenschaft beim Sex wie durch ein Wunder erhalten blieb. Ist das die Gelassenheit einer promovierten Anwältin? Es sind die Ängste eines kleinen Mädchens. Weiß ich, nützt mir nichts. Und Frau Doktor Tillmann, die ich regelmäßig aufsuche, würde mich anlächeln und mit ihrem holländischen Akzent sagen: »Sie müssen noch viel aufarbeiten, Frau Koller.«

Ka verschwand für drei Wochen, ohne IHM zu sagen, wohin. Nach Sicilia, Taormina, viel Nero d'Avola, Schäkereien am Strand, nichts Ernst-haftes, aber das Erwin-hafte ließ sie nicht los. Sie wollte Distanz, fand sie nicht. Sie aß immerhin die köstlichsten Blutorangen ihres Lebens und grillierten Tintenfisch. Dann flog sie zurück und in Erwins Arme. Er verzieh ihr, er sah abgezehrt aus, er hatte Kas wegen gelitten (schmeichelt das nicht jeder Frau?), und alles fing von vorne an, das ganze *up and down,* letztlich – und das erstaunt Ka total – nicht viel anders als mit Alex. Ka hält immerhin ihr Gewicht, das ist ein Großerfolg, ihre Beziehung mit Erwin bleibt in der Schwebe, er erträgt es, weil er sie sonst verlieren würde, und ihr liegt genau dieser Zustand des Sich-noch-nicht-Entscheidens. Unter Umständen hält er an bis zur Menopause, das sind noch gut fünfzehn Jahre. Muss man sich denn immer entscheiden? Schwarz oder Weiß? Ka ist für alle Nuancen von Grau: lichtes Grau, dunkles Grau, rötliches, grünliches, gelbliches Grau, gemasertes, gepünkteltes Grau. Soll sie sagen, Grau sei ihre Lieblingsfarbe? Stimmt gar nicht. Rot ist es, zumindest in wachen Nächten: schreiendes, grelles Rot.

Karina, Konfrontationsversuch

Nun also, zwei Wochen nach Kas Rückkehr aus Sizilien, auch noch dies: Es gab (es gibt?) eine geheime Widerstandsorganisation, genannt P-26, in der Schweiz. Sie geht auf Ideen eines kreativen Obersten und Nachrichtendienstchefs – kennt Ka ihn? – zurück. P = Projekt, 26 = Zahl der Kantone. Ein neuer Bericht der Parlamentarischen Untersuchungskommission, ein neuer Skandal aus dem Eidgenössischen Militärdepartement, der Dunkelkammer EMD. Wiederum Schlagzeilen, ein paar Tage danach die Enttarnung des Kommandanten, der am Fernsehen harmlos-bieder aussieht und gestresst wirkt neben dem düpierten Bundesrat, der von nichts wusste, und dem Pressesprecher, von dem, nur wenige Tage später, bekannt wird, dass er selbst ein führendes Mitglied der P-26 war. Absurdes Theater. Ich lebte im Auge des Orkans und hatte auch davon keine Ahnung, bloß dieses dumpfe Unbehagen tief in mir. Es gab also die Fichen, und dazu gab es die Funkgeräte für die P-26-Getreuen, es gab die Waffen, die sie in Erdlöchern verstecken mussten, es gab die Anweisungen für einen Putsch, falls die Linken bei uns die Macht übernehmen sollten. Sie übten Sabotageakte, sie übten in Schießkellern, sie zogen sich in Ausbildungsbunkern Masken über den Kopf, damit sie einander draußen nicht erkennen würden. Das war kein

Abenteuerspielplatz für ewige Jungs, das war grimmig soldatenhaft. Sie nahmen an, dass die Rote Armee (die rote Flut) früher oder später, alle Dämme brechend, über die Grenze dringen würde. Sie sahen ihre Hoffnung im Untergrund, in der gloriosen Résistance, sie waren sicher, dass sie die eingeschüchterte Zivilbevölkerung mit gezielten Aktionen – Luftballons mit Schweizer Kreuz! – aufmuntern könnten.

»Du nimmst das alles viel zu ernst«, sagte Erwin zu mir. »400 Mitglieder bloß. Oder vielleicht 800. Das waren Planspiele ohne Bodenhaftung. Geheimdienstlicher Selbstzweck. Eine nutzlose Geldverschlingungsmaschine wie vieles in dieser verhätschelten Armee.«

Er drückt sich gut aus, nicht wahr? Aber er, der missmutige Oberleutnant, konnte meine Empörung nicht mildern. »Mein Vater muss davon gewusst haben. Ich finde das noch weit schlimmer als die Fichen.«

»Beruhige dich. Jetzt ist die Geschichte zum Glück vorbei. Man macht reinen Tisch.«

»Oder tut bloß so. Weißt du was, ich fühle mich echt bedroht von diesen wahnhaften Typen. Und das Schlimmste ist: Mein Vater war einer von ihnen.«

Ich hatte zu schreien begonnen, ohne es zu merken.

Wir saßen auf meinem Secondhand-Sofa, ein paar ausgebreitete Zeitungen lagen herum. »Er war ein Gehilfe, mehr nicht«, sagte Erwin. Er versuchte, mich in die Arme zu nehmen. Das half meistens, dieses Mal nicht.

Ich wehrte mich gegen ihn, ich wehrte mich gegen Vau, ich wehrte mich gegen den Schatten von A., der wieder über mich gefallen war. »Ich werde ihn zur Rede stellen!«

»Deinen Vater?«

»Ja. Ich will endlich wissen, wer er ist. Was er wirklich denkt. Er hat sich lange genug vor uns versteckt.«

»Das hat doch keinen Sinn, Karina. Aus seinem Versteck kriecht der nicht mehr hervor. Da hat er sich längst selbst eingesperrt.«

»Ich muss es tun. Ich schulde es mir.«

Erwin schüttelte den Kopf, besorgt, verständnisvoll, und gerade das verstärkte meinen Trotz. Ich schickte ihn weg. Es war kein Bruch, aber ein deutlicher Riss. Ich will, dass ein Partner auf meiner Seite steht, sogar wenn er findet, ich sei im Unrecht, ich brauche, wenn der Tauchgang ins Elend droht, unbedingte Unterstützung. Das geht gegen alle Regeln des geordneten Zusammenlebens. Mir egal.

Bei den Eltern musste ich mich nicht anmelden, ich wusste, dass sie abends unbeirrbar vor der Glotze sitzen und spätestens um halb zehn auf ihren Sesseln einschlafen. Der neue Hund bellte kurz, verstummte dann. Die Mutter öffnete mir, sie erschrak, als sie mich sah, der Hund trottete zu mir und wollte meine Hand lecken. Ich scheuchte ihn weg, und ich versuche ein weiteres Mal, mir die Züge meiner Mutter, die einer alternden und verhärmten Frau, einzuprägen. Wie seltsam, dass ich sie mir, kaum bin ich weg, kaum noch vorstellen kann. Was ich dann in Gedanken sehe, ist das Foto im Familienalbum: Bettina Hählen, Floristin, lachend, mit einem großen Rosenstrauß in den Armen, so alt etwa wie ich jetzt, und ich entgehe der Einsicht nicht, dass ich ihr äußerlich gleiche. Vau schlurfte mir entgegen, begrüßte mich mit Handschlag. Seine Hände, die Handballen: erstaunlich weich, ich habe immer den Eindruck, man könnte sie kneten wie Lehm. Er trug eine Faserpelzjacke aus seinem ausgewaschenen und ausgebleichten Kleiderbestand. Aber sonst ist mir das meiste fremd an ihrer neuen Wohnung, und die paar vertrauten Möbel stehen an den falschen Orten. Auch der Hund, der Golden Retriever, passt nicht hinein. Er beschnüffelte mich, verzog sich wieder in seine Ecke, ich weiß nicht einmal, wie er heißt. Absurd, dass ich die alte Wohnung, wo ich so oft unglücklich war, vermisse. Altgewohnt ist noch der Küchentisch, an den wir uns setzten, der neuerstandene im Wohnzimmer wird geschont. In den Küchentisch hat Jakob einst mit einem Messer die Buchstaben IDI eingekerbt, es sollte wohl »Idioten« daraus werden. Man kann es immer noch lesen, trotz Mutters Abschleifmühe. Jakob war dreizehn und rebellierte gegen irgendein Verbot. Er wollte sich rächen, wurde vom Vater verprügelt, ich lag schon im Bett und hörte ihn schreien, dann weinen und klagen. Was bei uns oben vorging, hörte niemand weit und breit.

Mutter machte Tee für uns, einen Schlaftee, wie sie sagte; es war mir neu, dass Vau um diese Zeit kein Bier mehr trank. Er sah aufgedunsen aus, das Leben als Pensionierter bekommt ihm nicht. Ich hörte die Wanduhr ticken, sah über Vaus Kopf den Zeiger im Sekundentakt weiterhüpfen.

»Was willst du?«, fragte er nach kurzem Vorgeplänkel. »Wegen irgendetwas bist du doch gekommen.« Er wich, wie schon seit Jahren, meinem Blick aus, die Augen sind inzwischen tief eingesunken, Schlitzaugen, in denen die Pupillen rastlos hin und her wandern; ich kannte als Kind auch den stechenden Blick, der mich zu durchbohren drohte, wenn ihm klarwurde, dass ich log. Vau *äugt,* dachte ich manchmal, er äugt mich an, aber das kann man auf Deutsch gar nicht sagen.

»Die P-26«, sagte ich. »Du weißt schon, was ich meine. Hast du gewusst, dass es sie gibt?«

Die Mutter setzte sich auf ihrem Stuhl aufrecht hin, Vau trank einen Schluck Tee, wischte sich danach über die Lippen, wie wenn daran Schaum haften würde. »Es wussten einige davon. Aber sie haben dichtgehalten.«

»Du auch?«

Er gab keine Antwort, in sein Gesicht schlich sich etwas Lauerndes.

»Also ja.«

Er atmete schwer, öffnete leicht den Mund, blieb aber bei seinem Schweigen.

Mutter legte ihre Hand beschwichtigend auf meine, die ich hart gegen die Tischkante drückte. »Lass ihn doch, er war nicht aktiv dabei.«

»Bist du sicher? Hat nicht auch er ein Doppelleben geführt?« Ich merkte, wie abgehackt, wie überlaut ich redete. »Und dir einfach alles verschwiegen?«

Mutter schaute zur Decke, machte eine abwehrende Gebärde. »Er hat vieles geahnt, aber nicht nachgefragt. Das durfte er nicht. So war es doch, Gottfried, war es nicht so?«

Vau nickte und kratzte sich am Ohr, aus dem ein paar Haare sprossen. War er wirklich verlegen?

»Und du hast gewusst«, wandte ich mich, etwas zivilisierter, an Vau, »dass das Ganze illegal war?«

»Die Gesetze hast du studiert«, sagte er bärbeißig, »nicht ich. Gegen die Kommunisten müssen wir alles unternehmen. Alles, was ihnen schadet. Davon war ich überzeugt, ich bin es immer noch.«

Ich versuchte, ruhiger zu atmen. »Immer noch. Auch wenn jetzt die DDR gar nicht mehr existiert. Auch wenn die Sowjetunion zerfällt.«

»Darum geht es doch gar nicht.« Jetzt war er aufgewacht, mein Vau. Er blies die Wangen auf, gab ein verächtliches Prusten von sich und tippte mit dem Zeigefinger an seine Schläfe. »Es geht um die Köpfe. Um die Ideen, die da drinstecken. Um jene, die den Kommunismus bei uns wollen. Kolchosen. Lange Schlangen vor den Läden. Keine Kritik an der Regierung, sonst ab ins Gefängnis. Meinst du, ich sei nicht genügend informiert? Meinst du, ich denke nicht selber nach? Ich will mich frei fühlen können in unserem Land.« Er schnaubte beinahe, mein Vau. So hatte ich ihn noch nie erlebt, so rechtschaffen entrüstet und verteidigungsbereit.

»Ich auch«, sagte ich und wurde doch wieder laut. »Ich will mich auch frei fühlen können. Und über unbequeme Ideen reden, ohne deswegen bespitzelt zu werden. Ich will nicht in einem Land leben, in dem eine Geheimarmee gegebenenfalls Leute mit den falschen Ideen ausschalten würde.« Ich hasse mich, wenn ich schrill werde, und konnte mich nicht daran hindern.

»Jaja«, machte Vau. »Es ist mir klar, in was für Kreisen du verkehrst. Dein Erwin hat dich da nicht herausholen können. Du steckst bis zum Hals in diesem subversiven Sumpf.«

»Gottfried«, mahnte die Mutter. Sie war blass geworden, während Vaus Kopf rot anlief.

»Erwin lass aus dem Spiel«, fuhr ich ihn an. »Wir werden

uns ohnehin trennen. Ich möchte dir bloß sagen: Nicht meine Freunde, sondern Leute wie deine ehemaligen Chefs richten die Demokratie zugrunde. Sie unterlaufen sie und lachen darüber. Und es ist ein Elend, dass du dich zu ihnen zählst.«

Vau hielt mir seine geballte Faust entgegen. »Ja, ich zähle mich zu ihnen, ich hätte bei der P-26 mitgemacht, wenn sie mich genommen hätten. Aber sie fanden, ich müsse auf meinem Posten bleiben, der sei wichtiger.« Er suchte etwas, wonach er greifen konnte, er nahm die Teetasse, er schwenkte sie herum, verschüttete einen Rest Tee auf dem Tisch. Seine Stimme fiel in sich zusammen, wurde brüchig: »Ich habe gehorcht, manchmal gibt es nur eines im Leben: gehorchen und schweigen.«

»Und das war auch bei den Fichen so, nicht wahr?«

»Was denn sonst?«

»Und deine unzuverlässige Tochter wurde auch fichiert. Und du wusstest es.«

Er gab sich Mühe, nicht zu stottern, straffte sich. »Die ganze Familie wurde fichiert. Wir galten alle als Sicherheitsrisiken. Man musste uns überwachen, das war in Ordnung. Du kannst deine Fiche jetzt ja einsehen, du kannst ein Gesuch an die zuständige Behörde stellen.«

»Das weiß ich, und ich werde es tun. Aber die Namen der Denunzianten sind geschwärzt.«

Er nickte, nun fast kummervoll. »Es bringt doch nichts, so lange hinterher Streit zu suchen.«

Dieses Mal packte ich die Tischkante mit beiden Händen. »Nur eines möchte ich wissen: Hast du vertrauliche Informationen über mich weitergegeben?«

Er regte sich eine Weile nicht, blinzelte bloß, schüttelte dann den Kopf, so langsam und müde, als wäre er plötzlich viel zu schwer geworden. »Nein, ich wurde zwar mehrmals nach deinen politischen Kontakten gefragt. Aber ich gab nichts weiter, ich wusste ja auch fast nichts.«

»Hat der Oberst danach gefragt?«

Er schüttelte den Kopf. Vielleicht log er, vielleicht nicht. Das Wahrscheinlichste war, dass er sich selbst belog.

Mutter stand auf, holte einen Putzlappen und wischte den Tisch trocken. Im Vorübergehen streichelte sie Vau kurz und tröstend am ausrasierten Nacken, und diese Geste entwaffnete mich. Zu mir sagte sie, völlig zusammenhanglos: »Wir wollen uns jetzt auch einen Vogel anschaffen, einen Wellensittich. Ober besser zwei, ein Pärchen. Das ist hier erlaubt.«

Ich hatte plötzlich keine Lust mehr, die sinnlose Auseinandersetzung fortzuführen. Vermutlich hatte ich gehofft, dass Vau, der Schweigsame, ketzerische Gedanken für sich behalten hatte, die ihn den Job gekostet hätten, die er aber jetzt, mir gegenüber, hätte freilassen können wie Vögel aus einem Käfig, kühne, weit fliegende Flattergedanken.

»Ich gehe jetzt«, sagte ich, »ich bin die Tochter, die ich bei euch geworden bin.« Und fügte mit enger Kehle hinzu: »Was immer das heißt.«

»Da hatten wir wenig Glück mit unserer Erziehung«, sagte Vau sarkastisch und schloss die Augen, als könne er mich so aus seinem Blickfeld verbannen.

»Bei Jakob hat es besser geklappt, nicht wahr?« Ich stand auf, warf dabei fast den Stuhl um, ich hörte Mutter sagen: »Gottfried, sie hat doch auch ihre guten Seiten.«

Da war ich schon im Gang, in dem die – von Vau geliebten – alten Stiche vom Lauterbrunnental samt Wasserfällen hingen. Das überlaute Ticken der Wanduhr verfolgte mich. Ich zwang mich, die Wohnungstür sanft zu schließen, statt sie zuzuwerfen. Wonach roch es denn so penetrant?, fragte ich mich. Nach Rosenkohl, ja, nach Rosenkohl im November. Es gab nie welchen bei uns, Vau verabscheut ihn, aber bei Bettina, wo ich bisweilen aß, servierte ihn ihre Mutter vermischt mit Maroni, übergossen mit brauner Butter, zu Rehpfeffer, und das mochte ich, zumindest bis ich vierzehn war.

Karina, Fett unter der Haut

Durch den Nebel leuchten die Weihnachtskerzen, die ich schon lange nicht mehr will und nach denen ich mich trotzdem sehne. Erwin und ich haben, nach einem neuerlichen hässlichen Streit, eine befristete Trennung vereinbart, und ich versuche, nicht in eine weitere Phase der Nahrungsverweigerung hineinzuschlittern. Auswärts essen geht besser, als mich selbst zum Kochen zu zwingen. Gestern habe ich Mario in meiner altmodischen Lieblingskonditorei getroffen, in der es delikate Eclairs gibt, nein, ich meine nicht den Tea-Room, wo A. mich einlullte in sein Gespinst aus Komplimenten, väterlicher Besorgnis und Halbwahrheiten. Aber ich dachte an ihn, das ist wahr. Mario und ich hatten einen Ecktisch für uns, von dem aus man in die beleuchteten Arkaden sieht. Wie ein ununterbrochener Pilgerstrom ziehen die Leute draußen vorüber, auf der Suche nach passenden Geschenken. Misslungene Metapher. Ich tauge bloß zum Tagebuchschreiben. Eine Schriftstellerin, wie Mario meint, werde ich nie, er selbst möchte einer sein und ist es bloß halb. Zu viel Journalismus in seinem Stil, zu leichthändig dahingeschrieben. Er hat mir mal ein angefangenes Romanmanuskript zum Lesen gegeben. Sehr angestrengt, langweilige, nervtötend selbstreflexive Figuren, ich habe ihn geschont, das eine oder andere Gute hervorgehoben, nur den Spannungsaufbau kritisiert. Ich sei eine typische Krimileserin, hat er widersprochen, es gehe ihm nicht darum, einen *Pageturner* zu fabrizieren.

Wir redeten zuerst von den Kindern, er von seinen, die er – das gestehe ich ihm zu – liebt, ich von meinen, die ich nicht habe und nicht will. Aber es ist ein schönes und sanft traurig stimmendes Spiel zwischen uns, sie uns auszumalen, mit den rötlichen Haaren von Erwin, mit der langen Nase von Alex, mit meinen dünnen Beinen, die einst richtige Stecken waren.

Mario ist nun arbeitslos, bezieht – für ihn eine Demütigung – Arbeitslosengeld. Die Alimente werden bevorschusst; irgendwann wird er sie zurückzahlen müssen. Nur selten mehr Aufträge, die seinen Vorlieben entsprechen. Er werde sich, kündigte er an, bei einer harmlosen, aber populären Familienzeitschrift bewerben, da lasse sich ja vielleicht das Niveau ein bisschen heben.

»Keine Selbstüberschätzung«, sagte ich. »Sei froh, wenn du den Job bekommst. Ich kriege ja einiges mit von all den Sparübungen und Entlassungen in den Medienhäusern.«

Er lächelte resigniert. »Schon verstanden, du scharfsinnigste aller Anwältinnen.«

»Und du, du Träumer? Was macht der kollektive Aufbruch?«

Er seufzte, wischte sich Eclairkrümel vom Schoß. »Nagle mich nicht an meinen Träumen fest. Kannst du ja gar nicht. Die sind zu luftig dafür. Veränderungen brauchen mehr Zeit. Es gibt Verwerfungen, Rückschläge, kleine Fortschritte. Und ich falle doch immer wieder herein auf alles, was nach Revolution, nach großem Aufschwung riecht.«

Er klopfte an die Scheibe, weil draußen zwei Kinder zu uns hereinstarrten, eines streckte die Zunge heraus. Ich fiel Mario ins Wort, ehe er ins Dozieren geriet, und wollte wissen, was er von unserer kleinen Geheimarmee mit dem Schweizer Qualitätssiegel halte.

Er verschränkte die Arme vor der Brust, typisch Mario. »Mich wundert nichts mehr. Ich hätte es wissen müssen. Nicht nur die Schnüffler nisten sich überall ein, auch die Widerständler, die Saboteure, die sich für Helden halten. Ich bin froh, dass ich dem offiziellen Verein nicht mehr angehöre.« Er meinte die Milizarmee und seine späte Dienstverweigerung; darüber wusste ich Bescheid und wollte nicht, dass er diese Geschichte neu erzählte; sie enthielt jedes Mal kleine Änderungen, die Marios Verhalten noch tapferer und konsequenter erscheinen ließen.

Wir redeten weiter, stählten uns gegenseitig in der Gewissheit, dass wir auf der richtigen Seite standen und weiter stehen würden, und plötzlich dachte ich, dass unser Gespräch nicht über den Austausch von Phrasen und Banalitäten hinausging. Das sagte ich in einen seiner messerscharfen Sätze hinein. Er stutzte, schaute mich einen Moment verdattert an, er benetzte seine Lippen mit der Zunge, lachte plötzlich laut. »Mag sein, du hast recht.«

»Wie geht es dir wirklich?«, fragte ich.

Er versuchte zu grinsen. »Nicht wirklich gut. Ich komme mir als Versager vor. Und ich habe mit Gruber vorgestern bis zur Erschöpfung gestritten.« Er atmete tief ein. »Und weißt du was? Jetzt gerade möchte ich am liebsten mit dir ins Bett. Das wäre die Möglichkeit, alles wegzuschieben, was sticht und brennt.«

»Kommt nicht in Frage! Das ist vorbei.« Ich schwenkte meinen mahnenden Zeigefinger.

»Entschuldige. Es war ja auch ein halber Witz. Ich weiß manchmal gar nicht mehr, wer ich bin.«

Ich versuchte mit der Kuchengabel einen Eclairrest aufzuspießen, es gelang mir nicht, und so steckte ich ihn mit den Fingern in den Mund. »Erzähl lieber von dir und Gruber. Das ist konkreter. Worum ging es denn?«

»Um die Geheimarmee, worum denn sonst? Gruber verwirrt mich, in ihm steckt auch viel Redlichkeit, eine rührende patriotische Überzeugung. Es ist lange her, dass wir uns derart in Harnisch gebracht haben. Das eine Mal, als er erfuhr, dass ich die Waffe verweigert hatte, noch vor der Heirat mit Bettina, da kam er sogar zu mir nach Hause.«

»Und was war vorgestern?«

»Na gut. Ich hab die Kinder bei den Grubers abgeholt, das tue ich ja jeden Mittwoch und bringe sie dann zu Bettina und ins Bett. Und inzwischen akzeptieren ihre Eltern meine Rolle, trotz der Scheidung. Gruber rief mich ins pflanzenüberstellte Arbeitszimmer. Er saß, in seiner ewigen Strickjacke, hinter dem Schreibtisch, ich blieb vor ihm stehen wie ein Schüler, den er maßregeln wollte. Er war erregt, man dürfe, legte er gleich los, die Männer und Frauen, die bei der P-26 seien, nicht ins Abseits stellen. Ob er auch dabei sei, fragte ich scherzhaft, um dem beginnenden Streit die Spitze zu brechen, aber ich konnte ihn mir nicht vorstellen, im Untergrund, den Widerstand einübend. Er funkelte mich entrüstet an: Was ich mir da einbilde, seine Unterstützung sei die des Beobachters, dem es das Herz abdrücke, wenn diese opferwilligen Leute derart beschimpft würden.

Er sei doch ein Demokrat, sagte ich, warum er denn für solche Antidemokraten Partei nehme. Die hätten geglaubt, sie dürften unsere Verfassung mir nichts, dir nichts außer Kraft setzen. Er begann zu stottern, das hatte ich bei ihm noch nie erlebt. Purer Unsinn sei das, und verletzend, die Mitglieder der P-26 als Antidemokraten zu bezeichnen. Im Gegenteil: Ihnen sei es doch gerade um die Erhaltung der Demokratie gegangen. Aber um sie zu schützen, um sie zu retten, brauche es – und das sei auch im demokratischsten Staat so – geheime Aktionen. Bei denen dann, gab ich zurück, kritische Geister als Staatsfeinde behandelt würden. Et cetera. Ein Hin und Her, die Argumente, immer die gleichen, kennst du ja. Wir wurden laut und noch lauter. Von draußen hämmerte plötzlich Julia mit ihren kleinen Fäusten an die Tür und rief: ›Ich will das nicht hören! Ich will das nicht hören!‹ Und da geschah etwas, das mich total durcheinanderbrachte. Grubers Gesicht verzerrte sich, er begann zu weinen, er formte die nächsten Sätze mit großer Mühe: Das sei nichts anderes als eine Hetzjagd auf besorgte Bürger, die für ihr Land das Leben gegeben hätten. ›Begreifst du das denn nicht?‹ Ich schwieg, er schluchzte jetzt richtig, er zog die Luft ein wie ein Erstickender, er bedeckte die Augen mit den Händen, die Tränen rannen darunter hervor. Hatte ich ihm Unrecht getan? Ich war ratlos, ging zur Tür, sagte Julia, die dahinter stand, sie dürfe nicht herein, der Großpapa sei einfach sehr traurig. Dann musst du ihn trösten, sagte sie. Und von unten kam Alice bestürzt herauf, fragte, was los sei. Nichts Schlimmes, sagte ich, eine Diskussion, und schloss behutsam die Tür. Was seid ihr doch für dumme Streithähne!, hörte ich Alices aufgebrachte Stimme.

Inzwischen hatte Gruber sich gefasst, er wischte mit dem Jackenärmel über die Augen, sein Gesicht wirkte erloschen und grau, er sagte ohne besondere Betonung: ›Geh jetzt, geh.‹ Ich gehorchte mit schlechtem Gewissen, er hätte auch, dachte ich, zusammenklappen können. Herzschlag, Atemstillstand. Ich versuchte Alice zu beschwichtigen, nahm die Kinder – Julia weinte jetzt auch – an der Hand, und so sind wir weggegangen und in meinen alten Opel gestiegen. Ich habe beinahe ein Rotlicht überfahren, weil ich mich ununterbrochen gefragt habe, was Gruber derart schmerzt. Weißt du, einen Gruber, diesen beherrschten Mann, weinen zu sehen, das ist ein Schock.«

»Er ist ein kalter Krieger«, sagte ich und wollte mich von Marios Bericht nicht berühren lassen. »Einer von vielen. Und ihre Ideologie fällt jetzt in sich zusammen.«

»Ich hatte Mitleid mit ihm. Ich war nahe daran, ihn zu umarmen.«

Wir schwiegen, meine vorschnellen Antworten blieben mir im Hals stecken. Wir zahlten getrennt, verabschiedeten uns. Wohin wir beide noch driften werden, ist mir ein Rätsel. Ich mag Mario, gerade weil er manchmal so heftig an sich zweifelt. Es gibt die Unerschütterlichen, die Arroganten wie A., und es gibt die anderen. Du lass dich nicht verhärten in dieser harten Zeit! Biermann, sehr kitschig, sehr schön. Gesungen auch für die allzu Mageren, die fast nur aus Knochen bestehen. Und darum streich ich mir jetzt um Mitternacht ein dickes Butterbrot. Etwas Fett unter der Haut, das brauchen alle. Es federt die unberechenbaren Schläge des Lebens ein wenig ab.

DREI

Marios Väter
Die Ermittlungen

Mario, Grubers Ende

Einige Tage nach unserem letzten Besuch bei Gruber saß ich im Großraumbüro von *Family* und arbeitete an der Endfassung des Artikels zu 89/90. Die Ressortleiterin hatte sich halb auf mein Pult gesetzt, im Hosenanzug, die stämmigen Beine übereinandergeschlagen. Sie lächelte, musterte mich aber kalt und abschätzend. Wie immer ging es in der Schlussredaktion um weitere Kürzungen, die der Produzent verlangte. Sie fielen mir schwer, ich hatte das Ganze schon bis zur Schmerzgrenze zurechtgestutzt. Außerdem hatte ich, was höchst aufwendig gewesen war, die Befragten überredet, sich von *Family* fotografieren zu lassen und möglichst eine Aufnahme aus den Wendejahren beizusteuern. Ich zweifelte an meinem Konzept, ich hatte nach Übergängen zwischen den Kurzporträts, nach einem roten Faden gesucht. Der sei, fertigte die Chefin mich ab, überflüssig, die Klammer seien die beiden Jahre, das genüge vollauf, und ich solle mir beim Schreiben weniger Skrupel machen, die Leserschaft wünsche starke Geschichten, keine Lektionen. Also strich ich, müde vom Tag, weitere Passagen im Text und verwünschte zwischendurch meinen Job. An Aufstieg oder Absprung war mit Mitte fünfzig nicht mehr zu denken, eher an die Pensionsberechtigung in zehn Jahren und an die Durststrecke, die noch vor mir lag.

Da leuchtete mein Handy auf. Bettina zur Unzeit, dachte ich. Warum wohl? Ohne Gruß, in größter Aufregung, sagte sie mir ins Ohr: »Du musst kommen, jetzt gleich. Bitte.«

»Ich bin noch bei der Arbeit«, entgegnete ich mit einem flauen Gefühl.

»Jetzt gleich!«, schrie sie. Und dann fiel ihre Stimme gleichsam in sich zusammen, ich hatte Mühe, den nächsten Satz zu verstehen: »Papa ist tot.«

Augenblicklich gefror mein Gesicht. »Aber warum denn ...«, stotterte ich. »Was ist passiert?«

»Ich weiß es auch nicht«, sagte sie, unterbrochen von einem trockenen Weinen. »Sie haben mich aus dem Heim angerufen ... Sie haben ihn gefunden, vor einer Stunde erst ... Ich will nicht allein zu ihm ...« Und dann wieder, gebieterisch und flehend zugleich: »Du musst kommen!«

»Wo bist du?«

»Ich stehe vor dem Heim ... Ich trau mich nicht hinein, er hat geblutet ... Ich warte auf dich.«

»Geblutet?« Ich sicherte, beinahe automatisch, meinen Text, klappte den Laptop zu. »Ich komme, so schnell ich kann. Aber warte doch wenigstens in der Halle, setz dich irgendwo hin.«

»Gut. Beeil dich. Bitte.« Sie beendete das Gespräch.

Ich bestellte ein Taxi und meldete mich, halb benommen, beim Chef vom Dienst ab. Dass ich die Deadline für meinen Artikel versäumte, war mir egal.

»Macht damit, was ihr wollt«, sagte ich. »Ihr könnt das Ganze ja um eine Woche verschieben.«

»Was ist mit dir?«, fragte der Kollege.

»Ein Todesfall in der Familie«, erwiderte ich und stürmte

hinaus, stolperte die Treppe hinunter und wartete am Straßenrand zehn Minuten, die mir wie eine halbe Ewigkeit erschienen, auf das Taxi. Wir fuhren durch den Nieselregen. Ich trieb den unwilligen Fahrer zu größerer Eile an, dabei war Gruber ja nicht mehr zu helfen. Tot. Dieses eine Wort, ein Unwort, betäubte mich: tot.

Bettina wartete in der Eingangshalle des Heims, neben ihr saß Birgül, die türkische Pflegerin mit den schwarzen Locken, und hielt ihre Hand.

»Warum kommst du erst jetzt?«, fragte sie. Ihr Gesicht war aufgebrochen, tränenlos.

Ich schaute auf die Uhr. »So lange hat es doch gar nicht gedauert…« Ich wusste nicht, was ich weiter sagen sollte.

»Jetzt können wir zu Herr Doktor«, sagte Birgül und tätschelte Bettinas Unterarm. »Wir haben ihn schön gemacht.«

»Was ist denn passiert?«, fragte ich.

»Später«, sagte Birgül. »Frau Hunziker wird erzählen. Sie kommt mit uns.«

Frau Hunziker war die Heimleiterin. Ich hatte sie erst zwei- oder dreimal gesehen, eine knochige und straffe Person von routinierter Freundlichkeit. Birgül wählte eine Nummer auf ihrem Handy, sprach sehr leise ein paar Worte hinein; kurz darauf betrat Frau Hunziker, die ein enggeschnittenes dunkelblaues Kostüm trug, die Halle, kondolierte uns mit langem Händeschütteln zu diesem völlig unerwarteten Verlust. Man habe Herrn Doktor Gruber beim Kontrollgang um fünfzehn Uhr gefunden. Er habe im Badezimmer auf dem Boden gelegen. Der Notarzt, der sehr rasch mit der Ambulanz gekommen sei, habe nur noch den Tod feststellen können.

Bettina bedeckte mit der Hand ihre Augen und schwieg.

»Was war denn die Todesursache?«, fragte ich linkisch.

Frau Hunziker wich meinem Blick aus. »Ganz klar ist es nicht. Ich will Sie nicht schockieren, aber er hat sich mit dem Rasiermesser in den Hals geschnitten. Er ist offenbar mit der Hand ausgerutscht, es kann sein, dass ein Hirnschlag dahintersteht. Aber der Blutverlust war ohnehin so stark, dass … Wir haben schon alles saubergemacht … Es muss noch jemand von der Polizei kommen und einen Rapport erstellen. Das ist bei Verdacht auf Suizid obligatorisch.«

»Das verstehe ich nicht«, unterbrach Bettina die Heimleiterin. »Er hatte doch einen Elektroapparat. Es ist lange her, dass er mit einem Rasiermesser hantiert hat.« Sie begann in verschluckten Tönen zu weinen. Heimbewohner, die weiter entfernt saßen, starrten neugierig zu uns, eine alte Frau nebenan lachte lautlos, mit weit offenem Mund.

Birgül legte begütigend den Arm um Bettinas Schultern. »Der Herr Doktor hat gerne mit Messer rasiert. Schon seit Anfang. Er hat gesagt, dass mit Schaum und Messer sauberer wird.«

Bettina versuchte eine zerknitterte Stelle ihres Regenmantels glattzustreichen. »Das habe ich nicht gewusst.«

»Wenn Sie es wünschen«, sagte Frau Hunziker, die wie ich immer noch stand, »beantrage ich eine Obduktion, das wird genaueren Aufschluss geben.«

»Nein.« Bettina knöpfte den Regenmantel auf, mühte sich mit einem engen Knopfloch ab. »Das will ich nicht. Man soll ihn jetzt in Frieden lassen.« Sie erhob sich, Birgül wollte sie stützen, doch sie schüttelte ihre Hand ab.

Wir folgten Frau Hunziker die Treppe hoch und durch den nach Putzmittel riechenden Gang zu Grubers Zimmer. Er lag, halb zugedeckt, auf dem Bett, im Sonntagsanzug, aber ohne Krawatte, seine Hände waren gefaltet. Nein, er wirkte nicht wie ein Schlafender, was doch oft von Toten behauptet wird. Die Ruhe, die von ihm ausging, hatte etwas Eisiges, ihn umgab eine Aura der Unberührbarkeit, die Bettina indessen durchbrach, indem sie neben das Bett kniete, ihren Kopf auf Grubers Brust legte und ein ums andere Mal »Papa, Papa« schluchzte, so inständig, als könnte ihn diese Anrede ins Leben zurückbringen. An seinem Hals, mit Heftpflaster fixiert, eine dicke Mullbinde, die an einigen Stellen gerötet war. Das Blut musste doch schon eine Weile gestockt sein; im Badezimmer waren alle Spuren beseitigt, aber der dumpfe Geruch war noch im Raum, ich glaubte zumindest, ihn zu riechen.

Gut, dass nicht wir ihn gefunden haben, ging mir durch den Kopf. Das Bild hätte uns überallhin verfolgt. Seit die Heimleiterin das Rasiermesser erwähnt hatte, war ich verstört. Stifter hatte sich auf die gleiche Weise in den Hals geschnitten, hatte aber noch, unter Qualen, drei Tage gelebt. Nie war restlos klargeworden, ob es sich um einen Unfall oder um Suizid handelte; nachträglich sah es aus, als habe man alle näheren Umstände vertuscht. Diese Parallelität konnte doch kein Zufall sein. Ich schaute mich um, der grüne Ordner aus Halbkarton mit dem Stifter-Manuskript lag nicht mehr auf dem Schreibtisch. Eine halbvolle Plastiktasche lehnte am Fuß des Tischs, und auf dem Boden entdeckte ich hier und dort Papierschnipsel. Als habe jemand geputzt, aber nicht gründlich genug.

Draußen dämmerte es. Wir ließen Bettina eine Weile trauern. Allmählich beruhigte sie sich, streichelte die Wangen ihres Vaters, die vielleicht noch gar nicht erkaltet waren. Reglos standen Birgül, Frau Hunziker und ich vor dem Bett mit dem Toten.

»Wir müssen einen Sarg bestellen«, flüsterte Frau Hunziker mir zu. »Ich zeige Ihnen nachher den Prospekt.«

Ich nickte und fühlte mich leer. Ich hatte keine Ahnung, was Gruber letztlich für mich bedeutet hatte, was er künftig bedeuten würde. Undenkbar schien mir bloß, dass er wirklich Selbstmord begangen hatte, bei vollem Bewusstsein und mit klarer Absicht. Bevor wir hinausgingen, fragte ich, wo der Ordner hingeraten sei, der doch immer, zusammen mit ein paar losen Blättern, auf dem Schreibtisch gelegen habe. Birgül bückte sich nach der Plastiktasche am Boden und hielt sie mir hin. »Alles hier drin. Herr Doktor hat Seiten zerrissen. Und dann verstreut. Kleine Fetzen überall. Ich habe aufgewischt. Nehmen Sie, gehört Ihnen.«

Ich nahm die Tasche am Schnurgriff entgegen, stellte sie ab, schaute hinein: In der Tat war sie gefüllt mit Kartonstücken und Papierschnipseln von Handteller- bis Briefmarkengröße.

Ich holte ein paar Kartonteile heraus, schob sie, während Bettina hinter mir stand, auf dem Schreibtisch hin und her, bis sie zusammenpassten und etwas mehr als den halben Deckel ergaben. Darauf stand in penibler Druckschrift: ALDALBERT STIFTER, *eine Biographie von Armand Gruber.* Aber mit dickem Filzstift war schräg darüber gekritzelt: ALLES LUG UND TRUG! Es waren rätselhaft wütende Zeichen, die meine Konsternation über Grubers Ende noch vergrößerten. Was war in diesen letzten Tagen und Stunden in ihm vorgegangen?

Bettina sagte tonlos in meinem Rücken: »Ich begreife das nicht. Er hat sein Lebenswerk zerstört. Eine Kopie gibt es nicht.«

Ich drehte mich zu ihr um. Sie hatte sich gefasst, obwohl ihre Schultern bisweilen noch zuckten.

Herr Gruber sei in den letzten Tagen sehr verwirrt gewesen, erklärte die Heimleiterin. Immer wieder habe er weggehen wollen, habe dauernd betont, dass er gewisse Dinge richtigstellen müsse.

»Herr Doktor war böse mit mir«, mischte Birgül sich ein. »Hat mich angeschrien, ich wusste nicht, warum.«

Ja, es sei nicht leicht gewesen, ihn zu beruhigen, bestätigte Frau Hunziker. Man habe, auf Anordnung des Hausarztes, Psychopharmaka eingesetzt. Sie wandte sich an Bettina: »Wir haben Sie ja informiert.«

»Darum war ich vorgestern bei ihm«, sagte Bettina, »da war er sehr müde. Er hat mich zuerst gar nicht erkannt. Und dann hat er mich plötzlich gefragt: War das alles falsch? Hat man mich betrogen?« Sie war nahe daran, wieder in Tränen auszubrechen. »Ich ahne, was er damit meinte.«

»Was?«, fragte ich.

»Das Ganze. Sein Doppelleben. Die Überzeugung, dass wir bedroht sind, von Feinden unterwandert. Und die Illusion, dass es einen Gegenpol gibt, Stifter, der die Harmonie predigt. In den letzten Monaten muss trotz seiner Demenz die Einsicht gewachsen sein, dass weder das eine noch das andere stimmt.«

Ich zweifelte, ob sich Grubers geistiger Zusammenbruch – oder gab es ein anderes Wort dafür? – auf diese Weise erklären ließ, widersprach aber nicht. Mir war, als höre der Tote auf dem Bett uns zu. Das war mir unangenehm. Zugleich wurde mir klar, dass wir beide doch stillschweigend von einem Suizid, einer Suizidabsicht ausgingen, davon, dass Gruber sich selbst, so wie Stifter, nicht mehr ertragen hatte. Plötzlich trat Bettina auf mich zu und lag mir in den Armen, ich spürte ihre nasse Wange an meiner, wir hielten einander fest. Einen Moment war mir schwarz vor Augen. Unser Schweigen dauerte lange; es wurde von Birgül und der Heimleiterin respektiert. Erst als wir uns voneinander lösten, ergriff Frau Hunziker wieder das Wort: »Wenn Sie noch bleiben wollen, lassen wir Sie jetzt allein …«

»Nein«, sagte Bettina, »es ist gut so. Abschied von ihm habe ich schon viele Male genommen.« Sie wandte sich an mich: »Wir sollten Fabian und Julia benachrichtigen. Ich komme dann wieder mit ihnen.«

Birgül nickte freundlich und schüttelte dabei ihre Locken. »Die Enkel, ja. Sie sollen auch Abschied nehmen, oder nicht?«

»Dann aber bald, in den nächsten Stunden«, sagte Frau Hunziker. »Die Hygienevorschriften, wissen Sie. Die Einsargung, der Transport zur Leichenhalle. Wir sind gezwungen, uns daran zu halten.« Sie versuchte, tröstend zu lächeln. »Wenn wir also jetzt draußen noch das eine oder andere klären könnten. Erschrecken Sie bitte nicht, wenn später auch die Polizei mit Ihnen sprechen will. Bei der Möglichkeit eines Suizids muss sie routinemäßig genauere Abklärungen vornehmen.« Bettina wollte, ihrer Miene nach, zu einem Protest ansetzen, aber Frau Hunziker ließ sie nicht zu Wort kommen: »Keine Sorge, es war ein Unfall, da besteht für mich kein Zweifel.«

Es stellte sich heraus, dass Julia in London war. Einige SMS gingen hin und her; sie versprach, zur Trauerfeier werde sie rechtzeitig zurück sein und Cello spielen. Fabian, den Bettina in seiner Firma erreichte, wollte gleich kommen. Bettina würde im Café auf ihn warten und dabei mit Frau Hunziker das Administrative besprechen. Ich zog es vor zu verschwinden, obwohl ich mir feige vorkam. Ich wollte nicht dabei sein, wenn mein Sohn, sechsundzwanzig nun, Modedesigner in Ausbildung, seinen toten Großvater betrauerte. Den erwachsenen Sohn weinen zu sehen, zerreißt einem Vater das Herz. Ich wusste auch nicht, ob ich Fabian trösten könnte, er hatte Gruber gemocht, in gewisser Weise sogar verehrt. Er hatte auf seinem Schoß gesessen und sich Briefmarkenalben zeigen lassen, es hatte allerdings nie lange gedauert; nach kurzer Zeit jeweils hatte Gruber ihn mit geistesabwesendem Ausdruck auf den Boden gestellt. Ich hatte den beiden, während ich mit Alice und Bettina am Teetisch saß, einige Male zugeschaut und mitgehört, wie Gruber zu einzelnen Briefmarkensujets – zu Vögeln, Blumen, Bauwerken – kleine abenteuerliche Geschichten improvisierte. Das hätte ich ihm gar nicht zugetraut.

Zu Fuß ging ich in die Redaktion zurück. Mein Artikel warte, es sei unaufschiebbar: Mit dieser Entschuldigung hatte ich Bettina ein weiteres Mal im Stich gelassen. Sie stimmte gar nicht; den Abdruck hatte die Chefin nun doch erneut verschoben. Auf dem Weg war mir Fabian in Gedanken weit näher als der Tote, und jetzt bereute ich, dass ich nicht geblieben war. Mit Fabian verband mich so viel Glück und Unglück. Der Fünfjährige, der nicht verstand, dass der Vater auszog, sich bei jedem Wiedersehen an ihn hängte und ihn nicht loslassen wollte. Sein unfertiges Gesicht, über das die Tränen liefen, die Asthmaanfälle in der Nacht, und meine Schuldgefühle, als die Kinderärztin sie der Trennung der Eltern zuschrieb. Später unsere Zweikämpfe im Tischtennis, mit Gelächter und beidseitigem Siegeswillen. Die Raufereien, bei denen ich absichtlich unterlag. Seine Mühen mit der Orthographie und mein Ärger über seine Nachlässigkeiten. Das Kiffen, das ihn jahrelang umnebelte. Die ersten Freundinnen, die er mit Jägerstolz präsentierte, Barbiepuppen, wie ich fand, und doch rührten mich dann bei abrupten Trennungen seine Verzweiflungsschübe, seine Bereitschaft, die Schuld bei sich zu suchen. Und dann, lange nach zwanzig, unter dem Einfluss einer neuen Freundin die Verwandlung vom Hochbauzeichner in einen kreativen Designer, der die Mode zu seiner Leidenschaft machte und nun erste Erfolge einheimste. Ich merkte, dass ich ein Gegenbild zum Toten brauchte; Fabian verkörpert in vielen Dingen die Energie, die sprühende Lebendigkeit, die ich nicht mehr habe. Beinahe wäre ich umgekehrt, um am Bett des Toten meinen Sohn in die Arme zu schließen. Ich tat es nicht, wie ich vieles in meinem Leben aus Scham oder Trotz versäumte.

Es gab in der Tat noch vor der Trauerfeier eine polizeiliche Untersuchung. Auch ich wurde vernommen; offenbar hatte jemand – Frau Hunziker? – den Verdacht geäußert, ich hätte Gruber ungesehen besucht (als ob das möglich gewesen wäre!), mich heftig mit ihm gestritten und ihn zu einer Kurzschlusshandlung provoziert. Aus den penetranten Fragen der Polizei hörte ich sogar die Vermutung heraus, dass ich direkt an Grubers Tod beteiligt gewesen sein könnte. Es gab Momente in der Vernehmung, da kam ich mir als potentieller Mörder vor, der im Affekt den dementen Schwiegervater mit einem Rasiermesser umgebracht hatte. Ich protestierte entschieden gegen diese unterschwellige Vermutung, die die Beamtin allerdings abstritt, und zugleich fragte ich mich, ob mein Zorn auf Gruber je groß und lodernd genug gewesen wäre, um ihn töten zu wollen, nur damit er, der Widersacher, aus meinem Leben verschwand. Nein!, sagte ich mir. Oder im Traum vielleicht, in Phantasien, da kniete ich auf ihm, hatte den Drang, ihn zu demütigen. Aber das ist kein Verstoß gegen die Gesetze.

Es zeigte sich bald, dass auf dem Rasiermesser nur Fingerabdrücke von Gruber selbst zu finden waren. Keine von mir, keine von irgendjemand anderem. Der Befund erleichterte mich weniger, als ich vermutet hatte. Die Polizei sah letztlich doch überzeugende Gründe dafür, dass es sich bei Grubers Tod um einen Unfall handelte; der Notarzt vertrat die Ansicht, eine Durchblutungsstörung im Gehirn, eine sogenannte Streifung, habe Grubers Hand ausrutschen lassen. Das hätte man auch in einer Obduktion nicht nachweisen können, deshalb verzichtete man darauf.

Julia war rechtzeitig zurück, um bei der Abdankung in der kleinen Friedhofskapelle Cello zu spielen. Wie schon für Alice, ihre Großmutter, acht Jahre zuvor. Wieder Bach, sie saß auf einem Stuhl neben dem Rednerpult, in einem roten Kleid, das einen Teil der Trauergäste befremdete. Sie spielte mit konzentriertem Ausdruck und geschlossenen Augen. Ich sah die leichte Bewegung ihrer dunkelblonden Haare, die Reflexe des Deckenlichts auf dem Lack des Cellos, den Glanz der Haut in ihrem Ausschnitt. Ich hörte die Töne, die den Raum fast im Übermaß füllten, ich lauschte der Musik eines gläubigen Mannes, der vor zweihundertsechzig Jahren gestorben war, und sie löste in mir erstmals Trauer über Grubers Tod aus, keine heftige, eher Wehmut. Er war mir wichtig gewesen im Guten wie im Schlechten. Ich fand die Hand seiner Tochter. Er hatte sie verzweifelt und besitzergreifend geliebt, und sie hatte versucht, am Klavier einen Schutzwall gegen ihn zu errichten. Vielleicht war sie jetzt endgültig frei.

Auch Karina war zur Beerdigung gekommen, zusammen mit Erwin, ihrem Mann, dem Richter. Ich habe sie lange nicht mehr gesehen. Sie ist dünn wie eh und je, trägt hautenge Jeans, in ihr Gesicht haben sich deutliche Altersspuren eingegraben. Ihr hurtiger Gang ist etwas langsamer geworden; noch immer aber redet sie gerne mit den Händen, und man schaut ihr zu wie einem Vogel, der ausdrucksvoll mit den Flügeln flattert. Sie umarmte Bettina, mit der sie in all den Jahren befreundet blieb, sie küsste mich auf die Wangen, boxte mich sogar freundschaftlich in die Seite, doch auf ihr saloppes »Wie geht's dem Träumer?« wollte sie gar keine Antwort. Als Anwältin hat sie nach wie vor einen guten Ruf in alternativen Kreisen, übernimmt jedoch auch lukrativere Mandate, sogar von der Pharmabranche, die sie einst heftig attackierte. Niemand glaubte damals, dass sie mit Erwin zusammenbleiben würde, zu groß schien der Kontrast zu ihm. Aber sie haben es geschafft, auch ohne

Kinder, sie reisen viel, wie ich von Bettina erfahre. Letztes Jahr waren sie zwei Monate in Kolumbien, sie unterstützen dort eine Schule; auch Bettina zahlt auf das Konto ihres Hilfswerks ein. Vorbildlich, man schämt sich als zweiflerischer Zeitgenosse. Die Affäre mit Karina scheint mir Lichtjahre entfernt.

Es wartet die Fron, ich quäle mich ab mit der Überarbeitung der Porträts, von denen ich inzwischen nicht mehr weiß, ob sie irgendetwas taugen. Aber ich muss versuchen, die Vielschichtigkeit der Menschen, die ich im Frühherbst getroffen habe, in je 4000 Zeichen zu erfassen. Vergebliche Liebesmüh, Holzschnitt-Prosa. Zum Beispiel Zeno, der Musiker, der am 9. November 1989 ein Konzert vor einem kleinen Publikum in einer Dorfturnhalle gab und der großen Politik bewusst den Rücken kehrte. Dieser störrische Mann, der die kettenrauchenden Junkies nicht aushielt, die er betreuen sollte. Und dafür von Ceausescus Ermordung aufgewühlt war. Oder Petra, die in der Wiedervereinigung eine Annexion der DDR durch den Westen sah, Petra, die Stuttgarterin, die sich im Herbst 1990 bei einem Besuch in Ostberlin als Provinz-Ei vorkam, in einer Szenekneipe nach einem Rockkonzert den Neid und die bohrenden Fragen der Ossis über sich ergehen ließ und sich selbst plötzlich in einer Wohlstandsblase sah. Stumm und taub für andere Lebensverhältnisse. Dabei waren ihre Ohren, wenn sie die strähnigen Haare zurückstrich, so groß, die Muscheln rot und leicht durchscheinend. Doch die Chefin will Petra nicht. Und verdirbt mir mit ihren Randkommentaren im Dokument jede Lust am Verdichten (was für sie bloß Kürzen heißt).

Die Ermittlungen

Sachlage

In der Seniorenresidenz Tulipan, Lehnweg 32–34, wurde am Nachmittag des 14. Oktober 2010 die Leiche von Dr. Armand Gruber, geboren am 22. September 1924, durch die Pflegehilfskraft Birgül Bulut aufgefunden. Da es aufgrund der Spurensicherung nicht klar war, ob sich Dr. Gruber die tödliche Wunde am Hals selbst zugefügt hatte, ob ein Unfall die Ursache war oder allenfalls ein Verdacht auf Fremdeinwirkung bis hin zu Totschlag oder Mord begründet werden konnte, war die Kantonspolizei verpflichtet, Ermittlungen aufzunehmen und Vernehmungen durchzuführen.

Vorgeladen und vernommen wurden die Leiterin der Residenz, Frau Marlies Hunziker-Rupp, die Pflegefachkraft Birgül Bulut, und die nächsten Verwandten von Dr. Gruber: seine Tochter Bettina Gruber, geschiedene Sturzenegger, und deren ehemaliger Ehegatte, Mario Sturzenegger. Zudem wurde in Gesprächen mit Angestellten und Bewohnern der Residenz die Möglichkeit überprüft, ob ein Besucher zum vermutlichen Todeszeitpunkt ungesehen das Zimmer von Dr. Gruber hätte betreten können.

Was folgt ist kein Wortprotokoll, sondern eine geraffte Wiedergabe der wesentlichen Aussagen.

Frau Marlies Hunziker-Rupp, Leiterin der Seniorenresidenz Tulipan
Zu den Öffnungszeiten der Residenz (8 Uhr bis 21 Uhr 30) sei es nur beschränkt möglich, das Hereinkommen und Weggehen der Besucher zu kontrollieren. Der Verwaltungsrat habe sich zwar mehrfach überlegt, die Eingangstür elektronisch zu sichern und nur von innen, durch eine wachhabende Hilfskraft, öffnen zu lassen. Man habe sich aber dagegen entschieden, da erstens eine solche Maßnahme die Bewegungsfreiheit der Bewohner beschneiden und zweitens die zusätzlichen Kosten erheblich ins Gewicht fallen würden. Es gebe auch keine Liste, in die sich die Besucher eintragen könnten oder müssten, das sei in keiner Altersresidenz, die Frau Hunziker kenne, gebräuchlich. Immerhin sei der Unterschied zwischen einer solchen Residenz und einem geschlossenen Pflegeheim oder einer psychiatrischen Station beträchtlich.

Herr Dr. Gruber, der üblicherweise die meiste Zeit am Schreibtisch gearbeitet habe, sei in letzter Zeit sehr unruhig gewesen. Trotz aller Anzeichen einer fortschreitenden Demenz habe er immer wieder Phasen von erstaunlicher Klarheit gekannt. Es habe allerdings Versuche von Dr. Gruber gegeben, die Residenz in verwirrtem Zustand zu verlassen, der Hausarzt habe deswegen dämpfende Medikamente verschrieben.

Frau Bettina Gruber gesch. Sturzenegger, die Tochter des Toten, habe in letzter Zeit ihren Vater mehrfach und in kurzen Abständen besucht, das sei ihr, Frau Hunziker, gemeldet worden oder sie habe es selber, eher zufällig, beobachtet. Herrn Mario Sturzenegger gegenüber empfinde sie eine gewisse Zurückhaltung. Bei früheren Besuchen – meist am Sonntag – seien gelegentlich laute Stimmen aus Dr. Grubers Zimmer gedrungen, die beiden Männer hätten sich unzweifelhaft gestritten. Sie greife aber nur im Notfall ein, und der sei nach ihrem Dafürhalten bei einem Wortstreit nicht gegeben. Bei Poltern oder Geschrei hätte sie anders reagiert.

Sie schließe nicht ganz aus, dass Herr Sturzenegger an diesem 14. Oktober den ehemaligen Schwiegervater besuchte, ohne dass ihn jemand sah, und ihn vielleicht beim Rasieren überraschte, ja erschreckte, so dass Dr. Gruber die Hand ausrutschte und er sich die tödliche Wunde unabsichtlich beibrachte. Eine Gewaltanwendung möchte sie Herrn Sturzenegger nicht unterstellen, aber noch weniger möge sie an einen Selbstmord glauben. Herr Dr. Gruber sei in den letzten Monaten immer wieder ansprechbar und guten Mutes gewesen, auch wenn er es normalerweise vorgezogen habe, in seinem Zimmer zu bleiben und zu schreiben. Sie sei alles in allem davon überzeugt, dass er einem Selbstunfall zum Opfer gefallen sei.

Frau Birgül Bulut, geb. 1978, Pflegehilfskraft

Frau Bulut kam vor sechs Jahren, zusammen mit ihrem Mann, als kurdische Asylsuchende in die Schweiz. Ihr Gesuch wurde in erster Instanz abgelehnt und nach einem Wiedererwägungsverfahren, aufgrund von medizinisch nachgewiesenen Folterspuren, bewilligt. Sie war in Ostanatolien als Hebamme tätig und hat offenbar Frauen in kurdischen Dörfern, die durch Angriffe türkischer Soldaten verletzt oder traumatisiert wurden, auf illegale Weise betreut. Sie tritt für ein autonomes Kurdistan ein, was sie in der Türkei verdächtig machte und zu mehrmaligen Verhaftungen führte. Frau Bulut lebt inzwischen von ihrem Mann getrennt und hat eine vierjährige Tochter, die sich während ihrer Arbeitszeit bei einer Nachbarin aufhält. Sie spricht gut Deutsch, so war es nicht nötig, eine Dolmetscherin beizuziehen. In der Seniorenresidenz arbeitet sie seit zweieinhalb Jahren zu siebzig Prozent. Ihr Diplom als Hebamme wird in der Schweiz nicht anerkannt, deshalb ist sie als Hilfskraft eingestuft.

Zwischen Frau Bulut und dem verstorbenen Dr. Gruber entstand, nach anfänglichen Schwierigkeiten, ein enges Vertrauensverhältnis. Er wollte in letzter Zeit ausschließlich mit ihr zu tun haben, was vom Einsatzplan her nicht immer passte. War sie nicht zur Stelle, verhielt er sich bockig und verweigerte den Kontakt mit anderen Pflegekräften. Da sei er Frau Bulut vorgekommen wie ein trotziges kleines Kind, aber sie habe gelernt, ihn in Phasen großer Unruhe und Verwirrtheit zu beruhigen. Meist sei er indessen ganz normal gewesen, sehr höflich und aufmerksam, er habe ihr bisweilen aus seinem Manuskript vorgelesen, wobei sie, auf Anweisung von Frau Hunziker, nie länger als eine Viertelstunde dafür erübrigen durfte. Allerdings habe sie vieles nicht verstanden. In letzter Zeit scheine er sich vor den Besuchen seiner Tochter gefürchtet zu haben, vor allem wenn ihr Exmann dabei war. Wovor gefürchtet? Das könne sie nicht sagen, einmal habe Herr Dr. Gruber sich im Badezimmer versteckt, um die Verwandten nicht sehen zu müssen, und behauptet, er leide an Durchfall. Einiges habe Herr Dr. Gruber angedeutet, sie habe begriffen, dass er zur Zeit des Kalten Krieges für sein Land und dessen Unabhängigkeit kämpfen wollte. Er litt darunter, dass ihm dies Herr Sturzenegger, der früher ein Kommunist gewesen sei, zum Vorwurf mache. Vor kurzem habe Herr Dr. Gruber aber angekündigt, man werde nun endlich seine Verdienste würdigen. Er habe sich unzusammenhängend ausgedrückt, man sei nicht klug geworden aus ihm. Vor zwei Wochen, an einem Sonntag, sei in Dr. Grubers Zimmer der Alarm ausgelöst worden. Sie, Frau Bulut, habe gewusst, dass die Tochter und Herr Sturzenegger bei ihm waren, sie sei deswegen in Sorge gewesen und sofort hingeeilt. Herr Sturzenegger habe Dr. Gruber mit Gewalt am Weglaufen zu hindern versucht, die Tochter habe laut geweint. Mit vereinten Kräften hätten sie Dr. Gruber aufs Bett gelegt. Herr Sturzenegger habe sie, Frau Bulut, dazu aufgefordert, Dr. Gruber eine Beruhigungsspritze zu geben, das habe sie widerwillig getan. Sie glaube, es wäre ihr auch so gelungen, den alten Mann zu beruhigen. Weshalb er wegwollte, habe sie nicht genau verstanden. Dr. Gruber sei nach diesem Ereignis sehr kindlich geworden, er habe gewollt, dass sie ihn umarme und tröste. Das habe sie nicht getan, so etwas gehe ihr zu weit. Er habe dann sein Manuskript zu zerstören begonnen, er habe vieles wütend durchgestrichen, Seiten zerrissen und die ganze Zeit vor sich hin geredet, manchmal gelacht oder geschimpft. Der Heimarzt habe gesagt, damit schade er niemandem, und es abgelehnt, die Dosis des Beruhigungsmittels zu erhöhen, umso mehr, als der Patient keine weiteren Fluchtversuche unternahm. Davon, sich umzubringen, habe er nie gesprochen, er müsse aber in großer Verzweiflung gewesen sei, und sie werfe sich vor, dies zu wenig wahrgenommen zu haben. An seinem Todestag habe ihn, wie sie glaube, niemand besucht. Bei ihrem ersten Kontrollgang gegen Mittag sei er ungewöhnlich sanft gewesen, er habe sie gefragt, ob sie nie Heimweh habe. Sie habe ihm Tee gebracht, er habe ja kaum mehr gegessen und in den letzten Monaten stark an Gewicht verloren. Am Nachmittag dann, beim zweiten Kontrollgang, gegen 15 Uhr, habe sie vergeblich an seiner Tür geklingelt, und als sie eingetreten sei, habe sie ihn im Badezimmer auf dem Boden gefunden, den Kopf in einer Blutlache. Sie habe sogleich gesehen, dass er sich mit dem Rasiermesser tief geschnitten hatte, sie habe an seinem Herz gehorcht, den Puls gefühlt, und da war sie sicher, dass man ihn nicht mehr retten konnte. Sie habe dann alles Nötige in die Wege geleitet, sie habe im Beisein des Arztes das Blut, zusammen mit einer Kollegin, aufgewischt, es sei ihr nicht bewusst gewesen, dass sie bis zur polizeilichen Abklärung nichts hätte antasten dürfen. Sie habe das zerrissene Manuskript in eine Tüte gesteckt, sie habe geholfen, den Toten ein wenig zurechtzumachen. Sie frage sich immer noch, was Herrn Dr. Gruber zu dieser Tat getrieben habe. Sie nehme an, dass es ein Unfall war und ihm die Hand ausgerutscht sei. Dass jemand noch bei ihm gewesen sei und auf irgendeine Weise nachgeholfen habe, halte sie für unwahrscheinlich, in diesem Fall hätte man bestimmt etwas gehört.

Bemerkungen
Frau Bulut zeigte sich bei der Befragung phasenweise aufgewühlt, sie weinte, machte oft lange Pausen. Ihre Aussagen decken sich mit jenen der an Ort und Stelle befragten möglichen Zeugen. Weder Frau Hunziker noch Frau Bulut

scheinen über irgendein Motiv zu verfügen, das ausgereicht hätte, Herrn Dr. Gruber Gewalt anzutun. Es sind am Griff des Rasiermessers keine anderen Fingerabdrücke zu finden als die des Toten selbst. An einen Mörder, der seine Tat mit Handschuhen begangen hat, glauben wir nicht. Vermögenswerte waren bei Dr. Gruber nicht zu holen. Die Vermutung, dass sich Frau Bulut gegen einen sexuellen Übergriff des alten Mannes mit einem Stoß gewehrt hat, der zum Schnitt mit der Rasierklinge führte, ist aus unserer Sicht abwegig.

Herr Mario Sturzenegger, geb. 1954, Journalist
Herr Sturzenegger verhielt sich zunächst wenig kooperativ. Er fand das Verhör, wie er es nannte, völlig überflüssig. Er warf uns Befangenheit vor, beklagte sich, dass wir ihn verdächtigen würden, er sei in Dr. Grubers Tod verwickelt. Und er wollte einen Anwalt beiziehen. Als wir ihm erklärten, es handle sich hier um eine routinemäßige Befragung, zu der wir bei einem Verdacht auf Suizid verpflichtet seien, bestand er nicht mehr darauf und gab uns knappe Auskunft über das schon Jahre dauernde Zerwürfnis zwischen ihm und dem ehemaligen Schwiegervater, der zudem im Gymnasium sein Deutschlehrer gewesen war. Bei Dr. Gruber hätten sich geradezu paranoide Züge entwickelt, auch nach dem Ende des Kalten Kriegs habe er die Schweiz von Feinden umzingelt gesehen. Er, Sturzenegger, habe sich dagegen, zu Grubers starkem Missfallen, nach links bewegt und dann wieder zurück, was allerdings der Schwiegervater nicht habe wahrhaben wollen. Sie hätten sich oft gestritten, doch nie wäre es ihm eingefallen, Dr. Gruber physisch an-

zugreifen, er neige auch nicht – das werde seine ehemalige Frau bezeugen – zu Jähzorn, eher zu Rückzug und Flucht in spannungsvollen Situationen. Es habe durchaus Momente gegeben, in denen er seinen Schwiegervater hasste, besonders dann, wenn wieder eine seiner Unterdrückungsmethoden der Tochter gegenüber ans Licht gekommen sei, er habe sie in ihrer Jugend im Affekt sogar geschlagen. Sturzenegger gab zu, dass er auch vor kurzem, als Dr. Gruber seine Mitgliedschaft bei der geheimen Widerstandsorganisation P-26 offenbarte, erneut eine starke Abneigung gegen diesen Mann verspürt habe. Er sei ein Mensch mit einem Doppelleben gewesen, der wohl nicht davor zurückgeschreckt wäre, vermeintliche Staatsfeinde zu liquidieren. Die von Frau Bulut beschriebene Auseinandersetzung mit Dr. Gruber stritt Sturzenegger nicht ab, er habe indessen Dr. Gruber in keiner Weise bedroht oder eingeschüchtert, sondern dazu beigetragen, ihn zu beruhigen. Am Todestag, gestern also, habe er die Residenz und Grubers Zimmer nicht betreten, beziehungsweise erst nach Grubers Tod zusammen mit seiner ehemaligen Frau. Wir konfrontierten ihn mit der Aussage einer Praktikantin im Pflegedienst, die ihn am frühen Nachmittag beim raschen Vorbeigehen im oberen Stockwerk erkannt haben wollte. Herr Sturzenegger beteuerte, das müsse eine Verwechslung oder ein Irrtum sein, er habe sich den ganzen Tag in der Redaktion aufgehalten, mindestens drei Kollegen könnten dies bezeugen. Die nachträgliche Befragung des Pflegepersonals führte zu keinerlei Anhaltspunkten, dass Herr Sturzenegger tatsächlich in der Residenz gewesen war. Es gab, außer der Praktikantin, niemanden, der sich an ein Auftauchen oder Vorbeigehen von

Herrn Sturzenegger zu diesem Zeitpunkt erinnern konnte. Auf der Redaktion wurde von mehreren Seiten bestätigt, dass er ganztags anwesend gewesen sei. Er verfügt somit über ein solides Alibi.

Bemerkungen
Herr Sturzenegger muss sich in letzter Zeit innerlich intensiv mit dem ehemaligen Lehrer und Schwiegervater auseinandergesetzt haben. Es gibt aber keine Spuren und keine überzeugenden Hinweise, die auf etwas anderes als einen Unfall oder Suizid deuten, und deshalb sehen wir keinen Anlass, Herrn Sturzenegger in Untersuchungshaft zu nehmen.

Nachtrag
Erkundigungen bei den zuständigen Stellen haben ergeben, dass Mario Sturzenegger in den Jahren 1978 bis 1990 mehrmals ins Visier des Staatsschutzes geriet und phasenweise überwacht wurde. Er sympathisierte als Journalist bei einem linken Blatt offenkundig mit pazifistischen Kreisen, ebenso mit anarchistisch und maoistisch gesinnten Splitterparteien. Er verweigerte als Militärdienstpflichtiger relativ spät, mit beinahe dreißig, die Waffe und wurde dafür zu zwei Monaten Gefängnis verurteilt. Er wurde auf Demonstrationen, die sich gegen die USA richteten, fotografiert, er gehörte, wenn auch am Rand, zu den Mitorganisatoren der Kampagne gegen neue Kampfflugzeuge, er hatte Kontakt mit Katharina Koller, der Tochter des Hausmeisters beim Nachrichtendienst, die sich im Drogenmilieu bewegte. Er war überdies mehrmals in der ehemaligen DDR, was in un-

seren elektronischen Unterlagen, die auch die eingescannten alten Berichte enthalten, detailliert dokumentiert ist.

Sturzeneggers politische Haltung scheint sich inzwischen gewandelt zu haben, wobei dies Tarnung sein könnte und zum jetzigen Zeitpunkt, aufgrund der Konstanten in seiner Biographie, eine gewisse Nähe zu radikalen Globalisierungsgegnern nicht auszuschließen ist.

Vermutlich ist diese Vergangenheit der Hauptgrund für Sturzeneggers Zerwürfnis mit Dr. Gruber, der sein Leben lang auf der konservativ-bürgerlichen Seite stand und mit Überzeugung deren Werte vertrat. Aber dieser starke Gegensatz hätte unseres Erachtens nicht ausgereicht, Sturzenegger zu einer Gewalttat zu provozieren, selbst wenn wir aus der kriminologischen Literatur Fälle kennen, in denen angebliche Pazifisten zu Mördern wurden.

Bettina Gruber, geschiedene Sturzenegger, geb. 1956, Hausfrau und Kindergärtnerin
Frau Gruber konnte es immer noch kaum glauben, dass ihr Vater auf solche Weise ums Leben gekommen war, und sagte mehrfach, das Ganze sei ein Alptraum für sie. Vielleicht werde sie mit der Zeit auch erleichtert sein, dass die Nöte des Vaters ein Ende gefunden hätten, er sei in ihren Augen ein unglücklicher Mensch gewesen. Sie habe als junge Frau lange genug seine Forderungen zu erfüllen versucht, von ihm aber keine Unterstützung für ihre musikalische Karriere bekommen. Das sei allerdings lange her. In den letzten Jahren habe sie einen anderen Zugang zu ihm gefunden und auch besser verstanden, warum er einen entlegenen Autor, den Österreicher Adalbert Stifter, zu seinem

Lebensmittelpunkt gemacht habe. Mario Sturzeneggers Verhältnis zu Dr. Gruber sei dagegen zwiespältig geblieben, seine Vorbehalte hätten sich, zu ihrem Bedauern, im Lauf der Zeit eher verfestigt als gelockert. Er sei als Gymnasiast der Lieblingsschüler ihres Vater gewesen, später habe er ihn, auf politischer und literarischer Ebene, immer heftiger attackiert, der Vater habe stark darunter gelitten. Ein halbes Leben lang habe sie es für ihre Aufgabe gehalten, zwischen den beiden zu vermitteln, sie sei letztlich erfolglos geblieben und denke heute, dass sie die Scheidung unter anderem auch gewollt habe, weil sie diese Vermittlerrolle nicht mehr ertrug.

Ihr Vater habe in den letzten Monaten fast nur noch über seinem Manuskript gebrütet. Am Tag vor seinem Tod habe sie ihn kurz besucht. Er habe im Bett gelegen, sie habe sich zu ihm gesetzt und seine Hand gehalten. Sie hätten kaum miteinander gesprochen, und nach einer halben Stunde sei sie wieder gegangen. Zur strikt antikommunistischen Haltung ihres Vaters sagte sie: Er sei in einer anderen Zeit aufgewachsen, er habe eine Wahl getroffen und sei überzeugt gewesen, damit seine Verantwortung als Staatsbürger wahrzunehmen. Ihr Exmann hingegen sei gegen diese Haltung angerannt. Wobei sie ihm in keiner Weise zutraue, dem Vater ein Leid zugefügt zu haben. Dass er am Todestag noch bei ihm gewesen sein könnte, halte sie für unwahrscheinlich.

Bemerkungen
Frau Gruber war zeitweise nicht in der Lage, zusammenhängend zu sprechen. Sie wirkte fahrig und bisweilen ag-

gressiv, nicht in Worten, aber mit Gesten und Mimik. Im Ganzen lässt sich an der Glaubwürdigkeit ihrer Aussagen nicht zweifeln.

Fazit

Es erscheint sinnlos, den Fall unter kriminalistischem Gesichtspunkt weiterzuverfolgen. Wäre bei Dr. Grubers Tod Gewalt im Spiel gewesen, hätte dies die Spurensicherung mit hoher Wahrscheinlichkeit festgestellt. Wir plädieren nach Rücksprache mit unserem Pathologen dafür, von einem unglücklichen Unfall mit Todesfolge – ausgerutschte Hand, evtl. nach Schmerzattacke und/oder Durchblutungsstörung – auszugehen und von weiteren Untersuchungen abzusehen.

gez. Elisa Bütler, Regionalfahndung / Ernst Winzeler, Polizeigefreiter

Mario, im Haus des Vaters

Als es Gruber nicht mehr gab, begann ich von meinem Vater, dem Schuhmacher, zu träumen. Es waren wilde und zerfahrene Träume, und wie er sich darin zeigte, stand in schroffem Gegensatz zum Verhalten, an das ich mich erinnerte, zu seiner Schweigsamkeit, zu seinem ständigen Rückzug. Er war elf Jahre zuvor, im Dezember 1999, überraschend an einem Hirnschlag gestorben. Er hatte sich für mein Gefühl schon lange von mir verabschiedet; mein erwachender Intellekt, so sehe ich es heute, trieb mich von ihm weg. Im Strudel der Adoleszenz suchte ich nicht mehr seine Anerkennung, sondern die von Gruber. Und später ging es mir darum, den Kampf gegen dessen Dominanz zu gewinnen. Warum die beiden so unterschiedlichen Männer sich nach meiner Hochzeit miteinander anfreundeten, war mir ein Rätsel, ich konnte es nicht lösen.

In meinem Bericht bin ich Albert Sturzenegger, geboren am 17. Juli 1918, Orthopädie-Schuhmacher, bisher ausgewichen, habe ihn, gleichsam als elterliche Staffage, in seiner Werkstatt gelassen, wo er sich am liebsten aufhielt. Dabei gab es doch den einen oder anderen Versuch, ihm näherzukommen.

In meiner ersten Zeit als Journalist plante ich eine Artikelfolge über die bäuerliche Schweiz des frühen zwanzigsten Jahrhunderts, über die gesellschaftliche Kluft zwischen Arm und Reich. Mein Vater sollte für mich ein Zeitzeuge sein, und ich suchte ihn nach telefonischer Voranmeldung in seiner Werkstatt auf. Sie lag im Souterrain des Wohnhauses, die Oberlichter ließen genügend Licht herein. Vater strich die rechte, von Schuhwichse verschmierte Hand an seiner Schürze ab und reichte sie mir zum Gruß, Umarmungen waren zwischen uns nicht üblich. Ich hatte mich hier, in seinem Reich, nie wohl gefühlt. All diese ordentlich aufgereihten oder an Nägeln hängenden Werkzeuge, deren Namen und Gebrauch er mir – da war ich acht-, neunjährig – hatte beibringen wollen, Zwickzange, Kneipmesser, Absatzraspel, Ahlen und Nadeln aller Art, dazu die Lederstapel, die hölzernen Modelle deformierter Füße. Ich war einige Male dabei gewesen, als er die Füße von Kunden mit größter Sorgfalt ausmaß, und mir hatte vor dem Schweißgeruch geekelt, der aus Socken und Strümpfen stieg. Vater hatte schon damals begriffen, dass ich mich, ebenso wie der ältere Bruder, in diesen Beruf nicht hineinlocken ließ.

Ich blieb vor ihm stehen, erklärte mein Anliegen, fragte, ob er mich zu seinem Geburtshaus begleiten und mir von seiner Kindheit erzählen würde, darüber wisse ich ja wenig. Wir waren beide verlegen, Vater zögerte eine Weile, klopfte mit dem Hammer an einem Schuh herum, sagte dann: »Also gut, wenn dir das hilft.« Ich nickte, ich schlug vor, dass wir bei diesem stabilen Herbstwetter morgen am späten Nachmittag hinfahren würden, und nun nickte auch Vater, ohne dass unsere Verlegenheit verging. Aber als ich schon wieder bei der Tür war, räusperte er sich und fragte, wie es mir gehe, und ich erwiderte, wie immer: »Gut, ich hoffe, dir auch.«

Ich holte ihn in dem kanariengelben Deux Chevaux ab, den ich seit kurzem besaß. Vater setzte sich in steifer Würde neben mich, gurtete sich umständlich an, er hatte selbst nie Auto fahren gelernt. Wir fuhren ins waldige Hügelgebiet außerhalb der Stadt, kamen zum Dorf mit dem Schulhaus, dann auf Nebensträßchen zum Bachgraben, an dessen Rand der verlassene kleine Riegelbau stand, in dem Vater seine ersten neun Lebensjahre verbracht hatte. Ich parkte auf einem Stück Erde, das noch nicht von Brombeeren oder Gelbweiderich überwuchert war. Ein einziges Mal hatte Vater mich und die Geschwister hierher mitgenommen, zu viert, ohne Mutter, hatten wir den alten, nahezu zahnlosen Mann besucht, der dort mit ein paar Hühnern und Schafen hauste. Wir nannten ihn Onkel Alois, ich kannte ihn bloß von unserem Weihnachtsessen, zu dem er bisweilen erschien. Er sagte kaum ein Wort, er setzte uns sauren Most vor, von dem ich nur einen Schluck trank, altes Brot, das er offenbar selber buk, schimmligen Käse. Das Grundstück hatte, wie ich Jahre später erfuhr, ein Metzger aus der Umgebung als Spekulationsobjekt erstanden. Weil sich an dieser Lage kein Käufer fand, vermietete er das Haus zu einem geringen Zins an Onkel Alois, verpflichtete ihn dafür zu den nötigsten Unterhaltsarbeiten. Daran hielt sich der Onkel aber nicht, er lasse – so sagte mein Vater nach diesem Augenschein – alles verkommen, das Holz sei morsch, das Dach undicht. Brummig und doch mit einem Anflug von Bedauern fügte er hinzu: Das sei ja nicht mehr sein Zuhause. Und nach einer weiteren Pause: Wenn es dem Alois in solchen Verhältnissen besser passe als im Altersheim, sei das seine Sache. Danach verstummte er und schwieg auf dem ganzen Heimweg.

Onkel Alois starb, als ich zwölf war; seither war das Haus unbewohnt geblieben und nun, wie sich beim ersten Blick zeigte, dem Zerfall nahe. Das Walmdach war auf einer Seite eingestürzt, ein Sparren stand schräg hervor, die Kellertür hatte jemand aus den Angeln gehoben, die meisten Fensterscheiben waren zerbrochen. Aus der Brunnenröhre tröpfelte es nur noch, der Trog war von Moos überwachsen. Vater setzte sich auf den Brunnenrand, er wirkte erschöpft vom bloßen Anblick des Anwesens, strich sich mit der Hand über die Augen.

»Da waren ja bestimmt Nachtbuben am Werk«, murmelte er. Das Wort hatte ich von ihm noch nie gehört, es klang wie aus einer versunkenen Zeit. Und nach einer Weile: »Abbruchreif das Ganze. Es hat gar keinen Sinn, hier noch etwas zu renovieren.«

Ich setzte mich neben ihn, so dass wir uns beinahe berührten, und schaute auf die baufällige Vorderfront. »Woran denkst du, wenn du an diesem Ort bist?«, fragte ich.

»Wir waren arm, mausarm, das weißt du ja«, sagte er unwillig, beinahe verdrossen. »Heute bekäme eine Familie wie wir Sozialhilfe.«

Die Familie: drei Schwestern und er, die Mutter mit schwacher Lunge, häufig bettlägerig, sie rackerte sich bis zum Umfallen ab, verdiente mit Näharbeiten ein wenig Geld. Der Vater eine Art Tagelöhner, der vielerlei konnte: Maschinen reparieren, Tiere heilen, Schnaps brennen, bei der Ernte anpacken. Man hielt sich über Wasser mit kargen

Einnahmen, dem Kartoffelacker, dem Gemüsegarten, mit Kaninchen- und Hühnerzucht, so lebten viele auf dem Land in den Zwanziger- und Dreißigerjahren. Leute ohne Einfluss und ohne staatliche Hilfe, den Launen der Reichen, der »Mehrbesseren«, ausgesetzt. Ähnliche Verhältnisse wie heute in Drittweltländern, das war die These, die ich am Beispiel meiner Großeltern belegen wollte. Das Häuschen hatte ihnen der Bauer überlassen, der weiter drüben wohnte; Vater musste den Teil der Miete, den er nicht bar bezahlen konnte, beim Besitzer abarbeiten, zu einem schäbigen Tageslohn.

»Hast du gelitten unter der Armut?«, fragte ich. Der Sohn hatte diese Frage nie gestellt, der Journalist holte sie jetzt nach.

Aus Vaters Mund kam ein Laut, der wohl ein Lachen sein sollte. »Es war normal. Es war einfach so. Die einen hatten genug, die anderen nicht. Man lebte in einem Schattenloch wie hier und war froh, ein Bett zu haben, auch wenn man zu zweit darin lag.« Er bückte sich, riss einen Grashalm vor seinen Füßen aus und begann auf ihm herumzukauen.

»Wie war es in der Schule?«, fragte ich.

»Die Schule?« Er spuckte aus, kaute weiter, bevor er antwortete. »Unsereiner kam unter die Räder. Wir stanken, so hieß es. Nach Ruß vermutlich, nach angefaulten Kartoffeln. Man hat sich geschämt. Mit Fleiß konnte man etwas wettmachen, aber zu wenig. Der Lehrer nahm mich immerhin in Schutz, das vergesse ich ihm nie. Und dann kam ich ja weg von hier.«

Das wusste ich auch und hatte, was damit zusammenhing, von mir ferngehalten. Vaters Mutter starb, als er gerade in die Oberschule kam, in die Sekundarschule durfte er nicht, weil er keine richtigen Schuhe hatte, bloß Holzpantinen. Vaters Vater ertrug den Verlust nicht, er folgte seiner Frau ein Jahr später, eine Tochter fand ihn in der Scheune, mit einem Strick um den Hals. Darum habe ich meine Großeltern nie kennengelernt. Ein einziges vergilbtes Foto gibt es von ihnen, von der Hochzeit, sie wirken in ihrer festlichen Verkleidung so verschämt, als wären sie lieber gar nicht auf dem Bild. Drei der vier verwaisten Kinder, darunter mein Vater, kamen zu entfernten Verwandten. Die älteste Schwester war Au-pair bei einer waadtländischen Arztfamilie; sie ertrank unter ungeklärten Umständen im Genfersee. Meine Mutter schloss nicht aus, dass sie schwanger gewesen und mit Absicht ins Wasser gegangen sei, Vater stritt dies, als wir ein einziges Mal bei Tisch darüber redeten, mit ungewohnter Heftigkeit ab. Die zwei andern Schwestern lebten auf benachbarten Höfen, wo sie – vom Amtsvormund im Stich gelassen – als unbezahlte Mägde behandelt wurden. Sie taten sich zusammen und rissen gemeinsam aus. Auf welche Weise sie, mit achtzehn und neunzehn Jahren, nach Amerika gelangten, hätte ich gerne erfahren; sie schickten Albert einen Brief, in dem sie die Überfahrt mit ein paar wenigen Zeilen abhandelten und ihm mitteilten, sie hätten Arbeit in einer Konservenfabrik gefunden. Das sei hart, aber besser als die Schikanen und die dauernden Demütigungen bei den Verwandten. Die Absenderadresse war – mit oder ohne Absicht – verwischt und unleserlich. Albert sah die Schwestern nie wieder und hörte erst nach zwei Jahrzehnten von ausgewanderten Schweizern, sie seien in Philadelphia verheiratet und hätten die alte

Heimat völlig aus ihren Köpfen verbannt. Er hätte sie wohl schon vorher ausfindig machen können, doch das wollte er nicht. Sie hatten mit ihrer Vergangenheit gebrochen, und er brach innerlich mit ihnen. Auch das hinterließ eine Wunde, die nie ganz vernarbte. Man durfte die Schwestern, meine Tanten, ihm gegenüber nie erwähnen. Erst an diesem Herbstabend rückten sie wieder näher, Mädchen mit Zöpfen und langen Schürzen, und ich stellte mir vor, wie die vier Geschwister hier zusammen gespielt hatten, *Fangis* oder *Versteckis,* sogar ihr Lachen glaubte ich zu hören, denn es musste doch für sie, als die Eltern noch lebten, auch Momente von Glück gegeben haben. Glück hatte Albert mit seiner Fremdplatzierung. Ein Großcousin nahm ihn bei sich auf, Viehhändler, ein gütiger Mensch ohne eigenen Nachwuchs. Er brachte Vater zu einem Schuhmacher, damit er endlich wintertaugliche Schuhe bekam, und der Junge zeigte sich so fasziniert von dessen Arbeit, dass der Großcousin den Schuhmacher fragte, ob er ihn als Lehrling aufnehmen würde. So kam Vater zu seinem Beruf. Während der Lehrzeit erwies er sich als begabt und intelligent, man riet ihm in der Gewerbeschule, sich zu spezialisieren, da war der Weg in die Orthopädie – und zu einem weiteren Lehrmeister – nicht mehr weit. Das Glück blieb ihm in bescheidenem Rahmen treu, der Pflegevater gab ihm ein zinsloses Darlehen, damit er sich das teure Werkzeug kaufen konnte, und half ihm anfangs mit einem monatlichen Zuschuss, die Werkstattmiete zu bezahlen. Die richtige Frau an seiner Seite vervollständigte eine solide Kleinbürgerexistenz. Ich schreibe das ohne Spott und ohne Verächtlichkeit. Es war ein weiter Weg vom Taglöhnerhäuschen zum eigenen Kleinbetrieb, vom Hungerleiden zum Weihnachtsessen mit Schweinefilet im Teig.

Diese Geschichte kannte ich in groben Zügen. Ich hatte Einzelheiten erfahren wollen, sozialhistorische Fakten, aber nun lud sie sich so auf, dass sie mich zu schmerzen begann, denn hier, an diesem Ort, schienen die Verlassenheitsgefühle, die mein Vater in sich trug, auf mich überzugehen. Die Sonne versank hinter Buchengeäst, zeichnete helle Flecken und Streifen auf die Fassade des Hauses. Wir hatten lange geschwiegen, zwei Amseln führten einen Dialog mit Trillern und langgezogenen Klagelauten.

»Wie weit weg ist das alles für dich?«, fragte ich, ohne mich ihm zuzuwenden.

Vater schrak zusammen, ich hörte ihn atmen, dann sagte er: »Weit weg … fast nicht zu glauben, wie weit.« Die Worte stimmten an dieser Stelle nicht, weder für ihn noch für mich. Ich deutete aufs Haus und fragte: »Wollen wir hinein?«

Vaters »Nein!« war brüsk, aber nach wenigen Sekunden widerlegte er es, indem er aufstand und im schwindenden Licht aufs Haus zuging. »Man sollte vor solchen Dingen nicht davonlaufen«, sagte er, beinahe verbissen, mit einer Tapferkeit, die ich von ihm nicht erwartet hatte.

Die Haustür war erstaunlicherweise intakt, aber nicht verschlossen. Wir traten ein, ich voraus, und standen direkt in der Küche mit dem schweren, von Spinnweben behangenen Eisenherd, dem unförmigen Abzugsrohr, das in der Balkendecke verschwand. Es waren schon andere Besucher hier gewesen, unfreundliche, der Tisch war umgestürzt, Stühle fehlten. Unsere Schuhe hinterließen Spuren in der

Staubschicht, die sich auf dem von Mäusedreck gesprenkelten Bretterboden abgelagert hatte. Die Sonne schien durch die zerbrochenen Fenster, machte aus dem verwüsteten Interieur ein magisch beleuchtetes Ensemble.

»Hattest du oft Hunger?«, fragte ich Vater, der sich schweigend umschaute.

Ein knappes Lachen. »Das war an der Tagesordnung, was glaubst du denn? Man war froh um ein wenig Haferbrei, Zucker war ein Luxus. Abends Kartoffeln, wir aßen auch die angefaulten. Im Herbst streiften wir durch Obstgärten, lasen Fallobst auf, Äpfel, die noch grün waren. Von denen bekam man Bauchweh, es war mir egal.« Er stellte mit einem Ächzen den Tisch auf, wischte sich die staubigen Hände an den Hosen ab, sagte, mehr zu sich als zu mir: »Du hast ja keine Ahnung.«

Ich schaute ihn an, meinen Vater, dieses hagere Gesicht mit den tiefen Stirnfalten, auf dem das Licht lag wie auf einem Porträt von Rembrandt. Irrte ich mich, oder hatte er nun doch Tränen in den Augen?

Wir gingen in die hintere Stube, in der sich nichts befand als ein ausrangiertes Bettgestell, dann die Holztreppe hoch ins obere Stockwerk mit den zwei winzigen Zimmern. Sie waren leer, bloß zusammengeknülltes Zeitungspapier lag in einer Ecke, als habe jemand ein Feuer machen wollen und dann darauf verzichtet. Ich glättete eine der vergilbten Seiten, ein Titelblatt, las oben das Datum: 3. November 1957, sah das Foto einer Hündin, Laika, die Sowjets hatten sie mit einem Sputnik ins All geschickt.

»Erinnerst du dich?«, fragte ich, aufs Bild deutend.

Vater schüttelte den Kopf. »Das hat bestimmt Alois aufbewahrt. Er fragte auf seinen Gängen überall nach alten Zeitungen, las sie von der ersten bis zur letzten Zeile. Er war ein Eigenbrötler, ein richtiger Kauz.«

»Und hier habt ihr geschlafen?«

»Anfangs auf Strohsäcken. Irgendwann gab es Matratzen, zwei für uns vier, glaube ich. Keine Kommode, kein Schrank, nichts. Auch kein Ofen. Die Kleider breiteten wir auf dem Boden aus. Man fror im Winter, die Decken waren zu dünn. Dafür sah man morgens Eisblumen an den Scheiben, die gibt es heute nicht mehr bei all den doppelverglasten Fenstern.« Jetzt lächelte er sogar, mein Vater, knapp sah ich es noch, es wurde dunkler im Haus, die Sonne war auf einmal weg. So viel Zusammenhängendes hatte ich von Vaters Vergangenheit noch nie gehört. Eine warme Strömung erfasste mich, die ihm galt.

»Dein Vater …«, setzte ich an, »und so kurz nach der Mutter, das war ja wohl eine Tragödie für dich …«

Er hustete und erstickte den Anfall mit Mühe. »Es war einfach so«, sagte er.

Draußen hatte sich der Himmel im Westen verfärbt, goldene und dunkelblaue Wolkenbänder vor einem rotgemusterten Fell. Auf der Rückfahrt – mit abgeblendeten Scheinwerfern – erzählte er dann trotzdem noch das eine und andere, auch die Namen der jüngeren Schwestern, Elisabeth und Gertrud, gingen ihm plötzlich über die Lippen. Die schwächliche Gertrud hatte er in der Schule vor den mehrbesseren Frechlingen geschützt, ja, er hatte ein geschliffenes Mundwerk, wenn es sein musste, und geschwinde Fäuste. Und vielleicht sollte er nun doch etwas unternehmen, um die Schwestern in Amerika aufzuspüren, es gebe Zeiten, da vermisse er sie, und es nehme ihn wunder, wie sie heute, um die sechzig herum, aussehen würden. Ich staunte über seine Gesprächigkeit. Doch je näher wir der Stadt kamen, desto größer wurden die Pausen zwischen den Sätzen, und als ich vor seinem Haus anhielt, schien er sich wieder in der gewohnten Schweigsamkeit eingerichtet zu haben. Wir stiegen aus, gaben uns im Schein der Straßenlaterne die Hand. Bevor er ins Haus ging, drehte er sich rasch um und winkte mir zu, so flüchtig, als wäre es ein Versehen.

Nur ein weiteres Mal, ein paar Jahre später, kamen wir uns so nahe. Es war kurz vor Julias Geburt, im April 85, da bereiteten sich die Eltern schon auf den Umzug ins Altersheim vor. Viel zu früh, fand ich, aber Vater litt immer stärker an Gelenkrheuma, es fiel ihm, trotz starker Medikamente, von Monat zu Monat schwerer, mit seinen Werkzeugen zu hantieren, und er war froh, die Werkstatt einem Nachfolger zu verkaufen. Offenbar konnte er sich, entgegen Mutters Meinung, nicht vorstellen, dort wohnen zu bleiben, wo er so lange gearbeitet hatte. Der Verkaufspreis erlaubte ihm nun immerhin, ein geräumiges Doppelzimmer im Heim zu finanzieren. Es gehörte nicht in die gehobene Kategorie wie das von Gruber, doch seinen Ansprüchen genügte es, und in der Etagenküche konnte Mutter den Kartoffelsalat immer noch so zubereiten, wie er ihn mochte. Ich weiß nicht genau, was mich dazu trieb, ihn vor dem Umzug ein letztes Mal in der Werkstatt aufzusuchen. Er wirkte nicht überrascht über meinen Besuch, verbarg zumindest sein Erstaunen, wie er ja fast alle Regungen aus seiner Mimik verbannte.

Er legte den Hammer weg, mein Händedruck durfte jetzt nicht mehr zu stark sein, sonst zuckte er zusammen. Er deutete auf die Schuhpaare mit unterschiedlich hohen Absätzen und unterschiedlicher Breite, die auf einem Gestell neben seinem drehbaren Hocker standen.

»Die letzten Reparaturen«, sagte er. »Und noch ein Paar Maßschuhe. Dann ist Schluss.«

»Die Arbeit wird dir fehlen«, sagte ich.

Er zeigte mir seine Hände mit den geschwollenen Gelenken; zwei Finger der linken waren deutlich verformt, zudem gerötet. »Aber ich habe ja meine Briefmarken.« Er nickte, nach einer halben Drehung auf dem Hocker, in Richtung des langen Tischs unter der Oberlichtreihe. Dort waren die dunkelgrün gebundenen Alben ordentlich aufgestellt, daneben ein paar dicke Kataloge. »Du weißt ja, in der Wohnung gab es keinen Platz dafür. Am neuen Ort verstaue ich das Ganze wohl in einem Schrank. Aber man wird sehen.« Mit dem trockenen und kurzen Lachen, das ich so gut kannte, tarnte er seine Verlegenheit. »Willst du mal schauen?« Er bemühte sich um Beiläufigkeit, aber ich merkte, wie sehr ihm daran lag, mir seine Sammlung zu zeigen. Sie hatte mich nie wirklich interessiert. Erst als Gruber und er einander über ihre Briefmarken nähergekommen waren, hatte ich mich gefragt, was an der Philatelie für diese ungleichen Männer so reizvoll sein mochte. Kaum je hatte ich Vater auf so unverstellte Weise lächeln sehen wie nach meinem Ja.

»Komm!« Er berührte mich am Arm, begleitete mich hinüber zum Tisch, forderte mich zum Sitzen auf, holte aus einer Ecke einen zweiten Stuhl, setzte sich neben mich.

»Pro Juventute habe ich jetzt fast vollständig«, sagte er, »1912 bis heute. Nur zwei Kantonswappen aus der Serie von 1929 fehlen noch. Was soll ich dir zeigen?«

Die Kunstlederrücken der Alben waren mit Jahreszahlen versehen, ich deutete auf die Etikette 1950–54.

Vater lachte leise. »Dein Jahrgang, wie?« Er griff nach dem Band, blätterte sorgsam zum übergroßen, kalligraphisch geschwungenen Titel 1954, schlug dann die Seiten mit den entsprechenden Sondermarken auf, die von transparenten Zwischenblättern geschützt wurden. Es waren fünf Motive, der niedrigste Frankaturwert, fünf Rappen, mit einem Porträt von Jeremias Gotthelf, der höchste, fünfzig Rappen, mit dem Bild eines Schwalbenschwanz-Schmetterlings, dazwischen zwei Falter, die ich nicht kannte, und eine Hummel. Es gab einen Satz postfrischer Marken, dazu frankierte Briefumschläge mit dem Ersttagesstempel, an den Ecken eingeklebt und schwarz umrahmt. Was Vater für diese Arbeit brauchte, lag rechts auf dem Tisch, Pinzetten in einer Schale, Scherchen, Klebestoff, ein Federhalter mit Federbüchslein, eine große Lupe, die er mir nun hinhielt, damit ich die Einzelheiten der Insektenbilder bewundern konnte.

»Schön«, sagte ich.

»Ausgerechnet der Schwalbenschwanz in deinem Geburtsjahr«, sagte Vater. »Ja, schön ist er, wirklich schön!«

Ich erinnerte mich, dass er immer ganz aufgeregt gewesen war, wenn auf einem Sonntagsspaziergang ein solcher Schmetterling mit seinem Gaukelflug unseren Weg gekreuzt hatte, und ich wusste noch, dass er mir verboten hatte, ihn einzufangen, wie ich es gerne versucht hätte. »Das sind empfindliche Wesen«, hatte er mich und den Bruder ermahnt, »die Flügel ertragen nicht den geringsten Druck!«

»Die Motive aus der Natur«, sagte er jetzt, »sind mir am liebsten.« Er blätterte bedächtig vor und zurück, zu weiteren Schmetterlingen, zu Blumen, zu Vögeln; den Pirol erkannte ich, Anemonen, Edelweiß. Vaters Stimme klang plötzlich nüchterner. »Das Ganze ist ja auch eine Kapitalanlage. Eine solche Sammlung gewinnt von Jahr zu Jahr an Wert.« Ich merkte, dass er mich von der Seite ansah. »Ihr werdet sie einmal erben und hoffentlich nicht gleich zu Geld machen. Außer eure Mutter gerät in eine Notlage, wenn ich nicht mehr da bin.«

»Wo denkst du hin«, sagte ich. »Du wirst noch lange leben.« Ich hatte das Bedürfnis, von diesem Thema abzulenken. »Wie kommst du eigentlich an fehlende Einzelstücke heran?«

Er machte eine Bewegung, um das Album zu schließen, brach sie jedoch ab. »Durch Tausch, durch günstige Käufe. Man berät sich im Klub, trifft sich an der Börse. Armand hilft mir dabei, er verfügt über nützliche Beziehungen.«

Armand. Dass Vater den Namen so vertraut aussprach, war mir unangenehm.

»Ihr habt euch ja richtig angefreundet«, sagte ich.

Vater nickte, schloss nun doch mit Vorsicht das Album und stellte es zurück an seinen Platz. »Ja, das ist wohl so.« Er zögerte einen Moment, bevor er sich gerade aufrichtete und fortfuhr: »Eigentlich erstaunlich, dass ein Akademiker wie er, ein Herr Doktor, Hauptmann im Militär, einen wie mich zu schätzen scheint. Er war im Übrigen schon einige Male hier, Armand.«

»Und du bei ihm?«

»Das wird noch kommen.«

»Ihr sprecht ja bestimmt auch über mich.«

Vater stutzte, räusperte sich. »Auch über Bettina. Warum sollten wir nicht? Wir sind jetzt ja verwandt. Armand schätzt dich, aber du bist für ihn ein Rätsel geworden, das weißt du wohl.« Er versuchte zu lächeln. »Nun ja, erwachsene Kinder, das hört man zur Genüge, sind für die Eltern oft ein Rätsel.«

Ich schob den Stuhl zurück, stand auf; Vaters Gesicht hatte sich verschlossen. Auch er stemmte sich hoch, die Schmerzen in den Kniegelenken ließen ihn leise aufstöhnen.

»Eines möchte ich gerne wissen«, sagte ich. »Warum bedeuten dir deine Briefmarken so viel?«

Die Frage, auf die ich selbst nicht gefasst gewesen war, verblüffte ihn. Er überlegte, seine Stirn legte sich in die Falten, deren verworrenes Muster sich mir schon als Kind eingeprägt hatte. »Sie geben mir ein klares Ziel… nun ja, das Gefühl von Vollständigkeit… Und sie sind… ja, sie sind wie kleine Fenster zur Welt… man betritt durch sie andere Räume… man hört die Vögel, den Wind…« Seine Augen begannen feucht zu glänzen. Ich verstand nicht, was ihn derart rührte, aber mir schien, er brauche Trost, und er stand so nahe bei mir, dass ich seinen vertrauten Geruch in der Nase hatte und gerne den Arm um ihn gelegt hätte. Ich tat es nicht, wollte gleich weg und nicht noch zu Mutter in den zweiten Stock hinauf. Vater begleitete mich bis zur Haustür; ich hatte den Eindruck, dass er das Hinken, das sich in den letzten Monaten verstärkt hatte, mit Anstrengung unterdrückte. Wir gaben uns draußen im Nieselregen die Hand. Als ich mich schon zum Gehen wandte, brachte er mich mit seiner simplen Frage aus der Fassung: »Sag mir noch, wie geht es dir denn?« Ich stolperte fast, dehnte ein »Ach…« in die Länge, um Zeit zu gewinnen. Dann erwiderte ich mit einem Höchstmaß an Unverbindlichkeit, wobei ich dennoch ins Stottern kam: »Eigentlich ganz gut… Viel zu tun.« Er murmelte etwas, nicht unfreundlich, ich ging zum Auto, das außerhalb der blauen Zone stand, es war nicht mehr ein Citroën Deux Chevaux, sondern ein geräumiger Mazda mit einem Babysitz, bald schon würden wir einen zweiten benötigen. Ich hätte Vater einiges erzählen können: dass Bettina und ich uns viel zu oft stritten, dass ich eine Geliebte hatte und die Ehe als Gefängnis empfand, und auch, dass ich damit haderte, bei der Wochenendbeilage nicht befördert zu werden. Doch das alles ging meinen rheumatischen Vater nichts an. Wie hätte er denn, außer mit Kopfschütteln, darauf reagieren sollen?

Danach – genau wie nach dem Besuch des Geburtshauses – verflog die Vertrautheit, die mich bei diesem Gespräch gewärmt hatte. Wir entfernten uns wieder voreinander. Aus Angst? Aus Befremden? Für grundlegende Veränderungen war es wohl zu spät, und Vater kränkte mich zudem mit der Weigerung, die Enkel länger als eine Stunde in seiner Nähe zu dulden, und mehr noch damit, dass er dabei meine Mutter auf seine Seite zog. Man dürfe, hielt sie uns entgegen, Albert in seinem schlechten Gesundheitszustand auf keinen Fall überfordern. Es kann auch sein, sage ich mir heute, dass der Anblick kleiner Kinder zu viel in ihm aufwühlte, dass er sich nicht an die verlorenen Schwestern, an seine karge Kindheit mit ihren Schrecknissen erinnern wollte.

Wir haben einander verpasst, sage ich mir heute mit stechender Reue. Was ja letztlich auch für Gruber gilt. Und darum gehören sie eben doch zusammen, die zwei, so wie sie an meiner Hochzeit einander gegenübersaßen und über den Tisch hinweg die beiden Köpfe einander zuneigten, liebevoll beinahe, mit geduldigem Interesse, so kam es mir vor.

Auf Vaters Tod, vierzehn Jahre später, war ich in keiner Weise gefasst. Auch wenn wir uns in der gegenseitigen Distanz eingerichtet hatten, war er doch ein nahezu unsichtbarer, aber solider Pfeiler in meinem Leben geblieben. Als der wegbrach, kam mein ohnehin fragiles inneres Gleichgewicht ins Wanken. Ich konnte es kaum glauben, wie viel mir der wortkarge Mann trotz allem bedeutet hatte. Ich floh vor dem Augenscheinlichen, wollte ihn nicht als Toten in der Aufbahrungshalle sehen, wollte der Beerdigung fernbleiben. Ich hatte gerade die neue Stelle bei *Family* angetreten, und das hätte mir die Möglichkeit gegeben, eine Ausrede zu erfinden, einen unverschiebbaren Interviewtermin. Aber ich wusste, wie schäbig das gewesen wäre, wie sehr ich meine Mutter und die Geschwister verletzt hätte. So ging ich eben hin, und es war kaum zu ertragen. In der halbvollen Krematoriumskapelle roch es nach welkenden Rosen, ich schaute, zwischen Mutter und Schwester sitzend, auf meine gefalteten Hände. Stefanies Schluchzen begleitete die gestelzte Gedenkrede meines Bruders, die Gebete des Pfarrers; ich selbst hatte es abgelehnt, das Wort zu ergreifen. Die Mutter blieb ganz still, es war, als sei sie gar nicht da. Zwei Reihen hinter mir saß unter den Trauergästen auch Gruber, wir waren einander ausgewichen, hatten uns nicht begrüßt. Dünner Gesang zu Orgeltönen, Julias Stimme hörte ich aus allen heraus, und das war ein Trost. Dann öffnete sich die Pforte zum Feuerschlund, der Sarg fuhr auf Schienen hinein, blendende Helligkeit, ein Lodern für wenige Sekunden, die eiserne Pforte schloss sich wieder.

»Ich konnte einfach nicht weinen«, sagte mir die Mutter bei meinem nächsten Besuch. »Ich war wie versteinert.« Ich nickte, und sie legte mir für einen Moment ihre Hand auf die Wange. Vielleicht wollte sie nicht sehen, dass ich es war, der nun zu weinen begann.

Nach ihrem Tod verkaufte Bernhard Vaters Briefmarkensammlung. Sie war weit weniger wert, als wir gehofft hatten.

Mario, ein Puzzle

Zwei Wochen nach Grubers Beerdigung rief mich Bettina an und sagte, sie habe angefangen, das zerrissene Manuskript wieder zusammenzusetzen; das sei enorm aufwendig, sie glaube aber, diese Mühe ihrem Vater zu schulden. Ob ich ihr vielleicht dabei helfen würde?

Ich war perplex. Sie hatte die Plastiktüte mit den Hunderten von Schnipseln mitgenommen, um sie, wie ich dachte, zu Hause zu entsorgen; es hätte pietätlos gewirkt, den Inhalt, im Zimmer mit dem Toten, gleich in den Papierkorb zu kippen. Ich hatte in keiner Weise damit gerechnet, dass sie plante, die Stifter-Biographie wieder lesbar zu machen.

»Was hat das für einen Sinn?«, fragte ich. »Das ist doch komplett nutzlos.«

»Nein!« Daraus hörte ich ihren Eigensinn, mit dem ich oft genug gekämpft hatte. »In diese Arbeit hat Papa über Jahre alles hineingelegt, was er war und dachte.«

»Und sie freiwillig zerstört. Weil er offenbar verhindern wollte, dass irgendjemand sein Manuskript von Anfang bis Ende las.«

Sie klang noch entschiedener. »Ich will es retten. Ich will nicht, dass seine destruktive Seite die Oberhand behält. Verstehst du das?«

»Nur halb.«

»Halb kannst du ja nicht kommen«, sagte Bettina, scheinbar scherzhaft und doch in bittendem Ton. »Komm doch ganz.«

So ging ich zu ihr, in ihre Wohnung, und wir mühten uns damit ab, Grubers Manuskript auf dem runden Esstisch zu rekonstruieren. Bettina hatte zudem das Bügelbrett danebengestellt, damit mehr Platz für die Schnipsel zur Verfügung stand. Es war ein riesiges Puzzle mit viel zu wenigen Hinweisen, fast nichts schien beim endlosen Hin- und Herschieben der Teile zusammenzupassen, nur selten gab es glückliche Funde, bei denen Wörter oder ein kurzer Satz wieder ein Ganzes bildeten, auch Seitenzahlen halfen meist nicht weiter. Die Risse und Zacken waren unregelmäßig, und doch glichen sie einander so sehr, dass die richtigen Anschlussstellen fast unmöglich zu finden waren.

Geschrieben hatte Gruber den Text auf seiner alten Schreibmaschine mit dem kaum noch tauglichen Farbband. Satzfragmente, die sich halbwegs entziffern ließen – »vom Flachwagen überfa…«, »Verteidiger des Harmonischen«, »Hauslehrerallüren« –, waren mit Bleistift durchgestrichen, von unleserlichen Korrekturen überkritzelt. Gruber musste Stunden mit seinem Zerstörungswerk verbracht haben. Ich stellte ihn mir vor, wie er dasaß oder -stand, wie er die Seiten systematisch zerriss und die Fetzen ringsum verstreute, ich stellte mir das sich unendlich wiederholende Ritschratsch in seinen Ohren vor, dieses Geräusch des mutwilligen Scheiterns, ich stellte mir sein Gesicht dabei vor, zornig oder vielleicht triumphierend: Ich, Gruber, ich zeige es euch!

Am ersten Abend hatten wir, gegen Mitternacht, zwar

eine Flasche Wein getrunken, aber lediglich drei – immer noch lückenhafte – Seiten zusammengesetzt. Was zusammenpasste, klebten wir auf leere Blätter und verschmierten uns mit Klebestift die Hände, eine Art Galgenhumor ließ uns darüber lachen.

Die ganze Zeit hatte ich gedacht, wie sinnlos diese Arbeit war, und es doch nicht über mich gebracht, Bettina mit meiner Skepsis zu enttäuschen. Ich ging auch am nächsten und übernächsten Abend hin. Wir kamen unendlich langsam voran. Immerhin fanden wir heraus, dass es unnummerierte Seiten mit Grubers winziger tintengrüner Handschrift gab, und ich glaubte darin eine Art Tagebuch zu erkennen, das er offensichtlich in die Stifter-Biographie hineingeschoben hatte. Warum gab ich nicht schon nach diesem ersten Versuch auf?

Am dritten Abend klingelte es überraschend an der Tür. Es war Fabian, ich erkannte seine Stimme trotz der schlechten Gegensprechanlage. Sie hat sich in den letzten zwei, drei Jahren verdunkelt. Als kleiner Junge sang er Sopran, glockenrein, und schämte sich deswegen; als Halbwüchsiger, noch vor dem Stimmbruch, versuchte er Mick Jaggers heiseres Falsett nachzuahmen, das rührte mich noch mehr als seine Engelhaftigkeit zuvor. Er habe bloß rasch vorbeischauen wollen, hörte ich ihn an der Tür zu Bettina sagen.

Sein Erstaunen, dass auch ich da war, verbarg er mit Geschick. Er umarmte mich zur Begrüßung (»Lange nicht gesehen, wie?«) und wollte wissen, womit sich seine Eltern beschäftigten. Ungläubig schaute er auf den Tisch, der mit Papierschnipseln übersät war. Wir hatten sie, je nach vermuteter Zugehörigkeit, an einigen Stellen zu Häufchen geschichtet, an anderen provisorisch zu Reihen angeordnet. Die meisten lagen aber noch unangetastet da, in zufälliger Anordnung. Fabian musterte die unvollständig zusammengeklebten Seiten, die auf zwei Stühlen lagen, er las hier und dort ein Wort, einen Halbsatz, schüttelte irritiert den Kopf. »Und das ist alles von Großpapa? Dieses ganze Konfetti?«

»Es ist das, was er hinterlassen hat«, sagte ich.

»Du kannst uns ja helfen«, sagte Bettina. »Dann kommen wir schneller voran.«

Fabian zögerte. Seine Frisur war noch gestylter, als ich sie in Erinnerung hatte, seine ausgestellten Hosenbeine weiter, das Hemd bunter; seit kurzem ließ er sich zudem einen kleinen Spitzbart stehen. »Na gut. Ich versuche es mal.« Er nahm sich einen Stuhl und setzte sich mir gegenüber auf die andere Seite des Tischs. »Aber wie soll das gehen?«

»Suchen, was zusammenpasst. Detektivarbeit.« Ich wies ihm die Schnipsel vor, die ich zu lesbaren Wörtern vereinigt hatte. Obere Zeile: *von Oberplan Abschied …*, untere Zeile: *das in sich Ruhende der dörflichen …* »Auf welcher Seite das ist, weiß ich noch nicht. Auf einer weit vorne, nehme ich an. In Oberplan wurde Stifter geboren. Wobei wir nicht wissen, ob Armand chronologisch vorgegangen ist.«

Fabian machte sich mit uns an das Zusammensetzspiel, versuchte Zusammenhänge zu finden, wo es keine gab.

Ich bemerkte seine wachsende Ungeduld. »Hör lieber auf damit«, sagte ich.

Er ließ ein paar Papierfetzen auf den Tisch niederschweben, und dann noch einmal eine Handvoll, mit einem kleinen Lachen.

Bettina hielt inne und schaute ihn an. »Du glaubst nicht, dass wir das je zu Ende bringen?«

»Nein, das ist doch … ja, was ist das?«

»Eine Sisyphusarbeit«, schlug ich vor.

»Nein, es ist einfach … überflüssig … nutzlos …«

»Vielleicht verstehen wir ihn nachträglich besser, wenn wir das lesen können, mit allen seinen Schrullen, seinen Tag- und Nachtseiten.«

»Ach, Quatsch. Ihr hättet ihn zu seinen Lebzeiten verstehen müssen, das wisst ihr doch. Und wenn er nicht verstanden werden wollte, dann eben nicht. Er war ja auch mir ein Buch mit sieben Siegeln. Und er hat mich oft auf die Palme gebracht.« Er wischte mit einer unwillkürlichen Handbewegung ein paar Dutzend Schnipsel auf den Boden und entschuldigte sich dafür, machte aber keine Anstalten, sie aufzulesen.

Bettina hatte mit ihrer Zettelmusterung aufgehört. »Du hast ihn doch gemocht.«

»Ja. Er kam mir aber vor wie … wie ein Gefäß aus schwarzem Glas, man sah nie hinein.«

»Und du willst nicht hineinsehen, jetzt, wo es möglich ist?«, fragte ich.

»Nein. Zu spät. Wisst ihr was? Die kleinen Geschichten, die er mir zu den Briefmarken erzählte, habe ich gemocht. Die Geschichte vom Vogel Strauß, der sogar einen Rennwagen überholte. Oder die vom Nashorn, das sein Horn verlor und ein Nilpferd wurde.«

Bettina schaute unseren Sohn unentwegt an. »Sollen wir mit dem Ganzen hier aufhören?«

Er wartete einen Moment, er fuhr sich durch die Haare,

nickte dann mit heiterem Ernst. »Ja, ihr vergrabt euch sonst viel zu lange hier. Und das ist nicht gut.«

»Nein, das ist nicht gut«, sagte Bettina. Sie gab sich einen Ruck und fegte mit beiden Händen eine Menge Schnipsel vom Tisch aufs Parkett. »Dann lassen wir's doch.«

»Genau.« Fabian raffte ein paar Häufchen zusammen und warf sie in die Luft. »Es soll doch bitte ein bisschen schneien.« Mit kindlicher Freude erzeugte er eine Art Papierflockengestöber, die kleinen Fetzchen überschlugen sich in der Luft, landeten im Zickzackflug an unerwarteten Stellen, auch auf meinem Kopf, meinen Schultern. Die zwei steckten mich an. Ja, was war eigentlich in uns gefahren, dass wir uns so lange mit Grubers zerstörtem Nachlass abgerackert hatten? Ich hatte plötzlich Lust mitzuspielen, schaufelte mit einer Hand Schnipsel in die andere, warf sie hoch, sah sie niederschweben, niedertrudeln, irgendwo liegen bleiben. Wir begannen alle drei zu lachen, kindisch war das, ja. Der Boden bedeckte sich mit Papierflocken, die nutzlose Ordnung, die Bettina und ich herzustellen versucht hatten, verwandelte sich in ein anarchisches Durcheinander, bald sah es wohl nicht anders aus als in Grubers Zimmer nach seinem Zerstörungsakt. Hier gab es aber keine Birgül, die die Spuren gleich beseitigte. So saßen wir eine Weile da, ich atmete schwer, obwohl die körperliche Anstrengung gering gewesen war.

»Und nun?«, fragte ich, während Fabian sich umständlich – und doch ein wenig verlegen – schneuzte.

»Ich hole den Staubsauger«, sagte Bettina.

»Nein, warte, warte!«, rief ich. »Die grüne Schrift will ich retten. Die picken wir aus dem ganzen Zeug heraus.«

»Die grüne Schrift? Warum?«, fragte Fabian.

»Ach, weißt du, mit seiner grünen Schrift hat Herr Dr. Gruber jeweils seine Kommentare unter meine Aufsätze geschrieben.«

Fabian zog, wie er es schon als Kind gemacht hatte, skeptisch die Augenbrauen zusammen. »Deshalb? Ist das einfach Nostalgie?«

Ich zögerte. »Vielleicht. Nein, es ist noch mehr, aber ich kann nicht sagen, was genau.«

»Also keine vollständige Tabula rasa«, sagte Fabian.

»Tabula rasa mit Teilamnestie«, erwiderte ich.

Wir gingen auf die Knie, rutschten herum, tupften mit angefeuchtetem Zeigefinger grünbeschriebene Schnipsel auf. Sie waren nicht schwer zu finden; die grüne Tinte schimmerte auch auf der Rückseite durch.

Bettina schaute uns eine Weile zu, beinahe versonnen, wie mir schien; den Impuls mitzuhelfen hatte sie nicht. Sie holte aber von irgendwoher eine leere Pralinenschachtel, und wir legten die grünen Schnipsel hinein. Es waren längst nicht alle, das spielte keine Rolle. Was ich, für mich ganz allein und ohne Hilfe, zusammensetzen wollte, würde ohnehin Stückwerk bleiben.

Bettina hantierte dann doch eine Weile mit dem Staubsauger, und jetzt waren Fabian und ich die Zuschauer. Das Ding heulte und schnaufte, Grubers verzetteltes Lebenswerk verschwand im Rohr, und wenn der eine oder andere größere Fetzen sich querstellte und nicht gleich eingesaugt wurde, bückte Bettina sich unwillig und drückte ihn mit dem Finger ins Rohr hinein. Ein kurzes Fffft, und beinahe schien es, als habe das lärmige Ding danach geschnappt.

Grubers Stifter im Staubsaugerbeutel, Grubers Tagebuch in der Pralinenschachtel: so war es gut.

Noch einmal dachte ich darüber nach, wer er wirklich gewesen war, dieser Mann. Ich wusste, dass es darauf nie eine befriedigende, geschweige denn endgültige Antwort geben würde. Auch darauf nicht, warum mein Leben diesen und nicht einen anderen Verlauf genommen hatte. Und warum so vieles, was sich darin zum Guten gewendet zu haben schien, wieder zerflattert war. Dennoch blieb, genauso wie von den hoffnungsvollen Jahren 89 und 90, in den Köpfen etwas spürbar: der Flügelschlag der Utopie.

Wir tranken anschließend den Wein aus, Fabian begnügte sich mit einem Schluck. Wir verabschiedeten uns voneinander; schon lange hatte ich Bettina nicht mehr so liebevoll umarmt. Und Fabians Wange an meiner, es kratzte ein wenig, es war ein willkommener kleiner Schmerz zwischen Männern.

Dank

Ich danke allen, die mich bei diesem Projekt mit eigenen Erfahrungen, Meinungen und Ratschlägen unterstützt haben, vor allem Ueli Balsiger, Stefan von Bergen, Walter Blättler, Roger Blum, Sabine Bockmühl, Urs Brunner, Silvano Cerutti, Doris Fanconi, Verena Greminger, Andi Gross, Peter von Gunten, Stefan Haupt, Valentin Herzog, Daniel Hornung, Tobias Kästli, Jürg Lehmann, Luc Mentha, Irène Minder-Jeanneret, Hans Mühlethaler, Hanspeter Müller, Michael von Orsouw, Ingo Ospelt, Mona Spägele, Dori Schaer, Rudolf Strahm, Alexander Sury, Marc-Joachim Wasmer, Christine Wyss und den anderen, die lieber anonym bleiben wollen.

Ein großer Dank geht auch an meine Lektorin Margaux de Weck und an die Erstleserin Simonetta Sommaruga.

Lukas Hartmann im Diogenes Verlag

Lukas Hartmann, geboren 1944 in Bern, studierte Germanistik und Psychologie. Er war Lehrer, Jugendberater, Redakteur bei Radio DRS, Leiter von Schreibwerkstätten und Medienberater. Heute lebt er als freier Schriftsteller in Spiegel bei Bern und schreibt Romane für Erwachsene und für Kinder.

»Lukas Hartmann kann das: Geschichte so erzählen, dass sie uns die Gegenwart in anderem Licht sehen lässt.« *Augsburger Allgemeine*

»Lukas Hartmann entfaltet eine große poetische Kraft, voller Sensibilität und beredter Stille.«
Neue Zürcher Zeitung

Pestalozzis Berg
Roman

Die Seuche
Roman

Bis ans Ende der Meere
Die Reise des Malers John Webber mit Captain Cook. Roman

Finsteres Glück
Roman

Räuberleben
Roman

Der Konvoi
Roman

Abschied von Sansibar
Roman

Auf beiden Seiten
Roman

Ein passender Mieter
Roman

Kinder- und Jugendbücher:

Anna annA
Roman

So eine lange Nase
Roman

All die verschwundenen Dinge
Eine Geschichte von Lukas Hartmann. Mit Bildern von Tatjana Hauptmann

Mein Dschinn
Abenteuerroman

Lukas Hartmann

Finsteres Glück

Roman

11. August 1999, totale Sonnenfinsternis. Eine fünfköpfige Familie fährt wie Tausende andere ins Elsass, wo das Naturschauspiel besonders gut zu sehen ist. Doch nur Yves, der jüngste Sohn, kehrt lebend von diesem Ausflug zurück.
In der Nacht wird Eliane Hess, Psychologin und alleinerziehende Mutter, ins Krankenhaus gerufen: Der achtjährige Yves, wie durch ein Wunder unverletzt, steht unter Schock. In nervöser Hast erzählt er und erzählt – nur vom Wesentlichen nicht. Was hat er vom Unfall mitbekommen? Ist sein Vater mit Absicht in die Tunnelwand gerast?
Stück für Stück setzt sich für Eliane das Bild einer Familie zusammen, die mit offenen Augen auf die Katastrophe zusteuerte. Und immer schwieriger wird es für sie, professionelle Distanz zu wahren. Yves' Schicksal erschüttert und fasziniert sie – ähnlich wie seit ihrer Jugend der Isenheimer Altar, von dem es heißt, dass auf seiner ersten Tafel eine Sonnenfinsternis dargestellt ist. Als zwischen den Verwandten des Jungen ein Tauziehen um Yves' Zukunft beginnt, trifft Eliane eine unorthodoxe Entscheidung, die ihr eigenes Leben und das ihrer beiden Töchter aus der Bahn wirft.

»Wenn unser Dasein aus vergänglichen Stoffen wie Sehnsucht, Liebe, Angst besteht, bietet dieser Familienthriller unvergängliche Bilder dazu.«
Evelyn Finger / Die Zeit, Hamburg